남도
3

정형남 장편소설

❸ 아궁이 잿불

애플북스

| 목차 |

제3부 아궁이 잿불

제3부

아궁이 잿불

한숨, 그 잿빛무늬

1

"썩을놈의 시상. 공수네?"

콩밭 속에서 잡초를 매던 종부네가 호미를 내던지며 소리쳐 공수네를 불렀다. 일찍 찾아온 장맛비로 무성하게 얼크러져 자란 콩밭은 습기 머금은 지열로 등허리에 흥건히 땀을 비쏟게 하였다.

"쨍하게 들리네."

아랫다리 고구마 밭에서 공수네가 고개를 쳐들었다.

"이리오소. 담배나 한대 꼬시세."

"어이, 알았네."

공수네는 빼그작빼그작 고구마 밭두둑을 밟아 올라왔다. 제철을 만난 듯 세상 밖으로 나온 매미랄 놈들이 귓청 찢어지게 울어댔다.

"올라오는 걸음걸이가 어째 그리 아그작 거린기?"

"불볕더위에 진을 다 빼서 그러네. 콩밭이 너무 무성하네."

공수네는 종부네 곁에 앉으며 콩잎을 쓸어 보았다. 콩잎이 너무 무성해도 열매가 부실한 법이다.

"자, 여기 있네."

종부네는 허리춤에서 담배봉지를 꺼냈다. 두 사람은 알맞게 담배를 나누어 종이에 말았다. 혀끝으로 침을 한 번 더 바르고 성냥불을 켰다. 파르스름한 불꽃이 햇살에 인화하였다.

"백상은 어디 있는지 아직 소식이 없는가?"

깊숙이 들이마신 담배연기를 포만스럽게 내뱉고 난 공수네가 물었다.

"없네."

종부네는 짧게 끊어치듯 대답하였다. 미움이 잔뜩 배어 있었다. 방학이 됐는데도 행방이 묘연하였다.

"성정이 워낙 곧으니께 어디 있어도 그 자리일 걸세."

"그야, 제놈 할 탓이제. 내 뭣할라고 자식새끼들 보고 아까운 청춘을 눈물과 한숨으로 보내는지 모르겠네."

"청상과부가 어디 자네 혼자뿐인가. 나중에는 그만한 보람을 찾을 걸세."

"폴새 글렀네. 하는 짓거리마다 지 애비만 쏙 빼닮아 가지고 이내 가슴을 망치로 치네."

"지 아부지가 못다 한 뜻을 이룰 거네. 싹수가 올곧네."

"아녀. 지놈 말마따나 시상을 잘못 만나 애비의 죄를 올곧이 둘러쓴 자식새끼가 무슨 출세를 할 것인가. 실컷 발이 닳도록 세상이나 돌아댕기면서 살라고 하제."

종부네는 아들에 대한 미움이 뚝뚝 떨어지다가도 지놈 앞날을 생각하면 충분히 이해하고도 남았다. 그러면서도 어미 품을 자꾸만 벗어나려는 그 행태가 마음에 들지 않았다. 몇 번의 방황으로 끝을 맺을 것인가. 어쩌면 죽는 순간까지 지속될지도 모를 일이었다. 벌써 그러한 징조가 내보여 그러려니 하였다가도 아드득 아들의 가슴을 쥐어뜯고 싶었다.

"세상을 잘못 태어난 것만은 사실이네마는 언제까지 이럴라든가. 머지않아 비온 뒤에 땅 골라지듯 평등한 세상으로 돌아올 것이네."

"제발 그랬으면 얼마나 좋을까. 안 그래서 탈이제."

종부네는 아득하게 수평선으로 열려있는 바다 위에 마지막 담배연기를 내뱉었다. 오살 맞을 시상, 전쟁은 뭣할라고 일어나 가지고 앰엔사람 청상과부를 만들지를 않나, 죽순같이 자라는 아이들 장래를 멍들게 하지를 않나. 썩을 놈의 인사, 처자식보다 사상이 그렇게도 좋았으면 혼자나 죽든지 살든지 할 것이제.

"한대 더 피울랑가?"

"그놈의 담배도 쓰네."

"너무 속 끓이지 마소. 더 험한 꼴을 견디어 와놓고 그런가. 나 좀 보소. 집에만 가면 천불이 나네."

공수네는 담배 한대를 연달아 말아 피웠다.

"자네는 서방이나 있네."

"아이고, 느리새끼 같은 서방, 시상이 다 알지 않는가."

공수네는 남편 이야기만 나오면 속이 상하였다. 육이오전쟁 때 이쪽저쪽 아무 쓸모없는 인간으로 분류되어 간신히 살아난 것부터가 별 볼일 없는 위인이었다. 남들은 그걸 두고 운이 좋아서 무사할 수 있었다고 말을 하나, 공수네가 판단하기에는 그게 아니었다. 똑똑하다싶은 남정네들은 이쪽저쪽 가리지 않고 싸그리 타작을 하듯 비질을 당하였는데, 느리터분한 양반은 늦가을 수숫대처럼 빼그시 고개를 쳐들고 흔들거렸다.

"자네가 암만 그래 싸도 효자 아들보다 비실한 남정네가 낫느니."

종부네는 이미 가장네야 제 똑똑한 탓으로 날고뛰다 행방불명이 되어 그 형벌을 머리에 이고 달게 받지만, 자식마저 세상을 제멋대로 비관한 나머지 역마살이 든 놈맨치로 떠돌 줄은 몰랐다. 아무리 영리해 봤자 애비가 지은 죄업으로 출세는 글렀으니, 어쨌거나 죽은 듯이 숨 쉬고 살면서 땅이나 일구며 살자고 그렇게 씹어 일렀는데도 세상에 태어나서 그렇게 사는 것이 사나이 삶이냐고 양미간에 내천자(川)를 그렸다. 그 아픈 심정을 왜 모를까마는 자식들 보고 그 모진 고통을 이겨 나왔는데 어미의 가슴을 피멍울지게 하다니. 누가 이 아픈 심정을 이해할까. 남들이 쏟아주는 위로의 한마디 말이 잔설을 녹이는 봄바람이나 될까.

"저기, 뻘밭을 휘적이는 여편네, 학수네 아닌가?"

공수네는 아스라이 썰물로 드러난 갯벌을 가리켰다. 할미등이 다 드러났고, 망여섬이 완연히 자태를 드러낸 할미섬을 망연한 눈길로 바라보고 있었다. 불볕더위로 아무도 갯벌을 누비는 사람이 없는데 드잽이를 하듯 갯벌을 파 뒤집고 있었다.

"저 여편네 앞에서는 낙지들이 낮걸이도 못혀."

종부네는 학수네의 바구니에 낙지가 몇 마리 들어 있는지 어림짐작해 보았다. 학수네는 갯벌을 잠방대는 억척스러움을 타고났다. 들일이나 집안일은 학다리처럼 껑충한 품새로 경중거리는데, 갯벌에만 들어서면 제 세상이었다. 두루미처럼 껑충한 다리로 남보다 한발 앞서고, 눈은 왜 그리 밝은지 남들이 지나친 자리에서도 왜가리 문저리 잡아 올리듯 낙지며 장어며 게를 잡았다.

"바구니 속에 든 생낙지를 안주로 막걸리 한 사발 들이켰으면 좋겠네."

"이따 마주쳐 오거든 살살 꼬셔보게. 밤참으로 제격 아니겠는가. 술이야 우리 집에 있응께."

"그럴까? 이번 밀주 단속반에 용케 걸리지 않았는가 보네."

"가장네 없는 집에 술맛 보고 일을 해주는디 제깐놈들에게 들켜? 한 두 번 당했으면 됐제."

종부네는 밀주 단속 또한 못마땅하였다. 농사짓는 집에 뜨물같이 맨 숭하기 짝이 없는 도가 술로 일꾼들을 위안할 수는 없었다. 그래서 눈 치껏 가주를 담그는데 걸핏하면 도가에서 밀주 단속반을 불러들여 한 바탕 난리를 치렀다. 어쩔 때는 들일 나가고 아무도 없는 집을 무법자 처럼 침입하여 아수라장으로 들쑤셨다.

"우리는 술독을 숨기다 들켰단 말시. 아이구, 그 애물단지. 좀 더 서 둘러 숨겼더라면 아무렇지도 않았을 것인디, 슬그머니 낮잠을 자다가 눈 부비고 일어나 엉거주춤 술독을 안고 뒤울안으로 가다가 붙들렸네, 그랴. 얼마나 분통이 터지든지 아직도 말 않고 등 돌리고 사네. 그러면 서도 간밤에는 시부저기 내 몸에 다리를 얹드란 말시. 된통 꼬집어 주 었더니 의뭉한 그 입에서 비명소리가 나오데."

공수네는 풀풀 담배연기를 날렸다. 한 무더기 바람이 다 타들어간 담 뱃재를 털었다.

"소문으로 듣자니 이번에는 벌금을 야무치게 물린다던디."

"하도 화가 나서 보는 앞에서 술독을 내부셔 버렸네."

"아까운 술. 술 냄새가 진동 했겠네."

"술 냄새 말이 나왔으니 말이네만, 노망귀신이 붙은 시아부지가 방 구석에서 술 냄새를 맡고 홑고쟁이 바람으로 나와 한바탕 허깨비 춤을 추었네."

"참, 가관이었겠네."

종부네는 그 모습을 눈앞에 떠올리며 한숨 깃든 얼굴에 푸시시 웃음 을 말아 올렸다. 노망이 들어도 단단히 들었지. 올해로 육 년째 접어든 노망은 해가 갈수록 더하였다. 벽면에 똥칠은 예사고, 며느리 년이 고기

반찬은 저희들끼리 다 처먹고 모래 밥을 준다고 투정을 부리는가 하면, 어린애처럼 쿨적거리며 떡 내놓아라, 곶감 내놔라 칭얼거리고, 아들 며느리가 잠든 방문 앞에서 홑바람으로 춤을 추며, 오냐, 오냐, 잘한다. 자식을 만들려거든 야무치고 똑똑한 꼬치를 힘차게 힘차게 만들라고 훼방질을 놓았다.

"요즘은 더욱 힘이 넘치네. 그놈의 똥서답하기도 신물 나고 몸서리 쳐 지네."

열흘 전에는 마량 장을 봐오는데, 시상에 발가벗고 선창가에 나와 며느리 년이 시아부지 보기 싫어 서방 몰래 자식 내팽개치고 바다 건너 도망쳤다고 소리소리 왜장을 쳐댔다. 공수네에게는 탱자만한 시아부지 물건밖에 보이지 않았는데, 아이구메, 저것이 무슨 일이당가. 남부끄럽고 민망하여 바다에 풍덩 빠져 죽고 싶었다. 지난 새벽에는 아범에게 칼을 들이대며 느그들만 밤마다 두 년 놈 품 안고 돌아가며 애비는 홀로 지새우게 하느냐며 혼겁을 주었다. 하루가 다르게 노망기가 엉뚱하고 지랄 같았다.

"겉으로 앵알앵알해싸도 자네 정성은 다 아네. 그만큼 시아부지를 지성으로 모시는 사람도 없을 것이네. 더 큰 일에 비교하며 살아온 만큼 감내하게."

"다 팔자제. 그렇다고 야박하게 내칠 수는 없는 일이고……."

공수네는 고무신 코끝에다 담배꽁초를 포시랍게 비벼 껐다. 이년들의 팔자는 왜 이러는지. 전쟁에 가장네 잃고 떼과부 아니면 속고생, 잔고생으로 속병을 앓았다.

"누구나 세상사가 그저 그렇네."

"자네, 아들 땜에 너무 속 상해하지 말게."

"내가 걱정스러운 것은 엉뚱한 곳으로 머리가 돌아간다는 것일세.

지놈이 그 나이에 무슨녀려 철학인가, 그래. 아무짝에도 쓰잘 데 없는 백수논쟁이 아니고 뭔가."

"그건 그려. 그놈의 씨나락 까 묵는 사상 땜새 요렇고롬 멍들지 않았는가."

"보나마나 싹수가 글렀다 싶어 공부를 못하게 하였더니 방학이 됐는데도 오지 않네. 지놈 애비 반만큼 생긴 홀아비라도 있으면 지금 당장이라도 팔자 고치고 살겠네만."

"자네 서방님 반만큼 생긴 사람이 어디 그리 흔하던가. 다른 여편네들도 그랬을 것이네만, 나도 자네 신랑과 하루만 살아봤으면 원도 한도 없겠다고 가슴 설레었네."

공수네는 입가에 웃음을 말아 올렸다. 새색시 때, 들에 나갔다 돌아오는데 웬 헌헌장부가 말끔한 차림으로 정자나무를 돌아 나오고 있었다. 눈이 마주치는 순간, 그 자리에 붙박히고 말았다. 빛나는 눈빛, 입가에 떠도는 구름안개 같은 미소, 상큼하게 곧은 콧날, 훤칠한 이마, 바람에 살랑이는 머리칼. 심장을 얼어붙게 하였다. 공수네는 넋을 잃은 채 붙박혀 서서 그 뒷모습을 지켜보았다. 그리고 종부네 대문 안으로 모습을 감추자 왠지 모르게 한숨을 담았다. 어떤 년은 복도 많아 저런 서방 얻어 살까…….

"그 땜새 내 간장이 얼마나 썩어 문드러졌는지 아는가. 잘난 서방 모시고 사는 그 어려움. 짐작이나 하였는가? 한시도 마음 놓을 수 없는 얄궂은 심정을 헤아릴 수 있었는가?"

어쩔 때는 못난 남편과 더불어 꽁보리밥으로 꾹꾹 뱃심 다독이며 너부룩하게 살고 싶었다.

"사람은 자고로 굵고 짧게 살라고 하지 않던가. 그런 의미에서 자네는 원도 한도 없는 사람이여. 집 나간 자식이야, 제길 찾아 가도록 놔두

어. 자네 자식만큼이나 성정 바르고 영리하면 똥 묻은 고쟁이를 팔아서
라도 가르치겠네."

"가르친 거야, 제 앞가릴 정도면 되제. 지가 대학을 나와 봤자 판검
사가 되겠는가, 취직자리를 옳게 들어가겠는가. 병칠이 아들맨치로 팬
히 술병이나 안고 지내며 어중이떠중이로 건들거리제."

"그래도 자네 아들은 똑바로 세상을 꿰뚫을 거여. 서울서 대학에 다
니는 청보네 아들이 그러는디, 자기도 이해하기 힘든 책을 바느질하듯
이 꿴다고 혀를 내두르더라드군."

"방학 첫날 와서 나보고 그러대. 아침에 소먹이로 가서 한바탕 논쟁
을 하였는디, 아따 무슨 철학책이라든마는. 그걸 바탕으로 시상을 이야
그하는 바람에 혼이 났다면서."

"보통 놈이 아니여. 시상을 제대로 타고났더라면 인물 한번 날 것인
디 자네 맘 이해하고도 남네. 아무튼 마음 넉넉하게 기다려 보소. 자취
한답시고 얼매나 배를 주렸겠는가. 이것저것 따따시 영양보충이나 단
단히 해 주게. 지가 가면 어디 가겠는가."

공수네는 자리에서 일어났다. 그 사이 해가 많이 기울어졌다. 공수네
는 뒷짐을 진 채 되뚱되뚱 내려갔다. 종부네는 그 뒷모습을 바라보다말
고 갯벌을 뒤집고 있는 학수네를 눈으로 찾았다. 학수네는 그 사이 선
걸음으로 달려드는 밀물에 쫓겨 대섬목을 더듬고 있었다. 여편네, 억척
이여. 종부네는 호미를 끌어 잡았다. 콩포기를 몇 그루 더듬지 않았는데
등허리에 땀이 흥건 하였다.

오후로 설핏 기운 햇살은 쨍글쨍글 이마를 부시었다. 사람의 그림자
하나 보이지 않는 불볕더위는 찰싹거리며 파도가 실어오는 바람마저도
땀을 비 쏟게 하였다. 밭작물이며, 언덕바지 무성한 풀들이 더위를 먹은

채 축 늘어져 있었다.

　큰개, 자갈밭 감탕나무 숲에는 이슬 젖은 아침 풀을 뜯긴 염소와 소 몇 마리가 풍만하게 배를 깔고 앉아 태평스레 되새김질을 하고 있었고, 매미울음소리만 제 세상을 만난 듯 흐벅지게 울어댔다.

　밀물로 가득 부풀은 바다는 바로 지척에서 울렁이며 찰싹찰싹 자갈을 어우르는데, 반나마 바닷물에 잠겨 시커먼 형체로 뒤집혀진 채취선은 갯강구 떼들이 술래를 하고 있었다. 가끔씩 한 무더기 무더운 바람이 파도 위를 비질하듯 쓸어올 때마다 파도에 떠밀려 햇볕에 마르고 바랜 갯진질이 가을날의 고추잠자리 떼처럼 날아올랐다.

　백상은 아까부터 비스듬히 감탕나무 둥치를 베고 누워 아슴한 눈길로 바다의 너울을 무념스레 바라보고 있었다. 두 아름드리 감탕나무는 깊게 골이 패여나 있었고, 모래 위로 드러난 뿌리는 그간의 세월과, 모진 해풍을 이겨 나온 강인함을 가슴에 여미게 하였다. 곁에는 낡고 땟물이 흐르는 배낭이 후줄근한 모습으로 버려진 듯 놓여 있었다. 정말이지, 배낭과는 아주 먼 거리로 비켜난 모습이었다. 개미떼들이 땀 배인 배낭을 부지런히 타고 넘었다.

　어미젖을 갓 뗀 숫염소새끼가 고갯짓을 하며 조심스럽게 다가와 짭짤하게 땀에 전 백상의 소매 끝을 혀로 날름거렸다. 제법 장난기가 있어 보였다. 백상은 내버려 두었다. 덥수룩한 머리칼이며, 땀 냄새 나는 작업복에서, 여기까지 오는 동안 지치고 피로한 행색을 단적으로 내보였다. 숫염소새끼는 점점 대담해져 뿔자위가 도도록한 이마로 백상의 겨드랑이를 장난기 어리게 들이받았다. 백상은 귀찮아하지 않았다. 생각은 줄곧 햇살 따가운 바다 위를 구르고 있었다.

　나는 왜 바다를 매번 건너뛰면서도 지친 모습으로 돌아와야 하는가? 어머니 때문에? 아니다. 그것은 겉치레에 지나지 않는 변명일 뿐이다.

어머니에게 조금이라도 효도를 하자면 어머니께서 바라는 대로 소처럼 말없이 땅이나 일구며 농사꾼으로 자족해야 한다. 어머니의 바람은 그 것이고, 그렇게 수굿이 살기를 염원한다. 미래를 위한 모험이라든가, 회의 따위는 아무짝에도 쓸데없는 정신적인 병근이요, 허황된 마음으로 여긴다.

백상은 어머니의 그 바람을 잘 알면서도 불만스러웠고, 어머니가 한숨짓는 운명의 고리로부터 벗어나 자신만의 자유로움을 누리고 싶었다. 어디를 둘러보아도 자신이 뜻하는 삶의 공간을 마련할 수 없을지라도 내딛는 발길은 걸림이 없고자 하였다. 그리하여 어머니가 마련하고 둘러친 공간으로부터 탈출을 시도하였다. 그런데 어찌하여 다시금 지치고 피로한 모습으로 돌아와야 하는가? 또 다시 바다를 건너뛸 것을.

바닷물은 밀물로 더욱 부풀어 눈앞에 가득 찼다. 파도에 떠밀려온 갯진질이 은하수에 걸린 띠구름처럼 새파랗게 자갈밭을 두르고 있었다. 어린 날, 파도가 드세게 자갈밭을 할퀴고 간 아침이면, 썰물 진 바닷가에 달려와 갯진질을 볕말려 널며 그 속에 싸여 떠밀려온 갑오징어며 문어를 잡았다. 해파리가 섞여있을 때도 있었는데, 그놈의 독성은 어느 사이에 종아리를 빨갛게 부풀려 놓았다. 바람과 햇볕에 말린 갯진질은 밭에 거름으로 푹신 깔아 고구마를 심으면 무더기로 매달렸다.

반나마 바닷물에 잠겨있던 채취선이 뒤집혀진 채 바닷물에 잠겨 이제는 갑오징어의 등뼈처럼 뱃창만 내놓고 있었다. 쓸모없어 아주 버려진 채취선이 아니라면 목수의 손을 빌어 부서진 곳을 고치고 수리하여 찬바람을 타고 넘으며 김발을 막을 것이다.

백상은 불현듯 예분례네 할아버지가 몰던 밀무역선을 떠올렸다. 말이 무역선이지, 돛폭 대신에 발동기를 놓고 겨울 한철 마을의 김을 싣고 일본을 다녀왔다. 그렇더라도 대단한 것이어서 그 위세가 솟을대문으로 대변하였다. 마을사람들은 명절 때나 돼지고기, 소고기를 맛보는데, 사시장철 매 끼니 때마다 소고기 국물이 아니면 밥을 먹지 않았다. 예분례 할머니는 고깃살이 질기다는 이유로 국물만 빨아먹고 고깃덩이는 개밥으로 내보냈다.

예분례네 할아버지는 한술 더 떠서 마작이며 아편을 입에 댔는데, 마작을 하기 위해 멀리 바다 건너 일본까지 나가 재산을 탕진하였으며, 돌아올 때는 아편을 지니고 와 방 아랫목에서 혼곤하고 게게풀린 눈빛으로 장죽을 빨아댔다. 거기에 뒤질세라 예분례네 아버지는 술집을 전전하며 계집질에 빠져 있었다. 예분례네 어머니는 시아버지와 남편의 그 모든 정황을 삭일 수 없어 병든 씨암탉처럼 늘상 가슴앓이로 뒤채었다. 그래도 해방되기 전까지는 무역선이 재물을 탕진한 만큼 재산을 매꾸어 주었다.

그렇던 밀무역선이 해방과 더불어 감탕나무 아래에 버려졌고, 한우균이 끌방배로 개조해 사용하다가 육이오전쟁 동안 돌보는 이 없어 자갈밭에 뒤집혀진 채 갯강구의 서식처가 되었다. 예분례 할아버지는 야금야금 쌈짓돈 꺼내 쓰듯 논밭자락을 팔아 아편과 마작에 쓸어 넣었고, 예분례 어머니는 심화가 들끓어 가슴을 붙들고 방 아랫목 신세를 졌다.

친일행각의 산 증인이랄 수 있는 밀무역선의 잔해. 항일농민운동이야, 지하에서 독립운동을 하다 숨어든 사람들을 더러는 밀항도 시켜주고 보호도 해주었다지만 아릿하고도 씁쓸한 역사의 잔재만 같아 마을 노인들은 눈을 돌리고는 하였다.

백상이 또래들우 여름이면 발가벗고 뛰놀며 거북 껍질처럼 비껴진 무역선을 오르내리며 술래잡기며, 고기잡이며, 해적선 놀이를 하였다. 선장이 누가 되느냐에 따라 그날의 뱃놀이는 그 분위기와 방식이 달랐다.

갑자기 떠들썩한 아이들의 소리가 들렸다. 한 무리 아이들이 감탕나무 등치에 옷을 벗어던지고 바닷물로 뛰어들었다. 물오리처럼 자맥질을 하며 바닷물을 끌어안았다. 무심하게 세월이 흘렀을 뿐, 아이들의 모습은 어느 시대를 막론하고 변함이 없을 터였다. 백상이 어렸을 때도 그러하였고, 아버지, 할아버지도 그랬을 것이다.

썰물이 자갈밭을 빠져나갈 즈음에는 석방렴(石坊簾)이 폐허가 된 돌담처럼 나타난다. 자갈과 갯벌에 묻혀 그 형상만 앙상하게 드러낸 석방렴. 자갈과 갯벌이 맞닿은 물목 좋은 곳에다 성글게 돌을 쌓아 만든, 그 옛날 가장 원시적인 방법으로 고기를 잡던 풍어의 터전이었다. 종부네는 늘상 밭머리에서 석방렴을 내려다보며 갓 시집왔을 때까지만해도 저 석방렴에서 썰물이 질 때마다 고기를 잡아 밥상위에 올려놓았다고 하였다.

"그런께, 느그 할아부지가 저 석방렴을 맨들었지야. 참말로 원시적인 어장이 아니었냐. 그런데도 굉장하였다. 원체 고기들이 흔해놔서 그랬겠지만, 숭어며, 문저리며, 농어며, 칼치며, 뱅어며, 문어까지 참 많이도 잡혔느니라. 뭐라 해도 그때가 좋았제. 아무리 흉년이 들어도 지천으로 잡히는 고기로 허기진 배를 채웠응께."

종부네는 친정아버지가 외롭게 어장막이를 하는 망여섬을 석방렴과 비끌어 매며 추억에 잠기고는 하였다. 할아버지께서 석방렴을 만든 것은 임오년 모질고 모진 흉년 때였다. 청정해역이어서 그랬겠지만 아무리 흉년이 들어도 바다 흉년은 들지 않았다. 바다 흉년이라야 김이며, 돌미역, 파래 같은 해초들이 가뭄이나 수온 변화로 잘 자라지 않아 수확량이 줄어들 뿐이었다. 그런데 임오년 흉년은 다른 흉년과는 달랐다고 하였다. 해초는 물론이고 바다고기마저 오랜 가뭄으로 산란을 하지 못하였다.

배고픔을 이기지 못한 육지 사람들이 혹시나 하는 마음으로 섬으로

들어와 모래를 집어 먹기도 하였다. 누렇게 뜬 부황든 뭍사람들이 하얗
게 깔린 모래를 쌀인 줄 알고 묵지 않것냐. 모래를 씹어 묵은 사람들은
죽고 파래나 조개를 파 묵은 사람들은 간신히 목숨을 부지하였다. 그때
느그 할아부지가 사람들을 동원하여 석방렴을 만들었니라. 낚시나 통
발로 괴기를 잡은 것과는 비교가 되지 않아 많은 사람들이 흉년을 이
겼다. 종부네는 시아버지의 석방렴이 어느덧 친정아버지가 어장막이를
하는 망여섬으로 옮겨간 듯 세월의 무상함을 짓씹었다.

백상이 어렸을 때만해도 할아버지가 만든 석방렴이라고, 철부지 같
은 애착을 보였다. 파도에 묻히고 문드러진 석방렴 바윗돌 밑을 더듬어
그 속에 숨어있는 문저리 새끼며, 게며, 고동을 잡았다. 그런데 그 흔한
고기들이 점점 귀해지면서 바다 멀리로 그물을 던져야 하다니.

백상은 바닷물로 출렁거리는 바다 밑을 더듬어 나갔다. 갯벌이 완연
히 드러나면 방게들이 저 세상을 만난 듯 갯벌을 기어 다녔다. 돌멩이
라도 던질라치면 숨 가쁘게 구멍 속으로 숨어드는 방게는 어느 게보다
동작이 잽쌌다. 초라니게와 뻘게며, 꽃게도 뒤질세라 게거품을 물고 갯
벌을 수놓았다.

무릎까지 빠지는 갯벌은 많은 생명들을 키웠다. 짱뚱어며, 문절이며,
곤붕장어며, 낙지며, 꼬막, 바지락, 대합, 굴, 주꾸미 따위가 손에 잡히
고, 발에 밟혔다. 갯진질이 쓰러진 웅덩이를 더듬으면 썰물을 따라가지
못한 고기들이 파닥거렸다.

물장구를 치며 자맥질하기에 싫증이 난 아이들이 감탕나무께로 올
라왔다. 고추자지가 비온 뒷날이 죽순처럼 여리고 영글새 매날려 귀여
움을 더하였다.

"저게 누구여?"

"백상이다!"

아이들은 비로소 백상의 존재를 알아보고 멈칫하였다.

"거지가 다 되었뿌렸구만이."

"우리 누나가 그러는디 일부러 저러고 다닌다고 하던디."

"머리는 똑뿌러지게 좋다며?"

"판검사가 충분하다고 하더라."

"에이, 판검사는 안 된다고 하던마는. 그 땜새 저렇고롬 거지꼴로 세상을 떠돈다고 하던디."

"어째서?"

"우리가 그걸 어떻고롬 알것냐."

"우리 엄니는 그러다가 머리나 안 돌란가 모르겠다고 한숨 짓더만. 무공이도 머리가 좋아 돌았담시러."

"히힛, 무공이 하고는 친척간이라고 하던디."

아이들은 낄낄거리며 옷을 주워 입었다. 그리고 칡넝쿨처럼 얼크러진 감탕나무를 원숭이들같이 타고 넘으며 술래잡기를 하였다. 아이들의 소란으로 매미소리가 잦아들고, 썰물은 더욱 빠르게 갯벌을 게워냈다. 백상은 나뭇가지에 매달려 술래잡기를 하는 아이들을 올려다보았다.

감탕나무는 소금기 절은 바닷바람을 맞으며 옹골차게 세월을 이고 있는 만큼 뿌리며, 가지가 억세고 단단하였다. 아무리 연약한 가지일지라도 낭창낭창 부러지지가 않았다. 그 가지를 붙들고 나무를 건너 뛸 때면 그야말로 신바람이 났다.

아이들은 이 나무에서 저 나무로 미끄러지듯 달아나고, 그럴 때마다 새파란 나뭇가지가 술렁술렁 흔들리고, 숨죽이고 있던 매미랄 놈이 자지러지듯 놀라 오줌줄기를 내갈기며 달아났다. 운 좋게 매미를 잡은 아이는 자신이 노출된 줄도 모르고 즐거운 환호성을 질렀다.

백상은 아이들로부터 눈을 돌려 물에 잠겨있는 할미섬과 망여섬을 바라보았다. 그 옛날, 바다에 나간 영감이 할멈을 할미섬에 내려놓고 망여섬에서 낚시를 하다가 깜박 잠이 들어 밀물에 목이 잠기는 할멈을 망연히 바라보다 바다에 뛰어들었다고 하였다.

망여섬, 물목 좋은 곳에 자리 잡은 멸치어장이 어느 수용소의 그림자처럼 멀리서도 보였다. 외할아버지는 마음씨 좋은, 선량하기 그지없는 호인이었다. 젊어서는 모험심으로 바다를 누볐는데, 손수 설계하여 만든 돛단배를 만들어 타고 목포로, 여수로, 부산으로, 심지어는 대마도까지 파도를 타고 넘으며 젊음을 보냈다.

목포에서 소금을 싣고 여수에 부려놓고, 여수에서 김을 선매하여 부산과 대마도로 향하였다. 거칠고 차가운 파도를 타고 넘는 솜씨는 타고난 듯하여, 아무도 건너지 못하는 경계를 즐거운 기분으로 넘나들었다.

좋은 일도 많이 하였다. 고기를 잡다가 조난을 당한 어부들을 구해주기도 하였고, 장을 봐오다 갑작스러운 돌풍으로 좌초된 사람들을 목숨을 걸고 구해주기도 하였다. 갈 곳 없어 떠도는 불쌍한 사람들을 데려다 김발을 막아 살게 하였고, 배고픈 자, 억울한 일을 당한 사람들을 그냥 지나치지 않았다. 더구나 비밀리에 모은 독립자금을 운송하기도 하였다.

해방이 되자 외할아버지는 배타는 것을 그만 두고 김발양식으로 전환하였다. 물살이 드세고 바닷물이 깊고 맑아 이곳에서 나는 김은 대일무역수출에 큰 몫을 차지하였다. 외할아버지는 과감한 투자로 장말을 꽂을 수 없는 수심 깊은 곳에 김발을 막아 반지르르 흑공단 같이 윤기가 흐르는 특산품을 생산하였다. 그 같은 본보기와 모험심은 주위를 자극하여 좀 더 바다 멀리로 나가게끔 하였다. 그러나 외할아버지의 김 생산은 육이오전쟁으로 의욕을 잃어버리게 되었고, 망여섬에 은거 하였다. 기대를 걸었던 큰아들과 장래가 촉망되는 맏사위를 잃고 나서 망여섬에다 까대기 집을 짓고 바다와 벗하며 멸치어장막이로 세상을 살았다.

망여섬에서의 외할아버지의 생활은 그렇게 시작되었는데, 모험심과 개척정신으로 보냈던 젊은 시절의 추억을 바다 깊이에 수장한 셈이었다. 하지만 그때까지만해도 망여섬 물살 드센 물목에다 어장막이를 하리라고는 아무도 생각해내지 못하였다.

그 사람, 그곳이 어느 곳이라고 어장막이를 해? 자식과 사위를 잃더니만 실성기가 든 거여. 주위사람들은 외할아버지의 행동을 가당찮다는 듯 머리를 저었다. 그러나 외할아버지는 여러 차례 실패를 거듭한 끝에 장말을 꼽는데 성공하였다. 그때까지 멸치어장막이라야 가까운 물목에다 엉거주춤 장말을 꼽아 그물을 친 영세한 것들이었다. 하긴, 고기떼가 워낙 많아 구태여 바다 멀리 물살 드센 곳에다 힘들게 어장막이를 할 필요는 없었다.

저 사람들, 너무들 안이해. 사람은 적어도 십년 세월은 앞을 내다봐야 하는데 현실에 만족하거든. 외할아버지는 자신의 망여섬 생활을 그렇게 대변하였는데, 아니나 다를까, 십년세월이 흐르자, 쌍끌이, 대구리선들이 등장하여 고기떼들을 비질하듯 잡아 바다가 점점 맑아지면서 너도나도 바다 멀리로 나가게끔 하였다.

아이들은 감탕나무에서의 술래잡기가 시들해졌는지 백상에게 눈길 한번 주지 않고 염소와 소들을 일으켜 세우고서 방죽께로 향하였다. 바다에서 못 다한 물놀이를 방죽물에서 할 모양이었다. 그것 또한 아버지, 삼촌들의 어린 시절을 그대로 이어받은 절차였다. 소와 염소를 이웃 산에다 놓아먹이고 나서 첨벙첨벙 방죽물에 뛰어들 것이었다. 백상도 그렇게 수영을 배웠다.

아이들의 출현으로 숨죽이고 있던 매미소리가 또 다시 요란스럽게 울어댔다. 한 무더기 갯바람이 자갈밭을 애무하였다. 산비둘기 떼들이 나들이목에서 약낭골로 날아올랐다.

"너, 백상이 아니냐?"

쉰 듯한 걸걸한 목소리가 바로 머리위에서 떨어졌다. 장 목수였다. 구레나룻이 덥수룩한 장 목수는 연장통을 감탕나무 뿌리등걸에다 내려 놓았다.

"일 나가지 않고 계셨군요."

백상은 내키지 않은 얼굴로 인사를 하였다.

"칠량만에서 옹기배를 손봐 주고 어제께 왔다. 대목수 집안 기둥뿌리 변변한 게 없다고, 지난봄에 배 고쳐준 삯으로 저걸 받았는디 여태 물방선으로 만들어 놓았다. 나야 배만 만들 줄 알제 배 탈 일이 없다만 고쳐 놓으면 누군가 궁색은 면하겠제."

장 목수는 싯누런 금이빨을 드러내며 사람 좋은 웃음을 지었다.

"배 없는 사람이 많지요."

백상은 김철만 되면 배가 없어 나들이 선창가에서 발을 동동 구르던 사람들을 떠올렸다. 종부네도 그 가운데 한사람이었다.

"올 겨울방학 때는 니가 한번 이 배를 타고 다니면서 느그 엄니 마음 편하게 할래?"

"글쎄요……."

백상은 어두운 낯빛을 드리웠다. 아직 여름도 다 가지 않는데 겨울을 생각하다니. 외할아버지는 사람은 적어도 십년 앞은 내다봐야 한다고 하였지만, 백상으로서는 오늘 하루가 회색빛이었디.

"너만 보면 똑 느그 아부지가 생각나서 마음이 아릿하다."

장 목수는 담배에 불을 당기고 엎어놓은 배위로 올라갔다. 톱날 켜는 소리와 망치소리에서 금방 땀방울이 떨어졌다.

장 목수는 일자무식인데도 타고난 재주인지 배만은 가히 다른 사람이 흉내를 낼 수 없었다. 먹줄을 한번 튕기고 나서 톱날로 켜고, 대패로 다듬고, 망치와 끌로 짜맞추고 못질하면 가볍고 날씬한 배가 건조되었다. 인근의 채취선은 말할 것도 없고, 목포, 해남, 진도, 강진, 장흥, 고흥, 여수에 이르기까지 그의 손으로 빚어낸 배들은 수를 헤아릴 수 없었다. 저 옹기배도 장 목수 솜씨구만. 사람들은 배 앞머리만 보고도 장 목수가 지은 배를 알아보았다.

그런데도 물욕에 대한 욕심이 없었다. 바닷물이 철썩거리는 갯가에 위치한 집은 허술하기 짝이 없었고, 배를 지을 때마다 손에 들어오는 돈은 술 인심과 없는 사람 베풀기로 지푸라기 날리듯 하였다.

지열이 후끈거리는 쨍글쨍글한 불볕더위 아래서 이마에 땀방울을 흘리며 톱질을 하고, 대패질을 하고, 망치질을 하는 장 목수의 모습은 무아지경이었다. 한사람의 장인이 태어나기까지의 인고의 세월은 얼마나 걸릴까. 장 목수를 바라보며 엉뚱한 생각을 하였다. 모르긴 몰라도 장 목수가 오늘에 이른 인고의 세월은 다른 사람보다 몇 갑절 더 하였으리라. 일자무식꾼이기에, 눈썰미 하나로 익혀온 달인의 경지는 장 목수만이 지닌 한 맺힌 땀방울로 얼룩진 세월이었을 것이다. 그런 의미에서 장 목수를 여느 사람과는 다른 부류로 생각하고 싶었다.

"아따, 이놈의 날씨 한번 겁난다."

배 밑창 한군데를 땜질하고 난 장 목수는 연장을 팽개치고 감탕나무 그늘로 들어왔다. 감탕나무 밑둥치에 내려놓은 연장망태에서 술병을 꺼냈다.

"여름에 서리 내리지는 않잖아요."

"여름날 서리를 생각하는 사람은 너밖에 없을게다."

장 목수는 자작으로 술잔을 들이켰다.

"서리를 생각하지 않더라도 한겨울을 보내기 위해 여름을 땀 흘리며 살지 않는가요?"

백상은 장 목수에게 심통을 부리고 싶었다. 여수에서 사업을 하는 외숙이 집에 올 때마다 밤 새워 술잔치를 벌리던 미움이 비릿하게 솟구쳤던 것이다.

"그 말은 맞다. 개미에서 사람에 이르기까지 춥고 곤궁할 때를 위해서 일을 허니께."

"아제는 맨 날 돈을 벌어 왜 허랑방탕하게 쓰세요?"

"나대로 후회 없이 쓴다. 너에게 학비라도 좀 보태 주런?"

"싫어요. 저는 누구 도움도 바라지 않아요."

"그건 니 애비 고집이여. 어디서 떠돌다 이 꼴로 왔냐?"

"유치산을 둘러보고 백운산, 지리산을 헤매다 부산까지 다녀왔어요."

"뭐? 거긴 뭐하러 간 게냐?"

장 목수는 의외라는 표정을 지었다.

"아부지의 흔적을 찾기 위해서요."

"백상아, 니 아부지가 살아있을 거라고 믿냐?"

"그것은 어무니 소망이지요."

"그럼, 너는 뭣 땜새 아부지 흔적을 찾을라 하냐?"

얼마나 설움이 컸으면 아직 세상을 제대로 알지 못하는 나이에 아버지의 존재를 찾아 나선 것일까. 장 목수는 담배를 피워 물었다.

"아부지의 실체를 확인하고 싶어서요. 그래야만 어무니를 비롯하여 우리에게 내려진 형벌의 의미를 알게 아니에요."

"아서라. 다 부질없는 짓이다. 어무니 모시고 그저 묵묵히 황소처럼 한세상 살거라. 사서 고생하지 말고."

장 목수는 마음이 짠하였다. 그 성님이사 정말 잘났고말고. 아까운 사람이제. 시절을 잘못 만난 탓으로 그리 됐지만…….

"저는 황소처럼 밭이나 갈아엎으며 살지는 않을 것이요."

"그거사 그래야제. 니 아부지보다 더 똑똑해야제. 하지만 아무리 똑똑하면 뭣하겠냐. 가슴을 칠 일이제."

종부네는 그래서 아들을 미련스럽게 땅이나 수굿이 가꾸며 살기를 바란다. 어찌 어미로서 자식에 대한 욕심이 없겠으며, 남보다 잘되기를 마다하겠는가. 그러나 백상의 가는 길에는 보이지 않는 철망이 둘러쳐져 있어 우리 안의 짐승과 다름없는 삶을 운명적으로 머리에 이고 있는 것이다.

"저는 아부지의 그림자로부터 벗어날 거요."

"니 마음을 왜 모르겠냐. 그렇지만 지금의 방황은 아무짝에도 쓸모없다. 어무니가 한숨으로 니를 기다리고 있다는 것을 잊어뿔지 말거라. 상처 난 느그 어무니 가슴에 한숨을 불어넣어서는 안 된다."

"알고 있어요."

"그럼, 됐다. 방황은 어디까지나 한때의 과정쯤으로 생각해야 한다. 평생을 짊어지고 있으면 그야말로 빙신이다. 나 봐라. 일자무식꾼이 세상이 알아주는 대목수가 되기까지의 그 설움과 고뇌를 알것냐? 지금도 무식꾼이라고 비웃음 친다. 하지만 나는 그들을 웃음으로 대한다. 어느면에서는 즈그들보다 내가 훨씬 똑똑하거든. 그걸 알기에 세상을 방황하지 않고 비관하지도 않으며 웃음으로 산다."

"술독을 이고 사는 것이나 허랑하게 보내는 것이 아제의 현재의 마음을 대변하는 것 아닌가요?"

"그거사, 세상을 달관해뿐 데서 오는 것이다."

장 목수는 궁색하게 대답하였다. 이 녀석이 머리꼭지는 어른 위에 앉아 있구나.

"도인 같은 소리는 어울리지가 않아요."

"도인이 따로 있다더냐? 한 가지 일에 달통하면 모든 게 통한다."

"우리 아부지가 정말 어떤 사상을 가지고 있었는가요?"

백상은 자세를 고쳐 앉으며 진지한 표정을 지었다.

"무식한 내가 느그 아부지가 안고 있었던 그 큰 사상을 어떻게 알것냐. 나, 잠깐 한숨 붙일 텐께 쬐끔 있다 좀 깨워주라이."

장 목수는 남은 술잔을 마저 비우고 감탕나무 뿌리를 베고 누웠다. 그놈의 사상. 일자무식꾼이었기에 그 속에서 살아남을 수 있었다. 한민서를 비롯하여 먹물깨나 든 사람들이야 배운 만큼 자기가 지향하는 사상을 철두철미하게 지조를 굽히지 않고 실현하려고 하였겠지만, 어중이떠중이들은 망둥이처럼 그저 날뛰다 죽었거나, 아니면 눈치껏 이쪽에 붙었다 저쪽을 기웃거렸다 하였다. 장 목수라고 세상을 전혀 모르는 것은 아니었다. 망둥어처럼 날뛴 무리들보다 훨씬 마음이 깊었고, 고생을 한만큼 인정을 베풀 줄 알았다. 그런 사심 없는 마음 씀씀이로 자신을 지켜 나왔고, 전쟁의 피비린내 나는 악몽 속에서 살아났다.

장 목수는 이내 코를 골았다. 참으로 태평한 양반이었다. 장 목수의 코고는 소리와 매미소리가 묘한 하모니를 이루었다.

"저 썩을 놈들. 내 아까운 밭곡식 다 묵이네. 야, 이놈들아? 어느 놈의 소가 우리 감재밭에 들었냐?"

방죽재에서 땡고함소리가 쨍그랑 햇살을 부시며 들려왔다. 방죽물에서 첨벙거리던 아이들이 혼비백산 뛰어가는 모습이 눈에 보이는 듯하였다. 백상은 비죽이 웃음을 머금으며 자리에서 일어났다. 장 목수를 흔들어 깨웠다.

"아재요. 저, 갑니다."

"으응, 알았다."

장 목수는 모로 돌아 누었다. 백상은 배낭을 짊어지고 자갈밭을 걸었다. 햇볕에 달구어진 자갈은 빠드득 소리를 내며 발바닥을 덥혔다. 감탕나무께를 벗어난 백상은 천천히 언덕바지 다복솔밭을 차올랐다. 다복솔밭 중허리쯤에 있는 옹달샘 곁에 염소 한마리가 잔솔나무에 고삐가 칭칭 감긴 채 더위 먹은 울음소리를 냈다. 백상은 잔솔나무에 감긴 고삐를 풀어주고 옹달샘 가에서 물 한 모금을 들이켜 마셨다. 옹달샘물이 뜨뜻미지근하였다.

2

백상은 한동안 콩밭 모서리에 장승처럼 붙박혀 있었다. 긴 그림자가 콩잎 위에 내려앉아 잔잔한 바람이 콩잎 위를 타고 넘을 때마다 두억시니처럼 출렁거렸다. 경사진 밭에는 절반을 나누어 위쪽 살이 빈약한 곳에는 콩을, 아래쪽 보습살이 토실한 곳에는 서숙이 고개를 숙이고 있었다. 차조와 메조를 적당히 심은 가운데 키가 껑충한 수수가 산만하게 심어져 있었다.

차조와 경계선을 이루는 콩밭 끝에서 종부네는 허리를 폈다. 다리가 당기고 허리가 뻣뻣하였다. 휴우, 되다! 한손으로 허리를 두드리며 서산너머로 지는 해를 가늠하려다 거기 우뚝 서있는 백상을 발견하였다.

"썩을 놈……!"

종부네는 왈칵 반가움과 미움이 동시에 치밀었다. 지놈이 가면 어디를 갈 거여. 눈을 흘기고 나서 주춤주춤 콩밭을 헤치고 콩밭 모서리로 올라왔다. 백상은 고개를 떨구고 있었다.

"어여, 앞서."

종부네는 윽박지르듯 백상을 앞세웠다. 몰골 한번 좋다. 얼마나 배를 주렸으면 얼굴이 저 모양일까. 종부네는 밭가에 매놓은 염소를 잡아끌었다. 백상이 말없이 염소 고삐를 받아 쥐었다. 두 마리 새끼가 앙증맞게 울며 뒤를 따랐다.

집으로 돌아온 종부네는 부엌문을 열었다. 생쥐랄 놈이 부뚜막에서 후다닥 놀라며 살강 밑으로 달아났다. 쌀을 씻고 밥을 안치고 아궁이에 불을 지폈다. 마른 솔갱이를 툭툭 분질러 넣었다. 아궁이 앞에 쭈그리고 앉아 담배 한대를 피운 다음 반찬새를 장만하였다. 미움이 뚝뚝 떨어져 흘러도 아들이 돌아왔다는 안도감이 칼끝에 실려 도마를 울렸다. 혼자였다면 남은 식은 밥 한 숟갈로 저녁을 때웠을 것이다.

"도마소리가 요란한 걸 보니 무슨 날이라도 되는갑소이."

삐죽갈네가 부엌 안을 비죽 들여다보았다. 나들이라도 다녀온 듯 모시적삼에 흰 고무신 차림이었다.

"백상이 왔네."

"그래라이. 죽일 놈 살릴 놈 해싸도 아들이 제일이요."

"자네는 어디 갔다 오는가?"

"마량을 거쳐 칠량까장 다녀왔구만이라우."

"장날도 아닌디?"

종부네는 불꽃이 사그라지려는 아궁이 속에 마른 솔갱이가지를 분질러 넣었다.

"옹기배 안 있소. 외상밥값 받으러 갔소."

"외상밥값? 인자보니 자네 솔찮하네. 보통 용기가 아니여."

종부네는 풋고추를 다지던 칼손을 멈추며 삐죽갈네를 올려다보았다. 옹기배는 이른 봄과 한여름이면 옹기를 싣고 철새처럼 찾아왔다. 돛

폭 세 개를 단 옹기배는 늠름한 위용으로 바람을 타고 와서 원뚝 모래
밭에다 보름이고 한 달 동안 배를 올려놓고 옹기를 팔았다.

"옹기 사소, 옹기."

팔고남은 옹기를 바지게가 미어지도록 짊어지고 이 마을 저 동네로
돌아다니며 팔았다. 옹기짐을 곡마단의 그것처럼 위험스럽고도 정교하
게 쌓아올려 보는 사람으로 하여금 마음을 조마조마하게 하였다. 옹기
장수들은 이른 봄에는 김발 마무리 끝이어서 호주머니 사정이 풍성한
지라 현금으로 팔았고, 여름철에는 보리쌀과 맞바꾸기 아니면 초겨울
햇김이 날 때 받기로 하고 외상을 놓았다.

삐죽갈네는 바로 원뚝 수문께에 사는지라 그들이 반찬새도 얻어먹
고, 장마라도 질라치면 식사도 제공 받았다. 올여름에는 장마가 일쩍 찾
아와 예정보다 늦게까지 머물렀고, 아녀자들까지 데리고 와 삐죽갈네
집에서 잠자리를 신세지기도 하였다. 전례대로 외상을 놓았는지라 밥
값 또한 제대로 줄 리가 없을 터였다. 그렇더라도 겨울철 외상을 받으
러 오면 밥값을 받을 것이지 그새를 못 참고 외상밥값 받으러 간 속내
는 무엇일까?

"용한 점쟁이가 새로 들려났다 해서 그점저점 갔다 왔소."

"점은 왜?"

"몸이 자꾸 쑤시면서 까라질라해서……."

"씨뱅. 그거사 서방 맛을 못 봐서 그렇제."

"아따, 성님도. 내가 서방 없다고 언제는 보챕디요. 아직도 처녀나 다
름없는디."

삐죽갈네는 쪼르르 아궁이 앞으로 다가와 꺼져가는 불씨를 일구었다.

"마음에 상사는 왜 났는가?"

"아침이슬 같은 인연도 부부지정 아니었소."

"그래, 뭐라고 하던가?"

종부네는 새로 들려난 점쟁이에게 관심을 기울였다.

"다른 점쟁이 하고는 좀 다릅디다."

"어떤 점이?"

"마당을 들어서기도 전에 내 이름을 부르지 않겠소. 정말 용합디다. 성님도 언제 한번 날 잡아 가보시요."

"보면 뭣할 것인가."

종부네는 한편으로는 귀가 솔깃 열리면서도 한쪽으로 밀어냈다. 점을 한두 번 쳐 봤는가. 삼남의 용하다는 점쟁이는 다 찾아다니면서 행방불명이 된 그 잘난 서방님이 살아있는가, 죽었는가, 가슴에 두 손을 모두고 알아보았다. 점쟁이마다 살아있다고, 좋은 시절이 돌아오면 상봉할 것이라고 하였다. 쇠씹이제, 좋은 시상이 언제 올 것이며, 만나기는 뭘 만나. 전쟁전보다 더 지독하게 이 나라 강토의 허리께가 삭둑 잘라져 먹장구름을 짊어지고 있는디 좋은 시절이 언제 와. 듣기 좋으라고 하는 소리제.

"그래도 한번 가보시요. 속이 후련할 것이요."

"자네 속이 후련했는가 보네."

"저야, 심상한 마음이 개운하면 얼마나 개운할 것이요."

삐죽갈네는 그녀답지 않게 상세한 이야기를 생략하였다. 적어도 종부네에게만은 모든 속내 이야기를 털어 놓지 않는가.

"밥값은 받았는가?"

종부네는 대화의 물꼬를 바로잡았다.

"받기는 뭘 받아라우. 알량한 뭍에서 산다고, 우리네보고 섬것들이라고 비수도 해쌌던마는 워메, 사는 꼬라지를 보니 한숨이 절로 나옵디다."

"그거사, 도보장사 나가면 절절이 외고패고 목격하는 현실이 아닌 가."

종부네는 섬것들이라고 눈 아래로 내려다보는 뭍것들을 좋아하지 않았다. 큰시누이, 둘째시누이가 바다 건너 뭍으로 시집을 갔는데, 불상 놈 모양새를 한 상것들이 뭍에 산다는 이유 하나만으로 동네시집살 이를 시키는데서 비위장이 뒤틀렸다. 섬에서 자랐지만 어엿한 종가집 딸 들로 아녀자가 지켜야할 조신한 교육을 받고 자란 시누이들이었다.

"노망줄에 든 노인이 헛간채 같은 까대기 집에서 기어 나오며 며느 리로 들어와 함께 살자고 어떻게나 치맛자락을 붙드는지 혼이 났소. 우 리 동네는 그런 집이 없어라우."

"왜, 아들이 몽달귀신이라도 됐는가?"

"며느리가 집 나간 지 오래됐는가 봅디다. 아들이 배를 타고 옹구장 사를 나간 사이 이웃집 총각과 눈이 맞아 줄행랑을 쳤다나요. 하기사, 몰골 사나운 노친네와 독수공방이나 다름없는 생활을 하자니 어찌 바 람이 안 나고 배겼겠소."

"팔자 한번 고치제 그랬는가?"

"아이고, 꿈에라도 그런 소리 들을까 겁나요."

삐죽갈네는 머리를 도리질하였다.

"국솥 좀 봐 줄란가? 미운 놈 떡 하나 더 준다고, 학수네한테 갔다올 라네. 낙지마리라도 잡았는가."

종부네는 밥물이 포르라니 넘쳐나자 치마폭에 물기 젖은 손을 씻으 며 자리에서 일어났다. 아무래도 삐죽갈네가 저녁을 거들 심산이었다.

"그라시요. 한참 묵을 나이에 속이 얼마나 허심하겠소. 명상이는 어 디 갔소?"

"즈그 누님집 갔네. 건너뛰면 코 닿을 곳에다 딸자식을 여워놓은께 마음이 더 울적하고 걸려싸서 명상이를 보냈네. 얄샹궂은 곳에다 시집을 보내 시집살이 아닌 시집살이를 하는갑네."

"워낙 심지가 깊어 어련히 감내 안 할랍디요."

"다 내 잘못이네. 즈그 여수 외삼촌 말을 들었더라면 마음 푹 놓고 살 것인디, 좁은 내 소견으로 딸자식 고생 시키는가 보네."

맏딸을 건너 뭍에 사는 둘째 고모부 말만 듣고 생각생각 끝에 시집을 보냈다. 부모 없이 당숙되는 사람 밑에서 천대 받고 자라나 자수성가한 사위였는지라 마음에 들지 않았다. 딸년도 마음에 들지 않아 맞선 본 다음날 장문의 편지로 정중히 거절을 하였는데, 그게 오히려 자존심을 건드려 결사적으로 고모부를 삶아 종부네의 마음을 흔들었다. 자수성가한 만큼 사람이 성실하고 믿음직하다는 것이었고, 외로운 사람은 외로운 사람과 어우러져야 한다는 것이었다. 박수혁이 말한 여수 총각에게 딸년의 마음이 기울어졌을 때도 그 먼 거리의 도시로 시집보내고 나면 죽을 쑤는지, 똥을 싸는지 누가 아느냐고 딸의 마음을 설득하였다.

그러나 막상 시집을 보내고 나니 시집살이가 의외로 고되다는 주위의 말들이었다. 친부모도 아닌 식구들의 눈치를 보아야 하고, 사위 앞으로 남겨진 유산을 맡아 지켜온 시당숙과의 재산분쟁이 끝이 없었다. 사위는 읍내에다 점포를 차려놓고 며칠이고 집을 비운다는 것이었다. 읍내 점포 주위를 맴도는 치맛자락과 댕기머리도 신경에 쓰이는 대목이었다. 술 담배도 못하는 수전노 같은 그 주제에 계집은 밝히는 걸까? 이 점저점 궁금하고 마음도 심란하여 명상을 딸네 집으로 보냈다. 그런데 이 녀석이 사위네 집과 이웃집에 사는 고모 집 조키들과 이울려 노느라 집에 올 줄 몰랐다.

삐죽갈네는 국솥에 불을 다독여 지폈다. 외상밥값을 받으러 간다고 아들을 건너 마을 큰집에 데려다 놓았기에 아들을 데리러 간답시고 나들이웃 그대로 집을 나섰다가 담 너머로 도마소리가 들려 종부네 집에 들어섰다. 허렁한 뱃속을 종부네 집에서 채우고 아들을 데리러가도 늦지 않을 것이었다.

방안에 든 백상은 기척이 없었다. 워낙 말이 없는 아이라 평소에도 지척 간에 마주쳐야 인사를 하는 아이지만 불도 켜지 않고 어둠을 둘러쓰고 있었다. 저 나이에 회의와 절망을 잔뜩 안고 어디를 싸돌아다니다 왔을까? 머리가 너무 일찍 깨어도 탈이제. 그 나이에 뭘 안다고 세상을 도리질하며 입술을 깨무는 걸까. 내 새끼도 저렇게 머리가 좋으면 얼마나 좋을까. 가르치고 싶어도 워낙 머리통이 나빠 한숨이 절로 나왔다. 공부라고는 취미가 없는 아들하나 바라보고 청춘을 훌쩍 헛되이 보내도 되는 걸까? 삐죽갈네는 토심스러운 마음으로 부지깽이로 아궁이를 헤집었다. 백상만 보면 왠지 모르게 샘통이 났다. 한숨 가운데 점쟁이 말이 생각났다. 유복자로 낳은 아들 때문에 왔구나. 걱정 말거라. 지금은 공부가 영 시원찮다만 한 가지 손재주가 있어 처자식은 먹여 살리겠다.

"국물이 너무 쫄아 들었제?"

종부네가 숨 가쁘게 부엌을 들어섰다.

"뭣 좀 잡았습니요?"

"그 여편네, 신방 차린 낙지까지도 가만 뇌두던가. 벌써 태망네가 제사에 쓸 거라고 웃돌림은 가져가고, 문저리와 남은 것을 떠리미로 가져왔네.

종부네는 낙지와 문저리와 뻘덕게를 장만하였다.

"찌개 감으로는 맛들었겠소."

삐죽갈네는 세발낙지 한 마리를 손으로 쭉 훑어 손가락에 감더니 고추장을 듬뿍 찍어 발라 한입에 우물거리며 씹었다.

"무던히 뱃속이 비었던 모양이시."

"배도 고프요만, 성님네들이 이렇게 가르치지 않았소. 생낙지는 이렇게 묵어야 제맛이라고."

"입성도 빠지지 않제."

종부네는 끓는 국솥에 장만한 낙지와 문저리와 뻘떡게를 양념과 함께 넣었다. 금방 식욕을 자극하는 찌개냄새가 부엌에 넘쳐났다. 대청마루에 남포불이 켜지고, 백상과 종부네와 삐죽갈네는 저녁상을 마주하고 앉았다. 날벌레들이 불빛을 보고 달려들었다.

"백상아, 방학 동안 우리 유복이 글 좀 안 가르쳐 줄래?"

삐죽갈네는 저녁상 모서리에 내려앉은 침묵을 몰아내고자 하였다. 저녁을 얻어먹는 자신으로서는 숟가락이 무겁게 느껴졌다. 백상은 말없이 수저를 놀렸다.

"아직도 강아지가 수기네 집으로 뛰어가는가?"

"성님도. 그 단계는 넘었지라우. 하지만 글 읽는 소리가 영 신통치가 않네요."

삐죽갈네는 풀죽은 목소리로 말하였다. 자식 공부 소리만 나오면 답답하고 애가 탔다. 남들 보내는 학교에 입학을 시켰더니만 책을 읽는다는 게, 뛰어갑니다. 강아지가 뛰어갑니다. 수기네 집으로 뛰어갑니다. 고개를 끄덕거리며 그것밖에는 주워섬기지 못하였다. 왜, 하필이면 수기네 집인가? 수기네 아범이 은근히 그녀를 훔쳐보며 유복에게 누룽지며, 알사탕을 심심찮게 안겨준 때문이었다. 철딱서니 없는 자식이라니. 남들이 들으면 오해하기 꼭 알맞았다.

"그렇게 말을 만들어 읽는 것으로 봐서는 놈의 눈치에 밟혀 죽지는 않을 것이네."

"성님은 내 입장을 잘 모르지라우. 참말로 자식 멍청한 것도 팔자인

듯싶소."

백상은 삐죽갈네의 하소연이 어느 쪽으로 향하고 있다는 것을 알면서도 끝내 아무 말 없이 수저를 놓고 밥상 앞에서 물러났다. 숭늉 한 그릇. 그 구수함이 노곤하고 나른한 포만감을 주었다.

"아따, 맛있는 냄새가 나는구라. 술안주 장만이라도 했는가?"

저녁상을 물리고 막 담배를 말아 피우려는데, 공수네가 행뚱거리며 들어섰다. 낮에 콩밭에서 담배를 피우며 술 이야기도 나왔겠다, 저녁 먹은 그릇을 설거지통에 처박아 둔 채 삽작을 나선 것이다. 무엇보다 담배 생각이 간절하였던 것이다.

"자네하고는 지푸라기 같은 약속도 못혀."

종부네는 담배봉지를 공수네 앞으로 밀었다.

"삐죽갈네도 한대 피워봐. 옷차림새가 수청들러가는 기생 모양새만 같네."

"내가 언제는 담배 피웁디요. 아따, 그놈의 연기 독하기도 하다. 또 누가 아장걸음으로 온다요?"

삐죽갈네는 손사래로 담배연기를 날렸다.

"올 사람은 다 오겠제. 어여, 술독이나 꺼내와."

"담배나 천천히 마저 피우소."

종부네는 공부방 쪽을 흘깃 돌아보았다. 불은 켜져 있는데 기척이 없었다. 저놈의 궁상. 담장 속에 든 육칠월 구렁이가 몇 자 길이인지 모르댔기, 저놈의 속에는 무엇이 들었을까? 종부네는 애잔한 미움을 담배연기 속에 뱉아냈다.

담배 한대를 다 피울 즈음 영주네, 동천네, 자숙이네 순서로 마을의 떼과부들이 몰려들었다. 마당 한가운데 뭉게뭉게 모기불이 타오르고, 그 주위로 멍석이 깔렸다. 풋기가 가시지 않은 쑥향기가 코끝을 후비고, 공수네와 동천네는 벌써 담배를 두 대째나 말아 피웠다. 구름 한 점 없는 밤하늘에는 은하수가 반딧불처럼 가로놓여 있고, 이따금씩 별똥별이 길게 꼬리를 내지르며 은하수에 잠겨 들었다. 모기랄 놈은 모깃불 밑으로 저공비행하듯 하며 종아리께를 따갑게 쏘아댔다.

"저것 보소. 뭔 불이 반짝이네."

자숙이네가 담뱃불을 붙이다말고 앞산을 가리켰다.

"누가 공을 들이는가 보네."

"당목넨가 보네. 초하루와 보름이면 작은 굴에서 자식 하나 점지해 달라고 빈다고 하데."

"또딸네, 아들 하나 얻자고 그렇게 빌어도 아무 소용이 없데. 팔자에 없는 자식을 공들여 빈다고 낳을 것인가?"

"그래도 모르제. 재 너머 용구네는 바다 건너 천관산 절에서 공을 들여 용구를 낳았다지 않던가."

"중과 붙어서 낳은 것이제, 용구아비 씨던가? 천륜을 거슬리며 억지로 자식을 만들면 그 또한 죄네."

"그러나저러나 당목네 참 안됐네. 그 좋은 심성이야, 어느 구석 나무랄 데 없는디 어쩌다 자식 생산을 못할까?"

"여자가 자식을 못 낳으면 아무짝에도 쓸모가 없제. 벌써부터 다른 여자를 보아 대를 이으라 해도 서방이 도리질을 한다는구랴."

"차마 저버릴 수 없어 그렇겠제."

종부네는 술잔을 빙 돌렸다. 방금 뒤울안에서 동이 채 파내온 술이라 보글보글 개었다.

"아따, 술 잘 익었네. 조금 지나면 맛이 가겠네."

공수네는 시원스럽게 술잔을 비웠다. 삐죽갈네도 아낙네들을 따라 찔끔 한 모금 들이키고 나서 진저리를 쳤다. 담배는 아무리 배우려고 해도 안 되는데, 술은 한잔쯤 마실 수 있었다.

"술 잘 담기로는 종부네 아닌가. 한잔씩만 돌리고 덮어놓소. 일꾼 들여 논 맬라면 또 담글 수 있겠는가."

"마시고 싶은 만큼 마시게. 밀주단속반하고 숨바꼭질하는 재미도 쏠쏠한데."

술을 두 잔째 돌릴 즈음 대문 밖이 왁자하며 마을 청년들이 술 냄새를 맡고 들이닥쳤다. 원뚝머리에서 하모니카를 불며 놀던 청년들이 모둠으로 일어나 짓쳐들어온 것이다.

"워따, 똥파리맨치러 냄새 하나는 잘 맡는다."

동천네가 이마에 주름살을 모았다. 저 떼죽들이 오면 술독이 남아있을 까닭이 없을 터였다.

"숙모님이 담은 술 냄새야 옥황상제도 알아보지라이."

채종이 너부죽이 웃으며 동천네 곁에 앉았다. 마을 청년들이 틈새틈새 비집고 앉았다.

"가만있게. 조건이 하나 있네."

청보네가 점잖게 말하였다.

"뭔 조건이라우. 닭서리라도 해오란 말이요?"

"술값을 내야하네."

"얼마요?"

"내일 날이 밝는 대로 종부네 논을 매줘야 하네."

"아따, 술 한 잔 얻어 묵고 코 꿰게 생겼소."

"어쩔 텐가?"

"그럽시다. 그놈의 것, 울력 것으로 해주지요. 그 대신 술안주야, 흐벅지게 내와야 할 것이요."

"이 밤중에 돼지는 잡을 수 없고, 저그 웃동네 태망네 집에서 제사가 있느니, 단자를 보내 술안주를 얻도록 하게. 술이사 종부네가 양껏 내놓을 것이구만."

"어이, 재문이. 단자를 쓰소. 현오하고 내가 갔다옴세."

채종은 우선 술맛이 동하는지라 바가지 술을 담뿍 떠서 한숨에 들이키고 자리에서 일어났다. 현오가 뒤따랐다. 찌적찌적 내리는 장맛비처럼 이야기가 오가는 가운데 술잔이 두어 순배 돌아갔을까, 제삿집에 간 채종이와 현오가 숨 가쁘게 들어섰다. 현오 손에는 제삿집에서 준 안주거리가 들려져 있었는데, 채종은 닭 모가지를 비틀어 쥐고 있었다.

"워매, 저 오살놈들. 닭서리를 해왔네."

공수네가 질겁하였다.

"아짐네 닭은 아닌께 걱정 마시요."

채종은 허벌죽 웃으며 뒤울안으로 돌아갔다. 현오가 제삿집에서 준 안주거리를 내려놓고 거들러 갔다.

"아무래도 오늘밤 무슨 일이 벌어지겠네."

"우리야 굿이나 보고 떡이나 묵는다고, 닭다리 안주에다 술이나 돌림으로 한잔씩 얻어묵세."

동천네는 제삿집에서 얻어온 안주거리를 펼쳤다. 전 부치개와 생선 토막, 돼지비지살이 들어 있었다.

"이 집 귀신도 언제 포만스럽게 제물을 얻어 묵을까, 몰라."

"여름날 음식 장만하기도 고역이네. 많이 하면 뭣할 것인가. 금방 쉴걸."

"그래도 그렇제. 한 가지를 하더라도 묵을 만큼은 해아제. 손끝 간사하기가."

"올봄에 들어온 며느리는 더 한다네."

"그 물에 그 밥이라고, 오죽하겠는가. 음식 간은 제대로 맞구만. 학수네가 잡은 쭈구미도 들어 있네."

"염병. 제상에 오른 낙지는 다 내가 잡은 것인가?"

학수네는 비리칙 웃으며 전 부스러기를 한입 가져가는 동안 안주거리는 바닥이 났다. 공수네가 혀를 차며 입맛을 다시는데, 채종이가 닭발과 날갯죽지를 다져가지고 왔다. 손끝에서는 물기가 맺혀 떨어졌다.

"숙모님, 쌀 한보시기 씻어 주시요. 사람도 여럿이고, 닭죽이나 끓이게. 불은 현오가 지필 것이요."

"품샀보다야 안 싸겠냐."

종부네는 자리에서 일어나 마루방으로 들어가더니 바가지가 넘치도록 쌀을 내왔다. 현오는 아궁이에 불을 지피며 닭창자를 부지깽이에 휘감아 아궁이 불에 굽고 있었다. 종부네가 부엌에 들어서자 현오는 이를 드러내며 소리 없이 웃었다.

그 사이 밤은 깊어가고, 중천에 걸렸던 은하수는 서쪽으로 한 뼘쯤 기울어졌다. 마당가에는 모기불이 새롭게 연기를 피워내며 모닥불로 타오르고, 솥단지를 가운데 두고 김이 무럭이는 닭죽을 한 그릇씩 차지하였다.

"워따, 누구네 닭인지는 몰라도 토실하게 키웠다."

영주네와 수기네가 허기증이 든 사람처럼 뜨거운 닭죽을 혀로 굴렸다.

"고기맛을 본지가 하도 오래라서 그럴 것이요."

"그보다는 도둑 것이라서 더 맛있을 것이요."

"하긴, 지집질도 도둑질하는 것이 제일이라 하든만."

"아제가 그랍디요?"

"그 양반이사 자기 것도 감당을 못해서 구렁이 담 넘어가듯 한다. 그 점 하나는 걱정 안 해도 되야."

"그게 뭐 자랑이라고 걱정 안해라우. 사내대장부라면 남의 것에도 눈이 돌아가야지라우."

　재문은 익살맞은 얼굴로 공수네의 약점을 건드리며 약을 올렸다.

　"어따, 저놈은 장가도 가기 전에 이력이 났네, 그랴."

　"말이 그렇다는 것이지라우. 솥에 더 없소?"

　"삐죽갈네가 바닥을 긁고 있지 않냐."

　"그러면 물김치라도 내오시오. 남은 술마저 비우게요."

　"이러다가는 밑살림 동나겠다."

　종부네는 장독대 그늘진 곳에서 풋김치를 통 채로 내왔다. 그 여편네 손이 크기는. 청보네는 속으로 눈을 흘겼다. 닭죽을 든 아낙네들은 술판에서 물러나 마루에 걸터앉아 담배를 말아 피웠다.

　"원산네가 없으니 영 재미가 없네."

　"그 여편네 요즘 통 바깥출입을 안하는구만. 무슨 일이라도 있당가?"

　"금메. 오늘 낮에 밭고랑에 엎뎌있던디……."

　영주네와 학수네는 하품을 하더니만 슬며시 자리에서 일어났다. 마을청년들끼리 술잔을 돌리며 풋김치를 우적거렸다. 모깃불이 미풍에 불꽃을 일으키고, 번들거리는 얼굴에 술빛이 익었다.

　"우리 오랜만에 샷치기 놀이나 한번 하드라고."

　채종이 웃통을 벗어 던졌다. 그러자 모두들 웃옷을 벗었다. 노래를 부르며 손과 몸짓으로 술래를 점찍어 나갔다. 손과 몸짓을 제대로 따라하지 못한 사람은 가운데로 나가 무릎을 꿇고 앉은 채 등짝을 맞아야만 하였다.

　－샷치기 샷치기 샷뽑뽀
　　샷치기 샷치기 샷뽑뽀

매번 가운데 불려나가 등줄기를 얻어맞는 사람은 노총각으로 장가를 못가 풀이 죽어 지내는 필수와 귀머거리 만식이었다. 필수는 그 나이가 되도록 삿치기 한번 못해봐서 손과 몸짓을 따라하지 못하였고, 귀머거리 만식이는 노래 가사가 안 들려 노래가사를 따라 부를 수 없었다.

백상은 마당에서의 놀이가 밤을 짓뭉갤수록 신경이 곤두섰다. 혼자 방구석에 처박혀 생각을 굴리다가 그대로 잠이 들기를 바랐는데, 점점 더해가는 농살 짙은 놀이에 방을 뛰쳐나왔다. 원뚝 수문께로 나갔다. 바닷물은 원뚝 절반까지 밀려들어 왔고, 채취선이 말뚝에 매어진 염소새끼처럼 깝죽거리며 한가롭게 뒤채었다.

백상은 원뚝 중간쯤에 자리를 잡고 앉았다. 무릎 높이까지 자란 억새풀은 이슬에 흠뻑 젖어 있었고, 숭어랄 놈이 이따금 유연하게 포물선을 그리며 공중제비를 하였다. 바다 저쪽에서 파도를 타고 불어오는 밤바람이 시원하였다. 사나운 깔때기 모기도 시원한 바다바람 앞에서는 어쩌지 못하였다. 백상은 방뚝을 때리는 바닷물에 귀를 기울였다. 언제 들어도 아득한 전설과 신비의 세계를 들려주었다. 그 속에 놓이게 되면 세상의 온갖 것이 다 녹아버려 한없는 전설의 세계로 나아가게 하였다. 그 세계는 욕됨도, 미움도, 한숨도, 갈등과 번뇌도 없었다.

갑자기 한줄기 물줄기가 포물선을 그리며 바다로 떨어졌다. 백상은 눈을 들어 올려다보았다. 학재였다. 바지단추를 열고 오줌을 내갈기고 있었다. 포물선이 차츰 약해지면서 진저리를 한번 치더니 바지춤을 바로 여몄다. 방금 비석거리에서 예분례와 가졌던 황홀하고도 짜릿하였던 사랑의 잔재가 오줌줄기에 맺혀 떨어졌다.

작년 가을부터 남들의 눈을 피해 예분례와 밤 시간을 함께하였다. 울타리를 사이에 두고 처음에는 오빠 동생으로 스스럼없이 지냈었는데, 언제부터인가 예분례 집에 비장해 둔 술향기를 지울 수 없었다. 야, 느그 사랑 다락에 저장해 놓은 술 한 병만 꺼내주라. 학재는 진즉부터 일본과 부산 등지에서 구입해 쌓아둔 술병에 눈독을 들이고 있었다. 어떻게 해서든 예분례를 꼬시어 술맛을 보고 싶었다.

오빠는 나보다 술이 더 좋은가 보구만. 예분례는 샐쭉 토라졌다. 술독에 빠져 질그릇 같은 소리로 세상을 농탕질치는 학재였지만 무언가 끌리는 구석이 있었다.

이것아, 뽕도 따고 임도 본다는 말을 못 들었냐? 겸사겸사 술맛도 보고 니도 안아보면 될 것 아니냐. 학재는 허심하게 웃었다. 학재로서는 사랑 같은 것은 허랑한 사치였다. 아무리 술독에 빠져 지내도 노름과 사랑유희는 멀리하였다. 세상을 회의하고 외면한 가슴에 누구를 사랑하며 삶의 둥지를 틀어 무엇 할 것인가.

참말로 오빠 속은 모르겠당께. 그러면서 금농이와 자숙이 중매는 잘 서더구만이. 예분례는 곱게 눈을 흘겼다. 아직도 부잣집 등걸이 남아 있는지라 살결이 뿌옇고 보송보송하였다.

그거사, 재문이와 현오가 졸라싼께 짝을 맞춰준 것이제. 오늘밤 열시 비석거리로 술 한 병 들고 나오너라. 알았제? 학재는 예분례의 손을 꼬옥 쥐었다. 눈 질끈 감고 저걸 한번 먹어버려? 뽀송한 게 제법 감칠맛이 있을 것이구만. 아니여. 불장난은 해서 무엇하냐. 마음만 번거로울 것. 학재는 머리를 가로 저었다.

학재는 밤이 되자 맨숭한 정신으로는 약속 장소로 나갈 수 없어 미리 한잔 술을 걸치고 시간에 맞춰 지치적지치적 나갔다. 차가운 바람이 동짓달 달빛을 비쭉하였다. 예분례는 나오지 않았디. 학재는 꾕생이 꾓등으로 약속장소를 정할 걸 그랬나 후회하였다. 쓰러진 비석에 엉덩이를 내려놓았다. 차가운 기운이 섬뜩하게 느껴졌다. 비석거리는 육이오 때 좌우를 막론하고 전세가 반전될 때마다 사람들을 발가벗긴 채 무더기로 사살한 곳이어서 낮에도 아녀자 혼자 지나치기가 으스스한 곳이었다. 보복과 보복이 반복된 비극의 현장이었다. 그보다는 방죽재로 넘어가는 광생이 묏등이 더 아늑할 것이나 재문이나 현오가 미리 선점해 있지 않을까, 염려한 나머지 비석거리로 정하였던 것이다.

위따, 무섭고도 춥네이. 예분례가 잔뜩 가슴을 웅크리고 다가왔다. 학재는 말없이 자리를 내주었다. 추위 때문인지 평소와는 달리 말이 나오지 않았다. 도둑고양이맨치로 술 한 병 몰래 꺼내자고 쬐끔 늦었네. 술 여기 있소. 아이구, 춘거. 예분례는 품속에서 술병과 함께 간단한 안주거리를 꺼냈다. 학재는 술병 마개를 따고 병나팔을 불듯 술병을 기울였다. 독하면서도 향기가 그윽하였다. 싸아하게 가슴을 타고내리면서 금방이라도 추위를 녹일 것 같았다.

무슨 술이여? 한잔해봐. 추위가 달아날 텐께. 학재는 기울다만 술병을 예분례에게 건넸다. 내가 뭐 이까짓 술 마시러 왔는감. 나 갈 테여. 예분례는 화르락 자리를 털고 일어났다. 내가 술병이나 날라다 주는 봉인 줄 아는가벼. 속으로 잔뜩 손톱을 세웠다.

앉어. 내가 언 가슴을 푹신 녹여즐 텐께. 학재는 순간 난폭하게 예분례의 치맛자락을 잡아당겼다. 예분례가 무방비 상태로 학재의 가슴에 쓰러졌다. 학재는 예분례의 입술을 덮쳤다. 예분례의 심장이 방아공이처럼 뛰며 숨 막혀 하였다. 차가운 달빛이 두 사람의 머리위에 정지되었다.

겨울이 가고 봄이 오는 동안 두 사람의 만남은 그렇게 이어졌다. 비석거리에서, 광생이 묏등에서, 감탕나무께에서 만날 때마다 사랑방 다락에 비장해 놓은 술 한 병과 간단한 안주가 분위기를 돋우었다. 학재는 예분례의 가슴에 술기운을 문신처럼 불어넣어 주었고, 예분례는 그 술기운을 사랑의 향기로 받아들였다. 들꽃향기가 농밀한 봄으로 무르

익으면서 예분례의 수줍음은 용기로 변하여 더욱 대담한 행동으로 학재를 받아들였다. 그때마다 학재는 땀을 비 쏟으면서도 사랑의 행위가 끝나면 무언가 씁쓸한 기분을 떨쳐버리지 못하였다. 이것은 진정한 사랑이 아니야. 자포자기에 가까운 열정에 불과해. 학재는 머리를 가로 저었다. 그와 함께 진심으로 학재를 받아들이는 예분례에게 미안하였다.

오늘도 학재는 비석거리에서 예분례가 몰래 가져온 술병을 기울였다. 여느 날보다 술 향기가 짙고 감칠맛이 났다. 그러나 분위기는 그게 아니었다. 예분례가 불쑥 솟아오른 배를 내보인 것이다. 그 순간 밤하늘의 은하수가 한꺼번에 쏟아져 내렸다.

"누구야? 오, 너구나. 허헛, 내가 한잔 했다."

학재는 망상에서 깨어나며 몸의 중심을 바로 하였다. 백상에게만은 자신의 취태를 보이고 싶지 않았다.

"많이 취했군요."

집 마당에서 술잔을 기울이지 않는다고 생각하였더니 다른 곳에서 술을 든 모양이었다.

"나야, 항상 취하지 않냐. 어디를 싸돌아다니다 왔냐?"

학재는 몸의 중심을 어렵게 잡으며 백상의 곁에 앉았다. 술 냄새가 물씬 풍겼다.

"제가 어디 다녀왔는지 궁금하세요?"

백상은 순간 도전적으로 말하였다. 그놈의 술. 허구한 날 술독에 빠져 지낸다 해서 우리가 짊어진 멍에를 벗어던진단 말인가? 술과 벗하며 사는 학재를 동생으로서 이해하면서도 못마땅하였다. 정면으로 부스러뜨리지 못하고 술이라는 매개물로 절망과 울분과 고뇌와 현실을 풀어던지려는 그 마음을 알고부터 비판적인 시선을 가진 것이다.

"글쎄다. 내가 그런 신통력이라도 있다면 오죽 좋겠냐. 취생몽사. 아무짝에도 쓸모없는 놈이다."

"세상은 술로써 해결되는 게 아니에요."

"그래, 그래. 잘 안다. 너만은 두 눈 부릅뜨고 자신을 헤쳐 나갈 것으로 기대한다. 너에게만은 희망을 걸거든."

"무슨 희망 말인가요? 그런 식으로 자신의 위치를 전가하지 마세요."

"네 말대로 무책임한 생활을 영위하는지도 모르겠다."

학재는 백상이 갑자기 키 큰 나무처럼 느껴졌다. 눈망울이 반짝이는 코흘리개는 아니었다. 나이보다 훨씬 웃자라버린 어른스러운 사고에서 어느 정도 취기가 가셨다.

"형님은 어느 사이에 자신의 취기어린 생활을 은근히 즐기고 있어요. 그 파장은 큰어무니께서 애써 지켜온 논밭들이 야금야금 남의 손으로 넘어간다는 것을 알아야 해요. 그로 인한 큰어무니의 고통을 아세요?"

백상은 평소 가슴에 지니고 있던 말들을 거침없이 내쏟았다. 학재는 다시 한 번 놀랐다. 그전에는 누구도 그런 말을 맞대놓고 하지 않았다.

"그 점에 대해서는 할 말이 없다만, 네가 더 세상을 알게 되면 이해할 것이다."

"형님의 마음을 다 이해하지는 못하지만 저도 알만큼은 알아요. 무엇보다 자신이 마시는 술값은 스스로 책임져야 한다고 생각해요. 어느 누구에게도 마음의 부채를 짊어지워서는 안돼요."

백상은 무엇보다 시제답(時祭畓)을 술값으로 잡혀먹은 사실을 뒤늦게 안 어머니께서 화를 내던 것을 떠올렸다. 그것은 아무리 집안이 풍비박산 되었더라도 엄연히 문중제답인 만큼 종손이라 해서 함부로 사유화

시킬 수 없었다. 저애들이 눈 까맣게 자라고 있는디 지놈 마음대로 시제답을 술독에 처넣어? 종부네는 학재가 술독에 빠져 지내는 것을 짜안하게 여기면서도 시제답을 외상술값으로 말아먹은 사실을 용서하지 못하였다.

"시제답을 말아먹은 건……."

학재는 옆구리에 비수날을 들이대는 듯 한 백상의 말에 다음 할 말을 꿀꺽 삼켰다. 성질 같아서는 네깐 놈이 무얼 안다고 대꾸냐고 질그릇 깨지는 소리로 내쳐 버릴 것이나, 어쩐지 백상의 말에 힘이 들어 있었다.

"어떠한 말로도 변명해서는 안돼요."

백상은 자신에게 못 박듯 말하였다. 자기 앞으로 등기된 전답들이 어디 한 두 군데인가. 그런데 왜 하필이면 시제답인가? 그것은 어머니 말대로 어린 사촌동생들을 무시하고 조상을 욕되게 하는 처사였다. 앞으로 자기 앞에 놓인 재산마저도 곶감 빼먹듯 하겠지만.

"세상을 다 잃었는데 조상이 우리에게 무슨 소용이 있냐."

학재는 카악 바닷물에 침을 뱉었다. 술이 모든 것을 해결해 주지는 않는다. 하지만 무엇을 어떻게 하란 말인가? 개똥보다 더 더럽고 치사한 세상에 자신의 존재의미를 무엇에 매달란 말인가. 어째서 시제답을 술값에 처넣었느냐고? 철저히 조상들을 무시해 버리고 싶어서였다. 유배로 시작된 조상의 한스러움은 대를 이어받아 오늘에 이르렀다. 생각같아서는 족보도, 감실도 다 불질러 버리고 싶었다.

"그 울분으로 시제답을 술값으로 처넣었던 밀이지요. 차라리 조상의 묘들을 파헤쳐 버리지 그러시요?"

백상은 두 손을 꼬옥 말아 쥐며 또 한 번 학재의 심기를 불편하게 하였다. 자신도 저 나이가 되면 술독에 빠져 지낼지도 모른다. 그게 두려운 것이다. 아니다. 그렇게는 안 될 것이다. 암담하고 그늘진 길을 힘겹고 고통스럽게 걸을지라도 절망하지 않을 것이다. 내 머리위에 하늘이 내려진 형벌처럼 드리운 운명의 그림자, 그 거부할 수 없는 멍에를 짓밟으며 두발로 걸어갈 것이다. 가다가 다리가 아파 잠시 풀밭에 쉬어갈 때는 그 멍에를 의자로 삼고, 지쳐 쓰러지면 이부자락으로 삼고, 방향없이 걸을 때면 신발로 삼아 길을 걸을 것이다.

"밤이면 몇 번을 파헤친 지 모른다. 너는 이 형처럼 절망하지 말거라. 그리고 방황해서도 안 된다. 벌써부터 두 발 부르트게 방황하려는 조짐이 보인다만."

"방황이 아니에요."

"그럼 무엇이냐?"

"아버지의 실체를 알기 위해서요. 그래야만 저의 존재를 제대로 비끌어 맬 수 있어요."

"헛헛헛, 어디 가서 실체를 찾겠다는 것이냐?"

학재는 쓰디쓴 웃음을 터뜨렸다. 실체를 찾아 보았자 가슴에 안겨드는 것은 무엇이겠는가. 더 큰 낭패감과 절망감이 안개비처럼 휘감겨 들 것이다. 헛되고 부질없는 짓이 아니고 무엇이랴.

"저는 누가 무어라 하건 아버지의 실체를 확인해야 해요. 그렇지 않으면 형님처럼 타락의 시궁창에 빠질지도 몰라요."

"어려운 문제를 안고 있다."

학재는 한숨을 내쉬었다. 영악하다. 너무 예리하고 차가운 비수날을 가슴에 지니고 있다. 그 예리한 비수날이 자칫 남의 심장에 박힐지도 모르겠고, 스스로의 목을 찌를지도 모르겠다. 남이든, 자신이든 그것은 위험을 예고하고 있다.

"아버지네들은 어째서 할아버지가 이룩한 부(富)의 축대위에서 공산

사회를 최상의 세계라고 믿었지요?"

"그, 그건 말이다. 그 시대의 지식인들 모두가 가지고 있었던 이상향이었다고 할 수 있다. 그리고 시대적 상황이 지식인들을 그쪽으로 이끌었고……."

학재는 속으로 혀를 차며 말끝을 흐렸다. 나이보다 머리가 커버렸다고는 하나 아직은 철부지나 다름없는 백상에게 아버지네들이 지니고 있던 사상과 시대적 조류를 다 설명하기에는 어려웠다.

"말해주지 않아도 저 혼자 충분히 풀어 나가겠어요."

백상은 옹골차게 말하였다. 왜들 한결같이 첨예하게 대립되는 이데올로기에 대해서 말을 회피하는 걸까. 백상에게까지 짙은 그림자를 드리운 세계사적인 문제가 아닌가. 서로서로가 무릎을 맞대고 툭 터놓는다면 보다 분명하고 합리적인 해답과 방향을 제시하지 않겠는가. 무엇보다 흑과 백이라는 이분법으로 세계를 가름하려는 편협하고 고루한 논리가 마음에 들지 않았다.

"너만은 정신적으로 건강해야 한다. 내 바람은 그것이다."

학재는 백상의 어깨를 감싸 안았다. 아직은 세상을 바라보는 눈이 청순할 수밖에 없다는데서 마음이 아릿하였다. 세월을 덧없이 가슴에 따담게 되면 그 청순한 눈빛은 점점 회색빛으로 퇴색되어 한 발짝씩 세상 밖으로 내걸을 것이다. 비록 절망과 회의를 벗어난 달관자연한 길로 들어설지라도.

"저는 형님처럼 살지는 않을 것이요."

"그래, 그래. 고맙다."

학재의 두 뺨 위로 눈물이 맺혀 떨어졌다. 우리가 무슨 죄인이냐. 너는 모른다. 나의 이 절망과 고통을. 누구보다도 희망으로 부풀었던 나였다. 그런데 이 꼴이 뭐냐. 내 스스로 절망을 이겨내지 못하고 술로써 이 조그마한 가슴을 울분으로 풀어헤치는 기막힌 현실을 너는 아직 모른다. 앞산 큰 굴만 보면 피투성이로 숨져간 환영이 다가와 미칠 지경이다. 너와 내가 다른 점은 바로 그것이다. 너는 처참한 비극의 현장을 두 눈으로 목격하지 못하였고, 나는 두려움으로 떨며 피를 흘리며 죽어간 넋들을 보았다. 토끼몰이. 바로 토끼몰이였다.

"저는 눈물을 흘리지 않기로 하였어요."

백상의 목소리가 차갑게 파도위에 떨어졌다.

"눈물은 약한 자의 재산이다. 이만 가자구나."

학재는 백상을 일으켜 세웠다. 죽음을 가슴으로 안은 자만이 눈물을 흘릴 줄 안다. 그 점이 또 백상과 다르다면 다를까. 절망과 고통이 들어찬 백상의 가슴속은 죽음을 알지 못한다.

"먼저 들어가세요. 집 마당에 술추렴이 벌어졌어요."

"오래 있지 말고 들어오너라."

학재는 비칠 걸음으로 멀어져 갔다. 백상은 아득한 눈길로 어둠속으로 묻혀가는 학재의 뒷모습을 바라보았다. 몇 년 전만 하더라도 학재의 술 취한 모습이 두려움으로 다가섰다. 질그릇 깨지는 뭉툭한 목소리에서 오는 위압감이 아니라 왠지 모르게 세상을 짓이겨대는 듯한 취기어린 모습이 마음을 섬뜩하게 하였다. 그러던 것이 이제는 측은하고 마음 아프게 다가서는 것이다. 어째서 그럴까? 백상은 돌멩이를 집어 들어 바다에 내던졌다.

세상은 울분으로는 살 수 없다. 나아가 술로써 자신의 고뇌라든가, 문제 해결을 이끌어 낼 수는 없다. 백상은 어려서부터 학재를 지켜보면서 뼈저리게 느꼈다. 자신을 가눌 수 없게 되면 그 어떤 뚜렷한 명분을 둘러썼을지라도 희석되기 마련이다. 곧게 말짱한 정신으로 세상을 헤쳐 나가야 한다. 적어도 나는 그렇게 살아갈 것이다. 백상은 어깨를 감쌌던 학재의 체온을 털어버리며 걸음을 옮겼다. 이슬 쌓인 풀잎이 발등에 채였다. 수문께에 이르렀을 때, 시커먼 형상이 수문위에 걸터앉은 채 수문에서 울려나오는 물소리를 듣고 있었다. 미치광이 무공이었다.

무공은 알 수 없는 존재였다. 봄날에는 진달래꽃을 잔뜩 꺾어들고 걸음걸음마다 뿌렸고, 여름에는 장대비가 휘몰아치는 가운데 발가벗은 몸뚱이로 배뱅이춤을 추었다. 불끈 솟아오른 성난 생명의 뿌리를 내두르며 돌아가는 춤사위는 가관이었다. 저놈의 인사, 또 지랄이다. 아낙네들은 보기에도 흉측한 무공의 모습을 외면하며 욕설을 퍼부었다. 그리고 바닷물에 목물로 잠겨 지내며 한여름을 났다.

가을에는 벌통을 머리에 이고서 벌떼들과 한바탕 길닦음을 하였다. 벌떼들이 엉겨 붙어 이마며, 눈두덩이며, 등허리며, 허벅지를 쏘아대도 마냥 시원스러워 하였다. 알밤만한 혹들이 툭툭 불거져 보는 사람으로 하여금 웃음을 자아내게 하는데도 산과 들로 벌떼들을 몰고 다녔다.

겨울에는 눈보라치는 속에서 허재비춤을 추며 눈보라를 맞아들였다. 눈이 소복이 쌓이는 새벽이면 그늘진 창고 뒤뜰에 눈사람을 만들어 놓고 하루 종일 눈뭉치를 날렸다. 눈빛은 온통 적개심으로 가득 찬 가운데 마치 눈싸움이라도 하듯 하였다. 눈사람이 어떤 대상일까? 처절한 분노로 파르라니 떨며 눈사람의 심장을 명중시키는 무공의 행동은 분명 보이지 않는 복수심으로 가득하였다.

백상은 집으로 돌아왔다. 아직도 사위어가는 모깃불을 둘러 안고 삿치기 놀이를 하고 있었다. 그러나 사위어가는 불꽃처럼 흥이 시들어가고 있었다. 대청마루에는 삿치기 놀이에서 가장 곤욕을 치른 필수와 만식이가 드높게 코를 골고 있었다.

3

"성님 갑시다. 배 떠나요."

삐죽갈네가 담장 너머에서 소리쳤다.

"어이, 가네."

종부네는 거울 앞에서 비녀를 질끈 지르고 나서 두 손으로 머리모양 새를 바루었다. 치맛말을 여미고 방문을 나섰다. 오늘이 마량장날이었다. 장도 보고, 삐죽갈네가 말한 점쟁이에게 점도 쳐 볼겸, 겸사겸사 집을 나선 것이다. 이제 점은 그만 보자고 마음의 문을 굳게 닫아버렸는데 자꾸만 삐죽갈네가 보채는 바람에 이번 한번만 속는 셈 치자고 장날을 평계 삼아 날을 정하였다. 그렇게 마음먹은 데는 밭도 어지간히 북돋우어 주었고, 논도 마을 청년들이 술 얻어먹은 죄로 후적후적 김을 매주었을 뿐만 아니라, 무엇보다 백상이 말없는 가운데 집을 지킨다는 것이었다.

성두 아제가 모는 장배는 장꾼들로 들어차 갑판 밑까지 바닷물이 찰랑거렸다. 할 일 없이 장날만 되면 괜스레 마음들이 들떠 장거리 하나씩을 안고 뭍바람을 쐬러갔다.

"보시요. 나 쬐끔 싣고 가시요."

배가 막 떠나려는데 또딸네가 머리에 보퉁이를 이고 손을 내저었다.

"저 여편네, 맨날 저렇게 행동거지가 느리니께 줄줄이 딸만 꿰어. 아, 숨 가쁘게 내달려와."

성두 아제는 쩟 혀를 차며 갈구리 삿대로 선창 바위틈새를 찍어 걸었다.

"아, 싸게싸게 오제 여태껏 뭘 그렇게 꾸물거렸는가?"

동천네가 숨 가쁘게 배에 오르는 또딸네에게 포시랍게 눈을 흘겼다.

성두 아제가 갈구리 삿대로 배를 밀어냈다.

"앗따, 고녀러 딸년들 떼놓고 올라고 한께 안 그렇소."

"누가 줄줄이 딸년들을 내지르라고 하던가?"

이번에는 원산네가 얀정없이 내질렀다.

"내 팔자가 그러는디 어쩌겠소."

또딸네는 남의 아픈 가슴을 타고 넘는 입바른 소리가 얄미웠다.

"인자 움직이지 말고 조용히 앉아들 있으시요."

성두 아제는 돛폭을 올리고 키를 잡았다. 선창을 떠난 장배는 돛폭에 바람을 실었다. 짚망태 속에서 돼지새끼가 꿀꿀거렸다.

"자네 돼지새끼 배멀미하는 것 아니여?"

"미련한 돼지새끼가 무슨 배멀미것소. 어미가 보고 싶어 그러겠제. 짐승이나 사람이나 젖 떨어지기는 마찬가지 아니겠소."

"맞는 말이시. 저놈도 어디로 팔려갈지, 사람이 키우는 짐승이라도 짠안하고 애꿎기가."

"자네는 오랜만에 서방님 오셨다고 얼굴색이 도화색으로 물들었네. 어화둥둥, 어화둥둥 얼싸안아 주던가?"

공수네가 장 목수 마누라에게 말을 걸었다. 곱상한 말투가 아니었다.

"도화색이라니요. 오던 질로 술독을 안고 지내요."

장 목수 마누라는 자세를 고쳐 앉았다. 모시적삼 차림이 요염한 미태를 풍겼다.

"그럼, 도라지색인가?"

한술 더 떠 비꼬임이 서려있는 공수네의 말에 장꾼늘이 웃음을 떠올렸다.

"장에는 뭣 하러 가는가?"

이번에는 학수네가 물었다. 다들 올망졸망 보통이 장거리를 가지고 가는데 장 목수 마누라만은 잠자리 겉날개처럼 차려입고 새침하게 장을 보러가는 것이었다.

"소 간이며, 천엽을 사오라고해서 가요."

"잔치라도 벌린다든가?"

성두 아제가 돛폭을 조절하며 솔깃해 하였다.

"몰것소, 집에만 오면 술판 아니요."

장 목수 마누라는 영 귀찮다는 표정이었다. 집에만 돌아오면 개선장군처럼 쓰잘데 없는 사람들을 모아놓고 술판을 벌였다. 시끌벅적, 술주정꾼들을 시중드는 것도 신물이 났다.

"장 목수, 그 점이 좋제. 아무나 할 수 없응께."

"그러다 내 돈 마르면 쪽박차기 알맞지라우. 사람 인심이라는 게 똥파리처럼 있으면 달라붙고, 없으면 찬바람을 일으키며 돌아서는 법이요."

"그래도 장 목수는 세상의 멋을 나름대로 아는 사람이여."

성두 아제는 한 무더기 파도가 갑판을 후려치자 돛폭을 잡은 손에 힘을 주었다. 에그머니나, 장 목수 마누라가 옷깃을 싸쥐었다. 옹암 물목을 지나면서 물살이 드세었다. 장배는 옹암곶을 지나 갠바우목을 휘돌았다. 물목이 좁은지라 물살이 셌다. 마량이 저만큼 보이고, 성두 아제는 바람이 정면으로 맞받아치자 도리 없이 돛폭을 내리고 쌍노를 저었다. 귀머거리 만식이가 노 하나를 맡았다.

"성님은 왜 아무 말이 없소?"

종부네는 원산네를 돌아보았다. 장배를 타게 되면 원산네의 걸직한 우스개가 파도를 잠재웠다. 어느 구석 모임자리에서도 원산네의 곱사춤은 주위를 또르르 웃겼는데, 요 며칠 모임자리에 얼굴을 내밀지 않았다.

"질정이 쓰여야제."

"왜, 무슨 일이 생겼소?"

"시집간 딸이 심사를 불편케 하네."

"객지에 나가 제대로 시집을 갔다메요."

원산네 큰딸은 원산네 아범에게 시집올 때 데리고 온 전남편 소생이었다. 가난이 죄여서 일찍부터 남의 집 식모살이를 하다가 철이 들자 도시로 나가 공장생활을 전전하였다. 그런대로 얼굴도 이쁘고 마음씨도 착하고 여물어 시집을 잘 갔다는 소문이었다. 원산네도 은근히 큰딸을 자랑하던 터였다.

"너무 잘 가서 탈이네. 자식 하나 낳고나서 인자 마음 놓였다고 안심하였더니 그게 아니네. 툭하면 근본을 들먹이며 행패네, 그려. 서럽게 자란 것도 원통한디, 그 나이에 눈물을 흘려서야 쓰겠는가. 그 생각만하면 잠이 안 오네."

"근본이 어째서?"

"금메말시. 난들 두 번 시집가고 싶어 갔는가."

원산네는 한숨을 몰아쉬었다. 팔자 사나와 남편 잃고 상처 자리에 시집온 것도 억울하고 눈물겨운데 자식에게까지 그 눈물을 전가해 주다니, 세상살이가 기막히고 토심스러웠다.

"너무 애잔해 하지 말소. 자식까지 두었는디 무슨 막다른 변괴야 있겠소."

종부네는 담배를 건넸다. 공수네가 기다렸다는 듯 손을 벌렸다.

"사람이 무시당하면서 사는 것 같이 마음 아플라든가."

원산네는 담배연기 속에 한숨을 뱉어냈다. 장베는 징터목 선창에 이마를 들이받았다. 장꾼들은 보퉁이를 머리에 이고 앞서거니 뒤서거니 장터로 향하였다. 고금도, 금일도에서 올라온 장꾼들이 모여들어 북적거렸다.

"아따, 잡것들이 일찍도 왔네."

"고금도야 물목이 가까워서 그렇기도 하지만 금일도 것들은 오밤중에 출발하였는가 보네."

장꾼들은 자신들이 목표로 하는 전으로 흩어져 깎자거니 더 받자거니 물건을 흥정하였다. 햇살은 쨍글쨍글 이마를 부시는데 난전은 아수라장이었다.

"우리는 얼른 갔다 와야 하지 않겠소."

삐죽갈네는 어느새 머리에 이고 온 보퉁이를 털어버리고 종부네를 채근하였다.

"쬐끔만 기다리게."

종부네는 러닝셔츠를 고르고 있었다. 부르는 대로 골라 사기에는 돈이 빠듯하였다. 한참 깎자느니, 안된다느니 실랑이를 하다가 서로 절반을 양보하는 선에서 러닝셔츠 두벌을 샀다. 백상과 명상에게 입힐 것이었다.

"촉감이 좋구만이라우. 나는 신발이나 사 갈라요."

삐죽갈네는 시샘을 내며 건너편 신발 전에 쭈그리고 앉았다.

"몇 문을 신으시오?"

신발을 뒤적거리는 삐죽갈네에게 신발장수가 물었다.

"아들놈 신발인디 크는 아이라 좀 넉넉한 것이 좋을 듯싶은디. 성님, 명상이 신 몇 문 신으시오?"

"어따, 씨뱅. 명상이 하고 자네 아들하고 문수가 같겠는가."

종부네는 아이들 신발을 살라치면 실로 발을 잰 다음 맞추어 샀다. 삐죽갈네는 준비 없이 온 것이다.

"아짐씨가 대강 뼘으로 재보시오."

"아이고, 모르것소. 내 신발이랑 문수대로 주시요."

"허허, 그 아짐씨 참 재미있소."

신발장사는 마음대로 골라 사라는 여유를 주었다.

"어서 차 타세. 장배 떠나기 전에 갔다 올라면 숨가쁘겠네."

종부네는 삐죽갈네를 잡아끌었다. 삐죽갈네는 신발을 고르다말고 돌아올 때 사마고 자리를 떴다. 두 사람은 신발장사의 입맛 다시는 소리를 뒤로 하고 가까스로 완행버스를 탔다. 좌석을 찾아 앉은 종부네는 차창을 활짝 열어젖혔다. 시원한 먼지바람이 들이쳤다. 버스는 강을 끼고 산모퉁이를 휘돌아 달렸다. 정차할 때마다 흙먼지가 버스를 뒤덮었다.

"다 왔소. 내립시다."

삐죽갈네는 차창 밖을 바라보며 생각에 젖어있는 종부네를 일으켜 세웠다. 버스가 먼지를 둘러쓰며 멎고, 두 사람은 서둘러 버스에서 내렸다.

"오랜만에 칠량 땅에 발을 내딛네."

종부네는 쨍쨍한 햇살에 녹아내릴 것 같은 주위를 둘러보았다. 이른 봄 도보장사를 나설 때마다 바람결처럼 스쳐 지나쳤다. 도보장사는 섬 아낙네들에게는 유일한 탈출이자, 기분전환이었다. 김발이 끝나면 그동안 모아두었던 김이야, 자반을 쇠똥구리처럼 머리에 이고 뭍으로 팔러 나갔다. 집집마다 방문하며 곡물과도 맞바꾸기도 하였는데, 한겨울 추위 속에서 김 생산으로 얼었던 몸들이 봄날의 아지랑이처럼 풀려났다.

"갈 때 낫이나 몇 자루 사 갑시다."

"그라세. 뭐니 뭐니 해도 칠량 낫이 최고제."

종부네는 삐죽갈네의 뒤를 따랐다. 땡볕은 머리 뒤꼭지를 내리쳤다. 차두를 벗어나 강 쪽으로 내치걸었다. 돛폭을 올린 배가 강을 거슬러 올라가고, 그물질하는 채취선이 깜박였다. 강진읍내 턱밑까지 바닷물이 와 닿는 탐진강은 예부터 바다와 뭍을 잇는 교통로여서 옹기배며, 소금배며, 곡물을 실은 배들이 멀리는 제주, 부산, 여수, 목포, 군산, 인천까지 왕래하였고, 가깝게는 장흥, 고흥, 완도, 진도 해안과 내통하였다.

"점심 요기나 하고 올걸 그랬소."

"금메. 때가 이르거니 했더니만 뱃속이 허심하네. 아직 멀었는가?"

"쬐끔 더 가야 쓸 것이오."

"영험한 점쟁이라면 찻길 좋은 곳으로 옮겨올 것이제 이리 먼 길을 누가 찾아오겠는가."

"사람 대하기가 귀찮다고 합디다."

"설마, 내쫓기는 않것제?"

"내쫓기야 할랍디요. 노인네라 힘이 부친다고 합디다만……"

삐죽갈네는 튼실하게 쌓아올린 제방을 휘돌아 나갔다. 제방 아래 갈대밭에서 이는 바람이 옷 적삼을 시원스럽게 어루었다. 그만그만한 스무 남짓한 초가집이 머리를 맞대고 있었다. 삐죽갈네는 제일 아래쪽에 자리 잡은 집으로 향하였다.

"이 집인감?"

삽살개가 드나들 정도의 대나무살로 엮은 엉성한 삽작 안으로 한낮의 불볕더위만 처마 끝을 태울 뿐 고요로움이 떠돌았다.

"아무도 없는 갑소."

삐죽갈네는 낭패한 표정을 지었다.

"그러게. 집안이 너무 조용하네."

종부네는 괜한 헛걸음이었다고 후회하였다. 그놈의 점. 보나마나 맨날 그 소리가 그 소리라는 것을 알면서도 호기심을 보였다.

"종부네냐? 들어오너라."

느닷없이 착 가라앉았으면서도 또렷한 목소리가 듬성한 삽작 안에서 들려왔다. 조리로 잘 씻은 쌀을 한 움큼 떠올릴 때 술렁 빠지는 물소리 같았다. 어매야! 이게 뭔 소리란가. 종부네는 거부할 수 없는 힘에 이끌려 지침지침 토방마루로 다가섰다. 삐죽갈네가 그것 보라는 듯 살짝 눈길을 주었다. 종부네는 잠시 망설이다가 마른기침을 하였다.

"너 올 줄 사흘 전에 이미 알았다. 거기 앉거라."

쭈뼛, 조심성 있게 방문을 열고 들어서는 종부네를 방 아랫목에 방심한 듯 누운 노인이 한쪽 손으로 가까이 불렀다. 영락없는 살아생전의 시어머니 모습이었다. 그러고 보니 목소리의 여운이 시어머니의 음성, 바로 그것이었다. 종부네는 가만스레 한쪽 무릎을 세우고 앉았다. 삐죽갈네도 종부네 곁에 살며시 다가앉았다.

"불쌍하고 외로운 것, 니가 오기를 기다렸다. 땅도 암울하고, 하늘도 치막한 가운데 피맺힌 설움으로 밤이면 밤마다 한숨과 그리움으로 자지러진다만, 먼 훗날 한숨으로 지새운 보람을 찾을 것이다."

점쟁이 노파는 손을 들어 종부네의 손을 꼬옥 끌어쥐었다. 종부네는 자신도 모르게 핑그르 눈물이 맺혔다. 화병으로 누워 지낼 때 느껴보았던 시어머니의 체온이 아니냐.

"세월은 잠깐이니라. 입술에 웃음꽃을 매달게 되면 지난날은 그 또한 가슴 아픈 추억이니라. 아무 말 말고 한숨을 누이고 죽순처럼 쑥쑥 커나가는 자식들을 바라보고 살거라."

"다들 그렇게 사는디라우."

종부네는 옷고름으로 눈물을 찍어 눌렀다.

"느그 자식들은 철들면 제대로 세상을 헤쳐나갈 것이다. 느그들은 세월과 함께 안심할 수 있다만, 큰집이 문제다. 종가로서 그 많은 가대를 물려 주었는디, 너도 보다시피 큰물에 썼기는 모래펀처럼 야금야금 휩쓸려 나간다."

점쟁이 노파는 한숨을 자지러지게 쉬었다. 새삼 시어머니가 살아난 듯하였다.

"그래도 성님이사 부지런한께라우."

"시상없이 부지런만 떨면 뭣하냐. 봐라마는 나중에는 집 뒤울안까지 팔아 먹고 선산 뒤꼭지를 파먹을 것이다. 그라고 더욱 마음 아픈 것은 술독에 빠져 지내는 종손이다. 그 어린 나이에 전쟁의 상처를 안고 시상을 비관하는 거야 이해하고도 남는다. 헌디 두고 보면 알 것이다만, 종가가 실해야 마음 든든한디, 어쩔그나. 진땅에 누워서도 그 생각만하면 가슴에 천불이 일어난다."

"아범은 살아 있는가라우?"

종부네는 큰동서에 관한 말이 듣기 거북하여 살짝 비껴나갔다. 남편의 생사를 알기 위해 여기를 오지 않았는가.

"아직은 내 있는 곳에서 못 보았구나. 땅위에 서있는 것은 분명한디, 네게 어떤 말을 들려 줄끄나?"

"죽었으면 죽었다, 살았으면 살았다, 속 시원하게 말해 주었으면 좋겠구만이라우."

"그 마음 왜 모르겠느냐. 내 뱃속으로 아들 다섯을 낳았다만, 하늘도 무심하시지. 내 먼저 앞세우다니……."

"……."

"아범은 말이다……."

점쟁이 노파는 숨이 가쁜 듯 잠시 숨을 모았다. 종부네는 잔뜩 기대 섞인 긴장한 눈으로 다음 말을 기다렸다. 삐죽갈네는 마른침을 꼴깍 삼켰다.

"가장 높은 곳에서 가장 낮게 자신의 심장소리를 듣고, 아무도 없는 곳에서 많은 사람들의 눈빛을 의식하며, 그런가 하면 많은 사람들 속에서 묻혀 지내며 외로운 늑대처럼 밤하늘의 별빛을 헤아린다. 그 무슨 운명인가. 혜성이 두 번 머리위에 나타날 때, 그 숨결소리를 가슴으로 들을 것이다.”

점쟁이 노파는 다시금 숨을 몰아쉬었다. 삐죽갈네가 무슨 소리인지 모르겠다는 표정을 지었다.

“앞에 말은 쪼끔 알 것 같은디, 뒤엣말은 이해가 잘 안 되는구만이라우.”

종부네는 조심스럽게 말하였다.

“당연하제. 혜성이 느그집 방문고리에 비칠 때 비로소 알 것인께. 모든 사람이 십년 앞을 내다볼 수 있다면 얼마나 좋을까.”

“그런께 묻지라우.”

종부네는 그때가 언제인지 답답하였다. 점을 볼 때마다 결론은 뜬구름 잡는 식 아니면 안개 속을 헤매게 하였다. 아리송한 해법을 던져 주었던 것이다.

“한 번의 혜성은 머지않아 너의 가슴을 후두둑 놀라게 할 것이니, 네 손으로 심장이 멎는 소리를 감지할 것이다. 그리고 두 번째의 혜성은……”

점쟁이는 자지러지듯 말문을 닫았다. 종부네는 초조한 심정으로 기다렸다. 후줄근하게 늘어진 노파를 흔들어 채근 댈 수도 없었다. 내 기어이 시원한 말 한마디 듣고 말리라.

“……니 큰놈 말이다. 시국을 잘못 만난 지 애비 때문에 큰 뜻을 품고도 이루지 못하겠다만, 너무 니 잣대로 재려하지 말고 지놈 하는 대로 내버려 두거라. 철이 들고부터 한없이 방황할 것이다만, 절대로 가는 길을 포기하지는 않을 것이다. 장차 그놈이 니 가슴에 맺힌 응어리를 풀어줄 것인께. 어디다 내놔도 북두칠성님이 도와야.”

종부네는 점쟁이의 말이 아들로 흘러가자 실망스러웠다. 남편의 생사에 관해 시원한 말 한마디를 듣고 싶어 하였는데, 점쟁이는 까마득하게 밀쳐 버렸다.

"그것보다 두 번째 혜성이 언제 오는지 알고 싶은디라우."

"왜 그렇게 말귀를 못 알아 듣냐. 내가 그날을 일러주면 그날을 품에 안고 살 것이냐? 기다려라. 기다리는 세월은 더디다만 또 뒤돌아보면 잠깐 아니더냐."

점쟁이는 포르라니 성깔을 내더니만 한숨을 돌리고 나서 누그러졌다.

"둘째 놈은요?"

종부네는 입술을 잘근 깨물며 물었다.

"그놈도 지 몫은 하겠다만, 항상 바짓가랑이에 바람이 일겠다. 무사 분주여. 비윗살도 좋고, 언변도 그만이고. 그런디 허욕을 안 부리도록 주의를 시켜사 쓸 것이다. 자신의 밑바탕은 모르고 넘치는 재주로 욕심을 부려야. 그 땜새 니 가슴에 화를 안겨 줄 것이여."

"그래도 큰놈보다 속을 덜 썩일 것인디요."

"큰놈 속은 구멍 속에 든 뱀맨치러 알 수 없어도 작은놈 속이야 훤히 알지 않느냐. 깊은 물과 얕은 물을 분별할 수 있어야지야."

"그런께 덜 하겠지라우."

"지금은 작은놈에게 마음을 더 실어 그런다만 큰 괴기와 작은 괴기가 노는 바탕은 엄연히 다르느니라."

"딸들은 어쩌겠소?"

"시집간 딸이야 지금은 겉보리 같은 층층시하에서 마음고생께나 한다만 아들 낳고 점점 허리 펴고 살 것이다. 마음이 넓어서 속 좁은 신랑을 운명이거니 이해하며 살림을 이룰 것이다. 남은 딸이 문제여……."

점쟁이는 잠시 뜸을 들였다. 삐죽갈네가 종부네의 허벅지를 꼬집었다. 뜸 들이지 말고 내처 물어볼 것 다 물어보라는 것이었다.

"그 애가 어째서라우?"

"니가 마음 단단하게 묵을 날이 올 것인게. 사람은 마음 묵기에 따라 운명이 달라질 수도 있다. 아까운 그릇일수록 깊이 간직하게 되고, 조심스럽지 않더냐. 조심한 만큼 깨지기도 쉽고. 니 판단에 따라……."

점쟁이는 두 손을 바르르 떨더니 말문을 닫았다. 더 이상 점쟁이를 일깨우거나 채근될 수 없었다. 종부네는 아슴한 느낌이었다. 아직도 무엇 하나 시원하게 마음을 해갈해 준 것이 없었다. 무거운 침묵이 한동안 흘렀다.

"성님, 일어납시다."

삐죽갈네는 종부네의 허구리를 찔벅하였다. 점쟁이는 탈진한 상태로 의식을 놓아버리고 있었다. 숨결소리만 가슴에 일었다. 종부네는 준비해 왔던 꼬깃한 복채를 가만히 머리맡에 놓아두고 삐죽갈네의 뒤를 따라 방문을 나섰다. 쨍쨍한 햇살이 두 눈을 부시게 하였다. 두 사람은 왔던 길을 되돌아 나왔다. 갈대에서 이는 바람이 아까와는 달리 무더운 바람을 실어왔다.

"정말 용하지라우?"

강바람을 등지고 샛길을 치오르며 삐죽갈네가 입을 열었다. 아직도 점쟁이의 목소리가 가슴을 울렸다.

"영판 시어머니였네. 화병으로 몸져누웠을 때의 모습 그대로였어. 그런디 뭔가 아리송한 안개구름을 피운듯해서……."

종부네는 삐죽갈네의 말을 수용하면서도 예고 없이 혜성이 두 번 나타날 때 남편의 실체를 확인할 것이라는 예시가 마음을 안개 속에 내던졌다.

"성님, 난 가슴이 울렁거립디다. 영험한 신이 들면 그런가 보지라우?"

"그런디 말이네. 그 혜성이라는 게 뭘까? 설마 꼬리 달린 별을 말하는 것은 아닐 테고.”

“예부터 혜성이 나타나면 변란이 난다고들 안합디요. 아마 난리를
두고 하는 말이 아닐까요?”

“또 육이오 같은 전쟁이 일어날라든가. 그것도 두 번씩이나. 생각만
해도 몸서리쳐지네.”

“뭔 일만 일어났다하면 금방이라도 전쟁이 일어날 것 같이 말하지
않습디요.”

“전쟁만은 안 일어나야제. 죄 없는 사람들이 얼마나 피를 흘리라고.
자식들을 위해서도 안 그런가?”

“왜, 아니요. 지금 입은 상처만 해도 감당할 수 없는디.”

“그라고 자네도 알다시피 무엇 하나 나무랄 데 없는 둘째딸을 두고
마음 걸려 하였을께?”

나이 찬 딸에게 바라는 게 있다면 시집 잘 가서 행복하게 사는 것이
다. 혹시 혼사에 대한 예언은 아닐까? 큰딸 혼사도 한순간 잘못 결정하
여 후회를 낳게 하였다.

“성님이 잘만 판단하면 탈날게 없다고 안합디요.”

“그래서 걱정이란 말시.”

종부네는 그것 또한 찜찜하였다. 사람의 운명은 말 한마디에 따라 얼
마든지 달라질 수 있는 것이다. 어미의 한 생각이 돌이킬 수 없는 운명
으로 내딛게 한다면 그 고통을 어떻게 감당할 것인가.

“성님은 나보다는 낫소. 혜성이 두 번 나타날 때까지 기다리는 마음
이나 있고, 자식들도 반듯하고라우.”

삐죽갈네는 아무리 따져보아도 자신의 위치보다 종부네가 낫다고
생각하였다. 전쟁을 감내한 고통이야 비교할 수 없지만, 자신은 남편의
사랑이 무엇인지 모르잖은가. 유복자로 태어난 자식 하나를 거느리고

살아가는 그 외로움과, 남편의 사랑이 무엇인지 가슴속에 지니고서 어디다 내놔도 벙긋 웃음이 지펴나는 알토란같은 자식들을 바라보고 사는 종부네의 한숨 묻은 삶과는 아무래도 그 경중이 다를 것이었다.

"혜성이 별똥별이라든가? 아무 때나 나타나게. 자식들이 반듯하면 뭣할 것인가. 지 애비가 지은 멍에를 둘러쓰고 죄인 아닌 죄인맨치로 반빙신처럼 살아갈 것인디. 자네, 행여 점쳤단 말 하지 말게. 괜스레 실없어 보이네."

종부네는 삐죽갈네의 심정을 짚어내며 일부러 퉁명스레 단단히 못을 박았다. 남들의 입질에 오르내리고 싶지 않았다.

"성님도. 소위 천기누설에 해당할 사항인디 내가 뭐할라고 부질없는 입방아를 찧겠소."

삐죽갈네는 한쪽 입 가장자리를 샐쭉 치켜 올리며 오솔길을 벗어났다.

"뻐스가 올라면 시간이 멀었는가 보네. 낫이나 얼른 한가락 씩 사세."

종부네는 건너편 철물점을 가리켰다. 철물점은 대장간을 곁들이고 있어 한쪽에서는 풀무질을 하고 있었다. 웃통을 벗어부친 남정네가 떡메를 치듯 쇠매를 을러쳤다. 한낮의 무더위를 담금질하는 풀무질과 땀방울을 튀기는 사내의 모습에서 금방이라도 질식할 것 같은 현기증을 불러 일으켰다. 종부네는 그 같은 전경을 눈 질끈 외면하고서 낫 한 자루를 샀다. 욕심 같아서는 도끼도 한 자루 사고 싶었으나 제대로 사용할 사람이 없고 보면 이웃집 좋은 일 할 것이었다.

"자네는 안 사?"

낫을 먼저 사자고 한 삐죽갈네를 채근하였다.

"저 웃통 벗어부친 남정네를 보는 순간 속이 울렁거리요."

삐죽갈네는 토심스럽게 돌아섰다.

"시집을 가사 쓰것네."

"성님이나 열두 번 가시요. 첫 단추가 잘못 끼워진 팔자인디 둘째, 셋째 단추라고 똑 바를랍디요."

"어지간히 비위가 상했구만."

종부네는 비죽이 웃음을 머금었다. 기다리는 버스는 쉽사리 오지 않았다.

"그나저나 지랄 맞게 차도 안 오요."

삐죽갈네는 차가 오는 방향을 아슴한 눈길로 바라보았다.

"뭘 좀 묵을께?"

"그러다 차 놓치면 오도가도 못 하요. 그냥 참읍시다."

삐죽갈네는 쪼르륵 소리가 나는 뱃속을 누질렀다. 소변도 참을 수밖에 없었다.

"저그, 뻐스가 오는가 보네."

한참 만에 버스가 먼지를 일으키며 내달려왔다. 두 사람은 서둘러 차에 오르며 안도의 빛을 드리웠다. 버스는 강변을 따라 굽잇길을 휘돌았다. 두 사람의 조급한 마음과는 달리 돛폭에 강바람을 안고 강 하류로 표류하듯 떠가는 돛단배는 한가하게만 보였다. 마량장에 도착하였을 때는 이미 파장이었다.

"워메, 늦었는갑소. 싸게 뱃머리로 갑시다."

삐죽갈네는 요기고 뭐고 다 잊은 듯 선창가로 내달렸다. 종부네는 뒤따라가기에 숨이 가빴다. 장배는 두 사람을 기다리고 있었다.

"도대체 어디를 갔다 오시요. 물때는 거슬러 오르는디."

성두 아제가 카랑한 목소리로 땡고함을 질렀다.

"미안하요. 긴히 가볼디가 있어 쪼깐 늦었소."

종부네는 숨차게 배에 오르며 미안해하였다. 곧바로 선창을 벗어난 장배는 돛폭을 올렸다. 종부네는 담배를 한대 말아 피웠다. 뱃가죽이 등 뒤로 붙어 허기졌다.

"어디를 갔다 왔는가?"

공수네가 나직이 물었다. 성두 아제는 아직도 화가 삭히지 않은 모습이었다.

"낫 한 자루 살겸해서……."

종부네는 담배연기 속에 실풋이 말끝을 흐렸다.

"엇따, 그런 낫이사 장바닥에도 지천 아닌감."

공수네는 모둠으로 눈을 흘겼다. 삐죽갈네는 못들은 채 원산네로부터 엿가락 한 개를 얻어먹고 있었다.

"잠깐 인사할 디가 있어서 갔다 왔네."

"그만 두소. 점치고 왔제?"

"인자 점은 그만 보기로 안 했는가."

종부네는 공수네의 넘겨짚는 말에 찔끔하며 도리질하였다.

"알것네. 비밀로 가슴에 새겨두고 싶으면 할 수 없제."

공수네는 더 이상 애달파하지 않았다. 떼과부들끼리 비밀이 따로 있으면 얼마나 있으랴.

종부네는 갠바우 쪽으로 고개를 돌렸다. 큰시누이가 살고 있는 곳이었다. 오지나 다름없는 바닷가여서 육이오 때는 피난처였고, 시숙과 남편, 시동생들이 마지막으로 모여 제각기 혈로를 찾기 위해 모의한 장소이기도 하였다. 한민서는 그날 이후로 행방불명되었고, 한장서와 한성서는 가족들의 생사가 궁금하여 집으로 잠행하였다가 사태의 위급함을 깨닫고 앞산 큰 굴에서 숨어 지내다가 배고픔을 이기지 못하고 소작인의 집에 내려왔다가 소작인의 밀고로 토끼몰이식으로 총 맞아 죽었으며, 고모부는 사상적으로 처남들과 한통속이었다는 죄목으로 붙잡혀가

고문을 받았다. 큰시누이의 충격은 화병으로 돌아가신 시어머니 못지
않아 시간만 나면 갠바우 끝머리에 나앉아 빤히 바다 건너 보이는 친정
곳을 바라보며 눈물을 뿌렸다. 오늘도 행여 갠바우에 청승맞게 앉아있
는 모습이 보이지는 않을까.

"그런디 말이시. 이 노릇을 어째사 쓸께?"

동천네가 품속을 더듬으며 낭패감을 터뜨렸다. 품속에서 나무젓가락
크기의 꼬챙이를 꺼냈다.

"그것이 뭣이여? 은장도도 아니고."

"그라니께, 그 뭣이냐. 아이스께끼 안 있는가. 부산 친정동생 집에 갔
을 때 그게 영판 시원하고 맛이 있드란 말시. 그래서 시어무니하고 딸
년 줄라고 두개를 사서 품안에 넣었는디, 아 글씨. 이녀러 것이 녹아 버
리고 없질 않는가."

"아이고, 지랄. 그것이 얼음과자인디 세 살배기 고추자지처럼 품속
에서 영글 줄 알았는가?"

"워메, 내 아까운 것. 시어무니께 뭐라고 말할고이."

동천네는 울상을 지었다. 그 모습이 더욱 가관이어서 장꾼들은 뱃살
을 움켜쥐었다.

4

백상은 점심을 들고 더위가 조금 내린 시간 염소를 끌고 나갔다. 깡
충거리는 새끼염소가 귀엽기만 하였다. 백상은 방죽재를 넘어 약낭골
로 염소를 이끌었다. 주전부리 사납게도 조금만 고삐가 느슨하면 길가
의 콩잎이며, 서숙 대궁이를 훔쳤다. 방죽에서는 개구쟁이들이 첨벙거

렸고, 감탕나무께에서는 백상이 또래들이 파도를 타고 있었다. 매미는 그악스럽게 울어댔다.

약낭골은 몇 마리의 소와 염소가 한가롭게 풀을 뜯고 있었다. 예로부터 백가지가 넘는 약초가 자생한다하여 조약도(助藥島)라 붙여진 이름답게 삼구지엽초라든가, 더덕, 새수박, 창출, 오미자, 구기자, 도라지, 구절초 따위가 지천으로 널려 있었다. 그 약초를 뜯어먹고 자란 흑염소는 일찍부터 널리 알려져 값이 비쌌다. 할미섬을 내려다보고 있는 놀바위 그늘진 곳에서는 아이들이 편을 갈라 공받기를 하고 있었다. 그 한옆, 비가 오면 대여섯 사람은 너끈히 피할 수 있는 널바위 밑에 청보네 머슴 점식이가 입을 헤벌리고 낮잠을 자고 있었다.

백상은 염소 고삐를 놓아주고 점식이가 자고 있는 곁에 앉아 책을 펼쳐 들었다. 조금 있자 감탕나무께에서 목욕을 즐기던 아이들이 떠들썩하게 모여들었다. 그들은 고누찾기 놀이를 하기 위해 점식이 앞에 흙무더기를 만들고 가위바위보로 편을 나누었다.

"가만있어봐. 점식이 요앞이 왜 이렇게 솟아났제?"

"백년 묵은 여시가 둔갑한 이쁜 여자하고 연애하는 꿈을 꾸는갑다. 살살 용개를 쳐주자."

심술궂기로 유명한 기동이가 얼른 다가가 점식이 바지단추를 풀었다. 그러자 성이 잔뜩 난 것이 우뚝 뛰쳐나왔다. 점식은 아무 것도 모른 체 깊이 잠들어 깨어나지 않았다. 기동이는 잔뜩 성이 난 것을 붙들고 아래위로 운동을 시작하였다. 점식이 물건은 더욱 성깔을 부리고, 아이들은 히히기리며 니도나도 번갈아 가며 손장난질을 하였다. 점식의 얼굴이 벌겋게 달아오르고 끄응 몸을 뒤틀었다.

"야아, 뜨믈이 나온다. 끈적끈적한 뜨믈이."

아이들은 깔깔거리며 소리쳤다. 점식이 벌겋게 눈을 뜨며 주위를 둘

레둘레 돌아보았다.

"이런 쌍녀러 새끼들."

점식은 하품과 함께 눈을 부릅뜨며 부시럭 바지를 추켜올린 다음 다시금 잠이 들었다. 아까보다 더 평온하고 나른한 모습이었다. 아이들은 킬킬거리며 고누놀이를 하였다. 백상은 그런 아이들과 어울리고 싶지 않아 나무 그늘이 진 경사진 자갈밭으로 나가 두 팔을 머리 뒤로 깍지 낀 채 누웠다. 날이 선 자갈들이 등허리를 쾌감어린 통증으로 찔렀다. 더위를 품안은 바다는 한조각 구름마저도 닻을 내리지 않았다. 방금 점식의 모습에서 몽선이 눈앞에 떠올랐다.

몽선은 콩알만 한 여드름이 시푸르죽죽 들어갈 무렵 노름에 빠져 들었다. 처음에는 겨울 한철 심심풀이 삼아 마을 또래들과 음식내기, 닭추렴, 술내기 따위의 가벼운 장난거리로 시작하더니 점점 판돈이 달라졌다. 새하얗게 눈이라도 내리는 날이면 눈을 벌겋게 달군 채 밤샘을 하였다. 나중에는 뭍에서 원정 온 진짜 노름꾼들과 무릎을 맞대고 화투장을 쪼았는데, 그런 날은 일 년 새경을 받는 날이었다. 난다 긴다 하는 노름꾼들에게 이긴다는 것은 꿈도 꿀 수 없는 일인데도 몽선은 새경만 받으면 사흘이고 나흘이고 새경을 다 날릴 때까지 집에 들어오지 않았다. 왜, 그런 미친 짓을 하느냐고 종부네가 사정없이 나무라면 새경을 받을 때마다 세상이 허전해서 그런다고 어리숙하게 말하였다. 그러던 몽선은 이동가설극장이 들어오자 거기에 미쳐나더니, 끝내 그들을 따라나섰다. 지금은 어디에서 이동가설극장을 따라다니는지 소식이 없었다.

귀밑을 간지럽히는 바람 한 무더기가 불어쳤다. 백상은 배위에 올려놓은 책을 보려고 깍지 낀 손을 뺐다. 새박죽 줄기가 손안에 감겼다. 밑둥이 제법 영글었다. 백상은 자리를 고쳐 앉으며 자갈을 조심스럽게 파헤쳤다. 알토란만한 새박죽이 하얀 미태를 들어냈다. 팔소매로 흙먼지를 털어내고 닦아낸 다음 우걱우걱 베어 물었다.

"보약 묵는구나."

인봉이었다. 인봉은 중학교밖에 나오지 못한 한스러움을 독학으로 채우는 학구파였다.

"맛이 제법 들었어요."

백상은 자리를 내주었다. 인봉은 백상의 곁에 앉으려다말고 저 위쪽에서 풀을 뜯고 있는 소를 올려다보았다.

"저놈의 소 아무래도 흘레를 붙여야 할 모양이다."

"암내라도 냈는가요?"

"삼일 전부터 발정을 냈는디 첫 발정기는 넘기는 게 좋다고 해서 그냥 넘기려는데……."

인봉은 백상의 곁에 엉덩이를 내려놓으며 뒷주머니에 찔러 넣은 책을 뽑아들었다.

"워메, 저놈의 소 좀 보소!"

그때 여자의 외마디 비명소리가 들렸다. 산꼭대기에서 수소 한마리가 코를 식식거리며 무서운 기세로 인봉이네 소를 향하여 돌진하고 있었다. 충조네 수소였다. 그 집 며느리가 소 고삐를 잡은 채 끌려 내려오고 있었다.

충조네 수소는 이상하게도 며느리가 고삐를 잡고 풀을 먹여야만 말썽이 없었다. 다른 사람들은 어른이고, 아이고, 남자고, 여자고 성깔을 부렸다. 논갈이와 밭갈이를 할 때도 며느리가 코뚜레를 잡고 앞에서 이끌어야만 제대로 멍에를 짊어졌다. 허허, 아무래노 서놈의 소가 전생에 우리 며느리에게 짝사랑이라도 했던 모양이여. 충조영감은 밭갈이를 하다가도 무엇이 우스운지 너털웃음을 터뜨리고는 하였다. 억세고 사나워 진즉 팔아치웠어야겠지만 씨앗소로서 그 수입이 적잖게 쏠쏠하였다.

그렇던 수소가 발정 난 암소를 발견하자 며느리의 존재 따위는 아랑곳하지 않고 게거품을 문 것이다. 충조네 며느리는 자갈밭에서 몇 번 미끄러지고 나뒹굴더니만 손에 감았던 고삐를 놓아 버렸다. 수소는 폭풍우처럼 내달아 암소의 뒤꽁무니를 냄새 맡더니 허연 게거품을 내놓으며 머리를 쳐들어 한번 웃고 나서 암소 등위로 기세 좋게 올라탔다. 시뻘건 물건이 불쑥 뛰쳐나오고, 힘차게 허리를 굴렸다. 놀란 암소가 그 힘에 못 이겨 거꾸러질 듯 앞으로 내쏠렸다. 한 번의 실패에 더욱 흥분한 수소는 사나운 기세로 암소를 올라탔다. 그때마다 암소는 수소를 제대로 받쳐주지 못하였다. 수소는 게거품을 허옇게 내물며 식식거렸다.

"저러다 암놈, 어떻게 되겠다."

인봉은 연약한 암소의 허리라도 무너질까 염려하였다.

"흘레를 붙여요, 흘레를!"

고누놀이를 하던 아이들이 즐거운 낯빛으로 소리쳤다. 점식이도 부스스 잠에서 깨어나 하품을 하였다.

"백상아, 좀 도와주라. 아무래도 흘레를 붙여사 쓰것다."

인봉은 결연히 암소의 고삐를 틀어쥐었다.

"이리 줘. 제대로 소원을 풀어줘사 쓸 것 아녀."

그때까지 어쩔 줄 몰라 하던 충조네 며느리가 인봉에게서 고삐를 낚아채더니 놀바위 옆 소나무께로 끌고 갔다. 그리고 지게작대기처럼 벌어진 소나무가지 사이에다 인봉이네 소머리를 집어넣고 고삐로 감아맸다. 수소가 그 꼴을 지켜보더니 소리 나게 한번 울음치고서 힘차게 내달려와 암소의 잔등에 올라탔다. 그러자 충조네 며느리가 재빨리 수소의 커다란 연장 몽둥이를 암소의 발정 난 샅 속에 사정없이 집어넣었다. 암소가 허리를 된통 구부리며 자지러지고, 기세 좋게 크게 용을 쓴 수소는 처음과는 달리 힘없이 내려왔다. 아주 짧은 순간이었다.

"아따, 굉장하요이!"

인봉은 충조네 며느리의 행동에 넋 나간 소리를 하였다.

"한 번 더 붙여사 야무치게 될 것이구만."

충조네 며느리는 수소의 뿔과 뿔 사이를 어루고 쓰다듬었다. 백상은 무언가 모를 비릿한 냄새로 속이 매슥거렸다. 인봉은 그저 충조네 며느리가 하는 대로 지켜볼 수밖에 없었다. 시간이 조금 지나자 원기를 되찾은 수소는 한 번 더 기운차게 암소의 잔등을 올라탔다. 충조네 며느리는 잽싸게 수소의 큼직한 물건을 암소의 질척한 샅 속에 집어넣었다.

"새끼 배면 나한테 삯을 줘야 쓸 것이여."

충조네 며느리는 딱 부러지게 다짐을 놓고 나서 힘 빠진 수소의 고삐를 낚아챘다.

"뭔, 저런 여자가 다 있냐."

인봉은 아직도 허리를 제대로 펴지 못하는 암소의 고삐를 풀면서 혀를 찼다. 멀어져가는 충조네 며느리를 넋을 잃고 바라보던 아이들도 제자리로 돌아가며 낄낄거렸다.

"형님네 소 허리 안 다쳤을께라우?"

백상은 비릿하고 끈적한 냄새를 떨쳐버리지 못하였다.

"허리야 부러졌겠나. 새끼나 잘 배사할디."

인봉은 산위로 소고삐를 놓아주며 그늘지고 바람 들이치는 바위 등성이에 앉았다. 백상은 그 곁에 엉덩이를 내려놓았다.

"그 책은 뭔 책이요?"

백상은 인봉이 뒷주머니에 찔러 넣은 책을 호기심어린 눈으로 가리켰다.

"따분한 책이다. 이런 날은 성두 아제네 배를 타고 대구섬에 나가 낚시라도 하면 좋을 것인디."

인봉은 몸을 좌우로 흔들며 잔잔한 파도에 뒤채는 바다를 내려다보았다. 생각지도 않은 소 흘레를 붙일 수 있어 기분이 포만스러웠다.

"무공은 물속에서 손으로 괴기를 잡을 걸요."

"그럴 것이다."

인봉은 백상이 말한 뜻을 얼른 알아들었다. 무공은 여름이면 노상 낮이고 밤이고 바다에서 얼굴만 빼꼼하게 내놓고 지냈다. 두해 전에는 썰물을 따라 내려가다가 물살에 휩쓸려 대구섬에 표류하였다. 그날도 무공은 썰물을 타고 바다로 나갔다. 그런데 밀물이 차오르고 밤이 깊었는데도 무공은 보이지 않았다. 무공이 기어코 바다로 떠내려갔는가 보네. 볼 것 없이 물귀신이 된 것이여. 마을사람들은 막상 무공이 익사하였을 것이라고 생각하자 그간의 일들을 입에 떠올리며 애석해 하였다. 성두 아제와 밤생이 당숙은 무공이 기인이었다고 성급하게 단정을 내렸다. 암만, 이 시대의 기인이고말고. 항일농민운동을 한 사람답게 생전의 행동 하나하나가 무언가를 암시한 거여. 방구들장이며 미장이 일을 하는 밤생이 당숙은 묵념까지 하였다.

무공이 닷새 만에 대구섬에서 발견된 것은 기적에 가까웠다. 귀머거리 만식이가 낚시질을 나갔다가 바위등걸에 걸려 숨을 할딱이는 무공을 구조한 것이다. 뜨겁게 내리쪼이는 햇살과 물 한 모금 마실 수 없는 상황에서 무공은 갈증으로 검게 타들어가고 있었다. 무공은 꼬박 보름 동안 움막에서 종부네가 가져다주는 미음을 들며 누워 지내다 언제 그랬냐는 듯 바다에 뛰어들어 몸을 내맡겼다. 참으로 무심한 사람이었다.

"무공이 말이요."

"왜, 또 무슨 일이 있었냐?"

"그게 아니고, 보도연맹이란 게 뭣이요?"

"보도연맹?"

인봉은 의외의 표정을 지었다. 무공이 뿐만 아니라 세상사를 모르는 사람들까지 덤터기 식으로 보도연맹에 가입되어 육이오전쟁 때 화를 당하였다. 참으로 황당한 시류에 자기도 모르게 휘말린 피해가 아닐 수 없었다.

"나도 머리위에 가시관처럼 쓰고 있는 그놈의 역사를 철저히 알아야 겠어요."

"그거야……. 너뿐만 아니라 이 땅에 뿌리 내린 사람들은 역사를 바로 알아야 쓰것제. 어떻게 보면 역사를 제대로 알지 못해서 서로의 가슴에 피멍울을 안겨 주었는지도 모른다."

인봉은 백상의 심각한 내면을 피부로 느끼며 한숨을 베어 물었다. 인봉 역시 작은아버지의 사상 편력으로 불이익을 당하는 처지였다.

"그런데 그 역사를 제대로 가르쳐 주지 않는다는 것이요. 혼자 터득하고 답사하고 해부해야 한다고 생각하면 그저 마음이 아득해지고 답답해요."

"역사는 어느 개인의 행동반경을 기술한 것이 아니다. 니 말처럼 스스로 묻히어지고 가려진 역사를 파헤치고 규명해야겠제."

인봉은 머리를 끄덕였다. 거대한 나무도 처음에는 여린 새싹이었다. 비바람과 추위를 이겨 나오는 가운데 세월을 이고서 나이테를 간직하고 있다. 그것은 거부할 수 없는 성장이자, 역사다. 백상은 뿌리 깊은 성장을 위하여 자신이 안고 있는 과거의 역사를 투명하게 알아야 하고, 자기 성찰을 가져와야 한다. 그러나…….

"그럴라요. 적이도 어무니의 한숨소리는 헤아려야지요."

백상은 돌멩이를 꼭 움켜쥐었다. 손바닥이 아팠다. 공받기를 하던 아이들과 고누놀이를 하던 아이들이 한데 어울려 편을 갈라 드잽이를 하였다. 백상도 저 같은 놀이를 즐겼다. 지금도 저들과 충분히 어울릴 수 있었다. 언제부터 저들과 동떨어진 자리로 비껴나게 되었을까?

드잽이는 언제나 격렬한 몸싸움이었다. 몸과 몸이 부딪치는 숨 가쁜 가운데 이겨야 한다는 한 가지 승리감으로 상대를 쓰러뜨렸다. 얼굴에 상처가 나고, 코피라도 흘리면 더욱 과격해져 급기야는 험악한 입방아와 주먹질이 오고갔다. 빨갱이새끼가 사람을 잡는구만, 잡어! 상대의 부모가 내달려와 불문곡직 주먹총을 놓기라도 할라치면 잘잘못을 떠나 모든 상황은 백상에게로 넘어지고, 흐늘흐늘 어깨에 힘이 빠졌다. 가해자임과 동시에 더할나위 없는 참담한 패배자였다. 그때부터 백상은 그들로부터, 즐거운 놀이로부터 벗어나 방관자가 되었고, 혼자 노닐 수 있는 울타리를 쳤다.

"안 갈래? 해가 많이 기울어 졌는디."

인봉은 산그늘이 지는 석양을 바라보며 자리에서 일어났다. 서녘 햇살은 서서히 바다위에 산그늘을 드리우면서 할미섬을 붉게 물들였다. 할미섬은 망여섬을 향하여 애타게 손짓을 하고 있었다.

"갑시다."

백상은 저쪽 바윗등에서 깡충거리며 놀고 있는 새끼염소 곁에서 풀을 뜯고 있는 염소 고삐를 거머쥐었다. 아이들은 아직도 뒹굴고 비명을 지르며 드잽이에 열중이었다.

집으로 돌아온 백상은 이웃집 닭들이 파헤쳐놓은 두엄더미를 쓸어 모았다. 종부네가 갯바구니를 들고 들어섰다.

"또 닭들이 마당을 어지럽혔냐?"

종부네는 담 너머 이웃집을 바라보며 성깔지게 말하였다. 닭을 좀 가두어 키우면 될 것을 비윗장 상하게 하였다.

"뭘 잡았어요?"

"대섬등에서 바지락을 좀 파왔다."

종부네는 저녁 준비를 하였다. 바지락장과 꼬막장은 한민서가 마을의 공동이익을 위해서 앞장서 조성한 것이어서 종부네의 발길이 자연 그쪽으로 가기 마련이었다. 명상이 배그시 웃음을 치며 마당을 들어섰다. 시집 간 누님 집에서 이제야 돌아온 것이다.

"어, 성 왔었네."

명상은 백상을 보고 반겨하였다. 그동안 깜박 백상의 존재를 잊었다는 표정이었다.

"뭔 배로 왔냐?"

"탄도 용기가 거기 왔길래 타고 왔어."

"저 썩을 놈아, 방학 다 끝나갈 때 오면 어쩔 것이냐?"

종부네가 바가지를 들고 부엌에서 나오며 된통 눈을 흘겼다.

"고모 집에서 놀았어라우."

"느그 누님은 어떻게 살디야?"

"매형이라고, 좆 같드만요."

"저놈, 말하는 것 보소. 어디서 배운 말버릇이냐?"

"맨 날 밖에만 나돌고, 누님은 밤마다 눈물 흘리고, 하여간 쌍녀러 집안입디다."

"쥐 불알만한 것이 못하는 말이 없네."

종부네는 빗자루 몽둥이로 명상의 등짝을 내리쳤다. 어이할거나, 시집을 잘못 보냈는갑다. 둘째 고모부 꾐에 빠져 괜한 혼사였다고 후회막급이었는데도 차마 그런 시집살이인줄은 짐작도 못하였다. 박수혁의 말을 따르는 선니, 어쩔거나. 하늘의 늦이라지만 내 잘못이고 지년 운명 이제.

"고모도 그럽디다. 느그 엄니가 잘못 선택했다고."

"그건 니 사정 아닌께 옷이나 갈아입어."

종부네는 마루방에서 쌀을 바가지에 담아들고 부엌으로 들어갔다. 쌀 씻는 소리가 다른 때보다 거칠었다.

"정말 누님이 밤마다 눈물을 흘리든?"

백상은 옷을 갈아입는 명상을 돌아보았다.

"집안이 복잡하든만. 친부모가 아니라 하고, 저 뭣이냐. 섬구석에서 아부지 없이 자랐다고 숭도 보고. 우리보다 아주 상것들이 뭍에 산다고 말이여."

"그런 말 함부로 하지 말거라이?"

백상은 다짐을 놓으며 콧날이 시큰해 옴을 느꼈다. 백상은 큰누님이 시집을 가고 나서 꼭 한번 갔었다. 그때 무엇을 느꼈던가? 매형은 결혼하기 전 백상이 결혼을 가장 적극적으로 반대하였다는 아니꼬운 마음을 삭이지 못하였고, 기름과 물 같은 시부모 아닌 층층시하에서 누님의 시집살이는 한숨을 베어 물게 하였다.

종부네는 저녁상을 들였다. 명상은 촐랑거리며 그동안 고모 집과 큰누님 집에서 지냈던 이야기를 하였다.

"고모네가 배를 새로 묻었다고야? 어따, 인자 아들들이 다 커논께 날로 날로 집안이 일어서는구나."

종부네는 되도록이면 시집 간 딸에 관한 이야기는 귓결로 흘려 듣고자 하였다.

"우리도 배 한척 장만합시다."

"배야? 누가 타고 다니게야?"

종부네는 백상의 갑작스러운 말에 입안으로 가져가려던 밥숟갈을 내려놓았다.

"제가 노 젓고 다니지요. 배 없는 설움을 면하고 우리도 남들처럼 바다 깊이 김발을 막읍시다."

"워따, 다른 속이나 썩히지 말거라."

종부네는 가슴이 싸해오면서 그렇게 말하는 아들이 대견해 보였다. 머지않아 배뿐이겠느냐.

"학교 그만 둘까 봐요."

"공부를 그만 한다고야?"

종부네는 눈을 크게 떴다. 그놈의 공부해서 무엇에 쓰느냐고 눈을 흘길 때는 꾸역꾸역 검은 연기처럼 고집을 부리더니 느닷없이 학교를 그만 두겠다니.

"공부를 그만 둔다는 것이 아니라 학교를 다니지 않겠다는 것이지요."

"공부는 하는디 핵교는 그만 두겠다? 얼른 이해가 안간다."

"학교가 시시해서요. 공부는 얼마든지 혼자서 할 수 있어요. 가정 일도 도와 가면서요. 그리고 가고 싶은 곳이 있으면 아무 때나 훌쩍 갈 수도 있고……."

"인자보니 족신통을 제대로 움직이고 싶어서 핵교생활이 시시하고 답답하다는 것이구나?"

종부네는 그러면 그렇지, 저놈 계산속이 언제는 허랑하였을까. 어떠한 일이 있을지라도 역마살이 든 사람처럼 떠도는 것은 허락할 수 없었다.

"제 결심은 확고해요."

"썩을 놈. 댕기는 핵교나 마저 마치고 고집을 부려."

"성, 그렇게 해. 어무니 성정 건드리지 말고."

명상이 비긋한 품새로 거들었나.

"생각해보고요."

백상은 종부네의 발끈한 목소리를 속으로 혀를 날름거리며 받아들였다. 백상의 전술과 계산에 보기 좋게 넘어간 것이다. 졸업을 할 때까지 공부를 그만 두라는 말은 없을 터였다.

"배는 이다음 느그들이 크고 나면 밭둑 옆에 자란 솔나무로 충분히 지을 수 있응께."

종부네는 바지락 국물을 후루룩 시원하게 마셨다.

5

늦여름 바람 한 점 없는 땡볕 아래서 치러지는 학재와 예분례의 결혼식은 헛웃음이 절로 나오는 느닷없는 일이었다. 차일이 쳐지고, 하례객들은 벌써부터 후줄근 땀에 젖어 할랑할랑 부채질을 해댔다.

"허허, 불볕 무더위 속에서 결혼식을 올리는 것은 내 평생 처음 있는 일이네."

성두 아제가 주위를 대신하였다. 초례청을 신부 집이 아닌 신랑 집으로 정한 것도 의아스러운 일이었다. 학재가 밤생이 당숙을 찾아가 어렵게 사정을 고백하고 중간에서 잘 좀 해결해 달라고 하였을 때, 밤생이 당숙은 대뜸 학재의 뺨을 올려 부쳤다.

"니놈이 집안 망신을 언제까지 시킬 작정이냐?"

밤생이 당숙은 노기를 띠었다. 아무리 집안이 풍비박산이 되어 어른이 없기로서니 법도가 있는 집안에서 이 무슨 집안 망신인가. 즈그 아부지네들은 그렇다치고, 할아부지만 하더라도 읍내 향교를 드나들며 세상을 당당하고 떳떳하게 살지 않았는가. 학재는 말없이 머리를 떨군 채 언제까지 앉아 대답을 기다렸다. 학재가 이렇게 고개 숙여 자신을 낮춘 것은 처음 있는 일이었다.

"알았응께 물러가 있어."

밤생이 당숙은 퉁명스레 한마디 던지고 돌아앉았다. 아무리 철부지들이라고 이 어인 불장난인고. 하지만 이미 저질러진 일을 어쩐다? 집안에 사람이 없으니께 나한테 찾아와 머리 숙여 의논을 드린건디. 학재가 저렇듯 고순하게 나온 적은 아직까지 없었다. 제놈도 어지간히 다급하였던 모양이제. 밤생이 당숙은 입가에 피죽이 웃음을 떠올리며 담배한대를 피워 물었다. 그래, 내가 나서는 수밖에. 밤생이 당숙은 토방마루를 내려섰다.

"제수씨, 학재 장개를 보내사 쓰것소."

밤생이 당숙은 학재 집에 들어서기가 바쁘게 종부네를 오게 한 다음 말문을 열었다. 한장서가 살아있을 때는 하루걸러 왔었는데, 오랜만에 대숲에서 이는 바람소리를 들었다.

"장개라니요?"

도암네는 무슨 뜬금없는 말이냐는 표정을 지었다. 허구헌날 술독에 빠져 지내는 놈에게 어느 집 딸이 시집오겠다고 하겠는가.

"그놈이 일을 저질렀어라우. 예분례에게 씨를 안겨주어 내일모레 손주를 안게 되었어요. 어쩔 것이요?"

밤생이 당숙은 헛기침을 하고나서 애꿎은 담배를 피워 물었다.

"시방 뭐라고 하셨소?"

도암네는 순간 가슴이 파르라니 떨렸다.

"성님. 진정하시요. 나도 소문은 듣고 있었소만 막다른 골목에 다다른 줄은 몰랐소. 시숙님, 어차피 집안일이니 앞장서서 일을 처리해 주었으면 좋겠어요."

종부네는 도암네를 진정시켰다.

"그래도 그렇제. 그 썩을 놈이 집안을 아주 빗자루로 쓸어낼 모양 아닌가. 그리고 그 집안과는 혼사를 맺을 수 없잖소. 시아부지가 살아계실

때 그 집더러 친일성향이 높다고 얼마나 질타를 하였소."

"그거사 지난 과거지사가 아니요. 지금 당장 발등에 불이 떨어졌는디 어쩔 것이요."

"또 하나, 그 애를 며느리로 들일 수 없어라우. 일도 할 줄 모르고 자란 애를 데려다 누구 애간장을 녹일라고. 논밭이 적나, 기제사가 적나, 종손 며느릿감으로는 아무래도 격에 맞지를 않겠구만요."

"일이야, 가정 법도는 가르치면 되지요. 하루가 급한 문제니께 사람을 놓아 저쪽 의견을 무릎 맞대고 들어봅시다."

"나는 싫소. 나대신 종부네가 밤생이 시숙과 알아서 허게. 가슴에 천불이 일어나 밭에라도 나가야겠네."

도암네는 자리를 떨치고 일어났다. 사람 좋기로 소문이 난 도암네지만 눈물이 왈칵 솟구치며 울화가 치밀었다.

"제수씨, 갑시다."

밤생이 당숙은 종부네를 일으켜 세웠다. 탱자울타리를 돌아 예분례네 집을 들어섰다. 예분례네 집은 적막한 기운이 떠돌았다. 그 옛날 흥청거리던 집안 분위기와는 너무나 달랐다. 밤생이 당숙은 헛기침을 하였다. 예분례 어머니가 자리에 누워있다 말고 힘겹게 방문을 열었다.

"무슨 일로……?"

"들어가서 말씀 드리리다. 바깥양반은 어디 갔소?"

밤생이 당숙은 실례를 무릅쓰고 방으로 들었다. 종부네도 뒤따랐다.

"늙은 영감은 방구석에서 아편에 빠져있을게고, 지집질 좋아하는 사람은 어느 년 치마폭에 휘감겨 있을게고……."

예분례 어머니는 귀찮고 힘들어 하였다.

"그동안 한번 들여다 볼 것인디 인사가 늦었소."

종부네는 가만히 예분례 어머니 손을 잡았다. 너무 풍성한 까닭에 마음고생을 하는가 보았다.

"아녀. 매사가 바쁜디. 참 고생이 많네. 자네들은 혼자 몸으로 살망정 가슴앓이는 하지 마소."

"앉아있기가 불편하면 누우시지요."

밤생이 당숙은 자세를 바로 하였다.

"할 말이 있다고 하였잖았소?"

예분례 어머니는 벽바람에 몸을 기대며 찾아온 용건을 물었다.

"다름이 아니라……. 예분례 혼사 문제로 왔소이다."

밤생이 당숙의 말이 매끄럽지 못하였다.

"혼사? 좋은 혼처자리라도 있다는 거요?"

"학재와 결혼을 시켜사 쓰것소."

"뭐라고라우? 울타리를 사이에 두고 혼사를 틀 사이가 아니지 않소."

"좋고 싫고를 가리고 따질 성질이 아닙니다. 예분례가 짚동만한 배를 안고 있다는 거요. 너무 놀라지 마시오."

"그게 사, 사실이시오?"

예분례 어머니는 눈을 커다랗게 떴다. 갈라진 목소리로 예분례를 불렀다. 한참 있다가 예분례가 핼쑥하게 질린 얼굴로 들어섰다. 두 사람이 대문을 들어설 때 이미 상황을 눈치 챈 예분례는 가슴 졸이고 있었다.

"이리 가까이 오너라."

예분례가 다가가자 그녀의 어머니는 치마를 떠들리고 예분례의 아랫배를 쓸어보았다. 삼베띠로 아랫배를 감았고, 불쑥 불러온 뱃속에서 생명이 놀고 있었다. 예분례는 머리를 숙인 채 눈가에 눈물을 달고 있었다.

"가랭이를 찢어죽일 년! 씨도둑은 못한다고 지 애비 이력을 그대로 대물림 하였구나. 이 일을 어찌할고?"

예분례 어머니는 힘없이 손을 내려뜨리며 장탄식을 하였다.

"저자거리에 내다 화형을 시킬 수도 없고, 내일이라도 당장 혼례식을 올려줍시다. 늦춰 잡을수록 후회만 남아요."

밤생이 당숙은 조금치도 뜸을 들이지 않았다.

"딸 가진 죄로 할 말이 없구만요. 며느리로 데려가 준다면 감지덕지 해야 하지 않것소."

예분례 어머니는 기력을 다 소진한 듯 체념 섞어 말하였다.

"그럼, 날을 받아 사주단자를 보내겠소."

밤생이 당숙은 이마의 땀을 훔쳤다.

"이것만은 안 되겠소. 우리 집에서는 혼례식을 치를 수 없소. 남산만 한 배를 안고 올리는 딸의 혼례식을 보고 싶지 않소. 그 점 양해해 주시요."

"그것은 전례가 없었던 일이오만, 충분히 이해하겠소. 신랑 집에서 초례청을 마련하도록 하지요."

밤생이 당숙은 자리에서 일어났다. 종부네가 뒤따라 방을 나서는데 예분례 어머니는 쓰러지듯 홑이불을 둘러썼다.

그날로 결혼 날짜를 잡고, 예분례는 쫓겨나듯 그날 밤으로 도암네 뒷 방으로 옮겨와 혼례식을 기다렸다. 물론 그날로 배에 둘렀던 삼베 띠를 홀가분하게 풀었다.

혼례식이 시작되었다. 신랑과 신부가 맞절을 하고, 합환주가 이쪽저 쪽으로 넘나들었다. 신랑은 술잔이 돌아가자 목이 말랐다는 듯 단숨에 들이켰다.

"술꾼답게 시원하게 잘도 마신다."

노총각 필수가 부러운 듯 추임새를 놓았다. 자기는 서른이 넘도록 장가를 못 가는데 학재는 재주도 좋아 예분례 같은 색시를 굴러온 호박처럼 얻다니.

"남산만한 배를 보니 아들을 낳것는디, 저 큰 배를 그동안 어떻게 감추고 살았을께?"

"오죽했겠는가. 얼마나 마음 졸이며 고통스러워하였을까?"

"신부 쪽에서는 한사람도 보이지 않는구만."

"내친 자식으로 생각했겠제. 예분례 아부지도 충격을 받고 영산포에 갔다는구랴."

"그놈의 속이사 누가 알겠는가. 핑계 좋아 숨겨놓은 옛사랑이라도 찾아 갔는지."

"그 집구석도 운이 다 됐는가 보네. 집안이 망할라니께 딸자식마저도 저 지경이라."

"암만. 착실히 제대로 시집을 간다면 아무리 기우는 집안일망정 저렇게 보내기야 하겠는가. 신부 어미 가슴이 말이 아닐 것이네."

"아마 그 여편네 대문 밖에 나선지가 아득한 세월일걸."

"그나저나 비지땀을 흘리는 신부가 불쌍하네. 아이구, 어서 식이나 끝마치제 무슨 축사랑가."

이제 결혼식이 끝나려니 생각하였는데, 희멀끔하게 생긴 청년이 앞에 나서더니 두루마리에 세필로 정성스럽게 쓴 축사를 읽어 나갔다. 구구절절 감정을 불어넣으며 장문의 축사를 읽는 동안 하례객들은 그 속에 빠져들었다. 무성영화의 변사 이상으로 사람들의 마음을 사로잡은 것이다.

남자와 여자가 사랑하는 것은 하늘과 땅의 조화라, 하늘과 땅이 만물을 소생시키듯, 서로가 이해하고 인내하는 가운데 사랑으로 생명을 노래하고, 삶을 가꾸어야 하니…….

"아따, 더위를 묵을망정 그 대목은 찡허게 가슴을 울리네."
"저런께 사람은 배워사 써. 누구네 자식이랑가?"
"가래 김수보 둘쨋놈인디 결혼식장마다 다니면서 축사를 도맡아 한다는구만."

축사가 끝나자 마을사람들은 땀방울을 후두둑 훔치며 박수를 보냈다. 처녀들의 박수소리가 더 요란하였는데, 그녀들은 무엇보다 청년의 축사를 기대하였다. 문장 좋고 감정 좋고 얼마나 잘 생겼냐. 은근한 눈길로 눈이라도 마주치기를 바랐다. 결혼식이 끝났다. 학재는 합환주를 들이킨 탓인지 벌겋게 얼굴이 익었고, 예분례는 온통 땀으로 젖어 무거운 몸을 부축해서야 움직였다. 하례객들은 음식상 따위는 거들떠보지 않고 차일을 벗어났으며 마을 청년들은 신랑을 앞세우고 방죽재를 넘어 감탕나무 그늘에서 윷판을 벌였다. 마을이 갑자기 조용하였다. 매미소리만 한낮을 울렸다.

백상은 한 무더기 시원한 바람을 가슴으로 안으며 보던 책을 덮었다. 삶은 무엇이고, 죽음은 어디서 오는 걸까? 죽은 자는 누운 자이고, 산자는 서있는 자이다. 벌초를 하면서 누운 자의 영혼을 가슴으로 느꼈고, 학재의 결혼식에서 서있는 자들의 숨결소리를 들었다. 따라서 죽음은 산자가 가슴으로 쓸어내리고 보듬는 것이다. 서있다는 것은 산자만이 누리는 삶의 행동반경의 그 무엇이다. 그렇다면 나라는 존재는 어떠한 위치에 서있으며, 앞으로 삶의 행동반경을 어떻게 가꾸고 채색할 것인가? 짚동만한 배를 안고 올린 학재와 예분례의 결혼식은 희극적이어서 백상에게 미래의 커다란 행동지침을 열어주지는 못하였다. 그저 씁쓸할 뿐이었다. 불장난으로 빚어진 결합이어서일까. 정직하게 살다간 자, 신념을 잃지 않고 죽은 자, 의기롭고 지조 높은 죽음 또한 한줌 흙속에 묻혀 세월과 함께 잊기 마련이다.

백상은 자리에서 일어났다. 불현듯 둘째누나 상순이가 보고 싶었다. 상순이는 둘째외숙이 소일거리로 차린 상점 일을 도와주고 있었다. 마을 당상나무께를 지나쳤다. 노인네들이 내기장기를 두고 있었다. 훈수가 한창이어서 물러주라느니, 안된다느니 고성이 오갔다. 큰재를 넘어갈까, 잠깐 망설이다가 가파르지만 질러가는 무덤골로 넘어가기로 하였다. 마을을 치어 올라 무덤골을 차오르기가 숨 가빴다. 등허리에 땀이 흥건하였다.

"아이구, 내 새끼. 어딜 가나?"

고개 잔등에 올랐을 때, 백상은 소리 난 쪽을 돌아보았다. 도암네였다. 이마위에 둘러쓴 수건이 땀에 젖어 있었다. 허리께까지 차오른 서숙밭에서 허리를 폈다. 아들 결혼식이 어제였는데 밭일이었다.

"외갓집에요."

"오냐. 외갓집에 가야 괴기 맛을 제대로 보지야. 내 새끼, 잘 묵어야 할텐디 벼슬에도 못나갈 공부한다고 살이 쏙 빠졌지 뭐냐."

도암네는 짜안한 눈빛으로 백상을 쓸어 보았다. 무조건 자식 사랑을 하는 것도 태어난 천성이리라.

"다녀오겠습니다. 쉬엄쉬엄 하세요."

"오냐, 오냐. 나흘 있으면 대감할무니 제산께 잊지 말거라이?"

"고모님들두 오겠네요."

"오고 말고야. 어서 가거라."

도암네는 손사래를 쳤다. 백상은 꾸벅 절을 올리고 무덤골을 타넘었다. 백상은 무덤골을 타넘으면서 매년 시향을 지내는 선조 묘소를 돌아보았다. 오후로 기웃한 햇살을 안고 덩실한 봉분이 고요히 졸고 있었다. 수난의 시초. 유배되어 영원히 묻힌 그 한스러운 넋은 육이오의 피구름을 몰고 온 회오리에까지 이르렀다. 예나 지금이나 시운을 못 타고난, 지조 있고 의식 있는 자들은 고난과 박해를 받아왔다. 죽음까지도.

선조는 왜 이곳에 묻혔는가? 나라에 대한 충성심과 절개 높은 기개와는 전혀 다른 죽음이 아니었는가. 척신과 당쟁이라는 이데올로기에 의해 버려진 영혼. 권문세도라는 벌목꾼들은 올곧은 나무를 도끼날로 내리찍었다. 한번 도끼날로 쓰러진 나무는 뿌리를 내리고 일어설 수 없었다. 유골이나마 추스르겠다고 찾아온 아들은 인생의 무상함과 벼슬의 허상을 느낀 나머지 한낱 어부로 자처하며 바닷바람과 더불어 살았다.

선조의 발치 아래는 한장서의 영혼이 버려진 듯 잠들어 있었다. 선조와는 또 다른 역사의 희생양이었다. 육이오전쟁은 남과 북의 싸움이전에 냉전구조속의 이데올로기의 첨예한 대립이었다. 지식인으로써 어느 쪽을 택할 것인가는 어쩌면 그 시대적 유산이랄 수 있었다. 유행처럼 번져난 그 시대의 가장 열성적인 사상. 한장서도 예외는 아니어서 온몸으로 받아들였다. 할아버지가 이룩해 놓은 지주의 아들이었기에, 그리고 지식인이라는 시대적인 자부심 때문에? 결과는 참담한 죽음이었지만.

무덤골을 벗어난 백상은 지풍골 고갯마루를 휘돌아 올랐다. 돌무더기가 탑처럼 쌓여 있었고, 노송 한그루가 세월을 이고 있었다. 여기에 이르면 누구나 등허리에 적신 땀을 식혔다. 백상은 뭉실한 돌멩이 하나를 집어 들어 정성스레 돌무더기 위에 올려놓고 나서 노송나무 그루터기에 앉아 땀을 식혔다.

지풍골은 도깨비가 잘 나기로 유명한 곳이었다. 그러기에 해만 떨어졌다하면 지나치기를 삼갔다. 장 목수만 하더라도 당목에서 일을 하고 술이 거나하게 취하여 지풍골 노송나무에 이르렀는데, 갑자기 시커먼

장정이 나타나 다짜고짜 씨름을 하자는 것이었다. 오냐, 좋다. 장 목수
는 술김에 호기를 부리며 가랭이를 부여잡았다. 도깨비는 왼다리를 걸
고 넘어져야 한다는 말이 번뜩 떠올라 왼다리를 있는 힘껏 휘감아 때렸
다. 놀랍게도 두억시니 같은 장정이 모로 쓰러졌다. 이때다 싶어 허리띠
를 풀어 잽싸게 장정의 한쪽다리를 노송나무에 높이 매달아 묶었다. 그
리고 다음날 어떤 형상인가 보자고 그 자리에 와보니 쓰다버린 빗자루
몽둥이가 덜렁 매달려 있더라는 것이었다.

백상은 지풍골 고갯마루를 내려섰다. 자갈밭을 때리는 송뢰바람이
마음을 시원하게 하였다. 여기에 이르면 누구나 시인의 마음이 된다. 마
음은 수평선 너머로 달려 나가고, 한순간 자신의 현재 위치를 잊기 마
련이었다.

"야, 이놈아. 외갓집이냐?"

느닷없이 너럭바위에서 누군가 냅다 땡고함을 질렀다. 백상은 갑자
기 눈앞에 장끼가 날아오를 때처럼 깜짝 놀랐다. 밤생이 당숙이었다. 너
럭바위에 연장망태를 부려놓고 담배를 피우고 있었다.

"일 다녀오세요?"

백상은 놀란 가슴을 진정시키며 공손히 인사를 하였다. 밤생이 당숙
은 어느 때나 조무래기 아이들을 만나면 땡고함을 질렀다. 이뻐서 그랬
고, 미움이 뚝뚝 떨어져도 그랬고, 방싯거리고 웃어도 그랬다. 나이 오
십 줄에 어떻게 어떻게 아들 하나 보기 위해 수없이 마누라를 갈아들인
까닭인가.

"오냐. 당목 새집 짓는니서 구들장을 놓아주고 온다."

밤생이 당숙은 담배꽁초를 너럭바위에 비벼 껐다. 밤생이 당숙의 미
장이 솜씨와 방구들 놓는 손길은 알아주었다. 나무손과 쇠손으로 벽면
을 바르는 손놀림은 그렇다치고, 방구들장을 놓는 솜씨는 무아지경이

었다. 구들장을 맞추는 모습은 지도를 제작하는 듯하였고, 정성스레 옷을 꿰매는 것 같았다. 아무리 습기 차고 불이 들지 않는 방일지라도 밤생이 당숙이 구들장을 고쳐 놓으면 방구들이 지글지글 끓었다.

"학재 형님 결혼 시키느라 애썼지요?"

"그녀러 자식. 불량스럽게 놈의 집 귀한 딸 덜렁 배 불러놓게 하고서 여전히 술독에 빠져 있지야?"

"매일 취생몽사지요."

"내일 모레 애 아부지가 될 놈이 철 좀 들어사 할디 어쩔랑가 모르겠다."

"두 어깻죽지에 책임을 짊어지겠지요."

"그랬으면 얼마나 좋겠느냐. 외갓집에 가거들랑 느그 외할아부지보고 괴기 몇 마리 생각해 보내라고 하거라."

"그럴게요."

백상은 밤생이 당숙과 헤어져 지풍골을 얼른 지나 가래재에 이르렀다. 큰누님과 동갑나기로 한해 먼저 시집 간 사촌누님이 문을 연 상점을 그냥 지나칠 수 없어 기웃이 들여다보았다. 파리채를 든 채 지긋이 졸고 있는 사촌누님이 인기척소리에 몸을 추스렸다. 처녀시절에도 잠이 많았지만, 신접살이가 고될 것이었다. 상가마니 농사야, 시댁 도우랴, 얼마나 억척인가. 학재 결혼식에도 잠깐 얼굴만 내밀고 돌아섰다.

"백상이 왔냐. 상가마니 논 좀 돌아보고 왔던만 금세 피로가 몰려왔다. 어짠 일이냐?"

사촌누님은 잠에서 깨어나며 깜짝 반겼다.

"상순이 누나가 갑자기 보고 싶어서요."

"왜, 안 그래야. 시원한 것 하나 마시거라."

"아니요. 물이나 한잔 주세요. 물맛만큼 시원한 것이 어디 있을랍디요.”

“철든 소리는 혼자 다 한다. 이거라도 묵어라. 내 물 떠 올구마.”

사촌누님은 뭉기적 일어나 과자 봉지를 안겨주고 찬물 한 그릇을 떠
왔다. 몸이 무거워 보였다.

“매형은 어디 갔어요?”

“일 나갔다. 시숙님이 황보 대목수 밑에서 집을 짓는디, 대패질이라
도 거들어 달래서 일맛에 빠졌다. 상점이야 찬바람이 들이쳐야 손님들
이 들 것이고……”

“앞으로 대목수 나겠어요.”

“대목수야 바라겠냐만 눈썰미가 있응께 하는디까지는 할 것이다. 결
혼식 뒤끝에 무슨 일은 없었냐?”

“무슨 일이 있으면 재 너머로 바람처럼 소식이 들이칠 것인데 걱정
은요.”

“내가 챙피해서 똑 죽겠다. 시상에 불볕 땡볕 아래서 그게 무슨 집안
우사냐.”

“그 말 이르고 앞으로 잘 살면 되잖아요.”

“조짐이 좋아야 하는디 어째 모래 씹힌 기분이 든다.”

사촌누님은 아직도 떨떠름한 기분을 떨쳐버리지 못하였다.

“푸대쌈해 온 여자가 살림을 더 잘한다 안합디요.”

“얼마나 궁색했으면 그런 말이 나왔겠냐.”

사촌누님은 예분례를 아는 만큼 올케로서의 자질을 못 미더워 하였다.

“이만 가볼라요.”

백상은 먹다 남은 과자봉지를 들고 상점을 나섰다. 사촌누님은 치맛
자락을 바람에 날리며 백상의 모습이 시야에서 멀어질 때까지 바라보
고 있었다. 친형제와 사촌을 구별하지 않고 자라난 형제들이었다. 백상

은 그 모습에서 시집 갈 때를 떠올렸다.

사촌누님이 혼례식을 마치고 가마 타고 시집으로 가던 날, 백상과 사촌들은 이불짐을 짊어지고 그 뒤를 따랐다. 그날사 말고 봄을 일깨우는 찬비가 추적추적 내렸는데, 이불짐을 젖지 않게끔 우장을 써야만 하였다. 비가 오면 잘 산다 하더라.

종부네의 울먹이는 소리에 사촌누님은 온통 눈물로 얼룩졌다. 어쨌거나, 암말 말고 깨소금처럼 살아야 한다. 어떻게 키운 자식이냐. 너희들 고생은 또 어떻고. 아들 딸 토실하게 낳거라이. 도암네는 딸의 손을 꼬옥 잡으며 눈물을 훔쳤다.

백상과 사촌들은 빗물로 질척거리는 신작로 길을 탕탕 구르며 그저 신바람이 났다. 이불짐 값을 생각하면 마음이 한없이 들떴다. 머리를 맞대고 적정가를 입맞춤하였고, 그러다보니 이불짐이 도대체 무겁지가 않았다. 차일이 쳐지고, 하례객들이 붐비는 신랑 집에 신부를 태운 가마가 들어섰다. 신부를 구경하려는 여인네들로 발 딛을 틈이 없는 가운데 백상과 사촌들은 이불짐을 단단히 짊어지고 신랑과 이불짐 값을 흥정하였다. 적다거니, 그만하면 됐다느니, 실랑이가 벌어지고, 결국은 못 이긴 척 시부저기 이불짐을 부려놓았다. 비로소 한기가 들고 배가 고팠다.

그때 받은 이불짐 값으로 두툼한 참고서를 살 수 있었는데, 사촌누님은 어느새 어엿한 가정주부로 살림을 일구고 있었다.

큰재를 넘었을 때는 서녘해가 설핏 넘어가고 있었다. 작은누나가 있는 외삼촌 집은 이제 막 저녁을 들고 있었다.

"백상이 왔구나!"

상순은 밥상머리에서 일어나며 깜짝 반겼다. 큰방에서 외숙의 콜록거리는 기침소리가 들렸다.

"누나가 보고 싶어서……."

"외삼촌께 인사드리고 저녁 묵자."

상순은 상점을 보느라고 햇볕을 쏘이지 않아서인지 얼굴색이 뽀얗고 예뻤다. 백상은 외삼촌께 인사를 드렸다.

"많이 컸구나. 머지않아 느그 어무니 고생한 보람이 있겠다. 어여, 저녁 묵어라."

둘째외삼촌은 그렁그렁 가래를 머금은 소리로 반겨하였다. 백상이 귀여워하였던 황구까지 잡아먹었는데도 폐병은 조금도 나아지지 않았다. 그놈의 전쟁. 느그 큰외숙은 붉은 물에 푹 빠져 죽고, 둘째외숙은 군대에 끌려가 폐병장이가 되어 죽어가고……. 종부네의 넋두리가 아니더라도 마음이 아팠다. 백상은 오래 앉아 있기가 스멀스멀하여 방을 나왔다. 상순은 기다리고 있다가 함께 저녁을 마저 들었다.

"상점 보기 재미있어?"

"편하다만, 하루 종일 틀어박혀 있자니 갑갑하다. 외할아부지한테 가자."

"외할아부지 망여섬에 없어?"

"아까 어장물 보고 오더라. 학재오빠 벼락장가를 갔다며?"

"그 일로 모두들 심란해 하는구만. 오지 그랬어?"

"상점일도 그렇지만 무슨 좋은 구경거리라고 이 무더위에 땀 흘려 갈 것이여. 아무튼 잘 살아야 할 것인디……."

상순과 백상은 외할아버지 집을 들어섰다. 일꾼들이야, 마을 술꾼들이야, 사람들로 가득하였다. 외할아버지는 활짝 열어놓은 큰방에서 죽침을 베고 누워 있었다. 외할머니는 마루방에서 코흘리개 손자들을 다독이고 있었다.

"어따, 내 손주 왔냐. 어째 몸이 홀쭉하다."

외할머니는 시큰한 콧물부터 풀었다. 항상 자식들과 고생하는 딸을 눈물겨워하였다. 전쟁 전에는 사위 잘 보았다고 섬 전체가 부러워하였는데, 청상과부를 만들어 놓다니. 사위에 대한 외쪽사랑과 미움이 가슴을 할키었다.

외할머니는 외할아버지와는 여러모로 대조적이었다. 무엇보다 외모로 나타난 신체적 특징이었다. 외할아버지는 팔척장신으로 누가 보아도 풍채 좋은 덕스러움을 지니고 있었다. 어디를 가더라도 풍채 하나만으로도 능히 사람들을 위압하였다. 거기에 반해 외할머니는 난쟁이 키를 조금 벗어난 볼품없는 모습이었다. 두 사람이 함께 앉아있는 모습을 보게 되면 깃털이 화려한 수꿩과 조그맣고 꾀죄죄한 암꿩을 보는 듯하였다. 암꿩의 생리를 닮아서 일까, 그 체구에 생산은 좋아 자식들을 줄줄이 아홉 남매를 낳아 길렀다. 외할머니는 오로지 자식을 낳고 기르고, 가사일에 운명을 짊어진 듯하였다.

"니, 어미 요즘은 밭에 나가 이쪽을 보고 한숨 안 짓디야?"

"왜, 안 짓겠어요."

백상은 가볍게 들어 넘겼다. 약낭골 밭에서 바라보면 망여섬과 외가 동네가 빤히 바라다 보였다. 종부네는 친정동네를 건너다보며 한숨을 짓다가 발작이라도 하듯 호미를 내팽개치고 한달음에 친정집으로 향하였다. 그리고 시리도록 훵하게 뚫린 가슴을 몇 날이고 진정시키고 나서야 허정허정 집으로 돌아왔다.

"느그들이 니 어미 속을 헤아려야제. 다들 마음이 여물어서 칭찬들이 자자하드라만……."

외할머니는 혼잣소리를 하며 손자의 등을 쓸어 주었다. 외할아버지의 코고는 소리가 우레처럼 들렸다.

"어이구, 저놈의 영감태기. 화통을 달았나. 객줏집 지집과 얼마나 코 빠지게 어울려 놀았으면 저리도 소리가 높을고."

외할머니는 그저 밉다는 듯 눈을 흘겼다. 시앗을 보면 부처님도 돌아 눕는다던가? 밤이 깊어가고, 술잔을 나누던 일꾼들의 목소리도 잦아졌다. 외할아버지의 코고는 소리만 드높았다.

"엄니보고 나 좀 집으로 데려가라 해라."

상순은 귓속말로 소곤거렸다.

"왜에?"

"그냥 집이 좋아. 친구들도 보고 싶고."

상순은 속 깊게 보다 깊은 말은 삼갔다. 폐병으로 기침을 해대는 둘째외삼촌과 함께 기거하자면 고역일 것이었다.

"누나. 난 앞으로 결혼 따위는 안 할 거야."

"학재오빠 결혼식을 보고 그러는구나?"

"사실은 학재형님 결혼식과 조상들이 묻힌 산소에 벌초를 하고나서 생각해보니 삶 자체가 참 보잘 것 없는 거라는 생각이 들었어. 인생 자체가 허무한데 결혼을 해서 뭘 해."

"십년 앞을 미리 근심 걱정하지 말고 잠이나 한숨 붙여. 새벽같이 외할아부지따라 망여섬에 갈려면."

상순은 그것도 병이라는 듯 돌아누웠다. 백상은 외할아버지의 코고는 소리에 도무지 잠을 이루지 못하고 뒤치적거리다가 깜박 잠이 들었다. 상순이 흔들어 깨웠다. 외할아버지는 마당가에서 어장도구를 챙기고 있었다. 일꾼인 거북이가 어장도구와 망여섬에서 먹을 양식과 부식을 한 짐 짊어졌다. 거북은 외할아버지가 고흥을 가다가 바다에 빠져 표류하는 거북을 운 좋게 살려냈다. 그 은혜를 잊지 못해 외할아버지 어장일을 도우며 망여섬에서 외할아버지와 함께 생활하였다. 이름도 바다에서 살아났다고 스스로 거북으로 바꾸었다. 그러니까 덤으로 사는 생활이었다. 그 나이에 아직 장가도 가지 않았는데, 외할아버지께서 장가를 보내 한 살림 차려 주마고 하여도 마다하였다. 장가를 가서 무엇 하느냐는 것이었다.

"니는 새끼노를 젓거라이."

거북은 뒷노를 잡으며 백상에게 새끼노를 맡겼다. 백상은 군말 없이 손바닥에 침을 뱉고 나서 쌍노를 저었다. 사리 때여서 배가 앞으로 나아갈수록 물살이 빨랐다. 거북은 힘차게 방향을 잡아나가고, 외할아버지는 고물에 앉아 담배를 재워 피웠다. 아무래도 간밤의 숙취가 뒤통수를 치는가 보았다. 삐거덕삐거덕 노 젓는 소리만 바닷물속에 빠진 새벽별을 휘저었다. 백상은 늙은 스님처럼 바다위에 앉아있는 망여섬을 바라보았다. 아득한 세월 저렇게 앉아 무심한 숨결로 한세상을 산다면 얼마나 좋을까. 야가 또 헛되고 부질없는 망상을 퍼올리네이. 갑자기 종부네의 목소리가 백상의 이마를 쳤다.

"노를 올려라. 그라고 닻줄을 감아라이."

거북은 배를 그물막이 기둥에 숨가쁘게 갖다 댔다. 그리고 재빠른 동작으로 기둥에 닻줄을 감아 매고 나서 기다란 갈고리장대를 어깨에 메고 장말을 타고 올랐다. 수평선에서 먼동이 터오고 있었다.

"오늘은 큰 괴기들이 제법 들었구나."

외할아버지는 그물 속에 갇혀있는 고기들을 눈으로 감지하였다. 백상도 거북의 뒤를 따라 장말위로 조심스럽게 올랐다. 눈앞이 아슬아슬하였다. 거북은 날렵한 동작으로 갈고리 장대로 갯진질을 걷어내고 그물을 끌어올렸다. 고기들이 비늘을 반짝이며 꼬리를 쳤다. 그물이 끌어올려지고, 외할아버지는 고기를 배에 퍼 담았다. 백상은 바닷물이 아스라이 빠져나간 난간에 매달려 아찔한 현기증을 일으켰다.

"인자 그만 내려가자."

거북의 재촉에 백상은 조심스럽게 배에 내렸다. 갈치, 꽁치, 갑오징어, 병어, 전어, 숭어, 농어, 돔, 준치, 멸치, 문어 등등 신선한 생명들이 비늘을 튀겼다.

"아따, 그놈들 먹음직스럽다. 그물은 들물 때 내리기로 하자. 볕깔을 해야겠다."

외할아버지는 고물에 앉아 흐뭇한 표정을 지었다.

"괴기 몇 마리 장만할까요?"

"그래라."

거북은 병어와 돔, 농어, 갑오징어를 손에 잡히는 대로 추려내더니 칼로 다듬은 다음 바닷물에 깨끗이 씻었다. 초간장과 해장술을 뒷 칸막이에서 꺼냈다.

"너도 한 점 묵어라. 거북이도 술 한 잔 들고."

외할아버지는 거북이가 처올리는 술잔을 기분 좋게 들이켰다. 거북이도 고개를 돌려 술잔을 비우고, 백상은 뭉툭하게 장만한 생선을 초간장에 듬뿍 찍어 먹었다. 비릿하면서도 신선하였다.

"인자 뱃머리를 저기 나들이께로 돌려라."

"우리 집이요?"

백상은 콧날이 시큰하였다. 외할아버지는 어려서부터 곧잘 어장물을 봐와 동네백이를 하였다. 딸을 위한 속 깊은 뜻이었다.

"면사무소 볼일도 있고, 느그 집도 한번 보고 싶구나."

외할아버지는 담뱃대를 뱃전에 탕탕 털었다. 이제 머지않아 아들에게 어장을 물려주면 마음대로 고기를 갖다 줄 수 없을 터였다. 형제간이 우애가 아무리 깊다한들 애비의 마음만 같으랴.

폭풍우

1

종부네는 새벽같이 일어나 김발을 엮었다. 입추가 지나고 말복이 지난 아침저녁은 제법 선선한 기운을 드리웠다. 낭창거리는 쪽대를 엮어 나갈 때마다 저절로 흥타령이 나왔다. 하루 종일 시계 불알추 같이 오가며 발을 엮자면 오지게도 고된 일이어서 예부터 남정네들의 몫이었다. 그러던 것이 육이오 때 남정네들을 타작하듯 비질한 뒤로 하는 수 없이 아낙네들이 발을 엮으며 한숨을 깨씹어야만 하였다. 이럴 때 몽선이라도 있으면 얼마나 좋을고…….

두 칸 살이를 엮었을 때, 아침 해가 성백산 위에서 그 고운 햇살을 내리비쳤다. 이슬 머금은 앞벌 들판을 비질하듯 어루었다. 한여름 땀 흘려 가꾼 벼들이 풍년을 예고하였다. 한차례 가뭄이 들어 상가마니산에 암장한 무덤을 파묘하면서까지 기우제를 드렸다. 그 음덕일까, 가뭄을 해갈해 주는 큰비가 내려 시들뻬들 말라 비틀어 가던 농작물이 파랗게 원기를 되찾아 시름을 놓게 하였다. 태풍도 두어 차례 아슬하게 비켜나가 땀 흘린 보람을 찾을 것이었다.

가뭄으로 난리를 칠 때는 택 꼬실라질 줄 알았는디 모진 게 생명의 뿌리여. 종부네는 김발을 치다말고 허리를 폈다. 저놈의 방죽만한 천수답. 홍수가 지면 물난리로, 가뭄이 들면 논바닥이 말라 애물단지였다. 가뭄이 들어 논바닥에 금이 쩍쩍 갈라지고 모포기는 벌겋게 타들어가 금방이라도 성냥불을 들이대면 불쏘시개로 사라질 것 같더니만, 한차례 흠씬 빗물을 둘러쓰고 나서는 시난고난 병고에서 일어난 사람처럼 제 모습을 찾았다. 참말로 매번 물방선 같은 논. 벌어 묵자니 머리카락이 희어지고, 버리자니 아쉽고…….

　"쉬엄쉬엄 일하시오. 그러다 발병나면 어쩔라고 그러시오."

　담 너머로 수기네 아범이 허웃한 웃음을 보냈다. 주복물을 보러 가는가 보았다.

　"쉬어가면서 일하면 누가 대신 해준답디요?"

　종부네는 다시금 쪽대를 엮으며 대꾸하였다. 아닌 게 아니라 하루 종일 김발을 엮다보면 두 다리가 퉁퉁 부어오르고 허리가 무너져 내리는 듯하였다. 남정네가 없는 설움과 고통이라고나 할까. 수기네아범은 담 모퉁이를 휘돌아 갔다. 종부네는 부지런히 손을 놀렸다. 김발 한대를 마저 엮고 아침을 들참이었다. 물집이 생긴 손가락 마디는 쓰리고 아팠다. 채종(菜種)시기를 맞추자면 추석 전에 김발을 다 엮어야 하는데, 오나가나 게으름을 피우는 성수나 또딸네아범은 추석 이후까지 손을 놀렸다.

　학재나 재문이, 현오 등도 맨날 천날 술독에 빠져 지내면서도 늦더위 속에서 코끝에 땀방울을 매달고서 김발을 엮었다. 하기야, 하는 짓거리가 따로 있을까. 외상술값을 생각해서라도 그만한 양심과 부지런은 떨어야 할 것이었다. 종부네는 어느 사이에 흥얼흥얼 흥타령을 부르며 새끼공을 넘겼다. 햇살은 두엄더미를 비치고 씨암탉은 그 밑을 파헤쳤다. 김발은 쪽대를 예순다섯 쪽 정도를 한 칸 살이로, 열두 칸 사리를 한대

라 하였다. 칸사리 사이는 장말을 꼽을 수 있게끔 두어 자 정도 여유를
주었다.

"오늘은 뭔 일로 아침도 미루어 놓고 부지런을 떤다요?"

삐죽갈네가 보시기를 안고 지침지침 들어섰다.

"일이 어중간해서 그러네. 그건 뭔가?"

"밀가루 좀 있길래 찌짐을 해봤소."

"잔생이도 일이 없는가 보네."

삐죽갈네는 큰집에서 김발을 엮어 몫을 지어주기 때문에 이때가 되
면 남들보다 한가하였다.

"놈의 마음 씀도 모르고 모난 소리요?"

"한번 맛보세."

종부네는 선채 부침개를 들었다. 계란까지 곁들여 맛을 냈다. 종부네
는 부침개를 먹고 나서 몇 개 남지 않은 쪽대를 마저 엮기 시작하였다.
명상이 염소를 먹이고 들어섰다.

"아까 보니 채종이와 성두 아제 등이 포자를 받으려고 바다 건너 가
던디 옹암이야, 삭금리 사람들 올해도 배짱깨나 내밀게 생겼소."

"나사 포자를 받으려고 바다 건너 나갈 것도 아니고, 대섬목에다 장
말만 꼽으면 될 것인께."

종부네는 심드렁하게 말하였다. 남정네가 있는 집들은 김 생산에 한
껏 투자를 하지만 어디 그럴만한 힘이나 있는가. 그저 하릴없이 겨울을
나기도 그렇고 하여 용돈 푼이나 벌어 쓰자고 손쉬운 바닷물 윗목에다
몇 대 막는 것으로 족하였다.

"추석 지나면 엄청 또 바빠지겠소. 철나무하랴, 해태발 막으랴, 가을
걷이 하랴……."

"자네사 기린 데가 뭐 있는가. 시동생들이 알아서 척척 해주는디."

"그래도 밭곡식이야, 철나무는 쪼깐 해야지라우."

삐죽갈네는 늘상 시동생들이 고마웠다. 젊디젊은 나이에 혼자되었다고 짜안하게 생각한 나머지 하나에서 열까지 알아서 부족함 없이 해주었다.

"그놈의 철나무, 새끼들 등골 빼는 일이제."

종부네는 앞산을 바라보며 한숨 지었다. 겨울 한철 땔감을 장만하자면 몇 날을 새벽부터 상가마니에 올라 낫질을 해야만 하였다. 큰 딸년이 시집가기 전에는 한겨울 땔감을 책임졌는데, 이제는 도리 없이 둘째 딸이 철나무를 떠맡을 것이었다. 추석명절 지내러오면 외삼촌 상점 일을 그만 두도록 붙들어 놓을 참이었다.

"그란디, 성님. 요즘 무공이 움막에 틀어박혀 반쪽거울 앞에 앉아 털만 뽑는다 안하요."

"그게 일 아니던가?"

종부네는 가볍게 들어 넘기며 일손을 놓았다. 이틀 밤과 새벽을 지새우며 김발 한대를 엮은 것이다.

"아니라우. 턱수염에서부터 거웃까지 쪽집게로 하나씩 지성스럽게 뽑는다 안하요. 참으로 별일이제요."

"온전한 사람 같음사 그러겠는가."

"얼마나 아플께라우. 어쩌면 무공이만이 알 수 있는 깊은 뜻이 들어 있지 않을께라우?"

"난들 알겠는가."

종부네는 담배를 말아 피웠다. 아침저녁 밥을 얻어먹으러 오는데도 쪽집게로 턱수염을 뽑아낸 자국을 보지 못하였다. 불볕더위 속에서 밤이고 낮이고 바닷물에 목물로 잠겨 지내더니 무료하고 심난하여 털이나 뽑고 있는 걸까?

"미쳤어도 성정 하나만은 고와라이. 여자 치맛자락 한번 흡떠들려 보려고 하지 않으니께요."

"여자에 상사빙이 난 나머지 미쳤는가? 나름대로 가슴에 한이 많을 거여. 여느 미치광이하고는 성질이 다르네."

"그거사 세상이 다 알지라우."

삐죽갈네는 다 엮은 김발을 새끼줄로 묶는 일을 거들어 주었다.

"자네도 이럴 때는 한몫 쓰이네."

"나도 눈썰미는 있어라우."

삐죽갈네는 허리힘을 들여 새끼줄을 맸다. 산다는 것이 무엇인지 가장네가 할 일을 연약한 아낙네가 하다니. 한 가닥 서글픔과 회의가 들었다.

"자네 재혼할 생각은 없는가?"

"무슨 뜬금없는 소리다요?"

삐죽갈네는 입가에 실소를 머금었다. 가다가 한 번씩 남의 속내를 떠보았다.

"청춘이 너무 아까워서 하는 말이네. 새끼줄을 잡아맬 때 보이는 자네 앞가슴이 그저 처녀 젖가슴이지 뭔가."

종부네는 얼마 전 삐죽갈네 친정어머니가 와서 눈물을 찍어내던 모습을 떠올렸다. 좋은 재취 자리가 있어 딸을 설득하러 왔는데 일언지하에 모퉁이만 맞았다는 것이었다. 자네가 딸년 맘 좀 돌려주소. 인생이 구만리 같은디 저렇게 청상으로 살아사 쓰겠는가. 자네들 처지하고는 또 다르지 않는가. 삐죽갈네 친정어머니는 종부네를 붙들고 하소연하였다.

"우리 친정엄니가 그럽디요?"

삐죽갈네는 눈치 빠르게 물었다.

"내가 보기에 안쓰러워서 그러네."

"그렇게 말하는 성님이나 나나 청상과부 아니요."

삐죽갈네는 더 이상 말을 못하게 하였다. 전쟁터에서 전사한 남편을 못 잊어서가 아니라 팔자 사나운 년, 재혼을 한들 무슨 행복이 주저리 주저리 열리겠는가.

"자네가 지금은 암만 그래 싸도 후회할 것이네."

"후회도 내가 할 것이요."

"알겠네. 개는 언제 튼다 하든가?"

종부네는 담배꽁초를 비벼 껐다. 아침이라서 그런지 담배가 다른 때보다 썼다.

"모르겠소. 굴양식장이야, 꼬막장이야, 곧 안 트겠소. 앞 들판도 푸르고, 올 추석에는 소나 한 마리 잡아야 할디."

"엇따, 씨벵. 돼지나 제대로 큰놈 잡았으면 좋겠네."

"필수네 돼지가 입에 오르내린다 합디다만……."

"필수 장개 갈 돼지를?"

"누가 아니요만, 시집오마고 하는 색시가 있어야지요."

"왜, 색싯감이 안 생길까?"

필수는 서른 넘은 나이에 장가들자고 맞선도 수십 번 보았고, 중매도 사방팔방 놓았건만 어쩐 일인지 번번이 퇴짜를 맞았다.

"금메라우. 짝이 그렇게도 없는지 참 묘요. 사람도 착실하고 나무랄 데 없는디 말이요."

"다 저저끔 인연 아니겠는가."

종부네는 아침 준비를 하였다. 수기네아범이 고기 통주리를 들고 들어섰다. 삐죽갈네가 입꼬리를 비죽 틀어올렸다.

"울타리 너머로 어디 갔는가 했더니만 여기 와 있었구만이라우."

수기네아범은 삐죽갈네의 그 모습이 더욱 즐겁다는 듯 눈웃음을 지었다.

"묵직한걸 보니 제법 잡았는가 보요이."

"해장술 한잔할 안주거리 없겠소. 횟감이나 장만하시요."

수기네아범은 고기 통주리를 내려놓고 방금 삐죽갈네와 새끼줄로 묶어놓은 김발을 담장에 기대어 세웠다. 그 사이 종부네는 양념장을 장만하고 술을 걸렀다. 삐죽갈네는 생선을 칼질하였다.

"너무 많이 장만한 것 아니여?"

"아따, 성님도. 이랄 때 허리띠 풀러놓고 묵읍시다."

"그러다 정들겠구만."

종부네는 상을 들고 마루로 나왔다. 삐죽갈네는 매운탕을 냄비에 앉혀놓고 상 모서리에 앉았다.

"솜씨껏 투박하게 장만하였소. 자, 한 점씩 듭시다."

수기네아범은 삐죽갈네를 곁눈질하며 생선회를 한입 우겨넣었다. 먹성 하나는 똑부러지게 좋았다.

"김발은 다 쳤소?"

"한 이틀 치면 다 끝날 것이오. 집에서 혼자 치지 말고 감탕나무께로 오지 그라시요. 곁에서 거들어도 줄 것이고."

"나사 쉬엄쉬엄 밤이고 새벽이고 시간 날 때 엮는디 남정네들 틈서리에 낄 수가 있간디요."

감탕나무께는 바람 시원하고 그늘져 김발을 엮기에 가장 알맞았다. 그리고 발치 아래는 바닷물이 넘실거려 김발을 막기도 수월하였다.

"참말로 억척이요."

"나만 억척일랍디요. 놈들처럼 삭금리나 꽃섬에서 해태 종자를 안 묻혀 올 것이오?"

"나는 거기에 철저하게 반대하는 사람이요. 아, 우리네 갯벌에서도 얼마든지 좋은 종자를 받을 수 있는디 뭐할라고 돈 들여가면서 그 고생이요."

"그랄 때는 꼭 구두쇠만 같소. 놈들은 그걸 몰라서 멀리까지 위험을 무릅쓰고 간답디요?"

삐죽갈네가 가당찮은 소리라는 듯 모눈을 옆으로 흘겼다.

"아, 삭금리 간다고 다 좋은 종자 받아옵디요? 지성이면 감천이라고, 물살 좋은 곳에서 정성으로 키워보시요. 송장골 김포자도 윤이 반질반질하지 않던가요?"

"그 말은 맞으요. 매운탕 다 쫄아졌겠네. 어서 가져오게."

종부네는 삐죽갈네를 일으켜 세웠다. 성백산을 치어오른 해는 마음을 바쁘게 하였다. 밭에 나가봐야 할 것이었다.

"엇따, 알맞게 쫄았소. 맛이 그만이겠구만이라우."

삐죽갈네는 냄비 채 들고 왔다. 종부네는 수기네아범과 삐죽갈네에게 수저를 돌리고 명상에게 밥그릇을 안겨주었다.

"정말, 매운탕 솜씨 하나는 똑부러지요."

수기네아범은 삐죽갈네에게 째진 눈길을 주면서 칭찬하였다.

"성님 솜씨제, 내 솜씨라요?"

삐죽갈네는 얄상맞게 눈을 모로 치떴다.

"감탕나무께에 가서 해태발을 쳐야겠소. 잘 묵었소이."

수기네아범은 헛웃음을 치며 자리에서 일어났다. 고기 통주리를 어깨에 눌러매고 대문을 나섰다. 그러고 보니 마을 남정네들이 뒷짐을 지고 방죽재를 넘어가고 있었다.

감탕나무께는 밀물이 들어 자갈밭을 흠뻑 삼켜버렸다. 가을로 가는 매미소리는 어딘지 모르게 처량하게 들렸다. 웃통을 벗어부친 남정네들이 부지런히 시계추처럼 왔다 갔다 하며 김발을 엮었다. 뒤늦게 성수 아범이 속 편한 걸음걸이로 감탕나무 그늘께로 들어섰다.

"땡여름보다 햇살이 더 따갑구랴."

"일도 하기 전에 비지땀을 비쏟은 것을 보니 암만해도 해장거리를 하고 온 모양이요."

현오가 슬며시 시비를 걸었다.

"해장거리라니?"

"안 그러면 어찌 그리 걸음걸이가 느리터분할 수 있소."

"내가 뭐 씨암탉을 덮치는 누구네 수탉이라도 된단 말인가? 아침부터 마누라 배위를 구르게."

"게으른 사람이 그것은 더 밝힌다 하더만."

밤생이당숙이 댓살을 추스르며 거들었다. 밤생이당숙은 남의 집 구들장이야, 미장이를 하기에도 바빠 김발은 생각지도 않는데, 집사람이 심심하다면서 몇 대 막자고 해서 재작년부터 김발을 엮었다.

"당숙은 구들장만 봐도 그 집 규방질서를 알지라우?"

"알다마다. 누구네 집 없이 여자가 춥다고 구들장을 봐달라면 남정네의 아랫도리가 부실하거나 가슴이 뜨뜻미지근한 법이여."

"그랑께 밤마다 작신작신 녹여주는 집일수록 겨우살이가 따습다 그 말이구만유."

"필수 자네가 한번 실측해봐. 내 말이 거짓말인가."

"지가 무슨 재주로 당장 실측해 볼 것이요."

필수는 장가 못간 자신의 처지를 빗대는 것 같아 가슴이 쓰렸다.

"학재맨치로 더운 바람으로 재주를 피워봐. 자네도 오뉴월에 장개를 갈텐게."

"그런 기술이 있다면 다섯 번도 더 갔겠소."

"등치 아깝게 뭐가 부실하지 않는가, 점검을 한번 해봐사 쓰겠어."

"바지 속에 들어있는 물건보고 시집을 처녀가 있다면 얼마나 좋겠소. 참말로 내년 봄에는 내가 죽든지, 장개를 가든지 해야쓰겠소."

필수는 손바닥에 침을 바르고 나서 새끼공을 넘겼다. 이 김발이 장가들 밑천이라고 생각하니 손놀림이 여느 때보다 정성스러웠다. 남들은 다 제 짝을 찾는데 어찌하여 노총각 신세를 면치 못할까.

"가만 있거라. 내가 참한 처녀 눈에 띄면 중매를 서마. 그 나이에 처녀가 제 발로 걸어들어 올 것도 아니고. 혹시 마음에 품고 있는 처녀는 없냐?"

"젊은 과부도 괜찮소만, 도대체 보이지가 않소."

"그런디 요즘 판봉이네영감 성깔이 잠잠하게 죽어 있든디 속사정이라도 있다던가?"

"그녀러 영감태기 무슨 속사정이 있겠소. 누가 상대를 해야 이빨을 드러내지."

"가을걷이가 시작되고 일손이 딸린다 싶을 때 고깃말을 까내리고 포악질을 할 것이요."

"자네가 명도네. 곱게 노망이라도 들어야 할디……."

남정네들은 쉬엄쉬엄 농담을 곁들이며 이마에 땀을 매달았다. 가을로 가는 햇살은 따갑기만 하여 웃통을 벗어부친 어깨가 땀으로 번들거렸다. 아낙네들이 점심을 곁들여 새참을 이고 왔다. 그녀들의 얼굴도 땀으로 익었는데, 점심이라아 된장에 영근 풋고추, 호박나물, 가지무침과 풋김치가 고작이었다. 수기네아범만이 아침에 잡은 문저리와 뻘덕게를 된장물로 조림한 반찬이었다.

"필수 니 반찬이 제일로 정갈하다. 느그 형수가 장개 못 보낸 니한테

만은 신경을 쓴다."

밤생이당숙이 낙지조림을 한 젓가락 집어 들었다.

"그런가 보요. 중매를 서준다니께 술도 한잔 받으시요."

필수는 찌그러진 주전자를 기울여 술잔을 쳐올렸다. 반찬새와는 달리 술빛은 쌀뜨물처럼 맨숭하였다. 아무래도 술은 종부네 솜씨를 따를 수 없는가 보았다. 학수네가 막내둥이 시동생에게 신경을 쓰는 것은 필수와 함께 자란 학수네의 딸들은 삼촌을 두고 시집을 잘도 가는데, 노총각으로 버려두어 미안스러웠다. 색시감이 안 생겨서 신접살림살이를 내주지 못하는데도 딸들만 위한다는 오해를 받을까 조심스러웠다.

"성수 자네는 점심 묵을 자격이나 있는가. 인자 겨우 두 간 살이 밖에 못쳤는디."

"그래도 내가 김발을 다 엮을 것이고, 같이 끝낼 것이오."

"원님살이를 한 방통의 재주라도 지녔는가 보구만."

"신통방통한 재주를 지녀 게으름을 피우겠지요. 저녁참에 장 목수가 닻줄을 드리러 온다합디다."

"저것도 배라고 닻줄을 들여? 새끼줄을 매놔도 되겠다."

밤생이당숙은 감탕나무 아래서 깜죽거리는 채취선을 바라보며 웃음을 쳤다.

"목수쟁이 집 반반한 것 없다고, 저것도 오감스러울 것이요"

남정네들은 점심을 들고 감탕나무 뿌리를 베고 누워 낮잠을 한숨씩 훔쳤다. 귀머거리 만식은 낮잠 대신 반쯤 썰물이 진 곳에서 바닷물을 뒤집어쓰며 꼬막이며 나박조개를 잡아 올렸다.

2

"동민 여러분, 오늘 저녁 해태양식 채식지를 뽑겠으니 한사람도 빠짐없이 마을회관으로 나오시기 바랍니다."

동네일을 도맡아 하는 김모치가 삼거리에서 왜장치고 나서 골목골목을 오르내리며 똑같은 말을 반복하였다.

"뭐라고 하냐?"

종부네는 아침 설거지를 하다말고 명상에게 물었다.

"오늘 저녁 해우발 채종지를 뽑는다 안하요."

"그래야? 어서 핵교 가거라."

종부네는 명상을 등교시키고 김발을 마저 엮었다. 썩을 놈의 김발, 모양새고 뭐고 다 엮어 시원하였다. 장딴지는 홍두깨처럼 붓고 손가락마디는 피멍울이 들었다. 발바닥도 아프고 허리도 쑤셔 지긋지긋하기만 하였다. 대청마루에 등허리를 댔는가 싶었는데, 깜박 잠이 들었다. 긴장이 풀려서일 것이었다.

"무던히도 피곤했는갑다."

도암네였다. 평소와는 달리 얼굴이 그늘져 있었다.

"김발을 다 엮었더니만 삭신이 폭삭 내려앉을락 하요."

종부네는 선하품을 달며 뭉기적 일어났다.

"왜, 아니겠는가. 남정네도 힘든 일을 다 했으니 안 그러겠는가. 동승애, 며느리가 딸을 낳았는가 보네."

"빠르기도 하요."

종부네는 설핏 미움을 베어 물었다. 뭣이 급해서 그 모양들일까. 삼복에 혼례를 치른 것만도 부끄러운 일인데 여름도 채 가지 않아 핏덩어리를 내질러 놓다니.

"울타리 너머 친정에서 기별이 왔데만, 토심스럽기만 하여 혼자 눈물을 찍어 누르다가 동승애한테 왔네."

"혼례를 치룬 이상 며느리고 손자요만, 당분간 친정집에서 몸조리를 하도록 하시요."

"문제는 학재란 말시."

"학재가 왜라우?"

"결혼식을 올리고 나서 밖으로만 나돈단 말시. 자네는 몰랐겠지만 장개들고 아직 한 번도 신방에 들지 않았네. 그래서 그점저점 며느리를 친정으로 보냈네."

"밤마다 밖에서만 사랑놀음을 해서 그런가 보요."

종부네의 말속에는 여전히 미움이 깃들어 있었다.

"걱정이 태산이네. 학재도 보아하니 일을 저질러놓고 보니 사랑도 시든 것 같고……."

"아, 그럼 오뉴월 벼락치기 결혼식이었는디, 무슨 부부지정을 알 것이요."

"동승이 학재 마음을 한번 점검해 보소. 인자 더 이상 남부끄러운 일은 없어사 쓸 것 아닌가."

"그라지라우. 해도 아직 멀었고, 밭이나 한번 돌아봐야겠소."

종부네는 억지로 자리를 털고 일어났다. 몸이 천근 무게였다. 이럴수록 방구들을 짊어지면 헤어나지 못할 터였다. 도암네는 원뚝을 가로질러 강녕들로 나갔다. 피라도 뽑을 것이었다. 학재가 딸을 보았다? 종부네는 곱씹을수록 그 말이 생소하기만 하였다. 즈그 아부지네들이 살아 있었더라면 이런 일이 일어날 수 있었을까? 남들로부터 손가락질 받게도 생겼제. 종부네는 방죽재를 휘돌아 고구마밭이며, 콩밭이며, 서숙밭을 돌아보았다. 정성스레 키운 보람을 느낄 수 있었다. 더구나 올해는 서숙이 토실하고 영글었다. 참깨도 곧 털어야만 했다.

"바라만 봐도 흐뭇한가?"

공수네가 열무 솎듯 햇고구마를 바구니에 캐 담고 있었다.

"나만 흐뭇한가. 자네도 마찬가지제."

"말도 마소. 노인네 노망기가 도질 때마다 감재 내놓아라, 물콩 가져 오라, 그 등살에 가을걷이는 빈 쭉정이만 하겠네."

"똥서답보다는 낫지 않겠는가."

"이리 내려오소. 담배나 한 대 꼬시세."

공수네는 고구마 두둑에 퍼질러 앉았다. 노망 든 노친네가 하루에도 대여섯 번 설사똥을 싸제끼면서도 먹성은 신물이 나게 왕성하였다. 철 따라 나는 곡물은 어찌 그리 잘 아는지 귀신 쩜쩌먹을 노릇이었다.

"영감 담배쌈지 아닌가."

"노리끼리한 맛이 괜찮아서 내처들고 왔네. 해우발은 다 쳤는가?"

공수네는 큼지막하게 담배를 말아 피웠다. 화르락 짚불 타는 듯 하는 여편네의 성깔하고는. 종부네는 담배에 불을 붙이며 속으로 혀를 찼다.

"시원하네."

"우리 집은 느리새끼 아니랄까봐서 아직도 오리무중이네."

"원래 게으른 사람이 죽담을 치고 김발을 엮는다 안하던가."

종부네는 담배 한대를 피우고 자리에서 일어났다. 오랜만에 한가한 걸음걸이였다. 돌아가는 길에 밭모퉁이에 심은 고추밭에서 고추를 치 마폭에 따 담았다. 햇살이 쨍글거려서인지 고추가 빨갛게 잘 익었다.

어둠살이 지기 진에 저녁을 들고 마을회관으로 나갔다. 마을회관은 해방을 맞은 두해 뒤 한민서가 부락 일을 도울 때 지었다. 그러니까 종 부네 집을 짓고 난 바로 뒤끝에 상량식을 올렸는데, 남편의 체취가 묻 어나는 것 같아 매번 생각이 깊어졌다. 마을사람들이 기대를 안고 하나

둘 나왔다.

　김발 채종지(菜種地)는 모두에게 한해의 생계가 걸린, 중요한 자리였다. 좋은 바탕에서 좋은 종자를 얻는다고, 한해의 생계는 말할 것 없고 내일의 주름살을 펴게 하였다. 더구나 한여름을 외상으로 사는 사람들로서는 겨울철의 김 생산이야말로 한숨과 웃음을 안겨 주었다. 때문에 모두들 가슴을 모두고 좋은 자리를 뽑고자 하였다.

　곧바로 회의가 시작되었다. 다른 공지사항은 술렁술렁 넘어가고, 연례행사처럼 한사람씩 불려나가 채종지를 뽑았다. 대섬목 갑, 을, 병, 정, 지(地)와 송장골, 약낭골을 등분하여 뽑았다. 약낭골 석화장(石花場)은 최근 게으른 성수와 공수네아범이 실험삼아 채종한 곳으로, 의외로 씨붙이가 좋아 새롭게 채종지로 부각된 곳이었다. 삭금리나 옹암, 멀리는 꽃섬까지 나가 씨종자를 받아온 사람들도 갑지(甲地)를 뽑고자 하는 마음은 같아서 채종지를 뽑아들 때마다 희비가 엇갈렸다.

　종부네는 대섬목은 운좋게도 갑지를 뽑았는데, 송장골과 약낭골은 을지와 병지를 뽑았다. 종부네는 갑지고 을지고 별로 가리지 않았다. 어차피 일손이 없는 관계로 대섬목은 이식을 하지 않을 것이고, 송장골과 약낭골도 치마 걷어붙이고 김을 뜯을 수 있는 대섬목 갑지 근처에다 이식할 것이었다.

　"숙모님, 약낭골 병지하고 대섬목 우리 자리하고 바꿉시다."

　채종이 허벌죽 웃으며 종부네에게 말하였다. 흔히들 일손이 없는 사람들은 갑지와 을지를 품 바꿈으로 바꾸었다.

　"왜야?"

　"잘되나 못되나 한데 모아야겠소."

　"니가 손해 보겠는디."

　"물에 뜬 재물인디 병지면 어떻고 을지는 어쩐다요. 순전히 기분문제지요."

"그래라. 채식할 때 우리 해태발도 좀 막아주고이."

"학재하고 알아서 해줄텐께 염려 놓으시요."

제비를 다 뽑은 마을사람들은 떠들먹하게 술잔을 나누었다. 올해도 채종지를 잘 뽑은 사람들은 기분들이 한없이 들떠 있었고, 그렇지 못한 사람들은 찌뿌드드한 기분을 떨쳐버리고자 술잔을 들었다.

"자네는 잘 뽑았는가?"

공수네가 술잔을 안기며 종부네의 허벅지를 찔벅하였다.

"물에 뜬 재물인디 그런 것 가리겠는가. 자네는 공수아범더러 제비를 뽑으라하제 왜 나왔는가?"

"내가 나와서 뽑아야 운 때가 맞다 안한가."

"그 속내가 환히 비치네."

"왜, 아닌가. 잘못 제비라도 뽑는 날이면 바가지설움을 받을 것인즉 내게 책임을 전가한 것이제."

"제대로 뽑았는가?"

"내 복이라고 별수 있당가. 약낭골만 을지를 뽑았고 나머지는 병지만 골라 뽑았네. 더럽게 재수도 없제."

"그래도 씨만 잘 받으면 물 아래 내려가 잘 키울 것이네."

"보나마나 파래 죽인다고 고생께나 하게 생겼네."

공수네는 꿀꺽꿀꺽 술잔을 들이켰다. 원산네와 동천네가 사람들을 헤치고 다가왔다.

"떼과부들이 다 어디가고 새끼들을 내보냈을까?"

"제물도 숫처녀 아니던가. 청순한 자식들이 제비를 뽑아야 운이 닿지 않겠어?"

"지랄. 일손 없는 년들이 뭘 더 바래."

원산네가 눈을 흘겼다. 원산네는 변변한 땅뙈지기가 없는지라 김발에 적극적이었다. 김발도 아낙네들 가운데 가장 잘 엮었고, 김발을 막을 때도 억척스러웠다.

"……인자, 채종지도 뽑았고, 내일은 굴양식장부터 개를 트겠습니다. 썰물 때를 기다려 감탕나무께로 나오시기 바랍니다. 한집에서 두 사람까지는 허용하겠으니 그리 아시기 바랍니다. 채종지도 내일 곁들여 확인시켜 줄 것이니 자기 자리를 잊지 않도록 표시를 단단히 하십시오."

술판이 파할 무렵 이장이 회의를 마무리하였다. 마을사람들은 다시금 술렁거렸다.

"굴이 알찼는지 모르겠네."

"대섬목 굴딱지를 보면 알 것 아닌가."

"일찍 집에 가서 잠이나 푹신 자세."

종부네는 먼저 자리에서 일어났다. 입술을 틀고 있는 판봉이네 영감의 모습이 자꾸만 눈에 거슬렸다. 아직도 앙금이 가시지 않는 저 깊은 원망공간(怨網空間). 세월을 뛰어넘을수록 두꺼운 얼음장처럼 차갑게 엉켜 붙은 응어리. 가해자는 그 점을 곧잘 망각하기 쉽다. 그러나 상처를 받은 피해자는 평생을 가슴에 지니며 산다. 종부네로서는 사상이 무엇인지, 좌와 우가 어떤 대립관계에 있는지, 전혀 알지 못한 아낙네였다. 판봉이네 영감 또한 무식하기는 마찬가지여서 이데올로기의 강줄기를 모른 채 망둥이처럼 날뛰었다. 아무 것도 모르기에 남의 가슴에 더욱 깊은 상처를 주었다.

붉은 물 든 여편네와 새끼들까장 싸그리 타작해 버려야혀. 아, 즈그 놈들은 인민재판이다, 뭐다 사람들 보는 앞에서 죽창으로 찔러 죽이지 않았는가. 인정 볼 것 없이 개잡듯 씨를 말려버려야 쓴당께. 판봉이네 영감은 쇠스랑이며, 몽둥이를 들고 발악하였다. 눈에는 살기가 맺혀있었고, 성긴 수염은 곤두서 있었다. 이제는 허망한 꿈에서 깨어난 듯한 무력감이 그 핏발선 눈빛에 드리워져 있다고는 하나 자신의 행동에 대해서 반성의 빛이 보이지 않았다. 세월이 더하면 더 큰 허탈감과 자기 과오를 느끼지 않을까. 종부네는 판봉이네 영감만 보면 쓰거운 진물이 목울대를 타고 올라와 가슴이 아렸다.

다음날, 점심을 든 마을아낙네들은 감탕나무께에 모여들었다. 조무래기 아이들이 깡통을 돌 위에 올려놓고 벌써부터 게불알이며, 방게며, 문저리며, 고동을 잡아넣고 불을 지폈다. 아낙네들이 굴을 까오면 한 움큼씩 훔쳐 깡통에 삶아먹기 위한 예행연습이었다. 명상은 뾰루퉁한 얼굴로 감탕나무께까지 종부네를 따라왔다. 어깨에 낭창거리는 대나무 세 개를 걸쳐맸고, 대나무 끝에는 종부네라고 쓴 깃발이 매달려 있었다.

"아, 해태발 채종지에 대나무말뚝이나 박고 와서 깡통구이를 하란 말이다. 채종이 성님이 어련히 알아서 해줄텐께."

종부네는 명상의 등짝을 호되게 내리쳤다. 명상은 씨근덕거리며 나들이께로 내질러갔다. 썰물은 갯벌을 드러내고, 이장과 조합장, 그리고 반장, 동네 살림꾼 김모치가 한 사람 한사람 이름을 적고, 치마를 걷어붙인 아낙네들은 굴 양식장으로 향하였다. 썰물은 어느 틈에 굴 양식장을 휘돌아 빠져나갔다. 아낙네들은 굴이 닥지닥지 붙어있는 돌 하나씩을 차지하고서 부지런히 조새로 굴을 쪼아댔다. 그때마다 허연 굴딱지가 햇살을 부시었다.

"이랄 때는 딸이라도 하나 낳았더라면 얼마나 좋아."

공수네는 허리를 펴며 구시렁거렸다. 며느리, 딸이 있는 집은 두 사람씩 나와 욕심껏 굴을 땄다.

"이제라도 배 째고 낳으면 될 것 아닌가."

"어따, 지랄. 사람 죽일 소리하네. 인자 늙었는지 허리가 왜 이리도 아프당가."

"영감에게 훔친 담배쌈지나 내놓소."

종부네는 공수네 곁으로 다가가 굴딱지가 허옇게 드러난 바윗돌에 앉았다.

"굴 맛 한번 신선하요."

삐죽갈네도 종부네 곁으로 다가오며 담배 대신 굴을 까서 입안으로 가져갔다.

"올해는 굴이 싱싱하고 토실하네."

종부네는 담배연기를 길게 내뿜었다. 저쪽에서 원산네와 동천네가 담배냄새를 맡고 이쪽으로 다가왔다.

"자네는 제사상도 안 차릴람시러 뭘 이렇게 많이 깠는가?"

원산네는 종부네가 피우던 담배를 빼앗아 걸신스럽게 담배연기를 내뿜었다. 갯벌이 묻은 종아리께에서 피가 배어났다. 굴 껍질에 베었는가 보았다.

"담배 숭년이라도 든 사람 같소. 재작년부터 임자 없는 제사를 지내지 않소."

"누구? 옥서 말인가."

"막내삼춘 제사는 작은동서가 지내고, 영혼이 불쌍해서……."

"자네가 지내사제. 약혼한 여자는 어떻게 지내는가. 요근래는 자네를 찾아오지 않데."

"못 잊어 몸부림쳐도 쌌던마는 좋은 사람 만나 시집이라도 갔으면 좋을디……."

종부네는 그녀가 불쑥불쑥 찾아올 때마다 아픔을 같이 하였고, 어쩔 때는 한밤을 지새우며 위로해 주었다. 그녀는 살아 숨 쉬는 떠돌이 영혼이었다. 억울하게 죽은 영혼을 붙들고 바람처럼 헤매는 산귀신이었다.

성님, 여기서는 더 이상 못살겠소. 내가 미쳐나겠소. 아주 멀리멀리 떠나 바람을 이고 살까부요. 재작년 봄비를 흠씬 맞은 채 종부네를 찾아온 그녀는 스러지듯 내려앉으며 헛소리처럼 말하였다. 여보게, 정신 차리게나. 모진 게 목숨이라고, 산자는 어떻게든 살기 마련이네. 종부네는 한기가 들고 허기진 그녀의 입에 따스한 쌀뜨물을 흘려 넣어 주었다.

그래서 더 이상 여기 있다가는 심장이 터져버릴 것 같소. 성님께 부탁하요. 그이의 제사는 성님이 지내주었으면 좋겠소. 그녀는 눈물어린 눈으로 애원하듯 말하였다. 알겠네. 나도 진즉부터 그렇게 생각하고 있었네. 종부네는 가슴이 미어졌다.

그녀는 봄이 다 가기 전에 섬을 떠났다. 떠나는 날 종부네에게 작별인사를 하였다. 어디로 가느냐고, 어떻게 살아갈 것이냐고 묻지 않았다. 어디서 정착하게 되면 소식을 전해올 것이었다.

"한대씩 꼬셨으면 어서들 마저 굴을 까세나. 대섬목 채식지를 확인하고 이리들 올 모양이네."

공수네는 바로 지척에 있는 돌더미를 타고 앉으며 조새를 놀렸다.

"더 깔 것 없이 저것들 오기 전에 나가사 쓰것네. 솥뚜껑 같은 손으로 한주먹씩 훔쳐도 제사 지낼 것 없겠네."

종부네는 굴 바구니를 들고 굴 양식장을 벗어났다. 원산네와 삐죽갈네가 뒤를 따랐다. 감탕나무 아래에는 이장과 반장, 그리고 김모치가 큰 통을 앞에 두고 갯꾼들이 나오기만을 기다리고 있었다.

"아짐이 제일 빠르요이."

반장이 홉되들이 바가지로 굴을 듬뿍 떴다.

"너무 많이 뜨는구만."

삐죽갈네가 종부네 뒤에서 한마디 하였다.

"염려 마시요."

반장은 차례차례 굴을 공출하였다. 아이들이 어느 사이 깡통을 들고 눈치껏 굴을 훔쳐 달아났다.

"워따, 이놈의 새끼들."

원산네가 장 목수 막내의 머리통을 쥐어박았다. 아이들은 낄낄거리며 감탕나무 그늘에 숨어들어 불을 피우고 깡통속의 굴을 올려놓았다.

"엄니, 송장골하고 대섬목 해태 채식지 표시를 끝냈어라우."

명상이 종부네를 발견하고 숨 가쁘게 내달려왔다. 마음은 콩밭에 있다고, 송장골과 대섬목 채식지에 깃발을 꽂으면서도 마음은 이곳에 와 있었다.

"단단히 꼽제 어쨌냐?"

"똑소리 나게 했어라우. 굴 쪼깐 주시요이?"

명상은 두 손으로 굴을 한 움큼 떠들고 아이들 곁으로 종종걸음 쳐 갔다. 약냉골 굴 양식장에다 김발 채식을 할 사람들이 한꺼번에 몰려들어 아수라장을 이루었다. 굴을 따던 아낙네들이 쫓기듯 모래밭으로 나왔다.

"다들 추석을 쇠러오는디, 느그 동생은 안 올 모양이다."

시루떡 쌀가루를 채에 거르며 종부네는 원뚝으로 시선을 던졌다. 뭍을 왕래하는 연안연락선이 뱃고동을 울리고 떠난 뒤 명절을 맞으러 오는 사람들이 원뚝을 걸어오고 있었다. 그 속에 백상의 모습은 보이지 않았다.

"늦게라도 올 것이요."

상순은 채에 거르고 난 쌀가루를 돌절구에 콩콩 찧으며 실망스러운 눈빛을 드리우지 않았다. 지난번 여름방학이 끝나갈 무렵 외갓집에 왔을 때 한가위 날 오겠다고 약속을 하였다.

"너도 이참에 아주 집에 온다고 말하제 어쨌냐?"

"인수인계 다하고 왔어라우. 가을걷이야, 엄니 혼자 어떻게 하겠소. 철나무도 해야 하고."

가래를 끓으며 기침을 해대는 외삼촌에게 상점을 맡기고 돌아서기에는 마음 아팠으나 더는 앉아 배겨날 수 없었다.

"느그 외삼촌으로 봐서는 섭섭한 정도가 아니다만 어쩌겠냐. 우리도 살아야제."

"제일로 그놈의 과자부스러기 쪼끔 팔자고 하루 종일 갇혀 지낸 답답함에서 놓여나 마음 시원하요."

상순은 차마 감옥살이만 같았다는 말은 하지 못하였다. 시집살이가 그렇다면 평생 혼자 지내고 싶었다.

"그래도 햇볕 안본 얼굴은 뽀얗기만 하다."

종부네는 농사일만 아니라면 상순을 햇볕에 그을리도록 들판에 내보내고 싶지 않았다. 내 딸이지만 갓 피어난 꽃봉오리처럼 눈에 넣어도 아프지 않았다.

"섬 처녀가 얼굴 희어봤자 그게 그거지라우."

"너도 이웃집 송지맨치로 가르쳤으면 신수가 훤할 것인디 느그 언니도 그렇고, 내 마음이 아프다."

"한숨지을 말은 그만하고 백상이나 제대로 가르쳐 엄니 가슴에 뭉친 응어리나 풀었으면 좋겠소."

"그건 바라는 소원이다만…… 백상이도 공부 그만하고 농사나 지을까 하더구나. 지 주제에 공부하기가 어디 수월캤냐. 지 분수를 지가 알 것이고……."

"엄니, 안되라우. 백상이는 어떻게든 가르쳐야지요. 일제 때 독립군

자식들이 못 입고 못 배운 탓으로 그늘진 곳에서 냉대와 설움을 받지 않는가라우."

상순은 방아를 찧던 공이를 놓으며 펄쩍 뛰었다.

"누구는 자식 가르칠 욕심 없겠냐. 다니던 핵교나 마저 끝내라고 했다만, 더 배운들 지놈이 뭔 출세를 하것냐."

"출세를 못하더라도 배워사 괄시를 안 받아요. 아는 것만큼 무서운 힘이 어디 있다요. 그라고 아무리 엄니가 그만 두라고 해도 백상은 저 하고 싶은 대로 하고 말 것이요."

"그게 문제 아니겠냐."

종부네는 채에 거르고 남은 시루떡 쌀가루를 마지막으로 절구통에 털어 넣고 부엌으로 들어섰다. 고기 전을 부치기 위해 계란과 밀가루를 반죽하였다. 오전부터 앞산에서 불어치는 바람이 먹장구름을 몰아왔다. 명절날 비라도 한줄기 쏟아부으려나? 허리를 펴려는데 검은 그림자가 부엌문 앞에 다가섰다. 무공이었다. 종부네는 말없이 쟁반에다 밥 한 공기와 반찬으로 풋고추와 된장을 주었다. 무공은 풋고추에 된장만으로 여름 반찬을 삼았다. 봄에는 정구지와 고추장으로 살았는데, 아이들은 정구지를 볼 때마다 지렁이가 즐겨먹은 풀이라고 질색이었다. 봄비가 내리는 날이면 아이들은 정구지 잎으로 지렁이를 낚아 민물장어 미끼로 사용하였다. 가을에는 누릿한 콩잎으로 입맛을 돋우었는데, 종부네가 수고스럽게 거들어 줄 필요는 없었다. 콩잎을 스스로 뜯어온 때문이었다. 어쩌다 갈치 토막이나 멸치라도 곁들여 줄라치면 젓가락 하나 대지 않았다.

종부네는 무공이 다른 집을 다 마다하고 굳이 종부네 집에서 끼니를 구하는 까닭을 어렴풋이나마 짐작하였다. 미치기는 미쳤으되 철저하게 자신의 존재를 거머쥐고 있었다. 한민서와는 친척이라는 울타리보다 더 튼실한 사상적인 교류가 있었음은 말할 것도 없으려니와, 현재의 자신의 위치를 깨물어 자각하고 있을 터였다. 뜻 맞는 벗들과 동지들은 죽음을 면치 못하였다. 더러는 전향이라는 오명을 가슴에 안고 살아가지만 무공은 죽음도, 전향도 아닌 미치광이로 이 세상을 살고 있는 것이다. 분명 무공은 미치광이라는 가면을 둘러쓰고 있다. 어쩌면 모든 것을 버리거나 초월한 초인의 경지에서 한 번씩 광기를 내뿜는지도 몰랐다.

무공은 장독대에 걸터앉아 밥을 먹으면서 입언저리에 히죽히죽 웃음을 머금었다. 날궂이라도 할랑가 보네. 종부네는 그 모습을 예사롭게 보아 넘기지 않았다. 비가 올라치면 저런 웃음을 담았다. 장독대에 걸터앉아 밥을 먹는 것도 못 보던 행동이었다. 언제나 쟁반 앞에 쭈그리고 앉아 마치 눈물을 씹어 삼키듯 하였다.

"어무니요, 성이 저기 오요."

명상은 염소 고삐를 잡아채며 대문 밖에서 소리쳤다. 상순이 찧던 절굿공이를 놓으며 원뚝으로 달려 나갔다. 명상은 바쁘게 염소 고삐를 말뚝에 잡아매고 그 뒤를 따랐다. 백상은 퍽 피로하고 지친 모습으로 대문을 들어섰다.

"배도 없이 어떻게 왔냐?"

"가래에서 추석장 보러온 배가 있어 타고 왔구만요. 고맙게도 탄도 선창머리에 내려줍디다."

백상은 종부네에게 절을 올리고 옷을 갈아입었다. 수문에서 들려오는 바닷물소리에서 진한 갯내음이 풍겨났다. 짭짤하고도 입안에 감미롭게 엉겨 붙는 생낙지 같은 갯내음. 배낭을 메고 지리산을 타고 오를 때도 고향의 갯내음이 허기진 가슴을 채웠다.

"큰어무니께 인사 올리고 오너라. 그동안 저녁 준비하마."

"앞 들판이 올해는 풍년 들겠어요."

백상은 종가로 향하였다. 당상나무께는 한껏 명절 기분으로 들떠 있었다. 그 가운데 부산으로 나간 동천의 목소리가 얄궂었다. 중국집 보이를 하는지, 신발공장에 다니는지 잘 모르겠으나 말씨가 웃음을 자아내게 하였다. 잔뜩 멋을 부린 경상도 말투가 본래의 토박이말과 충돌하며 그야말로 짬뽕밥이었다. 백상은 피식 웃으며 지나쳤다. 흔히들 고향을 떠나면 헌신짝처럼 고향 말을 버리고 잽싸게 자신을 감추었다. 백상은 그게 못마땅하였다. 고향 말을 버린다는 것은 자신을 잃어버린 것이나 다름없지 않는가. 태어난 고향의 색상. 그걸 어찌 시류에 휩쓸려 증발시킬 수 있을까.

　"어이구, 내 새끼. 추석 쇠러 왔냐?"

　도암네는 뒷간에서 거름삼태기로 재를 버리고 나오며 반겼다. 언제나 그 부지런함이 콧날을 시큰하게 하였다.

　"형님은 계신가요?"

　"그놈이 온전히 집에 있것냐. 또 어느 집 술독에 빠져 있것제. 어여, 들어가자."

　백상은 도암네 뒤를 따랐다. 사촌작은누나 학순이가 부엌에서 연기에 휩싸인 채 잔뜩 눈물을 흘리고 있었다. 상순이와 동갑나기인 학순은 나이에 걸맞지 않게 냉정하고 이지적이었다. 백상도 학순에게는 함부로 말을 못하는 어려움이 있었다.

　"난 니가 안 올 줄 알았다."

　"왜요?"

　백상은 학순의 새침한 말에 조금은 마음이 상하였다. 명절을 맞아 고향을 찾는 것은 모두의 바람이지 않는가.

　"니가 안 왔으면 했다."

　"야야, 그게 무슨 말이냐?"

도암네는 학순을 나무랐다. 매사에 깔끔하고 매찬 그 행동거지가 때때로 섬뜩할 때가 있었다.

"공부하는 학생이 명절이 뭐 대단한 것이요."

"맞소. 참말로 누나가 최고요."

백상은 학순을 덥석 안으며 볼에 넙죽 입을 맞추었다.

"엄메야, 불량기가 다분하네."

학순은 화들짝 얼굴을 붉혔다.

"느그 둘이는 도대체가 갈피를 못 잡겠더라."

도암네는 마루청으로 들어서며 눈가에 웃음을 모았다.

"누나, 시집 안가?"

"나이가 차야 시집을 가든지 말든지 하제."

"내가 한사람 소개해 줄까? 누나 이야기를 했더니 홀딱 반한 선배가 있거든."

"싫다. 내가 반한 남자라야제. 그리고 난 시건방지게 배운 사람한테는 시집가지 않겠다. 그보다는 농사꾼이나 갯물 둘러쓴 사람이 훨씬 건실하다."

"농사꾼도 나름 아니요."

"정말로 무식하고 세상을 모르는 그런 사람."

"알겠어요."

백상은 가슴이 찌르르 하였다. 아버지네들이 업보처럼 짊어지운 그림자의 형체를 가리고 따지지 않는 순박한 농투산이에게 시집을 가겠다? 얼마나 억울한 자기 학대인가.

"백상아, 쓰잘데 없는 오기 따위는 부리지 말거라이."

"누나, 난 말없는 가운데 나의 길을 개척할 것이요."

"내 말은 만에 하나 상처를 받아서는 안 된단 말이다. 그렇다고 네 성질에 시정잡배들과 어울릴 것도 아니겠고."

"그래서 더욱 걱정된다 말이지요? 내 걱정일랑 말고 누나나 가슴을 따뜻하게 여며요. 괜히 자신을 눈 아래로 내려다보지 말고요."

"니, 말 알겠다. 저녁 묵고 가거라."

학순은 부지깽이로 아궁이의 불씨를 죽이며 백상을 주저앉혔다. 백상은 엉거주춤 일어서려다 도리없이 주질러 앉았다.

"형수님은 어디 갔어요?"

백상은 저녁을 들며 짚동만한 배를 안고 땀을 비쏟으며 혼례식을 올리던 모습을 떠올렸다.

"친정에 보냈다."

도암네는 짧게 대답하였다. 아직도 며느리에 대한 거부감을 삭이지 못하고 있었다. 도암네로서는 애당초 며느리로 생각하지 않았으려니와, 세상에 그 무슨 창피란 말인가. 망신살이 뻗치려니까 난데없는 일이 벌어진 것이다. 그렇게 며느리를 받아들여서인지 하는 짓거리마다 밉상이었다. 짚동만한 배를 안고 느리적거리는 행동거지가 보기 싫어 내치듯 친정으로 보낸 지 오래였다. 친정에서 몸을 풀어야 하지 않겠느냐고. 그리고 울타리를 이웃한 친정에서 손주를 낳았는데도 얼굴 한번 내비치지 않았다.

"아들손주라도 안겨줬드라면 저러지는 안할걸."

학순은 숭늉을 떠왔다. 큰집의 숭늉 맛은 유별나게 구수하였다. 무쇠 밥솥에 눌어붙은 누룽지가 입안을 가득 채운 것이다. 어려서 그 누룽지를 얻어먹기 위해 무던히도 보챘다. 도암네는 농번기철이나 제사 때, 아니면 가을걷이 할 때나 명절 때면 싯누렇게 눌어붙은 누룽지를 긁어 소쿠리에 담아두고서 조카들이 집안을 들락거릴 때마다 한주먹씩 안겨주었다. 그 맛에 이끌려 서로가 잔심부름을 하려들었고, 그때마다 도암네는 조카들의 그 내심을 알고서, 어구구, 내 새끼들. 인자 없다. 다 느그들 위해서제. 빈 소쿠리를 보여주었다.

숭늉을 들고 밥상 앞에서 물러나는데, 발자국소리가 들렸다. 학재였다. 마루에 올라서기도 전에 술 냄새가 풍겼다. 살점만을 발라낸 돼지고기를 들고 있었다.

"백상이 왔구나. 안 그래도 느그 몫까지 외상으로 사왔다. 이따 가지고 가거라."

학재는 들고 있던 고기 꾸러미에서 따로 새끼줄에 꿴 고기를 백상에게 건네주었다.

"이 아래 작은집 몫은 안 챙겼냐? 셈 많은 그 성정에 또 눈 흘길라."

"오다가 주고 왔소."

학재는 도암네의 말에 간단히 대꾸하였다. 장가를 들고부터 왠지 모르게 가족들과의 거리감을 스스로 메꿀 수 없었다.

"잘했다. 누구네 돼지라냐?"

"기용이네 돼지요."

"그 집 할멈이 정성스레 멕였을 것이다. 보기에도 육질이 연해 보인다."

도암네는 마루 끝에 놓인 돼지고기를 손으로 가름하였다.

"소문 없이 잡았는데도 어떻게나 몰려들었는지 명절고기로는 조끔 부족한 것 같소. 필수네 돼지를 더 잡자고는 합디다만."

학재는 사랑방으로 건너갔다. 백상은 학순과 더 이야기를 나누려다 자리에서 일어났다.

"무슨 괴기냐?"

집에 들어서자 종부네가 통시구덕에 구정물을 버리러 왔다가 의아

해 하였다.

"학재 형님이 우리 몫을 챙겨왔습디다."

"그럴 때는 제법 사람 노릇한다."

종부네는 돼지고기를 받아들고 부엌으로 들어갔다.

"큰집에서 저녁 잘해 주던?"

상순은 어둠이 내려앉은 앞산 봉우리를 바라보며 물었다.

"큰집 하면 숭늉 맛이 그만 아닌가?"

"된장국과 숭늉. 질릴 법도 한데 그렇지가 않제?"

"나는 맨 날 질리드라며."

명상은 불만스럽게 말하였다. 맨날천날 된장국에 바지락 넣기 아니면 뻘떡게, 꼬막, 멸치를 넣고 밥상위에 올려놓았다.

"니가 아직 철이 없어서 그렇다. 객지에 나가 있으면 더욱 우리 집 된장국과 숭늉이 그리울 것이다."

"성이사 항상 철든 소리만 한께."

명상은 시르죽하게 말하였다.

"저 봐라. 누가 작은 굴에서 촛불을 켠다."

상순은 촛불이 깜박거리는 앞산을 가리켰다.

"누군가 모르지만 아들을 낳고 싶은가 보다. 누나, 공을 들이면 정말 아들을 낳는 거야?"

명상은 이해가 안 간다는 듯 손으로 턱을 고였다.

"그게 사람의 심정이지. 도대체 그놈의 아들이 뭘까?"

"누나는 사내로 태어나지 못해 입술을 깨물어 본적 있어?"

백상은 상순을 보면 자신도 알 수 없는 미안한 마음이 들었다. 종부네의 보이지 않는 편애랄까, 아들에 대한 치우침이 때때로 눈에 두드러졌다.

"왜, 없겠냐. 남자라는 그 우월성은 항상 버금할 수 없는 힘을 안고 있거든. 제일로 바깥세상을 마음 놓고 나다닐 수 있지 않냐. 너만 보더라도."

상순은 작은 굴에서 일렁이는 촛불에서 한숨을 받아 안았다. 여자의 운명은 저런 것인가. 대를 이어야 한다는 그 숙명 하나만 보더라도 결국은 사내의 기득권을 인정하는 것이고, 낡아빠진 가문을 위한다는 그 자체가 남성사회를 위한 자기희생이 아니고 무엇인가. 여자이기에 얼마나 많은 제약이 발등을 누르는가. 그런 점에서 백상이 부러울 때가 있었다. 고뇌와 회의를 잔뜩 짊어지고 발 부르트게 세상을 방황한다 해도.

"어쩌면 여자로 태어난 게 더 좋을지도 몰라. 남자가 짊어진 무게만큼 무거움을 지니지 않을 테니까."

백상으로서는 세상이 그저 회색빛이었다. 그러기에 문지방을 나서면 천근 무게로 자신의 머리를 짓눌렀다.

"니 말이 맞을지도 모른다. 여자 팔자 뒤웅박이라고, 눈 질끈 감고 시집 가버리면 운명이거니 하고 그 속에 묻혀살제."

"학순이 누나도 결혼에 대해 체념 섞어 말하던데, 결혼은 인생의 도피처가 아니잖아."

"새로운 생활공간을 위한 피난처인지도 몰라."

상순은 상가마니 작은 굴에서 깜박거리는 촛불을 눈으로 좇았다. 바람에 꺼질 듯 한 저 애절한 기원. 여자의 삶은 저기서부터 비롯된 것인지도 모른다.

"삶은 누구에게나 비바람이 들이치는 거야. 태어남, 그 자체가 원죄라고 하지 않았어?"

"그래, 그래. 인자 그런 이야기는 그만두자. 추석에는 강강술래나 밤새도록 해야겠다."

상순은 시집간 언니네들이 즐겼던 강강술래가 작년부터 시들해지는 듯하여 가슴에 동곳바람이 일었다. 댕기머리를 내두르며 신명나게 뛰놀았던 처녀들만의 유일한 놀이가 어딘지 모르게 신명을 잃고 있었다. 댕기머리도 삭둑 잘랐는가 하면, 마을 간의 콩쿠르에 더 관심들이 높았다.

"앞소리를 제대로 멕이는 사람이 없을 거구만."

"광숙이 언니가 하기로 했어야. 늦도록 시집 못간 화풀이를 밤새도록 토해낼 것이다."

상순은 광숙이 언니를 생각하자 웃음이 저절로 나왔다. 짤막한 댕기머리를 내두르며 덜렁대는 품새라니. 원산네는 그런 광숙이를 볼 때마다, 저년은 품바 노래나 부르며 엿장수 아니면 가설무대가 꼭 알맞겠다고 알밤을 놓았다. 우스갯소리하며, 어느 좌석에서도 망설이거나 구김살이 없는 광숙의 행동거지는 그래서인지 중매가 들어오는데도 번번이 퇴짜물림을 당하였다. 광숙은 또래들이 하나 둘 앓는 이 빠져나가듯 솔래솔래 시집들을 다 가고 혼자 덜렁 남았는데도 조급해 하거나 토심스러워하지 않았다. 저년은 어느 누가 꿰차고 가느냐고 눈을 흘길라치면, 까막까치도 다 짝이 있응께 근심 걱정들 마시라고 저고리 섶을 여미었다.

"광숙이 누나를 얻어가는 신랑은 재미가 있을 거야."

"푼새가 있어야제."

"필수에게 시집가면 안 될까?"

"그래도 눈은 높아야. 필수가 눈에 들어왔다면 진즉 시집 갔것제."

상순은 여전히 앞산 작은 굴에서 깜박이는 촛불을 바라보았다. 갑자기 윗동네가 떠들썩하였다. 마을을 온통 흔들어 놓았다.

"워따, 저것이 무슨 소리라냐?"

종부네가 방문을 펄쩍 열어젖혔다. 손가락 사이에는 담배꽁초가 매달려 있었다.

"보나마나 판봉이네 영감탕구인갑소."

상순은 심드렁하게 대답하였다.

"또 본 빙이 발작한 모양이다."

종부네는 혀를 끌끌 찼다. 판봉이네 영감은 시류가 흐르고, 자신의 입지가 궁색하게 내몰리자 그 대상을 마누라로 옮겼는데, 걸핏하면 마누라를 상대로 동네를 뒤흔들었다. 싸움의 절정은 바지 섶에다 화롯불을 쏟아 붓고 황소처럼 날뛰는 것이었다.

"저러다 질식을 하든지, 무슨 수가 날 것이요."

"왜, 아니냐. 지금까지 저 영감탕구 하고 살 부비고 산 것만도 신물이 날 것이다."

종부네는 상순의 말에 담배꽁초를 눌러 껐다.

"아이구메, 사람 잡네. 동네사람들아, 다 들어보소. 시상에 이런 패악질이 어디 있소. 사람 잡는 백정 아니랄까봐……."

"이년이 어디서 왜장이여. 오냐. 더 큰소리로 왜장을 쳐라. 아, 이거 가슴에 천불이 일어나 도저히 참을 수 없네."

판봉이네 아범은 고깃말을 쫙 까고서 화롯불을 들어부었다. 화롯불이 뜨거워서, 가슴속에 망나니불이 일어서, 석 장 넉 장 미친놈 널뛰듯 날뛰었다.

"어따, 저놈의 인사. 숯불에 그놈의 불알망태나 익어뿔제."

종부네는 몸서리가 난다는 듯 방문을 소리 나게 닫았다. 가족들과 따뜻이 추석이나 쇨 일이제 무슨 미친 짓인지…….

3

새벽부터 앞산 상여바위로 몰려오는 구름장이 예사롭지 않았다. 구름발은 점점 갈기를 세우며 바람을 실어오고 있었다.

"아무래도 뭔 소동이 일어날 것 같다."

종부네는 콩나물을 추슬러 다듬으며 비바람을 감지하였다.

"설마하니 여름이 다 갔는디 큰바람이야 불랍디요."

"그렇긴 하다만 구름발이 심상찮다."

종부네는 상순의 말에 다 익은 곡식하며, 추석 명절에 구름장이 밀려났으면 얼마나 좋겠느냐는 표정을 지었다. 종부네는 무심한 하늘과 세상사를 못 미더워하는 버릇이 가슴 깊숙이 자리 잡혀 천기의 변화마저도 별로 신뢰하지 않았다. 믿을 것은 오직 자기 마음 하나뿐이었다.

"어무니, 저것 좀 보소. 무공이가 미쳐났는가 보요."

상순은 원뚝을 가리켰다. 무공은 원뚝 한가운데 서서 상여바위를 바라보며 벙긋벙긋 웃으며 이를 딱딱 마주쳤다.

"암만해도 추석은 비에 젖어 지내겠다."

종부네는 예삿일이 아니라고 단정하였다. 무공의 날궂이는 비바람의 강도에 따라 달랐다. 가벼운 봄비가 내릴 때는 팔짱을 낀 채 지그시 눈을 감고 명상에 잠기기 마련이었고, 장맛비가 내릴라치면 하늘 높이로 고개를 쳐들고서 두 팔을 활짝 벌려 무언가를 갈구하다가 마침내는 갈기갈기 옷을 찢어발기듯 알몸뚱이가 되어 번개와 천둥을 온몸으로 받아들였다. 그 몸짓에서, 이글거리는 분노의 눈빛에서, 괴기로운 광기를 느껴보았고, 그 절정에 이르면 오싹 소름이 돋아났다.

"가을비가 오면 얼마나 올랍디요."

"모르제. 느닷없이 미친 광풍처럼 태풍이라도 몰아칠지."

종부네는 무공의 날궂이가 간단치 않다고 생각하였다. 애써 가꾸어 영근 오곡들이 그로 하여 피해라도 입으면 어쩔까, 염려로운 마음이 앞섰다.

"해태발 막은디 새참을 갖다 줘야 쓸께라우?"

상순은 무공의 날궂이도, 상여바위로 지쳐오는 구름발도 무넘스레 넘기고자 허리를 폈다.

"벌써 시간이 그렇게 됐냐? 바닷물 속에서 불알깨나 얼어붙었겠다. 어서 서둘러 가거라."

종부네는 상순에게 새참을 들려주었다. 상순은 새참을 머리에 이고 술병을 옆구리에 안고 집을 나섰다.

송장골을 돌아나갔다. 두자 남짓 썰물이 나가고 있었다. 밀물로 바닷물을 머금었던 자갈들이 비명을 지르며 발에 밟혔다. 건너편 정가섬에는 접발로 포개어 말아 묶은 김발들이 삐죽삐죽 세워져 허리께까지 바닷물에 젖어 있었다. 김 포자를 받으면 한곳에 밀식할 수밖에 없어 두 대 내지 세 대, 채식지에 따라서는 네 대까지 겹포개어 씨앗을 받았다.

대섬목에서 최초로 김 양식을 일구었다는 조상의 숨결이 자갈밭에 뒤채는 파도말에 묻어났다. 육대 조 할아버지께서 유배지에서 운명한 부친의 유해를 찾으러 왔다가 권력에 대한 회의와 인생무상을 느낀 나머지 자연인으로 돌아가 어부로 자족하며 이곳에 뿌리를 내렸다. 그러던 어느 날, 대섬목에다 대나무 발을 울타리를 치듯 섶지식 김양식을 시도, 성공하였다. 그게 최초의 김양식으로, 사람들은 김발양식을 일구이 오늘을 있게 한 장본인을 까마득한 기억의 저편으로 밀어 던진 채, 선대로부터 이어받은 생활방식을 조금씩 개선해 오며 그저 올해도 김 포자를 잘 받아 일 년의 생계를 넉넉하게 꾸려나가게 해 달라고 고시래를 지낼 뿐이었다.

상순은 촘촘하게 박혀있는 채식김발을 즈려밟듯 지나쳤다. 송장골은 물살이 휘돌아 흐르는 터여서 바닷물이 차가왔고, 굴이며, 고동이며, 바지락이 신선한 맛을 지니고 있었다. 상순이 또래들은 어른들의 말만을 듣고 괜스레 송장골이 무서워 이곳에 오기를 꺼려하였다. 육이오 때 뭍에서 후퇴하던 군인이며, 뭍으로 패주하던 인민군들의 시신들이 무더기로 떠밀려와 자갈밭에 널려 있었다. 더 멀게는 임진왜란 때 왜군들이 이곳을 지나치다가 아군과 싸움을 벌여 그 사상자들이 떠밀려 왔다고 하여 송장골이라는 이름이 붙여졌다고 하였다. 그뿐만 아니었다. 육이오 전쟁이 끝난 뒤에도 전염병이 나돌아 젖먹이 아이들이 죽어나 거적쌈을 한 채 돌무덤 속에 잠들었다. 지금도 나뭇등걸을 땔감으로 쓰기 위해 돌무더기를 파헤치면 어린아이의 팔뼈며, 두개골이 나왔다.

어영차, 어영차, 김발을 당기는 소리가 났다. 가슴께까지 차오른 바닷물 속에서 김발을 끌어당겨 장말에 매달고 있었다. 썰물에 쫓겨 마음들이 바쁠 것이었다. 백상은 보이지 않았다.

"우리 사람들은 어디 있다요?"

상순은 자갈밭에서 장말을 꼽고 있는 성두 아제에게 물었다.

"김발을 깔아놓고 대섬목으로 갔다. 썰물 나기 전에 발을 펴야 장말을 꼽을 것 아니냐. 나들이께로 가보그라."

성두 아제는 다 타들어가는 담배꽁초를 연신 빨아대며 추위를 떨치고자 하였다. 흠뻑 젖은 바짓가랑이 속으로 한기가 스며들 것이었다. 상순은 나들이께로 향하였다. 그럴 줄 알았으면 곧장 나들이께로 갈 걸 괜한 걸음을 하였다. 미끈한 자갈을 빗딛을 때마다 땀 배인 고무신이 빠지직 미끄러웠다.

나들이께는 새참을 내온 아낙네들과 술잔을 돌리는 일꾼들이 볕바른 널바위에 앉아 있었다. 상순은 널바위 끝에 서서 백상을 불렀다. 서너 번 목청껏 불러서야 응답하는 소리가 들리고, 가슴께까지 차는 바닷물 속에서 어영차, 영차, 김발을 끌어당기는 사람들 가운데 백상을 쉽게 가려낼 수 있었다. 백상의 목소리에서 추위가 잔뜩 배어났다. 짜안한 것. 상순은 깨금발로 돌아서 돋보기처럼 햇살이 모여 떨어지는 오목널 바위에 새참을 내려놓았다. 언덕바지에서 내려다보니 대섬목에서 일하는 모습들이 그림처럼 내려다 보였다. 눈으로 백상을 찾았다.

백상은 이를 딱딱 마주치며 김발을 끌어당겼다. 한 겹이면 별문제가 없겠는데, 포자를 받으려고 서너 겹 포개었기에 힘이 부쳤다. 송장골에서 벌써 진이 다 빠져버렸다.

"뭘 하는 거여? 싸게 싸게 끌어매지 않고. 썰물지기 전에 잡아당겨야 할 것 아니여."

저쪽에서 채종이 재촉하였다. 바로 옆에서는 재봉이네 떼거리들이 솜씨 빠르게 장말을 꽂고 있었다.

"아따, 그러다가는 배꼽에 한기가 들어 까딱하다간 송장 치게 생겼다. 그 발줄 이리 주라."

재봉은 장말을 꽂다말고 힘부쳐하는 백상이 보기 딱하다는 듯 거들어 주었다. 백상은 발줄을 넘겨주며 한숨을 내쉬었다.

"무지하게 물살이 쎄구만요."

"사리물 아니냐. 일이 뼈에 백히지도 않은 놈이 감당키나 하것냐. 자, 당겨봐라. 엇싸, 어엿싸······."

재봉은 채종과 호흡을 맞추며 김발을 끌어맸다.

"니가 거들어 준께 긴발이 짱글찡글 장구소리를 낸다."

저쪽에서 채종이 허벌죽 웃으며 소리쳤다. 어린놈과 맞들어 일을 하자니 힘들고 심난하더니 마무리가 흡족하였다. 썰물은 어느 틈에 빠져나가 허벅지를 때렸다. 쌀쌀한 찬바람이 심술궂게 가슴께를 후려칠 때마다 오싹 한기가 들었다. 백상은 도리 없이 진저리를 치며 몸을 떨었다. 차라리 물속에 잠겨 일할 때만 못하였다.

"가자. 새참 묵고 마른 바닥에서 말장을 꼽자."

채종이도 한기를 이겨내지 못하였다. 출출하게 얼어붙은 뱃가죽을 녹이자면 걸쭉하게 한잔 술을 들이켜야만 할 것 같았다. 백상은 가슴을 두 손으로 모둔 채 이를 마주치며 채종의 뒤를 따랐다. 나들이 볕바른 널바위가 그렇게 따뜻할 수가 없었다.

"저 입술 파란 것 좀 봐라."

상순은 덜덜 떨며 볕바른 곳을 찾아 나앉는 백상에게 여벌로 챙겨온 옷을 던져 주었다.

"그렇게 떨지 말고 옷 갈아입고 온나. 불알 올라붙는다."

채종은 술병부터 찾았다. 백상은 한옆 바위 틈새로 숨어들듯 들어가 젖은 옷을 갈아입었다. 한결 추위로부터 벗어난 기분이었다. 채종은 재봉을 불러 술잔을 같이 나누고 있었다.

"배고픈디 어서 새참 들어라."

상순은 백상이 그저 짜안하고 대견스러웠다. 사내라고 제법 한 몫 거든 것이다.

"술맛 한번 기차다. 백상아, 인자 말장을 박으면 등때기에 땀이 후줄근 맺힐 것인께 뱃심이나 꾹꾹 다져 넣어라."

채종은 조갈증난 사람처럼 거듭 술잔을 비웠다. 학재와 현오가 바짓가랑이에 물을 뚝뚝 흘리며 왔다.

"느그들은 얼른 후딱 막아놓고 일을 거들어 준담시러 우리보다 더 늦냐?"

채종이 자리를 내주며 나무라듯 말하였다.

"글쎄, 그녀러 것이 거꾸로 뻘 속에 처박히는 바람에 생고생만 했소.

일을 너무 서둘러도 탈이 나는 법인지…….”

“느그들 일이 그렇제. 연애 걸듯 해봐라. 김발이 거꾸로 처박히는가. 정신은 딴 데다 놔두고서.”

“그나저나 후딱 마무리 짓고 필수네 돼지를 잡읍시다.”

“산고도 들었음시러 피를 볼라고?”

“어디 우리 집에서 낳았소?”

학재는 퉁명스럽게 내쏘았다. 애기 아빠가 되었다는 게 도무지 실감이 나지 않았다. 부끄러운 나머지 더럭더럭 짜증이 일었다. 더구나 어머니의 차가운 눈빛과 주위사람들의 웃음 섞인 한마디가 마음을 황당하게 하였다. 모든 것을 내팽개치고 어딘가로 훌쩍 떠나고 싶었다. 군대라도 가버려? 하루에도 몇 번씩 깨물었다.

“꼭 놈의 일처럼 말하는구만.”

“심난해서 그렇소.”

학재는 벌컥벌컥 술잔을 들이켰다.

“너는 자숙이와 어떻게 돼가고 있냐?”

채종은 현오를 돌아보았다. 학재보다 먼저 장가 갈 사람은 가래를 그렁그렁 끓고 있는 늙은 노모를 모시고 있는 현오지 싶었다.

“봉지는 떼났는디 암만해도 한차례 마파람이 휘몰아쳐야 결딴이 날 것 같소.”

현오는 푸석 웃음을 머금으며 속으로 한숨을 쉬었다. 자숙이는 인자 꼼짝없이 내 것이라고 말뚝을 박듯 야무치고 힘차게 뿌리를 심어놨는네, 문제는 똥개도 놀아보지 않을 가문을 앞세우는 그 집 문중들이었다. 전혀 생각지도 않은 존재가 불쑥 딸을 채가기라도 하는 날에는 벌떼처럼 일어나 가만 두지 않을 것이었다. 사나이가 그만한 각오는 하였지만 순리적으로, 기분 알싸하게 문제를 풀어낼 수는 없을까, 고민이었다.

"니도 학재처럼 뽀록을 내렴. 구더기 무서워 장 못 담냐? 사내새끼가 그만한 뱃장과 용기가 있어야제."

채종은 불장난만 같은 그들의 연애가 한편으로는 부러웠다. 채종에게는 왠지 모르게 처녀들이 따르지 않았다. 나이도 찬만큼 이쁜 색시를 얻어 쿵덕쿵, 쿵덕쿵 사랑방아를 찧으며 세상을 땀 흘리며 살고 싶은데 가난스러워서, 춘향이를 호린 이도령처럼 잘 생기지 못하여 처녀 가슴을 사로잡지 못하였다.

"나더러 학재처럼 칠팔월 염천 뙤약볕에서 결혼식을 올리라는 말이요? 그렇게는 못하요. 얻어터지고 구겨지더라도 정정당당하게 결혼할 것이요."

현오는 결연한 각오를 내비쳤다. 즈그들이 떼죽이 많으면 얼마나 많으며, 위세가 당당하면 얼마나 하늘 높을 것인가.

"내가 뭐 그러고 싶어서 그랬냐?"

학재는 상순이와 백상을 흘깃 바라보고서 항아리 깨지는 소리를 하였다.

"꼭 비교하자고 하는 말은 아니고. 성님도 슬슬 맞선이라도 봐야 할 것 아니요."

현오는 말머리를 돌렸다. 학재의 심기를 건드리고 싶지 않았다. 자숙이를 꼬드겨 오늘에 이른 것도 학재의 힘이었고, 앞으로 돈키호테와 같이 돌진하려면 절대적으로 학재의 조언을 필요로 할 것이었다.

"때가 되면 인연이 닿겠제. 난 느그들같이 계집에 걸신들린 사람은 아니다."

"아따, 군자 같은 소리하시요."

"말은 바로 하지만 느그들이 밤마다 감탕나무께에서, 광생이 묏등에서 시시덕거리는 꼴을 볼 때마다 꼭 똥개들이 흘레하는 모습을 떠올린

다야. 비유가 좀 고약하다만."

"뭔, 말을 그렇게 하시요. 일어납시다."

학재가 면구를 주었다. 그러고 보니 술이 바닥이 났다.

"느그 둘이 송장골 김발 말장 좀 꼽아주라."

채종은 술잔을 마저 비우고 자리에서 일어났다. 상순은 빈 그릇을 챙겼다.

"걱정 말고 일 끝나는 대로 필수네 집으로 갑시다. 돼지불알 정도는 눈감아 줄텐께."

학재와 현오는 송장골을 돌아나갔다.

"백상이 너는 춘디 상순이 따라 집으로 들어가거라. 나 혼자 후딱 말장을 꼽으마."

"아니에요. 뒤에서 발을 잡아매기라도 해야지요."

"그라면 좋지만, 동태라도 될까 염려가 돼서 말이다."

채종은 술기운에 추위를 털며 후적후적 대섬목을 들어섰다. 갯벌이 드러난 대섬목은 사람의 발길이 다져놓은 곳만 웅덩이물이 고여 발목을 적셨다. 사람들은 추위를 잊은 채 장말을 꽂고 알맞게 수심도(水深度)를 조절하며 물먹은 김발을 장말에 매달았다.

상순은 가벼워진 새참그릇을 머리에 이고 이번에는 방죽재로 넘어가기로 하였다. 방죽기미 충조네 논배미 벼들은 누렇게 익어 바람에 무거운 고개를 내저었다. 사방에서 에워싸고 있는 기름진 밭에서 비만 오면 씻기어 내리는 땅기운 탓으로 땅이 토실한데다 충조네의 근면은 한 해도 실농을 하지 않았다. 그 위에 넘쳐나는 방죽물은 가뭄을 너끈히 이겨 나왔다.

상순은 방죽재를 타오르려다 방향을 바꾸어 밭으로 발길을 옮겨 디뎠다. 올봄에 산을 쪼아 만든 덩치 큰 아낙네의 엉덩이만한 개간 밭에는 깨가 금방이라도 알갱이를 터뜨릴 것 같았고, 치렁하게 고개를 숙인 서숙하며, 콩이며, 수수며, 그물처럼 얽혀든 고구마 넝쿨까지 어머니의 땀방울이 알알이 배어났다. 한여름 불볕 아래에서 저걸 가꾸느라 얼마나 한숨을 내쉬었으며, 몇 대의 담배를 태워 물었을까? 상순은 호미 끝마다 채였을 한숨을 생각하자 가슴이 쩡하였다.

상순은 고구마 밭에서 무우둥치만한 고구마 두어 개를 손으로 더듬어 캐 담고서 밭머리를 뒤로 하였다. 방죽재를 넘어서는데 한 무더기 차가운 빗물을 머금은 바람이 이마를 쳤다. 길옆 껑충한 수숫대가 자지러졌다. 수수 모가지에 날아 앉은 참새 떼들이 날개를 파닥이며 쩍쩍거렸다. 큰바람은 다 지나갔는데 또 무슨 바람이랴. 상순은 바람을 맞받아 안으며 마을로 들어섰다.

삐죽갈네는 악몽에서 깨어나듯 솟구쳐 일어났다. 등허리에 땀이 흥건하였다. 눈앞에 무공의 생명의 뿌리가 용솟음치며 하늘로 내뻗쳤다. 정말, 지랄이란께. 날궂이를 해도 유분수제. 삐죽갈네는 머리를 도리질하며 벌컥벌컥 찬물을 들이켰다. 숙취가 이럴까 싶었다.

벌렁거리는 가슴을 진정시키며 희붐하게 밝아오는 새벽빛을 봉창문으로 내다보았다. 비바람이 세차게 후려쳤다. 명절날 큰비가 올 모양이네. 한가윗날 비가 내리면 다음해 보리농사가 흉년이 든다는데…… 삐죽갈네는 빗줄기가 예사롭지 않다고 생각하였다, 그러자 간밤 구름장이 내달리는 달빛 아래서 알몸으로 미쳐 날뛰던 무공의 모습이 한줄기 비바람으로 가슴을 휘때렸다. 삐죽갈네는 자신도 모르게 후두둑 몸을 떨었다. 시상에, 무공이 날궂이를 많이도 보아왔지만 그렇게 처절한 모습은 처음이었다. 그대로 알몸을 산산이 부셔버릴 듯한 그 몸짓에서 차갑고도 비릿한 살기마저 느꼈다.

무공이 본격적으로 날굿이를 하기 시작한 것은 저녁을 들고나서부터였다. 그전에는 시적시적 웃음을 흘리며 먼산 바래기로 이를 마주치는 정도였는데, 으스름달이 구름장과 숨바꼭질을 하자 그 몸짓은 점점 해괴한 행동으로 뒤틀리기 시작하였다. 귀기로운 웃음을 내쏟으며 상여바위 너머에서 불어치는 바람을 온몸으로 받아 안고서 시나위 춤을 추었다. 두 팔을 학의 날개로 펼쳤는가 하면 어느 사이에 사뿐히 즈려밟듯 원무를 그렸다.

삐죽갈네는 울타리 너머로 그 모습을 지켜보며 그 어떤 형용할 수 없는 잔잔한 전율에 휩싸였다. 어쩌면 저렇게 유연하고 자연스러울 수 있을까? 평소 무공의 행동과는 너무나 동떨어진 몸짓에서 야릇한 기분마저 들면서 그 속에 빨려 들어가는 듯하였다.

그러나 몽롱하면서도 게슴츠레한 몽상은 또 다른 격정으로 충격을 받아야만 하였다. 학의 날갯짓처럼 유연하던 두 팔이 하늘을 찌를 듯 일직선으로 솟구치는가 하였는데, 입에서 괴상한 소리를 내질렀다. 웃음소리도 아니고, 울음도 아닌, 기묘한 괴성은 지금까지 가졌던 감정을 송두리 채 짓이겨 버렸다. 마치 무지막지한 힘으로 도끼날을 휘둘러 장작을 패듯 하였다.

무공은 괴성을 내지르며 땀에 젖은 옷을 하나씩 벗어던졌다. 사시장철 걸치고 다니던 구호물자 외투를, 땀내 나는 시커먼 속내의를, 마지막으로 지린내가 풍기는 팬티를 바람에 흩날렸다. 그러자 지금까지 팬티 속에서 숨 쉬고 있던 생명의 뿌리가 하늘로 솟구쳤다. 보기에도 우람하고 튼실한 생명의 뿌리는 금방이라도 달을 가리운 구름상을 꿰뚫어버릴 듯하였다.

무공의 광란은 알몸이 되고부터 본격적으로 솟구쳤다. 신발마저 내던져버린 광기는 도깨비불보다 더 창백한 불꽃을 일으키며 산과 들을 점화시켰다. 인간의 광기가 저럴 수 있을까? 삐죽갈네는 온몸이 얼어붙은 채 무공의 광기가 번져올 때마다 몸을 떨었다. 구름장에 숨어든 달이 환하게 얼굴을 내비칠 때마다 불꽃을 일으키는 무공의 모습은 금방이라도 토악질을 일으키게 하였다. 그런데도 가슴을 후들거리며 그 모습을 눈으로 쫓았다. 세상의 온갖 추악함과 아름다움이 그 속에 매몰되고 짓밟혀 머리끝에서부터 발끝까지 전율이 흘렀다.

그 메슥거림과 전율은 어느 틈에 형언할 수 없는 비바람으로 들이쳐 삐죽갈네의 가슴을 후줄근 적셨다. 세상을 도리깨질하고 내팽개친 듯한 저 처절한 몸짓. 삐죽갈네는 마침내 비칠비칠 문지방에 주질러 앉았다. 그리고 자신도 알 수 없는 혼돈 속에 빠져들며 깊은 잠의 수렁 속에 빠져들었다.

삐죽갈네는 한 무더기 비바람이 창문을 휘때릴 때까지 꼼짝도 하지 않고 희붐한 창밖을 바라보았다. 차가운 빗물을 물큰 베어 물었다. 그 순간, 오싹 정신이 들었다. 워메, 무공이 또 제풀에 지쳐 쓰러졌는갑다! 삐죽갈네는 모둠으로 일어나 수문께로 내달았다. 세찬 비바람이 얼굴을 할퀴었다. 거센 파도가 원뚝을 아우르고, 들판의 벼들이 허리를 꺾으며 비명을 질렀다.

무공은 보이지 않았다. 어디로 갔을까? 큰비만 올라치면 한바탕 날굿이를 하고나서 바닷가 모래밭에 알몸으로 쓰러져 파도에 씻기우고 있었다. 그때도 생명의 뿌리만은 거대한 기둥처럼 힘차게 솟구쳐 하늘을 치받들고 있었다. 삐죽갈네는 그 생명의 뿌리를 보는 순간 꼭 붙들어 안고 싶었었다.

삐죽갈네는 모래밭을 내려다보았다. 날선 파도가 솟구쳐 오르며 금방이라도 집어삼킬 듯하였다. 그 위세에 짓눌려 주춤 뒤로 물러섰다. 가슴 깊이로 허탈한 기운이 스며들며 그 자리에 주질러 앉을 것만 같았다. 그리고 그 마음은 두려움과 공포에 휩싸여 쫓기듯 종부네 집으로 뛰어들었다.

"성님요, 성님!"

"그렇게 비를 흠뻑 맞고 웬 호들갑인가?"

이제 막 자리에서 일어난 종부네는 방문을 펄쩍 열었다. 물큰 비바람이 들이쳤다.

"큰비가 올 모양이요."

"무공이 그만큼 날굿이를 하였는디 태풍이 안 몰아치겠는가? 다 익은 곡식들이나 온전해야 쓸 것인디 큰일이네. 어여, 들어오소."

"아무 옷이나 갈아입을 옷 한 벌 주시요."

"여깃네."

종부네는 벽에 걸린 일복을 내려주었다.

"워따, 춥다!"

삐죽갈네는 옷을 갈아입고 방 아랫목으로 파고들며 이불을 둘러썼다. 종부네는 상순을 일깨워 차례를 지낼 준비를 하라고 일렀다. 아무리 비바람이 들이쳐도 조상께 절은 올려야 할 것이었다.

"어무니, 원뚝이 터지는갑소!"

부엌으로 나서던 상순은 기둥을 부여안고 소리쳤다.

"뭐시야?"

종부네는 소스라치게 놀라며 자리를 박차고 일어났다. 삐죽갈네와 백상, 명상도 마루청으로 뛰쳐나왔다. 변소 지붕이 날아가고, 감나무가지가 꺾였다. 돼지가 울부짖고, 금방이라도 사람이 날아갈 듯하였다. 상순이 말처럼 거대한 파도가 휘때릴 때마다 원뚝은 견디지 못하고 피를 토하고 있었다. 검붉은 물보라가 하늘로 솟구쳐 건너 마을 당상나무를 울부짖게 하였다. 물보라는 시간이 흐를수록 흙탕물을 들판에 흩뿌리고, 앞마을을 집어삼켰다. 그와 함께 원뚝 한가운데가 갈라터지며 세찬 파도가 들판을 덮쳤다.

"워따메, 원뚝이 터졌소! 우리 집도 삼켜 버리겠소."

삐죽갈네는 맨발로 담 모퉁이를 돌아나갔다. 동네사람들이 삼거리 당상나무께에 모여들고, 성두 아제와 채종이가 멍석을 둘러메고 내달려왔다. 뒤따라 마을 청장년들이 가슴께까지 차는 물바다를 헤쳐 왔다. 성두 아제와 채종이 갈라터진 원뚝으로 접근하려고 하였으나 속수무책이었다. 청장년들도 수문께에서 발을 동동 구를 뿐 방법을 찾지 못하였다.

"앞 들판이 바다가 되었으니 인자 다 살았다."

종부네는 넋을 잃은 모습으로 흙탕물로 뒤범벅이 되어 바람 끝을 세우는 들판을 바라보았다.

"성님, 어서 몸을 피하시요. 우리 집은 파도가 한쪽 귀퉁이를 삼켜 버렸소."

삐죽갈네는 파랗게 질린 채 후줄근 들어섰다. 손에는 짐 보퉁이를 들고 있었다. 그 모습이 영락없는 피난살이였다.

"나는 일없네. 우리 집은 떠내려가지 않을 거네."

종부네는 벌건 바닷물이 마당에 들어차는 것을 저주스러운 눈빛으로 내려다보며 미동도 하지 않았다. 비바람은 더 사납게 휘때리고 바닷물은 더욱 불어났다. 건너 마을 홍가네 대숲까지 바닷물에 잠겨 파도를 일으켰다.

"엄니, 돼지가, 돼지가요?"

명상이 발을 동동 굴렀다. 돼지 막에 물이 들어차자 돼지랄 놈이 비명을 지르며 허우적거리더니 용케도 마루 쪽으로 헤엄쳐 왔다.

"앞집 지붕이 날아가요!"

삐죽갈네가 몸을 후두둑 떨며 반사적으로 몸을 낮추었다. 한 무더기 바람이 앞집 지붕을 종잇장처럼 종부네 집 너머로 날렸다. 장독이 서로 부딪쳐 깨지는 소리가 들리고, 물에 잠긴 흙담이 무너졌다. 비바람은 거기에 그치지 않고 안채마저도 들쑤셨다. 기왓장이 날아가고, 창문이 진저리를 쳤다.

"방문이나 안 넘어가게 해라."

종부네는 비바람이 휘때릴 때마다 자지러지는 비명을 지르며 활처럼 휘어지는 방문을 온몸으로 버팀목을 하며 아이들의 힘을 빌었다. 총개머리판으로 무너지던 방문이었다.

"무슨 놈의 바람이 전쟁보다 더하요?"

삐죽갈네도 방문에 매달렸다. 가슴이 두려움과 공포로 오그라들수록 무서웠다. 세상을 온통 비질해 버릴 모양이었다.

"그놈의 전쟁 때 망가진 방문이 오늘에야 절단 나겠네."

종부네는 방문이 비명을 지를 때마다 아슴하게 느껴지는 전쟁의 아픈 기억 속에 젖어들었다. 지서에 끌려가 시달림을 받고 돌아온 종부네는 문지방을 들어서기가 무섭게 혼절하듯 정신을 놓았다. 그리고 꿈결처럼 귓속을 파고드는 아이들의 비명소리에 눈을 떴다. 창문을 타 넘어온 시커먼 장정이 가슴에 총구를 들이댔다. 남편은 어디 숨어 있어? 행방을 대란 말이야. 금방이라도 총구에서 불을 뿜을 듯하였다.

"지금 뭣들하고 있소? 얼른 몸을 피하지 않고."

학재가 배꼽 물을 헤쳐 오며 종부네의 아픈 기억을 부시었다. 벌건 흙탕물을 뒤집어 쓴 몰골은 하수구에 뒤채인 새앙쥐 꼴이었다.

"힘센 등신으로 이 방문이나 야무치게 붙늘어 안거라."

종부네는 흙탕물이 무공의 광란처럼 들판을 가로질러 바람에 불려가는 모습을 바라보며 몸서리쳤다. 전쟁보다 더 처절한 공포감을 안겨주었다. 빨랫줄 같은 번갯불이 일 때마다 온천지를 갈아엎는 천둥소리가 대들보를 뒤흔들었다. 겁에 질린 충조네 수소가 흙탕물속에서 길길이 날뛰었고, 돼지새끼들이 비명을 내지르며 물속에 떠다녔다.

"성님, 인자 나는 어떻게 살 것이요. 집구석이 초장에 날아가 버렸으니."

삐죽갈네는 아직도 몸을 사시나무 떨듯하며 울먹였다. 무엇보다 애석한 것은 추석에 잡자고 군침을 흘리던 장돼지가 파도에 휩쓸려 떠내려간 것이다. 그나마 천만다행인 것은 아들을 건너 마을 큰집에서 추석을 쇨 것이라고 간밤에 놔두고 온 것이었다.

"집이사 보상을 받아 새로 지으면 될 것 아닌가. 인명 피해나 없었으면 할디……."

시간이 지나면서 바람은 방향을 틀어 정면에서 불어쳤다. 앞산이 흔들리고, 나무들이 쓰러지고, 기왓장과 초가지붕들이 공중에 날아다녔다. 앞산을 구르는 물이 허옇게 내리구르고, 주걱으로 밥을 퍼내듯 산사태가 뭉텅이로 나기 시작하였다. 수문께에서 망연히 갈라터진 원뚝을 바라보던 청장년들이 비바람에 쫓겨 종부네 집으로 들어왔다.

"느그들은 방문 안 넘어가게 단단히 붙들고 있거라."

종부네는 학재와 채종에게 다짐을 놓았다. 지붕이 날아가는 것이야 어쩔 수 없다손 치더라도 방문마저 비바람에 불려간다면 방안은 그야말로 빗물로 흥건할 것이고, 그렇게 되면 앉고 누울 자리가 없을 것이었다. 전쟁 통에도 앉고 누울 자리는 있지 않았는가.

"걱정 마시요. 장정들이 몇이라고 문짝 하나 온전히 못 붙들겠소."

채종은 학재가 그 와중에서 재주껏 찾아들고 온 술 단지를 안으며 흙탕물을 뒤집어쓴 오한을 떨쳐냈다.

"쬐끔만 시간이 지나면 마파람으로 돌 것이고, 점심참에는 바람이 한풀 꺾이겠어."

성두 아제는 장배가 선창 모서리에 부딪쳐 짓찧는 모습을 제일로 가슴 아파하였다. 얼마나 애지중지 하던 배였는가. 장날이면 장꾼들을 한 배 가득 싣고 물살을 헤쳐 나갔다. 쌍돛을 올리면 그 어떤 돛단배도 따라잡을 수 없었다. 그러기에 위급한 때를 당하였을 때는 언제나 필요로 하였다. 공수네가 읍내에 나가 배를 째고 아들을 낳을 때도 한밤중에 돛폭을 올렸고, 귀머거리 만식이가 급성맹장염을 앓았을 때도 목숨을 구하였다.

"와장창 짓부수어 놓고 잦아지면 뭣하겠소."

"또 사는 수가 있겠제. 어쨌거나 앞산을 구르는 물줄기가 정말 장관이요."

학재는 문풍지가 자지러지게 울 때마다 문짝이 휘어지는 것을 몸으로 막았다. 하늘과 땅을 으깨는 번개와 천둥소리는 더욱 빈번해지고 비석거리의 아름드리 소나무에 벼락이 떨어졌다. 바닷물은 바람에 날려 건너 마을을 가로질러 앞산에 곤두박혔다. 범람한 바닷물은 삼거리를 집어삼키고 마을회관 담벼락을 때렸다.

"어따, 술독에 정신 놓지 말고 문짝이나 단단히 붙들어."

"숙모님은 지붕이 다 날아가는 판인디 문짝이나 붙들고 있으란 말이요? 왜놈들이 이 땅을 짓밟을 때, 자기 논두렁에 두 팔을 벌리고 서서 나라는 이미 망했어도 우리 논은 밟지 말라고 하던 그 의식을 그대로 닮은 것 아니요?"

"유식한 소리는 나중에 하고 방구석이나 건사해야 앉고 누울 것 아니냐."

종부네는 채종의 뒤통수를 쥐어박듯 하였다. 문짝이 망가지면 모든 것을 잃는다. 총 개머리판으로 문짝이 무너졌을 때 모든 것을 잃었지 않았는가. 태풍은 그 사이 아까보다 더 긴 숨을 내쉬며 방향을 바꾸었다. 상여바위를 내리치던 폭풍우는 서쪽 방향으로 기울면서 어딘지 모르게 무디어 갔다.

"인자, 썰물이 지는가 보제?"

"태풍이 잦아질려면 아직 멀었소. 문짝이나 힘껏 붙들시요."

학재는 채종에게 농지거리를 하고 싶었다. 세상이 빗물에 온통 잠겨버리고, 사람마저도 폭풍우에 떠밀려가 버렸으면 시원하지 싶었다. 정말이지, 태풍이 불어쳤을 때, 학재는 무공이 보다 더 미쳐 날뛰고 싶은 충동을 느꼈다. 방향도, 깊이도 모른 채 폭풍우에 휘말려 산화되고 싶었다. 비를 부르며 미쳐날 수 있는 무공의 광기가 어째서 그렇게 마음을 헤집었을까?

태풍은 차츰 잦아졌다. 그 사이 들판을 가득 채웠던 흙탕물은 썰물로 빠져나가고, 마을사람들은 원뚝으로 모여들었다. 임시나마 터진 뚝을 막아 바닷물을 막아보자는 것이었다. 건너 마을사람들도 합세하였다. 멍석이며, 가마니때기가 쌓이고, 청장년들은 성두 아제와 밤생이 당숙의 지휘를 받으며 가마니와 멍석에 돌과 흙을 담아 호랑이 아가리처럼 터진 뚝을 쌓아올렸다. 앞산에서 흘러내린 물과 밀려든 바닷물은 여전히 물살 드세게 빠져나가 터진 곳을 메우기가 여간 고역이 아니었으나, 마을사람들은 새벽녘까지 땀을 비쏟았다.

세찬 파도가 한차례 짓쳐들어도 무너져버릴 미봉책은 아무래도 마음이 놓이지 않았으나 밀물이 차오르고, 소금에 절인 배춧잎처럼 지쳐버린 마을사람들은 흐느적흐느적 집으로 돌아갔다. 바닷물은 지렁이처럼 새어들어 들판을 흥건히 적시는데도 더는 어떻게 손을 쓸 수가 없었다. 허탈한 체념과 자포자기가 그 속에 배어 있었다.

태풍이 할퀴고 지나간 전경은 처참하였다. 넘실거리던 들판은 흙탕물을 뒤집어 쓴 채 쓰러져 잠겼고, 길이 망가지고, 가옥이 파괴되었는가

하면, 지붕이 날아가고, 산사태가 났으며, 아름드리나무들이 뿌리 채 뽑혀 마음을 아리게 하였다. 바다가 뒤집힌 자리는 더욱 볼썽 사나왔다. 배들이 부셔지고, 김발들이 한데 뒤엉켜 갯가에 산더미처럼 떠밀렸다. 누구네 것인지 분별을 못할 지경이었다.

"완전히 망해 버렸구만."

마을사람들은 그저 넋을 잃었다. 어디를 둘러보아도 성한 곳이라곤 없었다. 전쟁보다 더 처참한 모습이었다. 추석명절은 고사하고 어느 곳부터 손을 대야할지 기가 막혔다.

종부네는 시름겨워 앉아 있다가 집을 나섰다. 물에 잠긴 논이 보기 싫어 집을 나선 것이다. 자신도 모르게 방죽재를 넘어 밭머리에 이르렀다. 밭고랑은 질펀하게 패여났고, 밭곡식은 갈대처럼 뒤엉켜 쓰러졌다. 허옇게 드러난 고구마가 더욱 심통스럽게 하였다. 제일로 가슴 아픈 것은 수호신처럼 밭둑을 지키고 있던 아름드리 소나무들이 송장처럼 쓰러진 것이다. 얼마나 마음 든든하게 여기고 아끼던 소나무였던가.

"씨뺑할놈의 태풍."

종부네는 쓰러진 소나무 둥치에 털썩 주저앉았다. 한민서가 얼마나 소중히 여기던 나무들이었는가. 분가하기 전 손수 나무를 베다가 집을 지을 때도 이 소나무들만은 아껴 두었었다. 이 다음 더 곱게 키워 크게 쓰겠다는 것이었다. 운 좋게도 육이오전쟁 속에서도 화를 입지 않았다. 그리고 벌목꾼들이 숱하게 군침을 삼켰지만 잘도 지켜 나왔다. 그런데 이놈의 태풍이 한몫에 쓰러뜨렸다.

"소 잃고 외양간 고친다고, 청승맞게도 앉아있네."

공수네가 다 타들어간 담배꽁초를 빠끔거리며 이쪽으로 다가왔다. 고랑에 발을 헛디뎠는지 신발이 질척거렸다.

"자네는 얼씨구 춤이라도 추고 싶은가?"

"무공이 같은 상팔자라면 모를까 어디를 둘러보아도 노망한 시아부지 설사똥 묻은 빤쓰만 같아 한숨만 나오네."

공수네는 종부네 곁에 쭈그리고 앉았다.

"무공이는 어찌됐다든가?"

종부네는 태풍이 물러간 뒤로 무공의 모습이 보이지 않아 한편으로는 염려스러웠다.

"육이오 때도 건사하지 않았는가. 모래밭에 밀린 오징어만 잡아 포식한다더구만."

"밥 얻어 묵으러 안 온 이유가 거기에 있었구랴."

"그나저나 하늘을 치받들던 나무들이 자빠져서 어쩔게나?"

"쓰러진 나무로는 기둥뿌리도 할 수 없고, 겨울 한철 뜨뜻하게 군불이나 때제 어째?"

"우리 집 애아범은 이 나무들만 보면 자네 집 짓던 일을 떠올리데."

"자네 서방도 많이 도와줬제. 그 공들을 다 갚지 못하고 전쟁통에 가버렸으니……."

선산에서 치목을 해다가 집을 지을 때 마을사람들이 울력 것으로 도와주었다.

"어쨌거나 장작으로 패 때기에는 아깝네."

공수네는 종부네에게 쌈지담배를 건넸다. 종부네는 담배연기를 길게 내뿜었다. 담배 맛이 썼다. 저 아래 굴 양식장에 막아놓은 채식김발들이 장말 채 뽑혀져 자갈밭에 버려져 있었다. 남정네 몇 사람이 그 주위에 서성거리며 어떻게 가닥을 추슬러야 할지 엄두를 내지 못하고 있었다. 어디 약냥골 굴양식장 채식김발뿐이겠는가. 물살이 더 드센 대섬목이야, 송장골은 더 피해가 크리라.

"학수네는 속 좋게도 갯벌을 뒤집네, 그려."

"바다가 온통 뒤집혀 낙지를 잡을만 할 것이네."

종부네는 공수네의 말을 귓결로 흘려들으며 할미섬 너머 망여섬으로 눈길을 주었다. 친정아버지는 태풍으로 무사한지 모르겠다. 몸은 피하였다하더라도 어장막은 온전하지 못할 것이다.

남는 자와 떠나는 자

1

백상은 채종과 함께 송장골 자갈밭에서 태풍으로 장말 채 뒤엉켜 곤두박이친 채식김발을 가렸다. 누구네 할 것 없이 한데 휘말린 가운데 자기네 것을 가리고 추스르기란 여간 어렵고 고역스러운 일이 아니었다. 우리 김발은 내 솜씨로 엮어서 금방 표시가 날 것이다. 어딘지 모르게 물렁하고 엉성해야. 종부네의 말이 아니더라도 뒤집히고 삐어져 나온 모양새가 자세히 보지 않아도 식별이 가능하였다. 하기야 야무지게 엮은 김발이라 할지라도 온전하지가 않았지만.

"참, 더럽게도 분탕질쳤다."

채종은 넉장을 놓으면서도 인내심 깊게 주위사람들과 한 몸이 되어 뒤엉킨 김발들을 가름하였다.

"학교에 가야할 놈이 고생한다."

성두 아제가 칸사리에 얼크러진 새끼줄을 낫으로 치며 짜안해 하였다.

"이게 더 산 공부인지도 모르지요."

"오냐. 그렇기는 하다."

"그나저나 파래똥은 깨끗이 씨를 말렸겠소."

"똥덩어리에 쇠파리랄 놈이 씨를 내갈긴다고, 더 기승을 부릴지 모르제."

"그라면 이참에 햇볕에 바싹 말려버립시다."

"심난한 소리 그만하고, 이거나 바로 펴. 새 댓가지는 그런대로 건사하구마는 헌 댓가지는 모지랍스럽게 발 잘린 뻘떡게 신세가 되야뿌렸어."

"어쩔 것이요. 이것도 복인디. 백상아, 저쪽에서부터 살살 조심스럽게 말아 오거라. 느그 김발부터 다시 막자."

채종은 힘이 좋은 만큼 썰물 내치듯 일을 가닥지어 나갔다. 채식발은 이미 물이 불을 대로 불었는지라 눈사람 굴리듯 하는데도 애를 먹었다. 목물이 차는 곳까지 끌어내렸을 때에야 제대로 바닷물에 떴다. 일 년의 생계가, 자녀들의 학비가, 미래의 꿈이 여기에 달려있지 않다면 홧김에라도 수숫대 추스르듯 추슬러 불쏘시개를 하고 말 것이었다. 어느덧 추위를 잊은 가운데 어영차 소리가 나고, 힘주어 장말을 꽂았다.

닷새 동안 땀 흘려 채식김발을 그런대로 가닥지어 끝낼 수 있었다. 백상은 추위와 피로로 만신창이가 되어 자리에 눕고 말았다. 신열이 나면서 몸을 움직일 수가 없었다.

"야가, 암만해도 몸살이 났는갑다."

종부네는 근심어린 눈으로 미음을 먹였다.

"약이라도 지어다 먹여야지라우."

상수이도 걱정스레 들여다보았다.

"돌팔이약국이 지어준 약은 맨날 그 약이여."

종부네는 돌팔이약국 약이라면 무조건 불신하였다. 육이오전쟁이 끝났을 때, 약상자 하나 걸머메고 와서 약방을 차렸다. 풍문으로 들건대

약국점원으로 있다가 전쟁에 떠밀려 이곳까지 온 돌팔이약국은 이렇다할 약도, 처방할 줄도 몰라 감기약도 아스피린, 호열자에게도 아스피린, 설사환자에게도 아스피린, 곪은 데도 옥도정기, 상처난데도 옥도정기, 머리 부스럼난데도 옥도정기였다. 그런데 효험이 있어 잔뜩 급하면 돌팔이약국을 찾았다.

"그래도 잘만 듣지 않습디요."

상순은 무엇보다 백상이 여러 날 앓아누울까 염려되었다. 한참 공부해야할 때가 아닌가.

"내가 알아서 할 텐게 밭둑에 쓰러진 나뭇가지나 누가 잘라 가는가 보고 오너라."

종부네는 이참에 염소새끼라도 한 마리 잡아 몸보신으로 해줄까 작심하였다. 추석명절 때도 그놈의 태풍으로 혼겁을 하였고, 공부한답시고 객지에서 서럽게 고생하며 제대로 먹고 쓰지 못하여 몸이 허약할 것이었다.

상순은 방죽재를 향하였다. 광생이 묏등에서 염소를 놓아먹이며 아이들과 무덤타기를 하고 있던 명상이 상순을 발견하고 쪼르르 내달려왔다. 이마에 송글 땀이 맺혔고, 숨을 식식거렸다. 어지간히도 숨차게 놀았는가 보았다. 광생이 묏등이라고 불린 것은 상여바위를 넘던 황새 떼들이 이 무덤가에 새하얗게 내려와 놀았다는 데서 붙여진 이름이었다. 그만큼 명당자리라 하겠는데, 육이오전쟁 이후로는 돌보는 이가 없어 아이들 놀이터로, 김발 건조장으로, 소 먹이 장으로 드난질을 당하였으며, 요근래는 밤마다 젊은 남녀들의 연애장소로 한 몫 하였다.

"밭에 가는가?"

"이왕이면 여기서 놀지 말고 쓰러진 나무도 지킬 겸 밭가에서 염소를 먹일 것이제."

상순은 가볍게 나무라듯 말하였다.

"같이 가."

명상은 염소 고삐를 잡아끌었다. 방죽재를 넘어서는데 바람이 제법 쌀쌀맞았다. 아름드리 소나무는 거인의 시신처럼 서로 엇포개진 채 쓰러져 있었다. 공수아범이 쓰러진 나무등치에 올라 조심스럽게 매슬러 보고 있었다.

"불쏘시개하기에는 아깝다."

공수아범은 상순이와 명상이 다가오자 나무등치 위에 쭈그려 앉으며 혼잣소리로 말하였다.

"우리 성은 배를 묻었으면 하데요."

명상은 조금은 자랑스럽게 말하였다. 이 큰 소나무가 태풍에 쓰러지다니, 믿기지 않았다.

"그럴 만도 하것제. 배 두어 척은 짓고도 남을 것이여……."

공수아범은 담배를 피워 물었다. 눈빛은 아늑한 생각을 담고 있었다. 상순은 그런 공수아범의 존재를 무시해버린 채 부러지고 땅에 꽂힌 나뭇가지를 한데 모았다. 명상은 가만있지 못하고 해골처럼 드러난 나무 뿌리를 파 뒤집었다. 담배 한대를 다 피우고 난 공수아범은 느릿한 걸음으로 약낭골을 돌아나갔다.

해질 무렵 상순은 소나무 가지를 한단 묶어 이고 돌아왔다. 저녁을 물리고 종부네는 담배를 말아 피웠다. 소슬한 찬바람이 목덜미를 할퀴었다. 담장 밑에서 귀뚜라미 소리가 들렸다.

"어무니요. 물에 잠긴 벼들이 허리를 펴드만이라우. 그 참 신기하제요."

상순은 깜박 잊고 있었다는 듯 말하였다. 오늘 아침 지침지침 논가를 돌아보았는데, 물에 잠겨 쓰러진 벼들이 다시금 일어서며 물 밖으로 고개를 쳐들고 있었다. 쓰러진 벼들을 일으켜 세워준다면 절반이라도 수확을 기대할 수 있을 것 같았다.

"흙탕물을 뒤집어 쓴 채 널편히 깔려있는 벼들이 무슨 힘으로 일어서야."

종부네는 상순의 말을 한마디로 시답잖게 흘려들었다.

"어무니가 자세히 보지 않아서 그래라우."

"하긴, 농작물이나 사람이나 폐허더미 속에서도 땅을 의지하고 생명을 지탱하니께……."

종부네는 어둠살이 짙은 들녘을 내려다보며 한숨을 내쉬었다. 전쟁의 화마 속에서 사람들도 저랬다. 부황 든 모습으로 다 죽어갔었다. 그런데 지금 이렇게 산자는 삶을 일구고 있지 않은가.

"내일이라도 치마 걷어붙이고 벼들을 일으켜 세웁시다."

"그래보자."

종부네는 모내기에서부터 삼복 불볕더위 속에서 땀 흘리며 가꾸었던 정성과 노고를 가슴으로 붙들었다. 그래, 포기하지 말자. 단 한 알이라도 거두어 보자. 언제는 세상이 태평성대를 부여하였던가.

"어무니. 형부 아니요?"

상순은 대문을 들어서는 사람을 먼저 알아보았다. 가풋한 걸음새가 사위였다. 어인 일로? 종부네는 사위를 맞이하였다. 아직도 사위에 대한 정이 쏙 들지 않았다. 부모 없이 혈혈단신으로 자수성가한 고독한 기운이 서려있어, 누가 보아도 찬바람이 도는 해파름한 모습이었다. 맞선 볼 때부터 그 모습이 영 마음에 들지 않았다. 미욱한 년. 내 그때 눈 딱 감고 고모부의 말을 한마디로 내치는 건데. 무엇에 씌었던 게야. 종부네는 사위를 맞으면서도 부잣집 맏며느리 감으로 생긴 큰딸과는 달리 깡충거리며 들어서는 강파른 사위를 탐탁찮게 대하였다.

"무슨 일로 발걸음인가?"

종부네의 말은 차가왔다. 남들 같으면 장가들고 처갓집을 몇 번 왕래하였을 것인데, 그런 인사성마저 없었다.

"신지도 초상집에 갔다가 집사람이 태풍에 얼마나 피해를 입었는지 한번 들렀다 오라고해서요. 섬이어서인지 태풍피해가 심한 것 같습니다."

"초상이 나지 않았더라면 안 올 뻔 했겠구만."

종부네는 속으로 비윗장이 거슬렸다. 섬이어서 태풍 피해가 심하다고? 순 상놈들이 뭍의 끝에 산다고 뭍양반 티를 내? 말끝마저도 정머리가 왜 저렇게 없는고.

"아니지라우. 집사람을 한번 보낸다하고 날을 받다가……."

"쭉정이 같은 인사말은 그만 두게나. 태풍에 섬이 안 떠내려가 다행이네. 저녁은 들었는가?"

"오다가 천동에서 누굴 만나 저녁을 들었구만이라우. 누워있는 게 백상이 아니요?"

사위는 장모에게 큰절 따위는 생략하고 상순이 곁에 앉았다.

"채식김발들이 태풍에 뒤엉켜 그걸 다시금 발라 막느라고 몸살이 난 모양이네."

종부네는 간단스럽게 말하였다. 장모와 사위 관계만큼 가까운 관계가 또 어디 있을까마는 백년손님, 그것이었다.

"몸조리 잘해야 할 텐데……."

"피곤한디 방에 들어가 쉬게."

종부네는 정머리 없는 사위와 오순도순 앉아 이야기를 나누고 싶지 않았다. 딸년의 안부를 물어봤자 마음만 더 심난할 것이었다. 지난여름 명상이 다녀와서 들려준 말이 아니더라도 바람결로 들려오는 딸에 대한 소문은 달갑지가 않았다. 사위는 행랑채로 향하였다. 상순이 쪼르르 달려가 방안을 청소하였다. 행랑채는 몽선이 나간 뒤로는 이따금씩 손님이 든 때문에 냉기가 풍길 것인데도 사위는 굳이 행랑채를 택하였다. 나이는 어리다지만 큰 처남인 백상과는 마주치고 싶지 않을 것이었다. 약혼전날, 맏딸이 결혼의 불가함을 구구절절 적은 편지를 백상이 전해 주었다는 점에서 백상을 곱지 않게 여길 터였다.

종부네는 사위의 뒷모습을 바라보며 딸의 외로움을 새삼 느꼈다. 서로서로 외로운 사람끼리 의지해 사는 것이 좋을 것이오. 애비 없는 서러움과 시국 잘못 만난 죄과를 짊어진 운명이고 보면 울타리가 무성한 집안에서 남몰래 냉대를 받으며 눈물로 사느니, 서로가 외로운 마음을 위로해 가며 사는 것이 마음 편할 것이오. 고모부의 숙연하기까지 한 말에 가슴이 젖어 큰딸이 고개를 가로 젓는 결혼을 승낙 하였다.

그런데 시집을 보내고 나니 그게 아니었다. 외로움을 서로 의지하기 보다는 몸에 배어버린 서로의 잠재된 외로움을 맞부딪치는 신혼생활이었다. 그 위에 사위를 키워주고 살림살이를 맡아 지켜왔다는 위세를 내세워 당숙모의 깐깐하고 포시라운 시집살이라니. 주위의 말이 아니더라도 사위의 몸에서 풍겨나는 찬 기운에서 남몰래 베갯머리를 적시는 딸의 모습을 느껴볼 수 있었다.

상순도 그 나이에 형부가 좋기만 할 것인데 어려운 손님 정도로 대하였다. 남들은 형부가 그저 좋다고 하는디 곁에만 가면 찬바람이 돈다니게요. 상순은 사촌 형부를 오히려 따랐다. 백상은 아예 얼굴 맞부딪치기를 싫어하였다. 처음부터 거부감을 떨쳐버리지 못하였는데, 사위도 약혼전의 편지사건을 계기로 큰 처남에 대해 달가와 하지 않았다. 그런저런 이상기류로 백상은 매형 집을 찾아가지 않았고, 상순 또한 형부 집 보다는 고모 집을 먼저 찾았다.

"엄니, 쓰러진 나무는 언제까지 저래 놔둘 것인가?"

그래, 태풍에 쓰러진 나무를 켜서 배를 짓자. 종부네는 상순의 말에 그렇게 결정을 짓자 장 목수를 만나보기 위해 대청마루를 내려섰다.

다음날, 종부네는 여느 날보다 일찍 일어났다. 나무를 켤 사람을 장 목수가 신새벽같이 데려오기로 한 것이다.

"저, 가봐야겠소."

사위가 대청마루 앞에 서 있었다.

"아침도 안 들고?"

"천동 선창가에서 같이 온 사람들이 기다리기로 하였어요. 뭍으로 나가자면 교통이 하두 불편해서……."

"건너뛰면 한달음에 도달할 것, 학재가 실어다 줘도 충분할 것인디 누가 쫓아내기라도 하는가?"

종부네는 사위의 행동거지가 밉상스러웠다. 태풍 피해를 위안해 주기 위해 들렀다면 하루쯤 쉬어가도 무엇할 것인데 신새벽같이 달아나듯 할 것은 또 무언가.

"거래처 손님과 약속한 것도 있고……."

"어여, 가소. 보내는 나도 마음 홀가분할 것이고."

종부네는 내치듯 사위를 보냈다. 사위는 깡총거리며 동구 밖을 나섰다. 종부네는 그 뒷모습을 바라보며 마음이 편치 않았다. 그렇지 않아도 인정이 그리운데 어쩌다 저런 사위를 얻어 외로운 그늘을 더하는고.

"형부가 왜 저렇게 간다요?"

"바쁜 일이 있겠지야."

"아무리 그래도 감나무가지에 걸린 찬바람처럼 횡허니 갈 수 있어요?"

"타고난 성격 탓이겠제. 물이나 한 동이 떠오너라."

종부네는 아궁이에 불을 지피면서도 사위의 행동이 영 마음에 들지 않았다. 처갓집을 무시하는 것도 같고, 본바탕이 그렇게 생겨먹은 것도 같고, 도대체가 종잡을 수가 없었다.

나무를 켜는 톱날은 상어 이빨처럼 두려움을 주었다. 장 목수가 데려온 최씨는 주술사처럼 톱날 하나하나를 정성스럽게 줄칼로 벼리었다.

"우아, 굉장하다!"

명상은 톱날을 보는 순간 숨 막혀 하였다. 장말 따위나 베어내는 톱과는 근본적으로 달랐던 것이다. 학교를 가면서도 자꾸만 뒤를 돌아보았다. 보나마나 오늘의 화제는 상어 이빨보다 더 날카롭고 무시무시한 톱날일 것이었다.

톱날을 다 벼린 최씨는 꾹꾹 눌러 차린 아침을 들기가 무섭게 톱을 등에 짊어지고 장 목수를 따라 방죽재를 넘었다. 뒤따라 종부네와 상순도 태풍에 쓰러진 나무둥치에 이르렀다. 최씨는 먹줄을 놓기 좋게 나뭇가지와 옹이를 톱과 도끼로 쳐냈다. 종부네와 상순은 쳐낸 나뭇가지를 단으로 묶었다.

"아까운 나무들이 운명을 맞다니. 성님이 애지중지 아끼던 것들이 태풍을 이겨내지 못하였소. 어쨌거나 오랜만에 풍성한 마음으로 재량껏 배를 짓겠소만, 형수님, 마음 아프지요?"

장 목수는 나무 등걸에 쭈그리고 앉아 눈대중으로 배 한척을 벌써 묻고 있었다.

"덕분에 소원하던 배를 장만하게 되었소."

종부네는 허리를 폈다. 나무로 하여 만감이 서린 감정 따위는 잊은지 오래였다. 무엇 한 가지에 매달려 연연한다는 것은 아무런 도움이 되지 않는다는 것을 터득한 터였다.

"그렇게 마음 묵어야지라우."

장 목수는 최씨에게 먹줄 한끝을 잡히고 한쪽 눈을 지그시 감은 채 먹줄을 놓기 시작하였다. 나무마다 먹줄을 퉁기고 먹칼로 표시를 한 장 목수는 최씨를 도와 나무둥치를 올려놓을 받침대를 만들었다.

"인자 시작해 보게."

최씨는 작업대위에 올려놓은 나무둥치를 꺾쇠로 단단히 고정시키고 손바닥에 침을 뱉었다. 톱날이 햇살에 번쩍거렸다.

"이걸 다 켜면 배 두 척도 묻고 남겠소."

"암만. 형수님, 다른 용도로 쓰지는 않을 것이요? 톱날이 들어가기 전에 말하시오."

최씨의 말에 장 목수가 종부네를 올려다보았다.

"그대로 다 켜 주시요. 한 척분은 친정아부지께 선물해야겠소. 사위 생각하고 튼실하게 배 한척 묻으라고 할라요."

"참말로 좋은 말씀이시요. 무던히도 사위를 아꼈는디 눈시울을 적시 겠소."

"당신 복에 과분한 사위라 시국이 앗아간 것 아니요."

종부네는 심기 사납게 말하였다. 씨알도 먹히지 않는 그놈의 사상이 무어 그리 좋다고 가정과 부모를 내치고 날뛰었을까. 전쟁의 회오리바 람 속에서 한바탕 판 굿을 벌이다 휩쓸려 가버렸다.

"꼭 원한 맺힌 사람처럼 말하시오."

"내 가슴에 이렇게 못을 박고, 자식들까지도 반쪽 인생을 살게끔 만 들었는디 한이 안 서리게 됐소?"

"누가 아니요만, 그래도 산사람은 자근자근 상처를 깨물며 살기 마 련이요."

장 목수는 속으로 혀를 찼다. 심약한 아낙네였다면 벌써 심장이 멎었거나 자리보전하고 누워 지낼 것이다. 최씨는 담배를 입에 문채 장 목수가 먹줄과 먹칼로 재단한대로 나무를 켜기 시작하였다. 톱밥이 탐스럽게 바람에 날렸다.

"나무는 생명이 다하여도 그 쓰임새가 있는디 사람은 죽으면 아무짝에도 쓸데가 없으니……."

"사람의 눈과 손으로 쓰임새를 만들지 않소. 그냥 버려두면 나무 또한 그대로 썩어질 수밖에요."

장 목수는 뒷짐을 진채 톱날이 먹줄을 집어삼키는 모습을 눈여겨보았다. 최씨는 호흡을 장단 맞춰가며 톱날을 밀고 당겼다. 작두날보다 더 넓고 날카로운 톱날은 나무 깊숙이 박혀들면서 톱밥을 게워냈다.

"해풍을 맞고 자란 탓인지 속이 영글고 꽉 찼구만이라우."

최씨는 씨아개를 옮겨 박으며 숨을 몰아쉬었다.

"그럴거구만. 배를 묻어놓으면 날렵하게 나가지는 않겠지만 듬직하니 짐을 제법 신겠어. 형수님. 나무 밑둥치는 잘 다듬어 김 도마로 쓰면 그저 그만이겠소."

"그렇게 하지라우."

종부네는 한옆으로 쌓아놓은 나뭇단을 바라보며 풍성한 기분이 들었다. 올해는 철나무를 하지 않아도 한겨울 땔감은 넉넉할 것이었다. 톱날이 가지 않은 잔나무 둥치와 나무뿌리까지 장작으로 장만하면 일 년은 잊고 살만하였다. 갯벌에 나가 채식 발을 돌아보고 오는 남정네들이 하나 둘 모여 들었다.

"거, 홍보가 박타듯 스르렁스르렁 잘도 켜는구만."

성두 아제는 최씨 코앞에 쭈그리고 앉아 톱날을 지켜보았다.

"솜씨가 아주 잘 익었소. 몇 년을 톱과 함께 살았소?"

이번에는 밤생이 당숙이 물었다.

"이팔청춘에 재미를 붙인 것이 오늘에 이르렀소."

"톱질 속에 청춘을 내맡겼구만. 내가 한번 켜봅시다."

채종이 손바닥에 침을 뱉고 나섰다.

"아서. 조금이라도 빗나가면 내까지 영향을 미치께. 남의 산판 훔치듯이 톱질을 하는 줄 알어?"

장 목수가 장난질 할 데가 따로 있다는 듯 손사래를 쳤다.

"아따, 어지간히 위세를 해쌌소이."

"장 목수 말이 맞다. 그보다 이 나무뿌리나 학재하고 힘 모아 캐거라. 뿌리둥치는 김 도마를 할 것인께. 그 대가로 느그들도 각기 한 개씩 김 도마를 하거라."

"참말로라우?"

채종은 종부네의 제안에 귀가 번쩍 뜨였다. 나무 동가리를 짜 맞추어 만든 김 도마와는 비교할 수 없을 터였다.

"최씨 말벗도 해주고, 안 좋으냐?"

"채종이 횡재해뿌렀다. 마음 변하기전에 얼른 도끼날을 들이대거라. 안 그러면 누가 먼저 내달을지 모른다."

"그래야 쓰것소."

채종은 좋아라 연장을 가지러 갔다.

"엇따, 그놈. 좋아라 엉덩이 흔들고 가는 품새 보소."

밤생이 당숙이 입 꼬리에 웃음을 매달았다.

2

학재는 수협 창고 앞을 지나쳤다. 무공이 거적때기로 둘러친 천막 앞 햇살 바른 곳에 앉아 두 눈을 지그시 감은 채 이를 딱딱 마주치고 있었다. 명상에 잠긴 것도 아니었고, 그렇다고 환몽에 빠져든 것도 아닌 성싶었다. 발치 앞에는 반쪽거울과 족집게가 버려진 듯 놓여 있었다. 학재는 장난기어린 웃음을 입가에 떠올리며 무공에게 다가갔다. 발소리를 죽여 살금살금 다가간 학재는 무공의 어깻죽지를 세차게 잡아 흔들었다. 무공은 두 눈을 크게 뜨며 화들짝 놀랐다.

"나, 알겠소?"

학재는 입가에 여전히 장난기어린 웃음을 바람에 날리는 억새꽃처럼 머금고 있었다. 무공은 화가 치뻗은 얼굴로 말이 없었다.

"내가 누군지 알겠는가 말이오?"

학재는 얼굴표정과는 달리 질그릇 깨지는 소리로 말하였다.

"……고얀놈."

무공은 학재의 존재를 무시하였다. 징그러운 벌레를 떨쳐버리려는 성가심이 내비쳤다. 하지만 무공의 입에서 말이 나오기는 실로 처음 있는 일이었다.

"지금 뭣이라고 했소?"

학재는 소스라치게 놀랐다. 뜻밖에도 침묵으로 일관해온 무공의 입에서 말이 새어나온 것이다.

"……."

무공은 다시금 침묵을 드리웠다.

"오늘은 입을 열었으니 당숙의 속내를 좀 알아야겠소."

학재는 무공의 태도를 무시하였다.

"……지집의 궁둥이나 타고 넘는 육시럴놈. 장차 집안을 말아 묵을 것이여."

무공의 음성이 강철처럼 뛰쳐나왔다.

"당숙은 미치지 않았어요."

학재는 기쁨인지 반가움인지 놀라움인지 모를 감정에 휩싸였다. 무공은 학재의 존재 따위는 까맣게 밀어 던지고서 눈길은 한달음에 건너뛸 바다 너머 뭍을 바라보고 있었다.

"반듯한 집도 있고, 처자식도 있는데 왜 이렇게 미친 척 지내는 거요?"

학재는 이제 엄숙하고 진지한 표정을 지었다. 무공의 큰아들은 학재보다 한살 아래였다. 어렸을 때 보고 몇 년 전 무공을 집으로 모시고 가려고 왔을 때 보았다. 학재보다 키가 크고 허우대가 우람하였다.

"인자 전쟁의 공포도, 후유증도 없잖소. 얼마든지 자유롭게 살 수 있잖아요. 안 그렇소?"

순간 무공의 억센 손바람이 학재의 뺨을 후려쳤다. 그리고 사나운 눈길로 학재를 떨쳐버리듯 벌떡 자리를 차고 일어나 성큼성큼 뒷산 쪽으로 걸음을 옮겼다.

학재는 볼을 감싸 쥔 채 웃음을 터뜨렸다. 무공에게 뺨을 얻어맞다니. 무언가 묵은 체증이 내려간 듯하였다. 무공은 미치지 않았다. 그렇다면 어째서, 무엇 때문에, 미치광이로 사는가? 학재는 얼얼한 볼을 쓸어내리며 자갈밭을 걸었다. 태풍이 몰아치던 날, 무공은 그 어느 때보다 격렬하고도 치절하게 미쳐났다. 모든 산전이, 인간의 무리들이 비바람에 불려가도록 기원하는 것만 같았던 그 몸사위. 모두가 번개와 천둥이 치는 속에서 비바람에 휩쓸려 간줄 알았다. 그러나 무공은 원뚝이 터지는 흙탕물속에서 유령처럼 살아나왔다. 참으로 알 수 없는 위인이었다.

사실 학재는 무공을 별로 좋아하지 않았다. 다들 전쟁 통에 휩쓸려 죽어갔는데, 혼자 미치광이로 살아 돌아와 구차하게 살아가는 그 모습이 분노를 머금게 하였다. 사나이 지조와 자존심을 위하여 깨끗이 자살을 하든가, 전쟁의 포화 속에 묻혀갈 것이지 살아 돌아올 건 무언가? 살아왔으면 처자식을 위하여 조용히 고개 숙이고 농사나 지으며 살 것이지, 거지발싸개처럼 사는 건 또 무슨 속셈인가? 자기 철학과 사상을 위하여? 웃기는 소리였다.

더욱 학재를 못마땅하게 한 것은 예분례와 밤마다 밀애를 즐길 때였다. 비석거리에서, 원뚝에서, 광생이 묏등에서, 선창가 모래밭에서 뜨거운 감정을 비쏟을 때마다 유령처럼 소리 없이 나타나 훼방을 놓고는 하였다. 어째서 무공은 매번 밀애 현장을 밟아왔을까? 바람결로 냄새를 맡은 걸까? 아니면 별빛의 방향으로 뜨거운 숨결을 감지하였을까? 하여간 귀신이 곡할 노릇이었고, 그로 하여 학재의 감정은 매번 뒤틀렸다.

그러던 것이 태풍이 지난 뒤부터 무공에 관한 인식이 새롭게 각인되었다. 일제 때 항일농민운동투쟁사의 필사본을 재문의 큰집 대들보 밑에서 발견하고 나서였다. 재문이 큰집은 마을에서 제일 위 쪽에 자리 잡고 있어 태풍 피해도 그만큼 컸다. 지붕과 서까래가 몽땅 날아가 버린 것이다. 집을 다시 짓다시피 하였는데, 대들보 밑에 빛바랜 노트 한 권이 숨겨져 있었다. 한지에다 세필로 기록한 항일농민투쟁운동 판결문이었다. 학재와 재문은 잠시 하던 일을 멈추고 들춰보았다. 섬마을에서 아주 투박하고 소규모적이나마 이런 운동을 전개하다니. 가슴을 울렁거리게 하였다. 재문과 의논 끝에 일본어를 그런대로 아는 한우균더러 밤을 새워가며 전문을 음독하도록 하였다. 한우균은 자신도 그 물에 휩쓸려 젖어들었는지라 새삼 감회어린 눈으로 묻히어진 기억을 회상하고 더듬었다.

그 속에 무공의 이름이 나오고 실형을 받은 것이다. 그리고 해방이 되고나서 무공의 전과는 다시금 좌우대립선상에서 되살아나 전쟁을 맞게 된 것이다. 학재는 새삼 무공에 대한 경외스러운 마음이 들었고, 역사의 오류를 실감하였다. 미칠 수밖에 없었던, 아니, 미치광이 행세를 할 수밖에 없었던 현실을 가슴 아파하였다. 무공이 미쳐 돌아왔을 때 지서에서 무공의 움막을 한동안 주시하였던 것도 거기에 있었다.

그렇다면 무공은 살아남기 위하여 미치광이가 된 것일까? 학재는 생각이 거기에 이르자 의문부호가 찍혀졌다. 그렇게 구차하게 살아남기 위하여 미치광이 행세를 하지는 않을 것이다. 그럼 무얼까? 무언가 있어. 무공만이 지니고 있는 비밀이 숨겨져 있는 거야.

무공과 함께 항일농민운동의 선봉대열에 섰던 사람들의 배후에서 거중조정하거나 사상을 전도한 한민서, 박해수, 이상석, 그밖에 항일농민운동을 전국적인 투쟁운동의 초석으로 전개하였던 주동세력들과 거기에 공감대를 형성한 사람들이 자의든, 타의든, 또는 시대적인 주체에 의한 신념이었든, 좌우대립선상에서 좌 쪽으로 분류 내지는 기울어졌고, 육이오전쟁의 회오리바람 속에 휩쓸려 처절하게 피를 흘리고 죽어갔다.

그런데 무공은 미치광이로 살아있다. 그것은 그들이 지녔던 사상과 신념에 위배된 삶이 아닌가. 어째서일까? 살아남는 자만이 역사를 바로 각인하고 증언할 수 있다는 나름대로의 신념에서일까? 학재의 얕은 생각으로서는 그 점을 부인할 수 없었다. 역사의 개념은 최후의 승자의 전리품에 해당되고, 아주 먼 훗날 누군가에 의해 역사의 오류와 진실의 실체가 새롭게 밝혀질지라도 승자가 누리는 역사적 기득권은 결코 무시할 수 없는 것이다. 육이오전쟁만 해도 그렇다. 그들 죽어간 자들이 역사적인 미세하고도 이성적인 체에 걸러지지 않고 도식적이고도 감정적인 분류법으로 매도 내지 죄과를 기록하였기에 그들이 지녔던 진정한 사상과 신념, 나아가서 삶의 본질까지 훼절되고 단선적으로 배척을 당한 것이다.

하지만 무언가 무공의 행동 자체가 구차스럽다. 미치광이로 살아남아 어떻게 역사의 진실을 드러내고 오류를 바로 잡는단 말인가. 하기야 위대한 철인들은 침묵으로 몇 십 년을 보냈고, 그럼으로써 죽은 뒤에 자신들의 사상이 세상의 인식을 바로 잡았다.

그렇다면 거기에는 시간이 필요하다. 현재의 정치적인 상황, 남과 북의 첨예한 대립, 세계의 냉전구조 속에서 무공의 한마디 말은 더욱 핍박을 불러일으킬 것이다. 무공은 그러한 시공을 뛰어넘는, 지금은 아득하게만 느껴지는 시간을 인내심 깊게 기다리는 걸까?

학재는 자신도 모르게 몸을 떨었다. 누구나 분단의 벽을 허물고 하나 되기를 열망한다. 그러나 어디 그러한가? 학재는 무공과 대화를 나누고 싶었고, 날이 궂을 때마다 미쳐 날뛰는 그 행동이 연민으로 받아들여졌다. 그렇게라도 피맺힌 감정을 발산하지 않고서는 견디기 어려울 것이다.

이제부터는 무공의 행동 하나하나를 이해하자. 학재 자신만하더라도 가슴에 회돌이 치며 분출하려는 억하심정과도 같은 감정을 산화하고자 미친 듯 술독에 빠져 허우적거리고, 계집의 사타구니에다 울분의 끈적한 불순물을 내쏟지 않는가.

학재는 수문께를 지나 종부네 집 담장을 돌아 나왔다. 잘 차려입은 맵시로 동구 밖을 나섰다가 돌아오는 삐죽갈네와 마주쳤다.

"태풍으로 망가진 집구석은 내버려둔 채 하늘을 나는 나비차림으로 팔자도 한가하게 어디를 다녀오시오?"

삐죽갈네 집은 태풍 때 바다를 매축한 부분이 무너지고, 지붕이 날아갔다.

"어따, 저놈의 걸쭉하고 험상 맞은 입은 언제나 바로 잡힐까이. 하두 마음 심드렁하여 친정에 다녀오구마는."

삐죽갈네는 또르르 눈을 흘겼다. 학재 또래를 대하면 손아래 동생만 같아 만만하게 허물없이 지냈다.

"이참에 족두리 한 번 더 쓰고 싶어서요?"

"아이고 사돈네야. 우리 처지 동정하지 말고 자네씨 마누라나 다독 다독 품안아 주어. 죽자고 밤마다 무덤가에서 더운 숨결 내쏟을 때는 언제고, 벌써부터 가슴이 식어내렸담시러? 떼과부들 보고서라도 마누라 생과부 만들지 말고 깨소금 맛으로 살어."

"그러다가는 당골네 뺨치겠소. 어째 이 집은 조용한고?"

학재는 대거리 해봐야 아무 잇속이 없다싶어 종부네 대문을 들어섰다. 울타리 너머 친정에서 딸을 낳아 데리고 온 예분례가 왜 그리 보기 싫어지는 걸까. 더구나 포대기 속에서 밤이고 낮이고 빽빽거리며 울어 대는 갓난아기의 울음소리를 들을 때면 울큰 주먹만 한 감정의 뙈리가 치밀어 미칠 지경이었다. 어쩌자고 그런 불장난을 저질렀을까? 처절하 게 자신을 내던져 버리고 싶은 결과물임에랴. 아무리 생각해도 마음을 쓰겁게 하였다.

대문 곁 돼지우리에서 배때기를 드러낸 돼지랄 놈이 인기척에 게으 르게 꿀꿀거렸다. 따사로운 가을 햇살이 대청마루에 머물러 있었다. 다 들 어디 갔지? 학재는 대청마루에 앉아 담배나 한대 피우고 가자고 주 머니를 뒤졌다. 그때 방에서 앓는 소리가 났다. 백상이었다. 학재는 비 그시 문고리를 잡아당겼나. 백상이 이불을 걷어차고 있었다.

"많이 아프냐?"

학재는 백상의 머리를 짚어 보았다.

"……아니요."

"열이 심하다."

"매형이 온 것 같던데……."

"그래야? 못 봤다."

"그녀러 인사. 예의도 모르고……."

백상은 돌아누웠다. 백상이 몸살로 누워있는데도 얼굴 한번 내비치지 않고 새벽같이 간 것이 서운해서가 아니었다. 오랜만에 처갓집에 왔으면 종가집이야, 작은집은 들여다보아야 한다.

"뭐, 일이 바빠 그랬겠지야. 약이라도 좀 지어다 묵었냐?"

학재 역시 서운한 감정은 마찬가지였으나 별로 가슴에 접어두지 않았다. 어쩐지 결혼 첫날부터 술도, 담배도 못하는, 코끝에 찬바람이 도는 인상이 썩 마음에 들지 않았다.

"어무니가 지어왔드만요. 곧 낫겠지요."

"몸조리 잘해라. 학교에 가야 할 것 아니냐."

학재는 방문을 닫아주고 대문을 나섰다. 누구보다도 백상이 짜안하였다. 사촌 형제들 가운데 제일로 심성이 곧고 총명하여 앞날을 기대하였다. 하지만 그 때문에 가장 정신적인 타격을 받을 것이었다. 학재는 그 모든 것을 한잔 술로 산화하고 쓸어내리지만 백상은 또 다르다. 꿋꿋한 성격 자체가 그러한 취생몽사를 허락하지 않을 터였다.

어쨌거나, 학재의 기분은 씁쓸하였다. 백상이 말처럼 소리 없이 처갓집을 다녀간 사촌매부의 행동은 무언가 찬바람을 일게 하였다. 그렇잖아도 전쟁의 상흔으로 사촌지간이라는 울타리를 제거한 형제애를 생각할 때 사촌매부의 행동은 예의를 무시하는 태도였다. 학재는 지그시 입술을 깨물며 애써 사촌매부의 성격으로 갈무리 하였다.

그러나 그 기분은 사랑채를 들어서는 순간 망가져 버렸다. 갓난아기의 울음소리가 귓가에 꽂혀든 것이다. 갓난아기는 어미의 뱃속에서 비어져 나오자마자 울음을 터뜨린 이후 줄곧 밤낮을 가리지 않고 울어댔다. 친정에서 서둘러 보낸 것도 갓난아기의 그칠 줄 모르는 울음소리 때문이었으리라. 노인들이 기거하는 속에서 하루 이틀 말이지 빽빽 울어대는 갓난아기의 울음소리를 듣기란 여간 고역이 아닐 것이었다.

핏덩이가 저렇게 울어대면 부부금슬이 좋지 않다던데 어찌할꼬. 친정어머니는 구름 낀 얼굴로 딸을 울타리를 경계로 한 시가집에 보냈다. 지악스러운 갓난아기의 울음소리는 학재네 집이라고 예외는 아니었다. 학재부터 정나미가 떨어졌다. 도저히 잠을 이룰 수가 없었다. 젖이 모자라는 것도 아니었고, 몸이 아파서가 아니었다. 젖은 풍만하게 철철 넘쳐 흐르고, 그만큼 건강하였다.

무엇이 씌어도 단단히 씌었는갑다. 아무래도 부정을 탄 거여. 도암네는 자손이 귀한 집에서 일찍 손녀를 보았는데도 갓난아기의 울음소리에 진저리를 치며 논과 밭으로 나돌았다. 가족 모두가 집에만 들어오면 귀를 틀어막았다. 학재는 잠시잠시 집에 들러 옷이나 갈아입을 정도였다.

학재는 쩻, 혀를 차며 옷을 갈아입기가 무섭게 집을 나섰다. 예분례는 아기의 울음을 조금이라도 그칠 요량으로 젖을 물린 지친 얼굴로 학재가 서둘러 집을 나서는 모습을 어찌하지 못하고 바라보기만 하였다. 갓난아기로 하여 가장 잠 못 이루고 시달림을 받는 사람은 아무래도 예분례였다. 여름날의 매미처럼 극성스럽게 울어대는 갓난아기를 달래느라 포동한 젖무덤은 짓물러 축 늘어졌고, 산후의 푸석한 얼굴은 날이 갈수록 푸릇하였다.

집을 나선 학재는 삼거리 당산나무께에 이르렀다. 가을을 실어오는 바람만 들이쳤다. 지원입대를 해야겠어. 학재는 다시금 다짐하였다. 세상사가 암담하고 답답한 나머지 짜증이 배가되었다. 떠나야 한다. 내가 스스로 범한 오류로부터 벗어나기 위해서는 탈출이 필요하다. 학재는 금방이라도 눈물이 쏟아질 것 같은 감정을 다스리기 위해 주먹을 불끈 움켜쥐었다.

분명 젊음을 내던진 열정은 오류였다. 결혼이라든가, 지아버지가 된다든가, 자식을 낳는다는 것은 처음부터 생각하지 않았다. 그저 감정이 이끄는 대로, 가슴에 쌓인 울분을 내쏟고자 예분례의 젖가슴을 움켜쥐었고, 미친 듯 그녀를 쓸어안고 뒹굴었다. 그 결과가, 그 감정의 부산물이, 학재를 흙탕물속에 처넣었다. 그래, 과감히 떨쳐버려야 한다. 악몽과도 같은 현실로부터 벗어나야 한다. 정말이지, 이제는 손바닥만 한 이놈의 섬 구석지에서 뱅뱅이 치며 술로 세월을 씹어 삼키기에도 진절머리가 난다. 너무 빤한 틀 속에서 허구헌날 술타령이나 하며 지새운다. 생각하면 얼마나 지겨운 삶이냐.

"여기 있었구나."

애꿎은 담배연기만 날리는 학재를 채종이 일깨웠다.

"좋은 일이라도 있소?"

"방죽재 백상이네 쓰러진 소나무를 켠다. 우리 둘보고 나무뿌리 둥치를 차지하란다. 김 도마를 만들라고."

"그거 잘되었소. 갑시다. 거기다 화풀이 하면 되겠소."

"왜, 누구하고 다퉜냐?"

"요즘 내 심사가 그렇잖소. 성님, 나 지원입대를 해야겠소."

"뭐, 뭐시야?"

채종은 학재의 느닷없는 말에 우뚝 걸음을 멈추었다.

"만사가 그저 심난하요."

"하지만 말이다……."

"안 그러면 무공이처럼 미쳐버릴지 모르겠소."

"그래도 그렇제. 가벼이 행동해서는 안 된다."

채종은 학재의 결심이 굳다는 것을 느꼈다. 모든 것을 떨쳐 버리겠다? 참으로 무책임한 탈출인데, 학재로 봐서는 그럴 수밖에 없는지도 모른다.

"세상이 자꾸만 뒤죽박죽 꼬이는 것 같으요."

"지금 당장 군대에 갈 거냐?"

"가을걷이와 김발이식을 해주고 가고 싶소만, 하루하루가 정말 지겹기만 해요."

"아무튼, 잘 생각해라. 내년 봄 따뜻할 때 가야 고생이 덜 할 것인디."

"고생을 싸 짊어지고 싶어서 가려는 것 아니요."

학재는 나무둥치뿌리에 달려들어 냅다 패대기를 치듯 도끼를 울러맸다.

백상은 이레 만에 자리에서 일어났다. 얼굴이 핼쑥하였다. 변소 길을 가는데도 다리가 휘청거렸다. 종부네는 그런 백상을 학교 보내기가 마음 아팠다. 앓아누워 있으면서도 책만 보는 그 열성이 가슴 아파 더 붙들어 앉힐 수도 없었고, 그저 마음만 착잡하게 가라앉았다. 그놈의 공부를 해서 어디다 쓸 것인가. 종부네는 앉으나 서나 책만 보는 그 모습을 볼 때마다 지애비를 보는 것 같아 가슴 아리면서도 심통 사나왔다. 농사나 꾹꾹 지으며 수굿이 살았더라면 온전히 살아남아 자식들 앞세우고 웃음 지으며 살 것을 먹물깨나 들었다고 남들 앞에 나서서 좋은 세상을 꿈꾼게 뭐람. 그 죄업을 자식들 머리위에 씌워주다니.

백상은 다음날 기운을 차리고 책 보따리를 싸 짊어졌다. 마음은 벌써 교문을 들어서고 있었다.

"조금이라도 몸이 불편하거든 휴학계 내고 오너라."

"이제 다 나았어요. 누나하고 가을걷이 하자면 힘들겠어요."

"태풍으로 다 망가졌는디 가을걷이 할 것이나 있겠냐."

종부네는 아직도 물방선이 된 논을 내려다보며 심기 사납게 대답하였다.

"그래도 들일 것은 있을 거예요."

백상은 하루 한 번씩 뭍을 왕래하는 연안연락선에 오르기 위해 선창으로 나갔다. 상순은 반찬거리며, 쌀 되박을 싼 보퉁이를 머리에 이고 뒤따랐다.

"너무 공부할라 말고 몸도 생각하거라이?"

상순은 몸을 돌보지 않고 미루어 두었던 학업에 정신을 놓을까봐 걱정스러웠다.

"내 걱정 말고 누나나 가을걷이에 몸살 앓지마."

백상은 종선에 올랐다. 저만큼 연안연락선이 나타나며 뱃고동을 울렸다. 종선이 마주쳐 나갔다. 백상은 선창머리 끝에 오두마니 서있는 상순에게 손을 흔들었다.

백상이 떠나고 마을은 한동안 조용하였다. 태풍이 할퀴고 간 논과 밭에 모질게 버티고 일어선 농작물들이 사람들의 허허로운 마음을 바쁘게 이끌었다. 쭉정이나마 털고 거두어야 하였다. 종부네 물방선 같은 논에도 물속에 잠긴 벼들이 기진한 모습으로 몸을 추슬렀다. 뒤늦게 벼 모가지가 피어나고, 알갱이가 여물었다. 아직도 물은 정강이를 적셨다.

"허, 참. 모질기도 하다."

종부네는 논가에 나와 어처구니없어 하였다.

"피가 어째서 오곡에 드는지 아시요? 흉년이 들면 피죽대기가 양식을 대신하는 까닭이오."

윗논둑을 접한 두남아범이 삽을 울러멘 채 인기척을 하였다. 염뱅할

인사. 또 생논뚝을 잘랐구면. 종부네는 울컥 욕지기가 치밀었다. 저 인사와 논두렁을 이웃한 죄로 얼마나 싸웠던가. 생각하면 오장육부가 뒤틀렸다. 두남네 논과는 높낮이가 달라 종부네 논은 사시사철 물방죽인 데 반해 두남네 논은 물기가 잘 빠졌다. 가뭄이 들수록 종부네 논은 곡식이 영글고, 두남네 논은 그 반대였다. 조금이라도 가뭄이 들면 가두어 놓은 물을 다 빼간다고 시비를 걸었고, 비라도 질금질금 내리면 생논뚝을 잘라 종부네 논으로 물을 흘러 보냈다. 그렇지 않아도 사방에서 모여든 물로 넘쳐나는데 무슨 억하심사로 그러는지 분통이 터졌다.

더욱이 가을추수 때가 돌아오면 논바닥이 금이 터지게 말라야 벼를 베어 햇볕바램을 할 것인데, 종부네는 그렇지가 않았다. 모내기 바탕 그대로의 진창에서 나락을 묶음으로 베어내 논둑에 쌓아 말려야만 하였다. 날이라도 궂을라치면 두엄 뜨는 냄새가 났다. 두남아범은 심술궂게도 자기네만 좋자고 무례하고 염치없게도 생논뚝을 예사로 잘라 논바닥을 말렸다. 아무리 가장네가 없다고 대놓고 업신여기다니. 자존심을 짓뭉개도 유분수였다. 이제 그 많은 설움을 당하고보니 그자의 얼굴 보기도 지긋지긋하였다.

"피죽대기를 거두어들일지라도 논바닥만은 푸실하게 말리자는 알량한 속셈인가 보요."

"어쩔 것이오. 토심스럽지만 가을걷이는 해야지요."

두남아범은 천연덕스럽게 대꾸하였다. 낯짝 한번 두껍기가. 종부네는 그 얼굴에 침이라도 뱉고 싶었다. 참자. 올까지만 참자. 하지만 내년에는 나도 가만있지 않을 것이다. 종부네는 마음을 꾹꾹 누르며 논둑을 돌아서 나왔다. 그 길로 방죽재를 넘었다.

방죽재 밭머리에는 톱날로 켠 널판자가 차곡차곡 쌓여 있었고, 최씨는 마지막 하나 남은 소나무를 켜고 있었다. 채종과 학재는 각각 나무

둥치뿌리를 한 개씩 김 도마로 장만해 놓고 또 한 개씩을 차지하고서 도끼질을 하고 있었다.

"오늘 배 한 척분을 친정아부지께서 실러 올 것이다. 느그들이 수고 좀 해줘사 쓰것다."

"그래야지라우. 어장배로는 튼실해서 좋을 것이요."

"큰집과 나란히 배를 묻을라 했다만, 어차피 배를 지어봤자 채종이와 학재가 부려야 하지 않것냐. 세집이서 공동으로 타고 다니면서 겨울 한철 김이나 뜯으면 될 성싶다."

"안 그래도 그렇게 생각했소. 나보다 채종이 성님께서 배 간수를 더 해야 할 것 같소."

학재는 이미 지원입대를 결심한 터라 의미 있게 말하였다.

"그건 무슨 뜻이냐?"

종부네는 민감하게 받아들였다. 혹시 섭섭함을 머금고 있지나 않는지 몰랐다.

"나중에 알 것이요."

채종이 대신 말하며 허벌죽 웃었다.

"심각하게 듣지는 않겠다만, 벌써부터 책임 전가는 아니지야?"

종부네는 뒷짐을 지고 밭고랑을 들어섰다. 서숙이 그런대로 태풍 피해를 덜 입었다. 서숙과 고구마만 있어도 한겨울을 나것제. 종부네는 마음을 드넓게 다독이며 고구마 한 개를 손으로 캤다. 상순이가 새참을 가지고 왔다.

새참을 막 들려는데 친정아버지가 감탕나무께에서 올라왔다. 종부네는 손에 들고 온 고기 광주리를 받았다.

"생각지도 않은 배 한척이 생기게 되었구나."

친정아버지는 톱날로 켜놓은 널판자를 매슬러보며 흡족해 하였다.

사위의 모습이 눈앞에 다가왔다. 얼마나 마음 든든해 하던 사위였던가. 그 사위가 애지중지 키우던 소나무였다.

"아버님도 한 점 드시지요."

종부네는 손 빠르게 생선을 장만하였다. 나무를 켜던 최씨도 일손을 놓고 새참 술을 들었다. 미리 연락을 받은 장 목수가 반색을 하며 나타났다.

"아이고, 어르신. 여전히 신색이 좋으십니다."

"자네 일감을 가져가네."

친정아버지도 반가워하였다. 친정아버지는 장 목수의 젊은 날을 떠올렸다. 그때는 구레나룻이 파릇파릇한 애숭이 목수였는데, 남들이 모험이라고 고개짓을 하는데도 장 목수에게 돛배를 맡겼다. 그때 벌써 장목수의 눈썰미와 대목수로서의 자질을 엿보았다. 무식하다고는 하지만 호롱불 아래서 베를 짜듯 섬세함과 일을 휘어잡는 재간이 있었다. 목수쟁이로 타고났어. 장 목수에 대한 애정을 버리지 않았다. 오늘의 장 목수가 있게 된 한자락 그늘이 되어 주었다. 어장을 하는 관계로 거간배며, 어장배를 짓는데 장 목수를 믿음성 있게 소개해 주었다.

"인자, 어르신께서 망여섬 생활을 그만둘 때가 되지 않았습니까요?"

"수혁이 더러 물살이 더 센 곳에 심을 장말을 구해오라고 했응께, 그때가면 힘이 부치기도 할 것이고……."

"지금 있는 어장자리도 물살이 쎈디 더 물 밖으로 나갈라고라우?"

채종은 조심스럽게 술잔을 쳐올렸다. 두해 전 어장막이 장말을 새로 갈 때 일을 해준 적이 있어 물살의 세기와 바다의 깊이를 알고도 남았다.

"여건만 주어진다면 물 밖으로 더 나가야제. 바다 밑까지 훑어가는 대구리선이 나타나고, 어족자원은 그만큼 고갈되어 가지 않는감."

"그건 맞는 말이구만요. 아따, 그녀러 쌩끌이 대구리선. 인정사정없습디다. 그러다가는 고기씨를 말리겠습디다."

학재가 거들었다. 부산을 한번 다녀오는데, 시커먼 배가 사정없이 바다를 훑어 내리고 있었다.

"장차 대책 없이 무분별하게 고기를 남획하다가는 모두가 빈곤을 면치 못 할 거야."

친정아버지는 장 목수에게 술잔을 건넸다.

"아버님, 썰물이 지겠습니다."

"그러냐. 내남없이 태풍으로 농작물이 말이 아니다만, 이삭 줍는다는 생각으로 거두어 들이거라."

친정아버지는 자리에서 일어나며 종부네의 어깨를 두드리듯 말하였다.

"그래야지라우."

종부네는 시큰해 오는 콧날을 감추려는 듯이 새참거리를 챙겼다. 채종과 학재는 장 목수가 손으로 짚는 배 한척분의 널판자를 감탕나무께로 옮겼다. 최씨도 톱날을 나무등치에 박아놓은 채 거들었고, 친정아버지를 따라온 거북이도 한 몫 하였다. 널판자와 부속물을 다 실었을 때는 두 걸음 짬만큼 썰물이 나가고 있었다.

"수고들 했네. 그리고 장 목수 자네는 내년 봄에 배를 묻어줘. 내 사위 생각하고 오래오래 탈 수 있게 말이여."

"여부가 있습니까요. 천천히 썰물 따라 가십시오."

장 목수와 채종, 그리고 학재는 흥건히 배인 땀을 씻기 위해 바닷물을 수건에 찍어 등허리를 훔쳐냈다. 배는 어느새 할미섬을 돌아나가고 있었다.

최씨가 나무를 다 켜 내리고, 채종과 학재가 나무등치뿌리를 캐내어 김 도마로 장만하고 났을 때는 김발을 이식해야만 하였다. 다행스럽게도 태풍에 젓 담듯 하였는데도 김포자가 잘 붙어 한시름 놓게 하였다.

"하늘이 다 내려다 보신거라."

나들이 양지쪽 잔디밭에서 물때를 기다리는 사람들은 한결 밝은 표정들이었다.

"나는 꿀쩍 때문에 볏가리를 좀 해야겠어."

제일 늦게 채식밭을 막은 성수가 헛웃음을 쳤다.

"대섬목 것만 한 이틀 볏가리하면 되겠든만, 뭘 우는소리 해쌌소."

귀머거리 만식이가 곁에서 핀잔을 주었다.

"저 사람은 뒤늦게 울어싸니께. 가을걷이 할 것도 없고, 김발이나 잘 막아보드라고."

사람들은 자리를 차고 일어나 바다로 나갔다. 미리 심지를 가려 뽑아 배정된 자리에다 썰물을 이용하여 김발을 펼치고 도르래를 이용하여 팽팽하게 잡아맸다. 어영차, 어영차, 소리가 바다에 울려 퍼지고, 등허리에 땀이 맺혀 흘렀다. 이식발은 열두 칸 살이로 엮은 김발을 두 대 이은 양끝머리에 장말 두개씩을 꽂아 잡아맨 다음 칸살이마다 장말을 꽂고 밀물과 썰물에 잘 뜨게끔 두발 길이의 새끼줄로 앞날과 뒷날을 균형 있게 잡아맸다. 제비를 뽑은 대로 배가 자유로이 드나들 수 있도록 수로를 내고, 밀물과 썰물의 흐름을 거슬리지 않게 하기 위해 잘 정돈되고 손질한 과수원처럼 질서가 확연하였다.

학재와 채종이 종부네 김발까지 다 막고 났을 때, 기어코 학재의 심사를 뒤틀리게 하는 비극이 벌어졌다. 밤낮으로 울어 쌌던 갓난아기가 숨을 거둔 것이다. 예분례가 지쳐 쓰러져 잠든 사이 아기울음소리가 끊어졌다. 예분례는 그것도 모르고 잠속에 깊이 갈아 떨어졌고, 도암네는 아기가 울거나말거나 관심 밖이었는지라 전혀 예감을 하지 못하였다. 학재는 아예 현오와 재문과 어울려 지내는 까닭에 오후 참에야 그 소식을 들었다. 시원하기도 하고, 착잡하기도 한 가운데 그래도 충격이었다.

한 생명이, 그것도 자신의 피를 품 받고 태어난 생명이 이름 석자도 받아보지 못하고 죽었다는 것, 무어라 형용할 수가 없었다. 한마디로 얄궂었다. 가버리자. 이 절망스러운 곳으로부터 탈출을 시도하자. 학재는 더 이상 망설이지 않고 지원입대를 하였다. 누가 붙들까보아, 어머니의 놀람과 주위사람들의 충격을 생각하여 아무도 모르게 한밤을 이용하여 채종이 더러 갠바우께까지 배로 실어달라고 하였다. 현오와 재문에게도 비밀로 하였다.

"한 번 더 깊이 생각해 봐라."

"아니라우. 내 마음은 변함없어요. 내 편지할 때까지 아무에게도 말하지 마시요. 현오와 재문이에게도 부산 간다하더라고 말하시오."

학재는 달빛이 일렁이는 바다를 내려다보았다. 한 번도 마을을 향하여 고개를 들지 않았다.

3

"계시요?"

문밖에서 가만한 소리가 들렸다. 아낙네들이 이제 막 담배연기 속에서 수다를 떨다 돌아간 뒤였다.

"누구시게라우?"

종부네는 때 없이 긴장하였다.

"제수씨, 나요."

"이 밤중에 무슨 일이다요?"

한귀재가 느닷없이 이 깊은 밤 예고 없이 찾아오다니. 종부네는 본능적으로 바깥을 살폈다.

"오래 앉아있을 수는 없고, 이번 선거 아시겠지요? 어디다 표를 찍어야 한다는 거."

"그 땜새 오셨소?"

종부네는 긴장이 풀리며 속으로 실쭉한 웃음을 지었다.

"혹시나 염려가 되어서요. 이번 선거를 통해 민의가 올곧이 전달되어야 하고, 독재자가 물러나야지요."

"그게 어디 쉽겠소. 벌써부터 하나마나한 선거라고 해쌌는디."

"그럴수록 단 한 표라도 민의를 살려야지요. 관권, 금권이 온통 흙탕물을 일으켜 선거운동마저 이렇게 도둑 살쾡이처럼 야밤에 월장 넘듯 다니는 신세고보니 참으로 슬프고 분노스럽기 짝이 없소마는 이번에는 단연코 썩은 정치를 갈아치워야 해요."

"내 표는 염려 마시오. 안 그래도 이장이 넌즈시 으름장을 놓습디다만."

"참, 한심지경이요. 가는 곳마다 공포 분위기로 휩싸여 있으니……."

처음부터 선거는 창과 맨손의 대결구도였다. 그래도 한 가지 희망은 민심의 동향이었다. 독재정권에 싫증을 느낀 국민들은 선거를 통하여 민심의 무서움을 내보이리라 기대하였다. 그런데 뜻밖에도 야당 대통령후보의 서거로 민심은 크게 동요하였다. 지난번 대통령 선거 때도 국민의 전폭적인 지지를 받았던 야당 대통령후보의 사망에 이어 충격이 아닐 수 없었다. 그 위에 노골적인 불법선거운동은 실망스러움을 넘어 개탄을 금치 못하였다. 전국적으로 자행된 타락선거운동은 시간이 흐를수록 공포의 분위기를 소성하였다.

"하나마나한 선거를 해서 뭣 할런지 모르겠소."

"망령든 늙은 정치가의 탐욕 아니겠소. 아무튼 마을 아낙네들에게 잘 좀 말해 주시요."

한귀재는 자리에서 일어나 소리 없이 대문을 나섰다. 그 뒷모습이 끊임없이 불의에 저항하는 순교자만 같았다. 한귀재는 일제 때부터 항거와 저항으로 살아온 사람이었다. 종부네는 자리에 누워 가만히 남편의 모습을 떠올렸다. 남편도 살아있다면 저렇듯 감시와 핍박을 받아가며 자신의 의지를, 흔들림 없는 자기만의 세계를 추구해 나가리라. 살아있는지, 죽었는지. 살아있다면 어느 곳에서 숨죽이고 있을까? 이미 땅속에 묻힌 영혼이라면 어느 구천을 떠돌까…….

자신도 모르게 한줄기 눈물이 볼을 타고 흘러 내렸다. 망각의 세월속에 가만히 묻혀버릴 법도 한데, 어찌하여 그 눈빛은 별빛처럼 다가오고, 그 콧날은 동산처럼 또렷이 보이고, 말없는 그 입술은 살아있음을 가슴에 심어주는 걸까. 종부네는 자지러지듯 한숨을 몰아쉬며 잠을 청하였다.

영등할미가 한바탕 비질을 하고 올라간 다음날은 새색시 옷고름처럼 완연한 봄날이었다. 따사로운 햇살이 마냥 졸음겹다는 듯 누렁이랄 놈이 토방마루 밑에서 팔자 좋게 늘어져 있었고, 수문께에서 들려오는 파도소리도 봄빛을 머금고 있었다. 채전 밭을 일구고 있는데, 삐죽갈네가 나들이옷으로 사뿐하게 차려입고 잰걸음으로 들어섰다.

"어디가려고?"

종부네는 허리를 폈다.

"횡허니 바람 좀 쏘이고 싶어서라우."

"봄바람이 드는가 보구만."

"아무리 젊은 청상이라고 문밖만 나서면 모두들 요상하게 바라보요이."

"시방 때가 그렇잖은가."

"나보다는 서방님 모시고 사는 여편네가 더 봄바람이 들었다 합디다.”

“누가?”

“그 소식을 아직 모른단 말이요?”

“모른께 묻지 않는가.”

“밤마다 떼과부들이 안방에 모여 숙덕공론을 벌임시러 시침 뚝 떼기는요.”

“오, 그 소문. 난 안 믿네. 도대체가 구색이 맞는 소리인가?”

“음마. 남녀의 치정에 높낮이가 어디 있다요?”

“그래도 뭐가 맞아야 하룻밤 짝이 되제.”

종부네는 삐죽갈네의 말을 부질없다는 듯 손사래를 쳤다. 아낙네들의 입에 오르내리는 소문이란 일제 때 순사 앞잡이 노릇을 한 조동을 두고 하는 말이었다. 조동은 일제 때 항일농민운동을 하던 이웃들을 염탐, 밀고하여 많은 사람들을 투옥시켰고, 그 공로로 위세가 당당한 위인이었다. 그 위에 염문도 심심찮게 뿌려 남의 집 아녀자를 강제로 겁탈하였는가 하면, 양가집 처녀까지 건드려 후실로 들여와 큰마누라와 한 지붕 아래에서 두 살림을 하고 있는 터였다. 해방이 되자 성난 섬사람들에 의해 톡톡히 단죄를 받았다. 육이오전쟁 전까지만 해도 똥물을 걸러 먹으며 죽은 듯 숨어 지내던 조동은 전쟁이 끝나자 교활한 턱놀림으로 잽싸게 이승만 정권에 빌붙어 반공투사로 자처하였다. 일제 때 항일농민운동을 하던 인사들이 전쟁을 거치면서 대부분 좌익인사로 분류되자 조동의 간사한 처세는 날로 견고해졌다. 면내 유지뿐만 아니라 읍내에서도 빳빳하게 행세하면서 일세 때 거늘먹거리던 행동을 다시금 내보였다. 사람들은 조동의 친일행적과 현재의 양심 없는 행동을 속으로 나무라고 비웃으면서도 맞대놓고 멱살잡이를 못하였다.

“이놈의 시상이 어떻게 돼먹은 거여? 저런 쓰레기 같은 작자가 유지랍시고 세도를 부리니."

일제 때 조동으로부터 감시와 핍박을 받았던 항일농민운동가의 자식들은 분노로 몸을 떨었다. 자신들은 빨갱이 자식들로 낙인 찍혀 죄인 아닌 죄인의 멍에를 둘러쓰고서 사회적인 냉대와 고통을 받는데, 일제의 앞잡이였던 조동은 채찍을 들고서 냉소를 흘리다니.

조동의 행동반경은 거기에 머물지 않았다. 여색을 탐하던 전력을 내보이기 시작하였다. 똥물까지 먹은 주제에 양기는 되살아나 몇몇 반반한 여인네들을 강제로 욕보였다는 소문이 쉬쉬하는 가운데 떠돌았다. 삐죽갈네가 말한 이번 소문도 그런 유형이었는데, 그 성질이 약간 달랐다. 충격적이라고나 할까, 해석하기에 따라서는 도저히 상식 밖의 소문이었다.

재 너머 조준은 조동과는 육촌이었지만 일찍부터 두 집안이 담을 쌓고 살았다. 조준은 조동과는 달리 어려서 할아버지로부터 한학을 익힌 터여서 가난스레 농사를 짓고 살았지만 카랑한 정신이 깃들어 있었다. 그 같은 올곧은 정신은 일제에 항거하였고, 항일농민운동에 적극적으로 가담하였다. 그로인하여 일본경찰에 검거되어 고문을 받던 중 척추 신경이 마비가 되어 반신불수로 풀려났다. 조동의 밀고 때문이었다. 두 집안은 그때부터 왕래가 없었고, 철천지 원수지간이 되었다. 친척간의 그 어떤 경사나 모임자리에서도 얼굴을 마주 대하지 않았다.

그런데 조동과 조준의 마누라가 보통 사이가 아니라는 것이었다. 엄연히 따지자면 제수씨가 되는데, 두 사람이 만나는 현장을 목격한 사람이 하나 둘 아니었다. 어떻게 그런 일이 벌어질 수 있을까? 사람들은 하나같이 반신반의 하였지만 소문은 더욱 사실적으로 입에서 입으로 나돌았다.

"조동 그 작자, 은근히 쌀말이나 보태준답시고 제수를 넘봤다 안하요. 충분히 그러고도 남을 위인이요."

"조동은 그렇다치고, 그 여편네 경우가 똑뿌러지게 바른디, 세상의 웃음거리가 될 그런 낯 뜨거운 일을 저질렀겠는가."

종부네는 어디까지나 뜬소문으로 비질하였다. 재 너머 그녀의 밭머리에 종가의 시제답이 있어 누구보다도 그녀의 성정을 잘 알고 있었다.

"성님, 아니어라우. 봇둑하고 지집하고는 한번 물길을 트면 주체할 수 없다 안합디요."

"사실이 그렇다면 천벌을 받을 일이네. 조동에 의해 빙신이 되어 시난고난 앓다 죽은 남편이 용서하지 않을 것이고, 시상의 인심이 가만히 놔두지 않을 것이네."

"조동이 그 위인부터 사지를 찢어 네거리에 매달아야 쓸것이요. 그런디 어디 그러요. 선거철이 된께 조동이 더욱 기승을 부리지 않소. 숭어가 뛰면 망둥이가 뛴다고, 덩달아 판봉이 애비까지 어깨를 들썩이고라우."

"시상이 꺼꾸로 돌아가는가 보네."

"간밤에 성님 집에도 누가 왔지라우?"

"오긴 누가 와?"

"시침 뗀다고 모를 일인가요? 새벽같이 소문이 쫙 퍼졌는디."

"무서운 일이네."

"성님 같은 사람들은 이번에 요주의 인물들이 아니요. 철저히 감시당하고 있잖은가배요. 어쩌면 이번에도 투표용지가 안 나올지 모르요."

"내 한 표가 뭐 그리 귀숭할라는가. 얼마든지 즈그 맘대로 부정한 짓을 할텐디."

종부네는 아직까지 투표를 해본 적이 없었다. 투표소까지 감시의 눈초리가 따라와 마음에 드는 입후보자를 찍을 수도 없거니와 아예 투표자 명단에서 제외되었다.

"성님, 갔다 올라요. 갈만한 곳이라야 만만한 친정이지만."

삐죽갈네는 사뿐한 걸음걸이로 대문을 나섰다. 종부네는 다시금 호
미를 들었다. 추위에서 풀려난 땅은 부드럽고 촉촉하였다.

선거가 한 달 남짓 다가왔을 때, 지난번 태풍으로 갈라터진 원뚝 보
수공사가 본격적으로 시작되었다. 늦장을 부린 선심용 공사임에는 틀
림없었으나, 새로운 활력을 주었다. 하루 품삯이 수월찮았기 때문이었
다. 비석거리 너머에서 채석을 하기 위해 해질녘이면 다이너마이트가
어김없이 터지고, 목도꾼들이 비지땀을 흘리며 돌을 운반하였다. 석공
들은 날라 온 돌을 아귀를 맞추어 가며 쌓아 올렸다. 지게꾼들은 자갈
이며, 흙을 부지런히 져다 날랐다. 부녀자들도 머릿짐을 이고 날랐다.

종부네와 삐죽갈네도 예외는 아니었다. 두 사람은 다른 아낙네들과
는 달리 대접을 받았다. 종부네는 감독하는 사람들의 술을 제공하였고,
삐죽갈네는 술안주를 장만하였다. 머릿짐을 이고 나르는 대신 술동이
를 이고 나르는 것으로 하루 품삯을 산정하였다. 다른 아낙네들 보기
미안하여 두서너 번 자갈을 이고 날랐다.

"현장 감독이 자네를 은근히 좋아하는 눈치데."

"아이구메, 내가 시집을 갈라했으면 공사판에 굴러다니는 사람을 생
각하것소?"

"자네가 그만큼 젊고 이쁘다는 것 아니겠는가. 우리들이야 호박꽃
아닌감."

"하긴, 그 덕분에 우리 집 무너진 담벼락을 야무치게 쌓아 줍디다
만."

삐죽갈네는 아낙네들의 농담을 즐거운 눈빛으로 받아 넘겼다. 마을

사람들은 눈만 뜨면 공사판에 나와 하루 품을 팔았다. 이천네 어멈까지도 사부작사부작 자갈을 모으며 날품을 팔았는데, 단연 공사판에서 돈보인 사람은 힘 좋은 채종이와 눈썰미 있는 밤생이 당숙이었다.

> ─어영차, 어영차
> 이 돌을 날라다
> 밑자리를 잡고
> 어영차, 어영차

채종은 목도꾼으로 일머리를 휘어잡았고, 밤생이 당숙은 구들장 놓는 솜씨를 발휘하여 석축을 빈틈없이 쌓아 올렸다. 현장감독도 아귀를 맞추어 쌓아 나가는 밤생이 당숙의 일솜씨에 절로 감탄하였다.

"나하고 일을 하면 어떻겠소?"

"난 방구들 놓는 사람이여. 만 사람이 따습게 지닐 수 있는 일과 공사판과는 그 품격이 다른게."

밤생이 당숙은 끙, 모두심을 주었다. 자신의 일에 무척이나 긍지를 지니고 있었다.

"저기, 삐죽갈네 말이요. 홀아비인 나한테 중매 좀 서 주겠소?"

"에끼, 이 사람. 우리 마을 아낙네들은 정절을 으뜸으로 한다는 걸 모르는가?"

밤생이 당숙은 현장감독의 흑심을 나무랐다. 현장감독은 그러거나 말거나 술안주를 장반하여 머리에 이고 오는 삐죽갈네를 황홀하게 바라보았다.

성두 아제는 장배 덕을 톡톡히 보았다. 약낭골 등지에서 석축에 쓰일 돌을 밀물에 맞추어 실어 날렸다. 귀머거리 만식이와 사당패로 전전

하다가 도암네 머슴으로 들어앉은 무턱이가 함마를 을러메고 약낭골과
숫돌바위 바닷가에서 바윗돌을 깨뜨렸다.

"아, 썩돌을 가려야제. 백년대계로 견고하게 쌓아올릴 원뚝을 썩돌
로 쌓아서야 되겠는가?"

"바닷물 묵은 돌이 다 그렇제요."

"무턱이 자네가 무얼 안다고 말대꾸여?"

"그럼, 요런 돌만 골라 실을까요?"

"이 사람아, 배 녀장 부려. 안 그래도 돈 몇 푼 벌어 묵자고 배 옆
구리 다 상하는 판인디."

"돈 벌어 새로 묻으면 될 것 아니요."

"배 한척 짓기가 자네 불알 만지듯 하는 줄 아는가?"

"성두 아제 성깔 돋우지 말고 함마질이나 똑바로 하여."

만식이는 돌 깨는 일은 자기가 다한다는 듯 기운차게 함마질을 하였
다. 어쨌거나, 성두 아제는 즐거웠다. 돌을 한배 부리고 나면 남들보다
몇 배 돈을 벌기 때문이었다.

함지박에 자갈이며, 흙을 이고 날리는 아낙네들은 눈치껏 하느작하
느작 방앗간의 참새들처럼 온갖 잡담을 풀어대며 하루해만 채우면 된
다는 식으로 일을 하였다.

"선거가 다가온께 조동이와 판봉이 아범 살판 났드구만. 우쭐거리며
노골적으로 집집마다 선거운동을 하며 감시까지 하니, 원."

"원산네 성님까지 감시를 한담시러."

"미친 작자들이제. 투표권이나 주면서 그라면 덜 밉제."

"조동이란 작자 소위 유지랍시고 거들먹거리며 제수 밑구멍까지 뒤
지고, 참 가관이 아닐세."

"그 작자가 무슨 사람이랑가. 보소마는 죗값을 치를 걸세."

"그래도 돈있응께 자식들 공부 시키지 않는가."

아낙네들은 쉬엄쉬엄 담배 추렴을 곁들였다. 마을에서 장 목수만 울력에 동원되지 않았다. 배를 묻으러 바깥을 나돌아 다니기 때문이었다. 장 목수 마누라 역시 거울 앞에 앉아 귀밑 솜털이나 뽑으며 소일하였다. 장 목수는 집에 돌아오면 뒷짐을 진 채 원뚝에 나와 참견을 하였다.

"자네가 배나 지을 줄 알았제 뭘 안다고 시엄씨 노릇인가?"

밤생이 당숙은 가당찮다는 듯 퇴박을 놓았다.

"내가 먹줄 하나는 제대로 튕기는 사람이오. 저그 돌뿌리가 밖으로 비어져 나오질 않았소. 내 말이 틀렸으면 먹줄로 한번 튕겨 보시요."

"그렇게 눈에 거슬리거든 자네가 대패로 밀면 될 게 아닌가."

"허허, 암만해도 장 목수께서 이겨낼 수 없을 것 같으요."

현장감독은 장 목수에게 술잔을 안기며 두 사람의 입씨름을 재미있어 하였다. 현장감독은 장 목수 마누라가 뽀얗게 화장을 하고 나긋이 스쳐 지나칠 때마다 장 목수, 마누라 하나 일색을 얻었다고 속으로 마른침을 삼켰다.

"축대를 구들장 놓듯 하는디, 구들장이야 다소 튀어나온다 할지라도 흙손질로 감출 수 있지만 돌 쌓는 것은 어디 그럴 수 있소?"

"아니, 이것이 대패로 다듬는 널판자인가? 모서리가 있어야 파도소리도 운치가 있는 법이여."

밤생이 당숙도 허리를 펴며 술잔을 나꾸어 챘다.

"제대로 된 석수쟁이라면 그런 말로 변명은 하지 않을 것이요."

"자, 보게. 뭐가 불만스러운가. 얼굴 뺀드름한 지집은 일녀가 놋되어도 곰보 마누라는 열녀문을 세운다고 하였네."

"아따, 입씨름 그만하고 이 돌이나 제대로 맞추시오."

한우균은 밤생이 당숙의 말이 자칫 장 목수 마누라를 빗대어 하는 것 같아 말막음을 하였다.

"맞아요. 내일 군(郡)에서 시찰반들이 온다고 했어요. 각계각층의 인사들이 이것저것 물을 테니께 눈에 밟히는 데가 없도록 힘써야겠소."

현장감독은 한차례 술잔이 돌아가자 일을 독려하였다. 성두 아제를 비롯하여 배로 돌을 실어 날리는 사람들은 이물이 잠방잠방할 정도로 돌을 실어오고, 목도꾼들은 어영차, 어영차, 앞사람 뒷사람 발을 맞추며 이마에 땀방울을 매달았다. 아낙네들도 부지런을 떨었다.

다음날, 정오가 가까울 무렵 날렵한 경비정 한척이 고동을 울리며 선창가에 닿았다. 군에서 나온 시찰반들이 내렸다.

"어따, 많이도 오네."

"묵을 것 없는 잔칫집에 거렁뱅이 들끓는다고, 무슨 생색을 내겠다고 떼거리로 온당가."

아낙네들은 실눈을 감추었다. 군수를 비롯하여 입으로 먹고 사는 정당인들, 군내 유지들, 기관장들이었다. 그 가운데 이상석도 끼어 있었다. 이상석을 발견한 종부네는 의외의 표정을 지었다. 감옥에서 풀려나와 문 밖 출입을 삼가하고 있다고 들은 터였다. 한귀재의 말로는 감시의 눈초리가 많아 행동을 마음대로 할 수 없을 뿐더러 사람들의 발길이 뜸하다고 하였다.

면장은 긴장한 얼굴로 시찰반들에게 일의 진척을 장황하게 설명하였다. 군수가 잠시 일손을 멈춘 사람들에게 정부에서 특별히 예산을 편성한 만큼 피해복구에 열심으로 심혈을 기울여 줄 것을 당부하였다. 다분히 선거를 의식한 선심용 발언이었다.

"당연히 피해복구를 해주는 게 정부의 일인디, 무슨 공치사 같은 말을 쏟아낸디야?"

"원래 그런 것 아닌가. 자네는 아무 소리 말고 염소나 한 마리 잡으소."

임 서기가 불만스레 말하는 채종을 일으켜 세웠다. 채종은 현오와 함께 원산네 염소를 흥정하러 갔다. 재문이 재빨리 뒤를 따랐다.

"씨부랄, 우리들 혈세로 피해복구를 해주면서 마치 즈그들이 선심 쓰는 것처럼 말하는 꼴이라니."

"이번에는 선거 결과가 확 뒤집어져야 할디."

현오 말에 재문이 한술 더 떴다.

"그게 어디 우리 소원대로 될 성싶으냐? 온갖 지랄들을 다부리는디."

"이상석씨는 어째서 그 속에 끼어 있제?"

"야당인사로 온 것이겠제."

"그렇다면 다소 이해가 가기도 하고……."

"그 당숙이 설마 변절이라도 했을까 싶어서?"

채종은 면박을 주듯 말하였다. 저런 자리에 기피인물로 낙인 찍힌 사람이 어울렸다면 무언가 속내가 있을 터였다.

"참, 학재가 소식 전했습디다."

"제대로 군대생활이나 잘하는지 모르겠다."

"학재보다는 예분례가 더 문제요."

"왜야? 독수공방이어서?"

채종은 현오의 말에 별스런 소리를 한다 싶었다.

"학재 어무니도 며느리에 대해 탐탁지 않게 여기고, 예분례도 시집살이를 제대로 적응하지 못한 듯 하요."

"그거사 다 아는 사실 아니여. 결과가 그럴 줄 뻔히 알면서 뭐하러 연애질은 하고 결혼이여? 느그들 선구자가 말씀이 아니다."

"아따, 형님은 요상하게 빗대요이."

재문이 얼른 받아넘겼다. 그렇잖아도 현오와 자숙의 연애사건이 수

면위로 떠올라 난감한 처지였다.

"느그들, 제발 현재도 미래도 말썽이 없어야 할 것이다."

채종은 원산네 밭둑머리에 매어 있는 염소 고삐를 나꾸어 챘다.

"그놈, 토실하다."

"다른 때보다 값을 더 쳐주어야 할 것이요."

"임 서기가 알아서 하것제."

세 사람이 염소를 잡아들고 현장에 내려갔을 때는 모래사장에 차일이 처지고, 시찰반들이 죽 둘러앉아 환담을 나누고 있었다. 이상석만은 지그시 눈을 감은 채 생각에 잠겨 있었다. 한장서와 한민서의 모습이 눈앞에 다가와 가슴을 짓눌렀다. 수문께에서 문저리를 낚아 올리는 한장서의 웃음 핀 얼굴에 이어 한민서의 수려한 모습이 마음을 아리게 하였다. 다들 어디 갔는가?

"이 위원장님께서는 모래사장에서 씨름을 잡고 싶은가 보지요?"

곁에 앉은 군청 박 과장이 생각을 일깨웠다.

"이제는 파도 속에 잠재운 젊은 날의 추억 아니겠소."

이상석은 침울한 목소리로 대꾸하였다. 예전의 당찬 목소리가 아니었다. 그 사이 술잔이 돌아가고, 김이 무럭이는 염소고기가 자리를 풍성하게 하였다.

"자, 듭시다. 이곳 염소야말로 약초를 뜯어먹고 자란 터라 천하의 별미요. 특히 정력제로서는 그만 아닌가요?"

군수가 잔을 들었다. 모든 사람들이 술잔을 들이켰다. 현장에서 일하던 사람들에게도 술잔이 돌아갔다.

"봄빛이 도는 모래사장에서 술잔을 들이키니 오랜만에 마음이 풍요롭구만. 선거 때문에 어떻게나 신경이 날카로운지……."

군수뿐만 아니라 모두들 파도가 실어오는 봄바람에 취하였다. 긴장을 풀지 못하던 면장도 술기운이 돌자 흔감한 얼굴이었다.

"오랜만에 뵙구만이라우."

임 서기가 이상석에게 가만히 술잔을 처올렸다.

"여전히 신색이 좋으시군. 주위의 벗들은 간 곳 없는데, 무심한 세월은 변함이 없으니⋯⋯."

이상석은 술잔을 받으며 새삼 세월의 무상함을 깨물었다.

"어쩔 때는 살아있는 것이 욕되지 않겠어요."

"그러게 말이네. 이제까지 세월이란 놈이 평정을 잃고 있어."

"이번 선거는 민심이 제대로 반영될 것 같습니까?"

"자네가 더 잘 알면서 그러는가? 하지만 민심은 하늘의 마음이라고, 땅속으로 가라앉지는 않을 걸세."

이상석은 불끈 주먹을 말아 쥐었다. 장기집권의 도구로 떨어진 정치노름은 인간의 절대가치인 기본권을 사장시키고자 한다. 노회한 지도자는 어느덧 민주주의를 사탕발림하며 독재자로 군림하였다. 이상석은 거기에 분노하였다. 분단의 아픔과 전쟁의 상흔을 딛고 국민을 위한 정부를 실현해야 하는데 노회한 술수로 국민을 기만하다니.

시찰반들이 어지간히 취흥에 젖었을 때 조동이 나타났다. 일하던 사람들이 반갑지 않은 얼굴로 자리에서 일어나 일손을 휘어잡았다. 이상석은 눈살을 찌푸리며 외면하였다. 조동은 그러거나 말거나 군수에게 귓속말을 주고받으며 술잔을 주고받았다. 경비정이 고동을 울렸다. 시찰반들이 술잔을 거두고 일어났다. 이상석은 따로 떨어져 그들과 동행하지 않았다. 경비정이 시찰반들을 싣고 선창을 돌아나가자 이상석은 종부네 집을 들어섰다. 아무도 없었다. 이상석은 조용히 마루에 걸터앉았다.

한민서는 어디로 갔을까? 죽었는가, 살았는가? 어느 노선에도 치우

치지 않았던 올곧은 선비정신이 한민서를 더욱 궁지로 몰아넣었다. 유학의 길로 진즉 나섰더라면 좋았을 것을. 이제 한민서는 유령 같은 존재로 가족들의 머리위에 떠돌아다니며 구제 받을 수 없는 죄인으로 분류되었다. 역사의 모순은 도대체 어디에서 비롯되는 것인가?

"시숙님 오신걸 알면서도 아까는 눈들이 있어 인사를 못 드렸구만이라우."

종부네가 빈 대소쿠리를 들고 들어섰다. 이상석이 대문을 들어서는 것을 보고 일이 끝나기만을 기다렸다.

"제수씨, 고생이 많지요?"

"저야, 크는 아이들 바라보는 재미로 살지라우."

종부네는 간단하게 술상을 차려왔다. 이상석은 혼자 술을 들자니 더욱 마음이 허전하고 쓸쓸하였다.

"모래사장에서 마시던 술이 제수씨가 빚은 술이란 걸 금방 알았지요. 어쩔 수 없이 정치판에 들어서고 보니 시정잡배들만도 못한 무리들과 어울리지 않을 수 없소. 물위에 기름 같은 존재지만."

"나라를 위하는 길이 아닌감요."

"이번에는 세상이 바뀌어야 할 텐데, 절망이요."

"정권이 바뀌면 금방이라도 난리가 날 것처럼 눈들을 부라리는디 절망일 수밖에요."

"국민 무서운 줄 알아야 해요. 제수씨도 이번에는 어떠한 일이 있더라도 선거에 참가해야 합니다."

"그렇긴 하요만……."

종부네는 어디까지나 회의적이었다. 보나마나 아예 투표용지도 돌리지 않을 터였다.

"내가 왜 정치일선에 나선지 아십니까? 먼저 간 동지들의 숭고한 뜻을 저버릴 수 없어서입니다. 산자는 싸워야 해요. 죽은 자들은 자신들의 몫을 산자에게 부여한 겁니다. 그게 역사의 순환이요."

이상석의 말속에는 취기가 배어 있었다.

"시숙님 동생은 죽었을까요, 살아있을까요?"

종부네는 진지한 얼굴로 물었다. 정말 오랜만에 꺼내보는 남편의 실체였다. 발이 부르트도록 용한 점쟁이를 찾아다닌 것도 오래전에 꺼진 불씨였다.

"저는 두 가지 길 가운데 떠밀리듯 한길을 택하였을 것으로 믿습니다."

"……두 가지 길이라면요?"

"첫째는 유치산에서 그곳 동지들과 지리산을 거쳐 북으로 넘어갔을 것으로 짐작되나, 그 길은 살아 넘어갈 확률이 매우 희박하다는 당시의 분석이요. 하지만 동생은 죽지 않았을 것이라는 믿음이 듭니다. 일종의 예감이랄까. 둘째는 통영의 친구를 찾아갔을지도 모릅니다. 그 친구를 만나지 못하였다면 또 다른 변신을 꾀했을 것입니다. 어느 길을 택하였느냐, 그게 문제인데 나로서는 도무지 확신이 서지 않아요."

"어째서 죽음을 떠올리지 않는지요? 자살도 생각할 수 있잖은가라우."

"동생은 끝까지 살아남아야 합니다. 너무나 일방적이고 터무니없는 전쟁의 희생양이에요."

"전향하는 사람도 많다고 들었소만……."

종부네는 예분례 아버지가 느닷없이 무슨 큰 비밀이나 된 것처럼 귓속말로 서울 한복판에서 한민서를 보았다는 것이었다. 모자를 깊숙이 눌러 썼지만 틀림없이 한민서여서 뒤쫓아 갔더니 어느 사이 사람들 속에 묻혀 행방을 알 수 없었다고 하였다. 신기루 현상이라고, 얼마나 닮은 사람이 많으냐고, 일축해 버렸지만 그 말이 가슴에 채였다.

"동생의 성격상 전향은 하지 않았을 것이오. 그렇게 되면 더욱 자신의 죄과를 인정하는 꼴이 되니까요. 솔직히 말해서 일선에 섰던 우리들보다 확고한 사상을 지녔던 게 사실입니다. 그러기에 끝까지 중용을 지키려 하였고, 그 치우침 없는 사상은 이쪽저쪽을 헤아려 넘나들게 되었고, 보기에 따라서는 오해의 소지도 있었으나, 그 오해는 잘못 감정에 휩쓸린 무지에서 비롯된 것이었어요. 한곳으로 경도되어 휩쓸린 우리들과는 성질이 다른 자기 확립이자, 세계였어요. 동서를, 좌와 우를 꿰뚫지 않고서는 진정한 통일은 기대하기 어렵다고 판단하였을 때, 동생의 사상과 의지는 함부로 논할 수 없는 그 무엇이오."

"남과 북이 총칼을 들이대고, 서로간에 파당의 울타리를 치고 으르렁거리는디 그러한 사상이 무슨 소용이겠는가요. 아무리 매슬러 봐도 설 땅이 없었겠제……."

"그러기에 동생은 살아 있어야 합니다. 미라처럼 일어서서 자기 공간을 확보하고 자기 입지의 정당성을 드러내야 합니다. 언제까지 남과 북이 첨예하게 대치하는 속에서 정치이데올로기를 앞세우고 정쟁만 일삼을 게 아니라 통일의 대동단결을 일구어야 합니다. 반공을 앞세운 통일론이라든가, 무력적화 야욕은 한갓 정치노름에 지나지 않아요."

"금메요. 누가 죄인이고, 어느 쪽이 밝은 시상을 이끄는지 모르겠네요."

종부네는 이상석의 폭포수 같은 말들을 이해하기 어려웠다. 이상석은 종부네가 남편의 사상을 이해하고 받아들였으리라고는 기대하지 않았다. 종부네로서는 남편의 존재가 너무 높은 거리여서 그저 올려다보았을 것이다. 다만 자신의 답답한 가슴을 풀어 던졌다. 세상이 점점 부패한 타락현상으로 흘러가지 않느냐.

"여기 계신 줄 알았구만이라우."

한우균은 목에 두른 수건으로 이마의 땀을 훔치며 들어섰다. 채종과 현오, 재문이가 그 뒤를 따라 들어왔다.

"허허, 내가 선거 운동하러 온 줄을 아는구만. 그러다 눈 밖에 나면 어떻게 하려는가?"

이상석은 그들의 출현으로 마음이 출렁거렸다.

"우리들이야 고정표니께요. 생각보다 건강하시요."

"잡범들과는 달리 나 같은 사상범과 정치범들은 고문은 받았지만 생각할 시간적 여유가 많아 스스로 몸도 단련하고 독서도 할 수 있어 몸과 정신이 살쪘다고나 할까."

"현실적으로 정치일선에 나선다는 게 어려울 텐데 큰 용단을 내렸습니다. 야당인사들을 무조건 적색으로 보려하니, 원."

한우균은 술잔을 처올렸다. 채종과 현오가 염소를 잡을 때 한편으로 제쳐 놓았던 내장을 솜씨껏 장만하여 가져왔다.

"이럴 때일수록 온몸으로 싸워야 하네. 세상이 보기 싫다고 숨어들거나 방관 자연하게 되면 더욱 횡포가 심해지고, 결국 그 피해는 국민이 입는 거네. 거, 안주가 좋구먼."

이상석은 시원스럽게 술잔을 비웠다. 오랜만에 뱃속이 훈훈하였다.

"확실히 씨름꾼다운 투사입니다."

"그게 어디 나만의 의지인가? 이 시대에 양심적으로 올바른 한 표의 권리를 행사하는 것도 투사적인 자기 의지네."

"허기사, 투표 한 장 제대로 찍기도 힘드요. 모르긴 몰라도 당숙과 술잔을 나눈 것을 알면 눈에 쌍심지를 켤 것이요."

"조카야 힘이 세서 누가 감히 멱살잡이를 할라고."

이상석은 웃음을 입가에 베어 물며 채종에게 술잔을 돌렸다.

"아닌 게 아니라 일제 때의 사찰 분위기와 너무도 같아 영 기분이 나지 않소. 이놈의 세상이 어디까지 갈라는지……."

"시방 이 정권에 빌붙어 온갖 부정행위를 일삼는 작자들이 누구인가? 대부분 친일세력의 잔재들 아니면 거기에 물든 자들 아닌가. 반공 이데올로기를 앞세우고서 일제의 수법을 그대로 도용하지 않는가."

"국민들이 언제까지나 침묵을 지키고 살지는 않을텐디요. 동학혁명도 그랬고, 삼일만세 사건도 그랬잖소."

"그걸 알면 이따위 썩은 정치를 하겠는가?"

"시골에 묻혀 사는 우리들도 피부로 느끼고 있는디, 도시의 지식인들은 어떠하겠소."

"지식인들은 신념이 확고한 사람은 몰라도 대체로 허약체질이거나 보신주의 아니면 눈치밖에 모르네. 젊은이들이 일어서야 하네. 기대할 곳은 젊은이들밖에 없어."

"그래도 물꼬는 사회 지도층 인사들이 틀어야지라우."

"자네 말이 맞네. 양심이 올곧은 사람들이 도처에 있는 한 절망하지 말세나."

"당숙은 혁명을 꿈꾸고 있지 않는가요?"

"국민적 혁명은 모두의 갈망일세. 어쩌면 예고 없는 태풍처럼 현실로 다가올지 모르지 않는가."

"태풍은 무공이가 날굿이를 해야 옵디다."

"바로 선문답이네. 나뿐만 아니라 미쳐난 선무당들이 날굿이를 하고 있네. 이제 알겠는가?"

이상석은 재문의 투박한 말에 눈을 빛냈다. 이럴 때 한민서는 어떤 얼굴일까. 눈앞에 한민서가 다가왔다.

"이 집에서 구수한 냄새가 난다고 하였더니 진짜배기 술안주를 들고 있구만, 그랴."

장 목수가 시커먼 구레나룻을 매달고서 너털 들어섰다.

"냄새 하나는 귀신이요."

현오가 장 목수에게 술잔을 안겼다.

"야당투사께서 누구 욕보일라고 드러내놓고 선거운동이시요?"

"삼국지에서 유비가 장비를 어디서 만났는가?"

"이 구레나룻 땜새 나를 장비에 비유하다니요. 그러다 진짜 장판교에 서게 되면 내 신세가 어찌되지요?"

"그럴 위인이나 되면 얼마나 좋겠소."

"아니, 채종이 너 뭐라 했나?"

"뭘 그리 신경을 날카롭게 세우는가. 먹줄을 튕기듯 올곧게 세상을 사는 자네의 성정을 모를 사람은 없을 걸세."

이상석은 정겨움을 느꼈다. 풋풋하고 걸림이 없는 이런 사람들이 머리 맞대고 산다면 얼마나 좋을까. 명상이 학교에서 돌아오며 한우균에게 쪽지를 건네주었다.

"갑시다. 한귀재 형님께서 기다리고 계십니다."

"그런가? 제수씨, 나중에 뵙겠소."

이상석은 술잔을 거두었다. 한우균과 이상석이 대문을 나서자 장 목수와 채종이 일행은 남은 술독을 마저 비웠다.

4

선거일 전날 밤, 종부네는 한차례 시달림을 받았다. 초저녁 아낙네들이 모인 자리에 이장과 조동이 찾아와 판에 박은 장광설을 늘어놓으며 공포분위기를 조성하였다. 아낙네들은 달갑지 않은 얼굴로 담배연기를 내뱉었다.

"워따, 씨뱅. 겨우 술 한말 들여놓고 씨알도 먹히지 않는 사설이라니. 조동이 그 작자, 낯바닥 한번 두텁기가. 모래바닥에 쎄를 박고 죽어도 뭣할 위인이 기름기 번드레하게 군림하는 꼴이라니. 더구나 그 작자가 이 집에 올 자격이라도 있는 겐가?"

그들이 돌아가자 아낙네들은 이구동성으로 조동을 성토하였다.

"한마디로 인간 말자여."

"그런데도 조동이 세상 아닌가. 기가 막힌 노릇이제."

"자네는 투표권이 나왔는가?"

"내일 아침 이장이 분별해 나누어 주겠제."

"조동이나 판봉이 아범 미워서도 이번 선거는 달라져야 할 것인디. 난 기를 쓰고 투표할 것이네."

"암만 그래싸도 폴새 물 건너갔네."

아낙네들은 침울하게 이야기를 주고받다 돌아갔다. 여느 때보다 일찍 돌아간 셈이었다.

선거일, 원뚝 보수공사는 쉬었다. 객지에서 온 인부들은 화투장을 젖히며 느긋하게 보냈다. 일을 하지 않고도 하루 일당보다 더 많은 전표를 안겨준 즐거움을 그렇게들 풀었다. 종부네는 점심나절까지 도암네와 고추모종 자리를 손으로 다독여 일구었다.

"성님은 투표하러 안 갈라요?"

"하나마나 한 선거 내 한 표가 뭐 그리 중요할라든가."

"그래도 선거는 해야지라우."

"자네나 대표로 하고 오소."

도암네는 이상석이 신신당부하였지만 선거 자체를 아예 부정해 버렸다. 구지레하게 투표를 하느니 깨끗한 기권도 자존심을 세우는 일일 터였다. 종부네는 옷을 갈아입고 투표장으로 나갔다. 이장이 묘한 표정을 지으며 투표용지를 주었다. 투표장에는 한귀재와 조동이 각각 야당과 여당의 참관인으로 앉아 있었다. 누가 보아도 어울리지가 않았다. 투표를 마친 종부네는 조용히 투표장을 빠져 나왔다.

"붓 대궁이를 제대로 찍었는가라우?"

한우균이 종부네를 발견하고 다가와 가만한 소리로 물었다.

"분위기를 보아하니 정직하게 찍은들 무슨 소용이 닿겠소."

종부네는 토심스럽다는 듯 총총히 집으로 향하였다. 분위기가 살벌한 가운데 공개투표가 자행되고, 여기저기에서 술판이 벌어지는 꼬락서니가 마음을 우울하게 하였다. 공개투표를 하는 속에서 판봉이 아범과 눈이 마주쳤을 때 종부네는 소름이 오싹 돋았다. 판봉이 아범 또한 보지 못할 것을 본 듯 잔뜩 우거지상을 지었다. 꼴에 꼴값을 한다고, 망나니짓은 다 하는구랴. 종부네는 속으로 가래침을 타악 뱉었다.

사람들은 다음날로 선거 따위는 잊었다. 애당초 뻔한 결과를 가지고 눈과 귀를 모을 필요가 없었다. 원뚝 보수공사에 비지땀을 흘렸다.

"언제 적에 간척사업을 했는지 밑돌이 실하기가."

"일제 때 막았는디, 거기에는 기가 막힌 사연이 깃들어 있소."

"사연이라니요?"

현장감독은 밤생이 당숙의 말에 관심을 나타냈다.

"그전의 역사부터 알아야 할게요. 우리가 잘 알다시피 신라 장보고가 이십여 년 동안 해상왕국으로 위세를 펼치다가 몰락하자 이곳 주민들을 전라북도 김제로 강제 이주시켰소. 무주공산이 된 것이오. 그렇게 약 오백년 동안 사람이 살지 않고 버려져 있다가 조선조에 이르러서야 사람들이 들어와 산 게요. 여전히 섬지역의 주민이주를 금지하였지만."

고려가 망하자 숨을 곳을 찾아 들어온 사람, 떠돌이 낭인, 죄를 짓고 도망쳐온 사람, 본래 이곳에 뿌리를 내렸던 토박이들이 환고향하여 터전을 일구기 시작하였다.

"그러니께 세종 20년을 전후해서 해안지역의 행정. 군사적인 시설들이 확충되는 것과 때를 같이 하여 조선 초기의 지리지에 이곳 조약도(助藥島)는 약재가 특산물로 기록되어 있어 약재의 산지로 알려졌고, 중종 때는 왜구의 도래로 조약도 목장을 뭍으로 옮겼소. 임진왜란 때는 왜선들이 서해안으로 짓쳐들어 가는 해상로로 왜군과의 격전지로도 유명하오."

임진왜란이 끝나고 이 섬이 왕실에 귀속되어 궁장토(宮庄土)로 관장하게 되었는데, 인목대비가 사재를 털어 간척사업을 일으켜서 국가로부터 소유권을 인정받은 사비지(賜碑地)가 되었다. 그러다가 본궁(本宮)의 장토(庄土) 임에 틀림없다는 사실을 들어 소유권을 되돌려 받기에 이르렀고, 본궁의 별장터로, 임금의 교시를 받들어 궁내부에 문항을 완성하고, 본궁으로부터 또한 절목을 만들어 각항의 잡폐조목을 열거하니, 함부로 고기잡이 하는 것을 엄히 다스렸다. 소금과 선박세도 침범해서는 안 되며, 김과 약초 또한 함부로 체취하지 말도록 하였다.

한일합방을 전후로 일본이 강압적으로 그들의 위토(位土)로 삼았다가고종왕실의 관방(官房)에 섬 전체를 양도하고 주민조세를 왕실경비에 충당토록 하였다. 그리고 일제는 한술 더 떠서 왕실의 재정을 돕는다는 이유로 섬을 숙명여전더러 매도하도록 유도하고, 섬 주민들에게는 땅값으로 당시 3천6백 냥을 납부하라고 강제 조치하였다.

이에 주민들은 그 부당함을 시위하였다. 일제는 이들을 모두 징역형에 처하였다. 섬사람들은 어쩔 수없이 가가호호 돈을 거두어 두 사람의 대표로 하여금 한양까지 걸어 올라가 총독부에 납부하였다. 그 가운데 당시 사립학교 교장이 한양에서 돌아오다가 나주에서 과로로 쓰러져 병사하였다.

"섬사람들은 오열 속에 장례를 치르고 감옥에 갇힌 주민들을 석방하기 위해 간척지를 만들었소. 피땀으로 막은 개간답을 헐값으로 팔아 감옥 문을 열게 하였소. 다시 말하면 온전히 섬을 소유한 것이오."

"거, 참. 그러한 눈물겨운 사연과 역사가 숨 쉬고 있구만요."

"덕분에 자손들이 경작지를 늘릴 수 있어 지혜로운 보상이오만, 돌 하나하나마다 섬사람들의 땀과 눈물이 맺혀 있소."

"보수공사가 끝나면 그 같은 사실을 비문으로 남겨 세워사 쓰겠소. 어디를 가나 금방금방 망각을 잘 하니께요."

현장감독은 새삼 숨겨진 역사를 인식하였다. 비석거리 너머에서 다이너마이트가 터졌다. 귀청을 울리고 지축을 울렸다. 공중 높이 날아오른 돌덩이들이 우박처럼 바닷물에 떨어졌다.

"그라고본께 오늘도 하루가 갔네, 그려. 목도하기도 갈수록 고되구만."

채종은 밤생이 당숙 앞에 목도로 날라 온 돌을 부리며 이마의 땀을 훔쳤다. 어깻죽지는 말할 것도 없고, 허리며, 장딴지가 부어 올랐다. 현장서기가 전표를 끊어주기 위해 수문께에 나타났다. 아낙네들이 먼저 하루 일당인 전표를 받아들었다. 저녁을 지어야 하기 때문에 아낙네들을 배려한 것이다. 종부네도 보름 뒤에 계산될 전표를 받아들고 집으로 돌아왔다.

백상은 먼 여행에서 돌아온 사람처럼 후줄근한 모습으로 바위를 내리치는 함마 소리에 이끌려 바위등성이를 올라갔다. 다이너마이트로 바위를 깨뜨리기 위해 정으로 바위에 구멍을 뚫고 있었는데, 정을 내려치는 함마 소리가 시계 초침소리보다 더 규칙적이고 정교하였다. 웃통을 벗어부친 구릿빛 사내는 함마를 공중 높이 휘둘러 힘껏 내리치는데도 한 번도 빗나가지 않았다. 구경하는 백상이 오히려 가슴 저렸다. 자칫 빗나가기라도 하면 정을 붙들고 있는 사내의 손등이나 팔목을 사정없이 으깨버릴 것이었다.

"책가방을 들고 무슨 구경이냐?"

함마를 휘두르던 사내가 백상을 발견하고 한마디 하였다.

"눈망울은 초롱하게 생겼는디 공부에 취미가 없는가 보제. 이놈아, 배울 나이에 맘껏 배우거라. 우리같이 바위에 구멍이나 뚫는 신세가 되지 말고."

백상은 그들이 무어라 하건 말없이 지켜보았다. 사람은 저마다 사는 방법이 있구나. 나도 저렇게 땀 흘리며 사는 것도 괜찮으리라. 백상은 두 사람이 함마와 정을 교대로 얼러대는 모습을 한동안 지켜보다가 비석거리로 내려왔다. 한낮에도 음산한 기운이 떠도는지라 사람의 왕래가 적어 무념스레 보내기에는 좋았다. 초등학교 다닐 때도 치통처럼 아픔이 욱신거릴 때마다 진저리를 치며 이곳에서 외로움을 짓씹었다.

어떻게 그럴 수 있는가? 다른 고통은 다 삭일 수 있지만 그 일만은 이해할 수도, 받아들일 수도 없었다. 분노가 이런 것인가? 백상은 용서할 수 없는 모순에 신음하며 여기까지 떠밀려 왔다. 미술시간에 해를 하얗게 그리는데서 자신의 비애를 드러냈지만, 그 같은 절망과 수모는 이번 사건에 비하면 아무 것도 아니었다. 빨갱이 자식. 그 한마디는 백상을 아득한 낭떠러지 아래로 밀어 던졌다. 그러기에 백상은 빨간색에 대한 거부감이 지배하였고, 모든 의식에서 붉은색은 철저하게 배제되었다. 가장 빛나는 태양마저도 하얀색으로 칠하였다. 하얀색이야말로 가장 강렬한 색채라고 자위하였다.

그런데 이번 새 학기, 백상은 그 어떤 수모와 절망에 비교할 수 없는 참담함을 맛보았다. 선거에 의해 당당히 반장으로 선출되었는데, 담임 선생님의 뒤늦은 개입과 강권으로 다른 아이가 임명되었다. 반 아이들은 담임선생님의 처사를 이해할 수 없어 하였다.

"공부도 제대로 못하는 자식이 어떻게 반장이 되냐? 순전히 뱃살이 뒤룩한 즈그 아부지 빽이지."

백상은 반 아이들의 동정어린 시선을 뒤로하고 교문을 나섰다. 뻥 뚫린 가슴은 허공중에 피를 뿌리며 낭떠러지 아래 짙푸른 바다로 떨어지던 전쟁의 희생자들의 모습으로 메워졌다. 아이들이 빨갱이 자식이라고 놀려대면 구르는 바윗돌처럼 돌진하였고, 가위 눌린 듯한 주위의 시선을 이겨내기 위해 학업에 매달렸다. 그 모든 설움과 냉대를 이겨내기 위해서는 학재처럼 좌절하거나 회의하는 것이 아니라 부딪쳐 이겨야 한다는 돌덩이보다 차가운 마음이었다. 그런데 일시에 허물어져 내렸다. 아무리 생각해도 일방적으로 경기장 밖으로 내모는 행위였다.

백상은 쉬이 치유할 수 없었다. 시간과 장소를 잊은 채 책가방을 들고서 떠돌았다. 숨바꼭질하듯 열차에 무임승차도 하였고, 노숙도 마다하지 않았으며, 도자기를 굽는 공방에서 밤샘 장작불을 달구기도 하였다. 얻어먹는데 이골이 났고, 세상의 인심은 결코 차갑지만은 않다는 것도 깨달았다. 그리고 비석거리까지 왔다.

바로 눈앞에서 다이너마이트 터지는 소리가 고막을 찢었고, 돌덩이가 하늘로 치솟았다. 장엄한 광경이었다. 다시 침묵이 찾아들고 해가 서산에 기울었다. 백상은 인부들이 돌아간 원뚝을 가로질러 집에 들어섰다. 무공이 저녁을 얻어먹기 위해 부엌 앞에 서 있었다. 굴뚝에서는 저녁연기가 낮게 피어오르고 있었다. 명상이 염소를 먹이고 들어섰다.

"성이네! 엄니, 성 왔어요."

명상이 소리치자 종부네가 부지깽이를 든 채 부엌에서 나왔다. 연기라도 쐬였는지 눈이 벌겋다.

"너, 어디서 오는 거냐?"

"학교가 쉬는 날이어서 왔어요."

백상은 메마른 목소리로 변명하였다. 종부네는 믿기지 않는다는 듯 심기 사납게 저녁상을 내려놓았다. 백상은 입안이 까칠하여 저녁을 몇 숟갈 뜨다 말았다.

"입맛까지 잃었냐? 학교는 안가고 어디서 무슨 거지 노릇을 했냐?"

종부네는 밥상을 밀어놓으며 다잡았다.

"학교 안 간 것은 잘못했어요. 세상이 바보천치로 만들어서요."

"무슨 일인지는 몰것다만, 이런저런 쓴맛을 씹어 삼키며 꿋꿋이 시상을 이겨나가야제. 난 느그들을 그렇게 허약하게 키우지 않았다. 공부사 니가 하기 싫으면 언제라도 그만 두거라. 많이 배워봤자 어디다 써 묵겠냐. 내 바람은 땅을 갈아엎고 살지라도 눈앞은 가려야 한다는 생각이니께 니가 많이 배우는 것도 싫다."

"……알겠구만요."

"니를 보는 순간 통시구덕에 거꾸로 매달라고 하였다만 이번만은 참고 넘길텐께 학교 가고 안 가고는 니 알아서 해라. 내가 모진 고통을 참아가며 사는 이유를 알것냐?"

"……."

백상은 고개를 떨구었다. 좀 더 말대꾸를 하면 어머니의 눈에 눈물이 고여 날 것이었다. 명상도 분위기를 알아차리고 숙연해 하였다. 무공이 샘가에서 깨끗이 그릇을 씻어 장독대 위에 올려놓고 그림자같이 대문을 나섰다. 종부네는 눈물을 감추려고 저녁상을 들고 부엌으로 나갔다.

"상순이 누나는 어디 갔냐?"

백상은 종부네가 부엌으로 사라지자 명상에게 가만히 물었다.

"여수 외숙모가 아기를 낳아서 잠깐 돌봐주러 갔구만."

"고생이 많겠구나."

백상은 집안 한구석이 어째서 허전한지 알 것 같았다. 조금 있자 아낙네들이 들이닥쳤다. 백상은 얼른 숨듯 공부방으로 들어갔다. 아낙네들은 담배연기를 내지르며 낮에 있었던 공사판 이야기를 떠들렸다.

백상은 이틀을 집에서 보내고 뱃머리로 향하였다. 원뚝에서는 목도꾼들이 돌을 운반하고 한편에서는 흙과 뗏장을 다독여 나왔다. 공사가 어지간히 끝나 가는가 보았다. 비석거리 너머 바위에 구멍을 뚫는 함마공들은 웃통을 벗어부치고 아침 일찍부터 바위를 쪼아댔다.

"이 녀석, 또 왔구나."

함마를 을러매던 사내가 손바닥에 침을 뱉으며 백상을 알아보았다. 백상은 아무 대꾸 없이 함마질을 지켜보았다. 조금씩 조금씩 집요하게 바위에 구멍을 뚫는 그 모습이 눈물겨우리만큼 마음을 붙들어 맸다. 삶의 과정도 저렇듯 땀방울을 튀기는 인내의 무엇이 아닐까? 백상은 함마가 정을 내리칠 때마다 함마보다 더 큰 그 무엇이 머리를 내리치는 환상에 젖었다. 그와 함께 자신의 육신이 땅속으로 묻혀들었다. 정의 날카로운 끝이 무디어지고, 함마로 얻어맞은 정의 대가리가 뭉개지는 것을 바라보며 자신의 몸뚱이가, 의지가, 생각의 날개가 뭉개지고 무디어지는 듯하였다.

"이놈아, 뭘 보고 있는 거여?"

백상은 그 소리에 깜짝 정신을 추슬렀다. 뱃고동소리가 들렸다. 느릿한 걸음으로 뱃머리에 나갔다. 종선은 승객을 싣고 여객선을 마주쳐 나가려고 하였다. 물 찬 제비처럼 다가온 여객선은 최신 유행가를 대형스피커로 틀어댔다.

오후 늦게 교문을 들어선 백상은 교무실로 들어섰다. 대부분 퇴근을 한 뒤였다.

"앉아라."

담임선생님은 서류를 철하다말고 조용한 얼굴로 의자를 가리켰다.

"내, 너에게 상처를 주었다. 어쩌면 평생 지울 수 없는 잘못인지도 모른다. 하지만 나로서는 어쩔 수 없는, 한심스러운 일이었다. 네가 그 점을 이해해 주었으면 좋겠다."

"……."

"스승은 어떠한 일에도 굴하지 않고 자신을 내보여야 하는데, 이번 일은 결과적으로 스승의 위치를 스스로 추락시켰다. 교장 선생님과 그 때문에 언쟁이 있었다만, 오늘의 무기력한 현실을 크게 개탄한다."

"……저는 선생님을 원망하지 않습니다."

"정말 나를 이해할 수 있겠니?"

"선생님 잘못이 아니란 걸 다 알잖아요."

"그렇게 헤아려 주어서 고맙다. 사람은 말이다. 먼 앞날을 내다볼 줄 알아야 한다. 우선의 감정에 지배되어서는 안 된다. 기러기를 보아라. 한철 겨울을 나기 위해 구만리 하늘을 날아오른다. 앞으로 이보다 더 절망스러운 일이 얼마나 많을지 모른다. 여기서 네가 좌절하게 되면 아무 것도 이룰 수 없다. 더 큰 것을 위해 일어서야 한다. 위대한 사람들은 그렇게 자신을 헤쳐 나왔다. 자신과의 싸움에서 이겨야 한다."

"깊이 명심하겠습니다."

"너는 충분히 그럴 것이다. 들자니 너의 아버지도 훌륭한 분이었다고 하더구나. 유감스럽게도 시대의 희생양이었다. 너는 너의 아버지가 짊어져야 했던 역사의 비극을 유산으로 물려받은 것이다. 그리고 그게 너만의 비극이 아니다."

담임선생님은 가만히 백상을 내려다보았다. 아직도 사람들의 가슴속에 응어리처럼 맺혀 있는 전쟁의 아픔과 후유증을 어떻게 이해시킬 수 있을까?

5

해심은 마치 쫓기는 사람처럼 새벽같이 찾아들었다. 처녀적의 매차분한 모습이 아니었다. 얼굴도 영 말이 아니었다. 근심과 고생으로 할퀸 흔적이 갯벌위의 게 발자국처럼 새겨져 있었다.

"이 무슨 꼴이라냐?"

종부네는 소스라치게 놀랐다.

"나 집에서 도망쳐 왔네. 어제 저녁에 친정에 갔다가 아부지에게 잔뜩 원망을 풀어놓고 이리로 피신 왔네. 그 웬수 덩어리가 찾으러 오면 어쩔 것인가."

해심은 마루에 주질러 앉으며 땅이 꺼져라 한숨을 토했다.

"부부 쌈이라도 했냐?"

종부네는 마음이 착잡하였다. 해심의 결혼생활이 순탄하지 않다는 소식은 시집 간 날부터 들어온 터였다. 한마디로 속은 결혼이었다. 남편은 오랜 세월 해수병으로 가르릉거렸고, 시아버지는 성깔이 표독스러워 한번 수틀리면 며느리고, 마누라고, 보이는 게 없다는 것이었다. 며느리 머리채를 잡을 위인이라는 것이었다. 해심이 친정에라도 가고 싶어 하면 행여 우리 안에 갇힌 짐승처럼 도망칠까봐 사나운 눈초리로 감시를 게을리 하지 않는다는 것이었는데, 자식을 낳고서도 친정 나들이를 할 수 없었던 것도 그런 사연이었다. 친정아버지도 뒤늦게 속았다는 것을 알고 머리를 싸맸지만 출가외인이라는 체면치레에 얽매어 속으로만 앓았다.

"부부 쌈이라도 했으면 얼마나 좋겠는가. 그녀러 시아부지 등살에 더는 못살겠네. 자살을 했으면 했제 그 집구석에서는 숨을 못 쉬겠네."

해심은 어느 사이에 눈물을 찍어냈다. 밝고 해맑던 성정이 저렇듯 어두운 그늘을 드리울 줄이야.

"자식새끼 있는디 될법한 소리냐. 청상으로 사는 나를 생각해서라도 그런 소리 하지 말거라."

"나도 성처럼 혼자 살았으면 마음 편하겠네. 우리 아부지가 나를 지옥 속에 내던졌네. 식모생활도 그렇지는 않을 것이네. 남편은 해묵은 해수빙으로 가르릉거리며 보채쌌제, 시아부지란 작자는 눈만 뜨면 도끼문자를 오줌 내갈기듯 내뱉으며 포악을 부리제, 화탕지옥이 따로 없네. 내 팔자가 이렇게 될 줄 누가 알았겠는가."

"인내심 깊은 니가 도망쳐 나왔을 때는 오죽했겠냐. 며칠 쉬면서 마음을 풀거라."

종부네는 해심을 다독거렸다. 똑똑한 맏사위에 질려 평범한 사윗감을 찾다가 딸의 신세를 저 꼴로 만들었으니 친정아버지인들 괴롭지 않으랴.

"백상이 사진을 보니 형부를 보는 것 같네. 어쩌면 저렇게 닮을 수 있당가?"

해심은 벽면에 걸려있는 백상의 사진을 보는 순간 한쪽 가슴에 자신도 알 수 없는 야릇한 파문이 일었다. 영락없는 한민서였다. 생각에 잠긴 듯 한 눈빛이 더욱 그러하였다. 시집가던 첫날밤, 해심은 마음속으로 형부의 반만큼만 닮은 신랑이었으면 얼마나 좋을까, 기원하였다. 그 기대감이 한꺼번에 무너져 내렸을 때, 그 참담한 심정을 어떻게 말해야 할까. 해심은 지금도 꿈속에서 한민서를 자주 만났다. 언제나 웃는 얼굴로 해심의 설움을 들어주고, 부드러운 눈매로 해심을 쓸어 주었다. 그런 날이면 하루종일 형부의 모습을 그리며 고달픔을 잊었다.

"너무 닮아서 내 간장을 녹인다."

"나는 형부가 살아있다고 확신하네. 꿈에서 보면 언제나 죽은 사람의 모습이 아니란 말시."

"살아있으면 뭣하냐. 구름 속에 숨은 달 그림자제."

"성도 살아있기를 간절히 바라면서 그러는가? 북으로 넘어갔건, 그 어느 곳에서 숨죽이고 있건 통일이 되는 그날까지 살아있으면 하네. 얼굴이나 다시 한 번 보게."

"다 부질없는 기대제. 지금 같아서는 통일되기는 아득하고, 살아있으리라는 것도 막연하기만 하다."

"백상이나 잘 키워사 할디……."

"벌써부터 지 애비 그림자를 안고 방황한다. 나는 명상이를 더 기대한다. 그놈은 활달하고 구김살이 없을 뿐더러 변죽도 좋고 여러모로 속을 썩이지 않는다. 암만해도 명상이 하고 이 집을 지키고 살아야 할까부다."

"그럼, 내쳐버린 자식이라도 된단 말인가?"

"앞으로 얼마나 속을 썩일지, 차라리 안보는 것이 낫지싶으다."

"원, 성도. 크는 애들이 그러면서 제 자리를 찾제."

해심은 백상에 대한 종부네의 고민을 이해하였다. 농투산이 무지랭이로 실려면 모를까, 어찌 임녀가 뇌시 않을까.

명상은 해심이 집에 있어 마음이 든든하였다. 상순이 자리를 대신 지켜준 것이다. 종부네가 바깥일로 나도는 까닭에 반찬새야, 빨래야, 집안 청소야, 깔끔하고 청결하여 집안 전체가 산뜻한 기분이 들었다. 오늘도 해심에게 집을 맡기고 장을 보러갔다.

"이모, 반찬 솜씨는 정말 일품이다. 가지 말고 함께 살았으면 좋겠네."

"나도 그랬으면 똑 좋겠다."

해심은 아무 것도 모르는 명상의 말에 볼을 꼬집어 주었다. 막내여서 그런지는 몰라도 백상과는 대조적으로 명랑하고 넉살이 좋았다. 백상과는 연년생인데도 강아지처럼 어리광을 부렸다.

"오늘 어무니가 장에 갔응께 맛있는 걸 사올거구만. 나, 장배 보러 갈래요."

명상은 정가섬에 매놓은 염소를 먹이러 집을 나섰다. 해심은 잡념을 잊자고 마루를 쓸고 닦고 채전밭을 돌보았다. 종부네는 해거름에 장을 보고 돌아왔다.

"뭘 좀 사왔는가?"

"니, 치마 한감 떠왔다. 그런디 서울에서는 학생데모가 일어나고, 시국이 시끌시끌한가 보더라. 온통 그 이야기다."

"왜에?"

"이번 선거가 부정선거라면서 서울뿐만 아니라 마산, 부산, 대구, 광주 등지에서도 학생은 물론 시민들이 합세하여 벌떼처럼 일어났다는구나. 서울서 대학에 다니는 청보네 아들 알지야? 청보네가 그 말을 듣고 애간장이 녹는다."

"난리라도 일어났단 말인가?"

해심은 지난 전쟁을 떠올리며 가슴을 모두었다.

"다들 이참에 새 시상이 왔으면 하더라."

"허기사, 자기들 입맛에 맞지 않으면 무조건 빨갱이로 몰아세우고, 부정부패가 만연하는가 하면, 친일분자들이 저 시상인듯 활개치고 다니는 꼴들을 보면 싸그리 청소를 해야 하네."

"이럴 때일수록 입조심해야 한다. 명상이 너도 알겠냐?"

종부네는 명상에게 단단히 일렀다. 세상이 좀 어떻다 싶으면 보이지 않는 감시의 눈초리가 더욱 싸늘하게 종부네의 심장을 꿰뚫었다.

"원뚝이 그전보다 더 우람하고 튼실한데."

해심은 화제를 돌렸다. 해심으로서는 시국의 소요보다 언제 시가집에서 찾으러 올지 그게 불안을 가중시켰다.

"인자 어떠한 태풍에도 끄떡없을 거요."

명상이 어깨를 으쓱 추켜올리며 대신 말하였다. 원뚝 보수공사는 마무리 단계여서 공중제비로 돌덩이를 허공중에 날려 보내는 다이너마이트도 터지지 않았고, 성두 아제도 돌을 실어 나르는 대신 다시금 장배를 운행하였다. 아낙네들도 가정사로 돌아가고, 목도꾼들과 몇몇 장정들이 뗏장을 입히며 마무리를 하였다.

삐죽갈네와 이천네어멈이 무슨 장을 봐 왔는가, 하릴없이 대문을 들어섰다.

"장이 제법 서든가?"

"항상 그 물목이제요. 자네 집 마당이 훨씬 넓어졌데."

"채전밭 하나는 너끈히 생겼소."

"이번 태풍에 가장 혼겁을 한 자네가 제일로 혜택을 받았네."

"청상으로 살면서 그런 혜택이라도 받아야제."

이천네 어멈이 담뱃대를 기둥 모서리에 대고 탕탕 털었다.

"순전히 현장감독의 인심 아니었소?"

"뭔 소리나요. 군경원호가속으로 특별히 배려를 해준 것이제."

삐죽갈네는 민감한 반응을 보였다. 그렇잖아도 현장감독의 칙칙한 눈빛이 치마를 휘감아 거슬린 터였다.

"뭘 포르라니 신경을 써. 그만 사실 다 아는디."

이천네 어멈은 담뱃대에 또다시 담배를 우겨넣었다.

"그런디 청보네 아들 소식 들었소?"

삐죽갈네는 금방 성정이 가라앉으며 화제를 돌렸다.

"아니, 못 들었네."

시위를 하다 쫓겨 내려와 다락방에 숨어있다 안하요. 청보네 영감이 서울까지 올라가 시위현장에서 아들을 붙잡아 함께 있던 친구와 함께 억지로 끌고 내려왔다 하지 않소. 시위현장은 총알이 날아다니고, 어깨 동무를 하고 시위를 하던 학생이 피를 흘리며 쓰러지더라고 안하요. 서울은 아수라장이라 하던디, 보통 난리가 아닌 성싶소."

"그라면 이 나라가 어떻고롬 된단가?"

담배연기를 깊숙이 빨아들이는 이천네 어멈의 손이 가늘게 떨렸다. 학생들에게 무차별 총질을 해댄다니, 분명 이성을 잃은 처사였다.

"누가 알것소. 행여 청보네 아들이 숨어 있다고 소문내지 마시요. 금방 지서에서 붙들어 갈 것이요."

"그보다 더한 전쟁도 겪어 나오지 않았는가."

종부네도 담배 한대를 더 말아 피웠다. 누군가 구부정한 몰골로 대문을 쭈뼛거렸다. 다름 아닌 해심의 남편이었다. 해심의 남편을 장가 든 날 보고 처음 대하는지라 뜨막하게 낯설었다.

"그동안 안녕하셨습니까요. 자주 뵙지 못했구만이라우."

해심의 남편은 가랑한 소리로 계면쩍게 인사를 하였다. 해묵은 병고로 숫기라고는 없어 보였다. 장가 들 때는 지성껏 꾸며서였는지 그런대로 사람 몰골을 하고 있었는데 이제 보니 형상이 말이 아니었다.

"방으로 듭시다."

종부네는 해심의 남편을 안방으로 모셨다. 해심은 부엌 문지방에 앉아 숨을 죽이고 있었다.

"집사람 일로 본의 아니게 폐를 끼쳤습니다요."

"이런 날이 있응께 제부 얼굴도 보지요."

종부네는 자신도 모르게 싸늘하게 비꼬았다. 보면 볼수록 정나미가 떨어졌다.

"저의 아버님 성정이 좀 우락부락하다지만 자식 있는 여편네가 가정을 내팽개치고 언니 집에 올 건 뭐요."

"마음이 심란하여 언니 집에 다니러 온 걸 가지고 너무 확대 해석하는 것 같으요. 설마하니 자식새끼 내쳐버리기야 하겠소."

종부네는 여전히 밉상스럽게 대꾸하였다. 빌어도 시원찮을 것인데 한갓 남정네라고 자존심을 세우려고 하였다.

"그렇다면 얼마나 좋겠소만……."

끓어오르는 가래를 참는 모습이 보기에 안타까웠다. 해심이 저런 남편을 모시고 시집살이를 하였다고 생각하니 새삼 마음이 아팠다.

"시아부지 성정이 그렇다면 따로 나와 살 것이제, 서로가 그 고생을 시켰소?"

"명색이 장손인디 도리에 어긋난 짓을 할 수 있겠습니까요. 아버님도 허락하지 않고요."

"내가 말하고 싶은 것은 아까운 내 동생을 지옥 같은 곳에서 더는 고생시키고 싶지 않다는 것이요."

"어찌 그런 말씀을……. 한번 맺은 부부지정인디요."

"여기까지 숨 가쁘게 찾으러 왔는가 본디, 솔직하게 보내고 싶지 않소. 내 집 사랑채에서 혼자 사는 게 훨씬 마음 편할 성싶으요. 그러니께 딸린 자식이나 데려다 주고 새장가를 가든지 말든지 하시요."

종부네는 삭둑 자르듯 말하였다. 이참에 단단히 본때를 보여주고 싶었다. 풍족한 집안에서 곱게 자란 동생을 저 지경으로 시집살이를 시키다니, 용서할 수 없었다.

"너무 섭섭한 말씀이요."

"무엇이 섭섭하단 말이요? 사위는 백년지기 손님이라면 며느리는 육촌을 화합하는 근간이요. 보시요. 내 동생 어디가 부족하요? 천하에 저런 마누라, 며느리를 구할 성싶으요? 내 동생 같은 마누라를 온전히 데리고 살 자격이 없잖소. 당신네 집안으로 출가시킨 친정아부지를 원망하기 전에 이제라도 자기 인생을 제대로 살도록 해야겠소."

"제가 이렇게 빌겠습니다요. 화를 거두시고 집사람을 설득해 주시요. 아버님께서 만약 집사람을 데려오지 못할 것 같으면 바닷물에 몸을 내던지라고 하였어요."

해심의 남편은 종부네에게 무릎을 꿇고 애원하였다.

"그렇게 며느리가 소중하달 것 같으면 시아부지가 직접 모시러 올 것이제 아들을 보내요?"

"제발 저 좀 봐 주시시요. 미치고 팔짝 뛰겠당께요."

"내가 설득한다고 될 일이 아니요. 동생이 아주 단단히 작심하고 나온 것인께 그리 아시요. 태산이 무너져도 요지부동일 것이니 더 측은한 꼴 내보이지 말고 돌아가시요."

"그렇다면 나 역시 한 치도 움직이지 않을 것이요."

"알아서 하시요."

사내랍시고 오기는 있어 가지고. 종부네는 눈을 흘기고 대청마루로 나왔다. 삐죽갈네와 이천네어멈이 호기심어린 눈으로 엿듣고 있다가 속으로 혀를 끌끌 차며 자리에서 일어났다.

"그리던 서방님이 온께 기뻐 눈물을 짜냐?"

종부네는 해심에게 눈을 흘겼다. 저녁은 무거운 분위기였다. 해심은 아예 부엌에서 나오지 않았고, 해심의 남편은 기침을 참느라 조심하며 몇 숟갈 뜨다 말았으며, 명상은 이모부가 도대체 마음에 들지 않은 얼굴이었다. 저녁상을 물리고 종부네는 마을 아낙네들이 모여들기 전에 해심의 남편을 표상이 기거하였던 행랑방으로 안내하였다. 응당 격식을 따지자면 한민서가 사용하였던 사랑으로 모셔야 하나, 아직까지 한민서가 사용하던 그대로 놔두었다. 책장이며, 문갑이며, 책상이며, 멀리 떠난 남편이 돌아오기를 기다리는 그 마음이었다.

"참말 우리 이숙인가요? 여지없이 병든 닭이네요이."

"무슨 말을 그렇게 하냐? 그러면 못써."

종부네는 명상에게 알밤을 먹이 듯하며 토심스러운 얼굴로 담배를 피웠다.

"성에, 저 작자 내일 당장 보내게."

해심은 자기 설움에 겨워 울먹였다.

"쌍판은 저래도 고집은 천년 묵은 괴목 같다."

"이번에야말로 가닥을 지어사 쓰것소. 도살장으로 끌려갔으면 갔제, 못가겠소."

"니 마음이 정 그렇다면 아버님 앞에서 니 결심을 말하거라. 따지고 보면 이 모든 불행은 아버님이 인도한 것 아니냐?"

"아버님은 출가외인이라고 무조건 머리를 내저을 것이요."

"나하고 같이 가자. 내가 아버님을 설득해서라도 니 소원을 풀어주마."

"정말인가?"

"한번 태어난 목숨, 언제까지고 가시밭길을 걸을 수는 없지 않느냐. 얼마든지 운명을 고칠 수 있다. 느그 형부가 만일 오늘의 니 모습을 볼 것 같으면 뭐라 하겠느냐?"

종부네는 해심의 손을 꼬옥 끌어 쥐었다. 불쌍한 것. 네가 무엇이 부족하여 불행을 짊어지고 있는 게냐.

"형부가 너무나 보고 싶으요."

해심은 숨죽여 울었다. 형부만 바라보고 해바라기처럼 산다 해도 이보다는 행복할 것이었다. 그 서글서글한 눈빛은 참으로 많은 것을 담고 있었고, 가슴을 설레게 하는 비밀스러움을 담고 있었다.

다음날, 종부네는 아침을 들기가 무섭게 잠을 설친 해심을 일으켜 세웠다.

"자, 갑시다. 친정아부지 앞에서 결말을 짓기로 하였응께."

"저는 집사람 없이는 못 살아라우."

해심의 남편은 종부네의 서슬에 가위 눌린 듯 참담하게 일그러진 얼굴로 가래 끓는 소리를 하였다.

"그거사 혼자만의 김칫국이고, 단단히 각오해사 쓸 것이요."

"혼자서는 집에 못 들어간단 말이요. 어째서 이내 마음을 그렇게도 몰라 주시요? 차라리 목매달고 말라요."

"그게 원이라면 그리 하시요. 그보다 더 좋은 해결책은 없을 듯싶소."

종부네는 두 사람을 앞장 세웠다. 세 사람의 발자국은 무겁기만 한데, 싱그러운 봄바람은 귀밑을 간지럽혔다. 흰나비 한마리가 큰밭재를 뒤따라 왔다.

6

원뚝 보수공사가 완공된 날은 군수를 비롯하여 면내 유지들이 모래 사장에 차일을 친 가운데 성대히 기념식을 가졌다. 한 가지 달라진 점은 조동이라든가, 지금까지 기득권을 행사하였던 여당인사들의 모습이 보이지 않는 대신 박해와 설움을 받았던 인사들이 윗자리에 앉았다. 전국적으로 확산된 시위는 감히 그 앞에서 헛기침소리 한번 제대로 낼 수 없었던 권좌를 무너뜨렸던 것이다. 한마디로 세상이 달라진 것이다. 그같은 세태를 실감나게 한 것은 이상석이 지난번 방문 때와는 달리 그 위치가 완전히 달랐다. 군수가 깍듯이 자리를 사양하고, 축사 또한 면내 유지 대표로 한귀재가 나선 것부터가 세상의 변화를 실감케 하였다. 그리고 무엇보다 놀란 것은 서울에서 시위를 하다 아버지 손에 붙잡혀 내려와 다락방에서 숨어 지내던 청보네 아들이 특별연사로 나선 것이다.

저희 동지들과 마지막 최후까지 피를 흘리며 싸우지 못하고 집에서 은신해 있다가 세상 밖으로 나온 저를 이렇게 환영해 주셔서 무어라 말해야 좋을지 목이 메입니다. 그 점에 있어 피를 흘린 동지들에게 말할 수 없는 죄책감을 느낍니다. 어쨌거나 우리는 해냈습니다. 우리의 젊고 뜨거운 피가 값지게도 부정부패로 일삼아 왔던 거대한 권력집단을 무너뜨리는데 성공하였습니다. 이것은 우리들만의 사명도, 과업도 아닙니다. 국민 모두의 힘이자, 분노의 함성이었습니다. 이제 새롭게 튼실하게 쌓아올린 이 원뚝처럼 우리 스스로가 새 시대를 열어가야 합니다. 진정한 민주국가를 건설해야 합니다…….

우레 같은 박수소리 속에 핼쑥하게 탈색된 연약한 모습과는 달리 카랑하게 울리는 목소리가 묻혔다.
"워따, 사람은 저래서 배우는 갑네. 참말로 조리가 있구랴."
도암네가 종부네에게 가만한 소리로 말하였다. 학재보다 한 살 아래인 청보네 아들은 순탄하게 대학에 들어가 저렇듯 똑똑함을 내보이는데, 학재는 허랑방탕하게 지내다 군대를 갔다. 청보네 아들만큼 공부를 못해 주질러 앉은 것이냐. 생각할수록 시국이 원망스러웠다.

"인자, 저런 인재들이 기둥이 되어사 할디. 시상이 달라졌다고는 하지만 또 알 수가 있소. 해방되던 해처럼 반짝 햇살이 비치다 말지."

"그때하고는 상황이 다르지 않는가."

"그야, 두고 봐야지라우."

종부네는 누구 덕을 본다는 생각은 까마득히 밀어 던져 버린 지 오래였다. 식이 끝나자 술판이 벌어졌는데, 마을사람들은 우람한 원뚝을 바라보며 그간의 피로를 풀어 던졌다.

"형수님도 오시고, 제수씨, 고생 많았습니다. 드디어 해냈습니다. 앞으로 이 원뚝처럼 마음 놓고 튼실하게 살 수 있는 사회가 될 것입니다."

이상석이 술잔을 들다말고 도암네와 종부네를 발견하고 이쪽으로 다가왔다.

"저는 즐거움이 사라진지 오래구만이라우."

"압니다. 그 마음을 왜 모르겠습니까."

이상석은 종부네의 마음을 헤아렸다. 한민서 생각이 나서 더욱 그럴 것이었다. 좋은 세상이 올수록 사무치는 그리움은 배가 될 것이다.

"이번만은 가슴을 펴고 살 수 있도록 마음 묵은 시상을 가꾸시요."

"형수님, 여부가 있겠소."

이상석은 도암네의 말에 밝은 웃음을 지으며 자리를 옮겨 유지들과 호탕하게 술잔을 기울였다. 정말 오랜만에 가슴을 열어놓고 즐거운 기분으로 마시는 술이었다. 이상석뿐만 아니라 그동안 땀 흘렸던 밤생이 당숙이며, 성두 아제며, 채종이며, 현장감독이며, 장 목수까지 자신들이 쌓아올린 원뚝을 바라보며 흐뭇해 하였다.

"이 술맛이며, 안주 솜씨는 언제 또 맛볼까요?"

"이곳에 주질러 앉아 낚시로 소일하며 지내면 될 것 아니요."

채종은 현장감독의 아쉬움을 뭉툭하게 잘랐다.

"현장감독의 마음은 그게 아니제. 보고도 꺾을 수 없는 꽃이 눈에 어른거려 그러는 것이제."

"그게 무슨 말이다요?"

장 목수가 밤생이 당숙의 말에 디룩하게 눈알을 굴렸다.

"그런 가슴앓이가 있느니."

"허허, 나는 끝까지 개밥에 도토리구랴."

장 목수는 코를 벌름거리며 술잔을 들이켰다. 축하자리가 헤풀어져 끝날 즈음 어협 공터에서 우렁우렁 스피커소리가 들렸다. 이동가설극장이 들어왔다는 선전소리였다. 요 근래 뜸하던 가설극장이 때맞추어 들어온 것이다.

"뭔, 활동사진인디 저렇게도 구슬프게 선전을 한디야?"

마을사람들은 벌써부터 마음들이 들떴다. 선전부대는 스피커를 짊어지고 마을 마을을 돌았다. 개구쟁이 아이들이 줄래줄래 뒤를 따랐다.

오늘 여러분을 모실 영화는 눈 내리는 밤, 눈 내리는 밤 올시다. 눈물 없이는 감상할 수 없는…….

변사의 간드러진 목소리가 심금을 울렸다. 그 선전소리에 뜻밖에도 몽선이 묻어나왔다. 낡아빠진 작업복 차림에 더부룩한 턱수염을 한 모습은 영락없는 산적이었다.

"이게 누구라냐?"

종부네는 대문을 들어서는 몽선을 깜짝 반겼다.

"하나도 변한 게 없구만요. 평안들 하시고요?"

몽선은 종부네에게 넙죽 큰절을 올렸다. 꼭 고향집에 온 듯하였다.

"난 영영 못 보는가 했다. 떠돌이 생활이 할 만하냐?"

종부네는 콧날이 시큰하였다. 몽선이라도 있었더라면 농사일이야, 집안 일이 한결 쉬웠을 터였다.

"등 붙이고 사는 집만 할랍디요."

"그러게 말이다. 이동가설극장이 오랜만에 들어왔다."

"지가 우겨서 왔구만요. 어머님 산소도 볼 겸, 보고 싶고 그리워서 요."

"느그 어무니 산소는 내가 그럭저럭 돌보고 있다만, 공동묘지라 정성만큼 잘 안 된다. 더구나 염소야, 소들을 뇌묵이는 곳이라서."

"산소에 가서 그 정성을 느꼈구만이라우. 원뚝이 새 신랑처럼 훤하요."

"태풍에 무너져 고생스럽게 보수했다."

"여러모로 지가 볼 면목이 없습니다요."

"어쩌겠냐. 다들 제 가는 길이 있는디. 더구나 젊은 청춘이 한평생 남의 집 머슴살이로 보낼 수야 없지 않으냐. 넓은 곳에서 숨 쉬고 살아야제."

종부네는 몽선의 행색에서 객지를 떠도는 객고의 설움이 크다는 것을 느꼈다.

"배운 것이 없어논께 고생이 많구만요. 괄세도 많고. 정처 없이 돌아 댕김시러 가설극장 기도나 서는 것도 신물이 나고요. 도시에 나가 닥치는 대로 막일이나 해야 할 것 같소."

"그런 고생하려거든 언제든지 우리 집에 오너라."

"여러 번 그 생각도 해봤소만, 역마살이 몸에 배었는지 잘 안 돼요."

"사당패로 이골이 난 무턱이도 잘만 마음 다잡고 살지 않냐. 곧 장가도 갈 모양이다."

"암튼, 고맙구만이라우. 지가 오고 싶으면 주저 없이 올 텐께 그리 아시요. 그리고 영화 보러 오시요. 제일 좋은 자리에 앉혀 드릴 텐께."

"눈물이나 쥐어짜는 활동사진은 안 볼란다. 내 눈물도 감당 못하지 않느냐."

"가 볼라요. 한 삼일 정도 있을 것인께 내일 또 올라요."

몽선은 저녁을 들고 가라고 붙잡는 종부네를 뒤로 하였다. 어협 공터에서는 천막을 둘러치고 있었다. 밤이 되자 가설극장은 전기불이 대낮처럼 밝혀졌다. 대형 스피커에서는 유행가 가락이 사람들의 마음을 들뜨게 하였다. 조무래기 아이들은 일찍부터 가설극장 주위를 맴돌며 천막 어느 곳을 뚫고 들어가는 게 안전한지 사전 모의를 하였다. 들키는 날에는 치도곤을 당하기 때문에 감시가 가장 허술한 곳을 점찍어 두어야만 하였다. 시간이 흐르자 멀리 당목, 득암마을 사람들까지 활동사진을 보기 위해 문전성시를 이루었다. 몽선은 밤인데도 시커먼 색안경을 끼고 모자를 깊숙이 눌러쓴 채 입장객이 들어가는 입구에 떡 버티고 서서 검표를 하였다. 수부룩한 구레나룻과 색안경이 잘 어울렸다. 공짜 손님, 술 취한 사람들의 터무니없는 시비가 있을 때마다 우람한 등치로 그들을 밀어냈다.

"저건 종부네 집에서 살던 몽선이 아니요?"

"맞네. 뭣해 묵고 사는가 했더니 가설극장을 따라 댕기는구랴. 종부네 집에서 착실히 살았으면 장개도 보내주고 따뜻하게 궁둥이 지지며 살 것인디 사서 고생하는구만."

삐죽길네의 말에 동천네 역시 몽선을 알아보았다.

"이따 기회 봐서 우리 좀 들여보내 달라고 합시다."

"지놈이 괄세야 하겠는가."

동천네는 한껏 마음 든든함을 느꼈다. 동천네는 부산 동생 집에 다니러가서 극장 구경을 한 뒤로부터 활동사진에 대해 맹렬한 신봉자가 되었다. 모여 앉으면 줄거리도 제대로 간추리지 못하면서 활동사진을 들먹였다. 오늘도 다른 아낙네들은 나이깨나 훔친 여편네들이 활동사진이냐고 종부네 집에서 담배연기를 피워 올리는데, 삐죽갈네를 이끌고 구경 나왔다. 상영시간이 되자 앞을 다투어 입장하고, 몽선은 비좁아 터진 입구에 서서 질서를 지키라고 소리쳤다. 그도 그럴 것이, 남 먼저 들어가야 편안하게 제대로 활동사진을 감상할 수 있는 자리를 차지할 수 있기 때문이었다. 썰물처럼 관객이 입장하고 조무래기들과 취객들, 그리고 뒤늦게 온 사람들만 서성거렸다. 영화가 시작되면 조무래기들의 활동이 개시될 것이었다.

"어야, 몽선이. 오랜만이네."

기회를 엿본 동천네가 몽선에게 다가가 깜짝 반기는 얼굴을 하였다.

"아짐이요? 참말로 반갑구만요."

몽선도 동천네와 삐죽갈네를 알아보고 반가워하였다.

"우리 좀 어떻게 안 되겠는가?"

"되고 말고가 있겠소. 다른 사람들은 안 왔는가라우?"

"체면치레하느라 안 온다 하데. 우리가 구경하고 가서 이야그하면 내일은 우르르 몰려 오것제."

"내가 인심 한번 팍 쓸라고 하였는디. 어서 들어 가시요."

기회를 보던 몽선은 두 사람을 천막 안으로 밀어 넣었다.

"몽선이 덕으로 활동사진을 볼 줄이야."

동천네는 함지박 만하게 웃으며 사람들 속을 비집고 들어섰다. 영화는 곧바로 시작되었다. 동천네와 삐죽갈네는 겨우 자리를 잡고 화면에 정신을 빼앗겼다. 시작부터 번갯불처럼 빗김이 지고 필름이 끊어지는 가운데 눈보라가 휘날리는 거리를 초라한 여인네가 걷고 있었다. 처량하고도 비감어린 변사의 목소리가 그 뒤를 따랐다.

"저녀러 총각은 어찌 저리도 목이 길다냐?"

동천네는 눈앞을 가리는 관객을 향하여 투덜거렸다.

"어따, 어찌 저리도 잘 끊어진다요?"

삐죽갈네는 필름이 끊어질 때마다 조바심을 쳤다. 한참 목이 메일 즈음이면 사람을 감질나게 만들었다. 관객들의 휘파람소리와 야유가 한바탕 터지고 나면 영화는 다시금 징검다리를 건너뛰듯 다른 장면으로 이어졌다.

"에그머니, 이건, 또 뭐라냐?"

활동사진에 넋이 나가 있던 동천네가 소스라치게 놀랐다. 누가 치마폭을 떠들리고 기어든 것이다.

"요녀러 새끼. 어디서 못된 짓을 하는 거냐? 낯짝 좀 보자."

동천네는 치마 속에 기어든 불량스러운 녀석의 목덜미를 잡았다.

"반장네 아들 아니요?"

삐죽갈네는 피식 웃음을 지었다. 장난꾸러기로 소문난 반장네 아들이었다. 미꾸라지를 잡아다 계집아이들 신발 속에 넣지를 않나, 암내 난 똥개들 흘레하는데 훼방질을 하지 않나, 남의 집 홍시를 따먹지를 않나, 아무도 못 말리는 개구쟁이였다.

"나한테 걸렸으니께 망정이지 이녀석, 운이 좋았다. 다시는 여자들 치마폭은 더듬지 말거라이? 숨을 곳이 못된께."

동천네는 단단히 주의를 주었다. 영화는 그런대로 끝이 났다. 삐죽갈네는 주인공의 운녕이 너무나 슬퍼 콧물을 핑 풀어 던졌다. 어느 사이에 둘러친 포장은 공중 높이로 말려 올라갔고, 밤하늘의 별들이 총총히 쏟아져 내렸다.

"필름만 제대로 돌아갔더래도 좋은 활동사진일 것인디 쪼깐 아쉽소."

"그러게. 아무리 공짜라고 뒤죽박죽 고약스럽기가."

동천네는 집으로 돌아오면서 아무리 줄거리를 굴려보아도 앞뒤를 꿰맬 수 없었다. 아낙네들에게 신바람 나게 몇 날이고 이야깃거리를 삼아야겠는데, 자신이 없었다.

"그래도 눈보라 속에서 죽어가는 마지막 장면은 슬픕디다. 나도 모르게 눈물이 나와서 혼났소."

"그 대목은 그러데만, 암만해도 내일 다시 한 번 볼까 어쩔까⋯⋯?"

동천네는 삐죽갈네의 말에 자신도 싸한 감정에 젖었다. 가설극장은 몽선이 말대로 삼일 간 상영하였는데, 몽선은 떠나기 전날 종부네 집에서 저녁을 함께 들고 마을 아낙네들을 공짜로 관람을 시켰다. 몽선이가 할 수 있는 최대한의 인사치레였다.

"몽선이 덕에 내 평생 활동사진 구경을 했구랴."

이천네 어멈은 이야깃거리가 궁색하던 참이었는지라, 필름이 끊기고, 음향이 제대로 들리지 않은 줄거리를 헌옷 꿰매듯 잘도 각색하고 편집하였다.

"아짐은 정말로 영거리가 있소."

동천네는 줄거리를 짜 맞추어 나가는 이천네 어멈의 입담에 그저 감탄하였다. 자신은 두 번이나 보았지만 영 가닥을 잡을 수 없었다. 가설극장이 물러가고 사람들은 한동안 활동사진 이야기로 무료함을 달랬는데, 재 너머 조준 아내의 실종사건으로 빛바랬다.

"그 여편네, 어디로 사라졌을께?"

"누가 알겠는가. 낯짝 좋게 섬을 떠났는지, 일말의 양심이 있어 머리라도 깎으러 갔는지 알 수가 있는가."

"조동이 그 작자 또 한 번 한 여자를 버려놨네."

"그러게 말일세. 제수씨를 그 지경으로 만들다니, 죽으면 지옥에도 온전히 못 갈 것이네."

섬사람들은 여론의 화살을 조동에게 겨냥하였다. 조동은 화살을 피하기 위해 뒷걸음질치다 섬을 건너뛰어 몸을 숨겼다. 조동으로서는 이래저래 낯 들고 다닐 수 없었던 것이다. 조준 아내의 시신이 발견된 것은 그로부터 열흘 뒤였다. 필수가 지풍골 널바위 아래에서 발견하였다. 꿩약을 먹고 숨져 있었다.

"참, 기구하고 얄궂은 운명이네."

"안됐네. 성정은 좋았는디, 어쩌다가 조동의 꼬임에 빠져 죽음으로 보상하다니."

"조준네 집에서는 아예 내친 여자로 장례도 거적쌈이라며?"

"자넨들 안 그러겠는가?"

"근디, 필수는 어떻게 시신을 발견했당가?"

"필수도 그곳까지 죽으러 갔다네."

"지가 왜 죽어?"

필수의 자살미수는 또 다른 이야기를 만들어 사람들의 입방아에 올랐다. 서른이 넘도록 장가를 못가 비관한 나머지 스스로 목숨을 끊으려 한 것이다. 갯벌을 누비던 학수네는 시동생의 자살미수 사건을 듣고 한동안 어안이 없어 하였다. 막내로 태어나 형수 밑에서 살며 필수 또래의 조카들은 다들 결혼을 하였는데 장가 못간 설움으로 자살을 꿈꾸었을까 생각하자 남세스럽기까지 하였다.

"몽달귀신으로 살면 뭣 하느냐는 비감에서였겠제."

"그라먼 조준 여편네가 필수를 살렸네, 그려."

"죽은 시신을 보고 너급을 했겠제."

"가설극장이 왔을 때는 포마드를 척 바르고 영화 구경 나왔던디, 장가 못간 비감은 또 뭐시여?"

"필수가 짝사랑하던 여자가 있었다 안한가. 그런디 용기를 내어 사랑을 고백했던가 보데. 일언지하에 거절을 당했으니 살맛이 없었던 게지."

"상대가 누구랑가?"

"지서 앞 주막집 딸이라구만."

"워따, 씨뱅. 짝사랑할 여자가 따로 있제. 반지르르 닳고 닳은 지집을 가슴에 품어? 그년이 도시에 나가 희번죽 사내들을 호리다가 쪽박 차고 내려와 지에미 속을 태우는디, 짝사랑이라니. 죽은 송장이 자살을 왜 말렸을까?"

아낙네들은 필수의 엉뚱한 짝사랑에 눈을 모로 흘겼다

"주막집 딸년이 그 말을 듣고 재미있어 하더라네. 주막집에 낙지를 가지고 간 학수네에게 그 나이에 그런 순정을 지니고 있으니 숫총각이 틀림없을 것인즉 마음을 달리 묵을까 하더라네."

"죽은 조준 여편네가 살릴 법도 했네."

아낙네들은 조준 아내의 죽음과 필수 이야기로 보릿고개를 넘겼다. 성큼 여름이 다가왔다. 모내기 준비야, 보리 베기야, 한참 바쁠 때 학재가 휴가를 왔다. 의젓하고 당당하였다. 아들의 믿음직스러운 모습을 본 도암네는 희색이 만면하였다. 가족 몰래 자원입대를 하였을 때는 근심 걱정으로 애간장이 탔는데, 마음이 한결 놓였다.

"예분례는 친정에 보냈다."

도암네는 아직도 며느리를 귀꿈스러워 하였다.

"잘했어요."

학재는 도암네의 조심스러운 말에 짤막하게 대답하였다. 예분례에 대해서는 관심이 없었다. 그 사이 잊혀진 존재였다. 울타리를 사이에 둔 처갓집을 쳐다 보지도 않았다. 소식을 듣고 예분례가 다가오는데도 학재의 얼굴은 냉담하기만 하였다.

"우리 관계를 청산했으면 좋겠어."

학재는 얼굴을 돌리며 다짜고짜 퉁명스럽게 내질렀다.

"겨우 그 말인가라우?"

예분례는 학재의 싸늘한 변화에 놀랐다. 편지 한통을 기다리며 그리움을 삭혔던 예분례였다.

"우리 결혼은 잘못된 것이었어. 군대에서 그걸 깨달았구만. 인자부터 날 잊고 아직도 구만리 청춘이니까 앞길을 열어나가라구."

"나는 그렇게 못 해라우."

"매달린다 해도 아무 소용없어."

학재는 시종 냉정하였다. 어디서 저런 비정함이 배어났을까, 울음을 깨무는 예분례뿐만 아니라 재문과 현오도 믿기지 않는 눈으로 바라보았다.

"군대를 가더니만 백팔십도로 바뀌었구나."

"잘못 꿴 단추였어. 느그들은 나의 그 점을 거울로 삼거라."

"니는 남자니께 그렇다치고, 예분례의 장래는 어쩔 것이냐?"

"운명을 고치면 되지. 술독에 빠져 지내는 나하고 살아봤자 한평생 고생이지."

"아무리 그래도 옳은 판단이 아니다. 다시 한 번 생각해봐라."

"나는 이미 엎질러진 운명으로 받아들였어."

학재는 예분례의 존재를 먼 바다로 밀어 던졌다. 모내기 준비야, 보리 베기야, 흠씬 땀에 젖다가도 재문과 현오와 어울려 바다로 나가 술을 들이켰다.

"씨도둑은 못한다고, 틈만 나면 술병을 차고 지내는구만."

도암네는 학재가 농사일을 거들어 준 것은 고맙게 여기면서도 군대 가기전보다 더 술독에 빠져 헤어 나오지 못하는 행동거지를 못마땅해

하였다.

"앞으로 예분례는 어떻게 할 것이냐?"

"걱정 마세요. 헤어지기로 하였어요."

"결혼까지 했는디, 그게 될법한 일이냐?"

"어무니께서도 바라는 바가 아닌가요?"

"내가 바란다고 될 일이냐. 느그 좋아서 오뉴월 땡볕 아래서 혼례식을 올렸는디."

"군대에서 깊이깊이 뉘우쳤어요. 어무니께서는 조금도 걱정 마시고 가만히 계십시오. 제가 다 알아서 합니다."

"술이 취하면 무슨 소리는 못하겠냐."

도암네는 귀담아 듣지 않았다. 그런데 학재가 친구들과 술독에 빠져 지내다 귀대하고 나서 예분례가 행방을 감추었다. 학재의 폭탄선언과도 같은 결별에 충격을 이기지 못한 것이다. 그래도 실낱 같은 희망을 버리지 못하였는데, 학재는 귀대전날까지 예분례를 찾지 않았다. 재문과 현오는 물론, 종부네까지 본처를 박대하는 법이 어디 있느냐고 타이르고 나무라기도 하며 마음을 돌려 보려고 하였으나, 싸늘하기만 하였다.

예분례는 먼발치에서 여객선에 오르는 학재를 바라보며 충격을 가누지 못하였다. 분연히 자리를 박차고 섬을 떠났다. 방향도, 정해진 곳도 없었다.

인연의 고리

1

부정과 부패로 얼룩진 노회한 독재정권이 학생들에 의해 무너지고, 대안 없이 정권을 물려받은 야당은 오랜 투쟁의 역사 속에서 민주정치를 실현하고자 하였다. 그러나 구태를 벗어나지 못한 정치력 부재와 내부 갈등으로 국민을 충족시키지 못하였다. 그렇다고 무능한 정치력은 아니었다. 풀뿌리 민주주의 근간이라 할 수 있는 지방자치제도의 확립을 비롯하여 부패척결과 경제성장을 위한 대안 제시 등 미온적이나마 정부 계획안을 실현하려고 하였으나, 난데없는 군사쿠데타로 좌초되었다.

군사쿠데타는 전혀 예상치 못한 거사였다. 육이오전쟁과 분단의 고착화를 통한 군부의 비대화와 군 고위 장성의 부정부패 및 불합리한 진급제도에 따른 하급 장교들의 불만 누적, 그리고 정군운동의 실패에 따른 이른바 하극상사건이 쿠데타의 주요 원인이었는데, 3.15부정선거를 계기로 거사일로 잡는 등 그동안 몇 차례의 계획 끝에 이루어진 것이었다. 반공을 국시로 내세운 군사정권은 비상계엄령을 통해 언론에 대한 사전검열 실시를 비롯하여 집회 및 행동의 자유를 제한하였다. 어제까지만 하더라도 기지개를 켜며 동해바다의 고래처럼 열변을 토하였던 이상석과 한귀재도 그물에 갇힌 물고기 신세가 되었다. 마른하늘에 날벼락이라고나 할까, 제대로 웅지를 펴지도 못한 몰락이었다.

"시상이 이렇게 급변할 수 있는가?"

"자고로 총칼 앞에서는 어쩔 수 없는가 보네. 아무리 국무총리가 미국통이라지만 미국 놈들 입맛에 딱 맞는 반공을 내세우는데서야 별 수 있간디. 인자, 군인들 시상이 되었네."

"또 조동 같은 작자들이 방죽물을 뒤집을게?"

"구악을 일소한다는디 모래밭의 뱀 대가리처럼 고개를 처들기야 하겠는가."

"쿠데타를 일으킨 사람도 만주군관학교와 일본육사를 나왔다는디 구악을 일소할 수 있을까 몰라. 이승만정권처럼 자기들 세력을 키우기 위해 유야무야로 끝날지 누가 아는가."

"한귀재 같은 민주투사들이 안됐네. 일제 때부터 온갖 고난을 헤쳐 오다 모처럼 햇살이 머리위에 비칠만 한께 먹구름이 내리덮쳤네."

"쿠데타를 주도한 장본인의 형도 좌익이었다는디, 소위 민주투사들을 죽이기야 하것는가."

"어쩌면 그 땜새 반공을 혁명공약의 맨 앞에 내세웠는지 모르제. 미국의 승인 없이는 혁명정부의 설 땅이 없질 않겠다고."

"그러고 보면 옛날 청나라나 명나라의 인정을 받아야만 임금 행세를 하던 시절과 하등 다를 게 없네, 그려."

"그 말이 나왔응께 하는 말이네만 이성계가 고려를 뒤엎고 나라를 세운 것과 비슷허이."

"자네, 입조심허게. 안 그래도 유언비어를 퍼뜨린 사람은 가차 없이 잡아간다고 하지 않던가."

"아무튼, 보면 봐도 혁명공약대로 순순히 민간인에게 정부를 내놓지 않을 걸세. 보기에는 볼품이 없어도 정치적 야욕이 큰 사람일세. 앞으로는 자식 놈들 다른디 보내지 말고 육사를 보내어."

사람들은 모여 앉으면 혁명정부에 대해 이러쿵저러쿵 이야기하였다. 하지만 장님 코끼리 만지는 식이었다. 모든 행동이 통제된 가운데 수굿이 계절로 달려오는 농사일과 바다일에 매달렸다.

"형수님, 이 화창한 계절에 옷깃을 여미게 생겼소."

"등허리에 땀이 송글한디 무슨 소리요?"

종부네는 한우균의 말에 허허롭게 말하였다. 내 평생 시절이 좋으면 얼마나 좋으랴. 종부네는 세상사를 그저 무넘스레 바라보았다.

"이상석위원장도 그렇고, 한귀재 면의원도 그렇고, 모두가 끈 떨어진 갓 신세요. 지지리도 운들이 없는가 보요."

"다들 울안에 갇혀 지낸다요?"

"갑자기 뒤바뀐 세상이라 충격이 안 크겠소. 한귀재 면의원은 행동이 자유롭다지만 나다닐 기분이 나겠소. 방구석에 틀어박혀 가슴앓이를 해야제. 이상석위원장은 집밖에 나서지 못하게 족쇄를 채웠는가 봅디다. 이제 막 살맛나는 시상이 돌아왔는디 이 무슨 날벼락이요. 모르긴 몰라도 그 성질에 벽바람에 머리나 안 들이받았는지 몰것소."

"어떻게 생각하면 자업자득 아니겠소. 학생들이 피 흘려 정권을 쥐어준께 잿밥을 놓고 싸움질한 대가 아니겠소."

"그 점은 부인할 수 없겠지라우. 하여간에 총칼을 앞세운 군인세력의 정치적 야심을 미리미리 감지하고서 과감하고도 슬기롭게 대처하지 못한 게 오늘의 사태를 불러왔소. 너무 허약한 면모를 내보인 것이요."

"이참에 이쪽저쪽 가리지 않고 낡고 부패한 병근을 싸그리 청소나 했으면 좋겠소."

"혁명공약에 서릿발 같은 칼날로 숨 쉬고 있소만 저들 또한 권력을 온전히 손안에 쥐자면 어차피 기존 세력과 손잡지 않을 수 없을 것이요. 권력이라는 게 잡초의 생리를 닮아 어떠한 경우라도 뿌리를 박고 고개를 처드는 것 아니요?"

"상석이 시숙 같은 분들은 또 한세월 기다려야겠구만이라우."

"정치란 상대가 있어야 하니께요. 쉽게 좌절하거나 포기하지는 않을 것이요."

"그런디, 예분례 아부지가 정말 정미소를 한답디까?"

"자세히는 모르지만 그런가 봅디다."

"인자 제대로 정신을 차린 모양이요."

"그랬으면 얼마나 좋겠소."

종부네는 방향도, 갈 곳도 없이 섬을 떠난 예분례를 생각하자 마음이 울적하였다. 자신은 물론, 그 집 부모들까지 미웠다. 그래도 며느리요, 딸인데 어찌하여 붙잡지 못하였는가?

예분례 아버지 김공개는 버려진 밀무역선을 해체하는 과정에서 발동기 몸체만은 싸구려로 팔아넘기기에는 무언가 억울하다는 마음이 들었다. 고철로 떠넘기기에는 아까웠던 것이다. 감탕나무 모래밭에 갯강구들의 서식처로 버려진 밀무역선을 언제까지고 내버려 둘 수 없다는 여론에 밀려 땔감으로도 쓸 수 없는 배를 해체한 것인데, 발동기만은 녹이 슬었다고는 하나 성능을 그대로 지니고 있었다.

김공개는 발동기를 분해하여 아깝다는 생각 하나만으로 집에 갖다 놓았으나, 벌겋게 녹이 슨 채 헛간 한쪽에 무용지물로 버려져 있었다. 그리고 한동안 잊고 있었다. 여전히 뭍에 나가 술집 작부들의 치마폭이나 들추며 세월을 좀먹었다. 예전처럼 집안이 풍족하여 걸판지고 호기롭게 놀아나지는 못하였으나, 후줄그레한 대로 여색을 탐하였다. 그 방면에 이골이 났는지라 돈 없이도 얼마든지 여자를 후려낼 수 있었다. 그러다보니 더운밥 찬밥 가릴 형편도 못되어 남의 집 유부녀까지도 담 너머로 유혹하였다.

사실, 김공개의 처지는 말이 아니었다. 아편중독자가 되어버린 부친 때문에 그 많은 재산을 야금야금 도려냈고, 자신 또한 술과 계집질밖에 몰라 살림살이가 말이 아니었다. 부친이 돌아가셨을 때는 문전옥답 몇 마지기와 무덤재로 넘어가는 밭 몇 뙈지기였다. 그런데도 심화병으로 방 아랫목에 누워있는 마누라를 내쳐두고 허랑한 마음으로 계집의 치마폭을 떠들렸다. 김공개는 손에 쥔 돈이 없어도 얼마든지 계집을 품에 안았다. 김공개의 품에 한번 안긴 계집은 그 품속을 못 잊어 하였다. 숙식은 물론 온갖 것을 다 바쳐가며 김공개를 붙들었다. 그 맛에 들려 순례하듯 방방곡곡을 돌아다니며 이곳저곳에 심어놓은 계집들의 비릿한 향기를 만끽하였다.

하지만 김공개의 처지는 점점 핍박하였다. 계집들이 아무리 달콤하게 위해준다지만 하룻밤 백일몽 아닌가. 오입쟁이일수록 주머니가 든든해야 처신이 풍족한 법인데 어디를 가나 빈털터리에 지나지 않았다. 살림이라고 있는 것은 마누라와 자식들 몫으로 생각한 터라, 가는 곳마다 쥐어주는 계집들의 노잣돈으로는 행색이 후줄그레하였다.

더구나 순천에 사는 여자를 찾아갔다가 남편이란 작자에게 치도곤을 당한 끝에 간신히 집으로 도망쳐 오고부터 섣불리 집을 나서기도 무엇하였다. 순천은 예로부터 미인들이 난다는 고장인지라 천하의 난봉꾼 김공개가 그냥 스쳐 지나칠 수 없었다. 순천에서 몇 날을 어슬렁거린 끝에 한눈에 들어오는 여자가 있어 어려움 끝에 정복하였는데, 재수 없게도 남편이 있는 여자일 줄이야. 남편이란 자가 보통이 아니어서 끝까지 추적하여 목을 비틀어 버리겠다고 눈에 쌍심지를 켰다. 그 위에

군사쿠데타가 일어나 함부로 경거망동할 수가 없었다. 하루걸러 계집을 품에 안아야만 직성이 풀리는 김공개였지만 집안에 틀어박혀 두문불출이었다.

김공개는 집안에 틀어박혀 있자니 갑갑하기도 하고, 아랫도리가 근질거려 몸살이 날 지경이었다. 병고로 누워있는 마누라가 오히려 짐스러운 존재였다. 그 위에 가계가 말이 아니었다. 그나마 남아있는 논밭도 소작으로 내주어 근근이 목숨 부지나 할 정도였다. 한참 잘나가던 시절에는 소고기도 질기다고 국물만 마셨는데, 이렇게 될 줄이야. 자식들의 장래도 걱정이고, 아차, 이거 큰일 났구나. 김공개는 뒤늦게나마 비참한 마음으로 가장의 책임을 절감하였다.

이 난관을 어떻게 헤쳐 나간다? 김공개는 할 일 없는 똥개처럼 방구석에서 뒹굴며 갖가지 잡념을 떠올렸다. 하룻밤이면 몇 억대의 돈을 쌓아 올렸다 허물었다 하였다. 아무리 생각을 굴려도 묘안이 떠오르지 않았다. 머리만 더 어지러웠다. 그러다 어느 날, 변소 길에서 돌아 나오다 헛간채에 버려진 발동기에 시선이 머물렀다. 벌겋게 녹이 슨 발동기가 순간적으로 황금으로 보였던 것이다.

김공개는 요놈을 팔면 얼마나 받을까? 술값을 할까, 아니면 그리운 임을 찾아갈까? 그것도 아니면 엿판이라도 짊어질까? 갖가지 생각을 굴리던 김공개는 불현듯 영산포 어디에선가 발동기를 개조하여 보리타작을 하던 모습을 떠올렸다.

옳지! 저걸로 쌀 찧고 보리타작을 하자. 김공개는 무릎을 쳤다. 잘만 하면 고철 덩어리나 다름없는 저걸로 동네 방아를 찧고 탈곡을 한다면 지금까지 손으로 곡식을 빻던 수고로움을 덜뿐만 아니라 금방 형편이 펴질 것이었다.

김공개는 그날부터 버려진 발동기에 매달렸다. 녹을 닦아내고, 기름

칠을 하고, 부속품을 갈아 끼우고, 생전 처음 작업복을 입고 땀을 흘렸다. 계집을 품에 안고서 흘리는 땀방울과는 전혀 달랐다. 몇 날을 발동기와 씨름한 김공개는 여수에서 전문 기술자를 모셔왔다.

"이게 제대로 돌아가겠는가 한번 보시요."

"한 오년은 제대로 써묵을 수 있겠어요."

"망설이지 말고 정미기로 둔갑을 시켜 주시요. 그리고 내가 믿고 천거한 사람에게 기술을 가르쳐 주시요."

김공개는 흥분한 나머지 당장 보리타작에 필요한 탈곡기를 들여오고, 대문 옆 헛간채를 정미소로 개조하였다. 기술자는 김공개가 원하는 대로 물품을 조달해 주었으며, 현오에게 발동기의 성능과 방아 찧는 절차하며, 보리타작하는 기술적인 방법을 시범을 보여 가며 가르쳤다.

"내가 믿을 사람은 넌께 알아서 눈대중 있게시리 잘 배워라이."

김공개는 육촌지간인 현오에게 정미소를 맡겼다. 현오는 고마웠다. 물려받은 문전옥답이 없는지라 하릴없이 빈둥거리다 겨울철이 돌아오면 김발이나 막아 일 년 생계를 유지하는 터였다.

모든 준비가 끝나자 본격적으로 보리타작이 시작되었다. 김공개는 당상나무 아래 청보네 마른논에다 보리 탈곡기를 설치하였다. 자운영이 우거진 논은 아이들의 놀이터였는데, 보릿단들이 성벽처럼 쌓아올려지고, 너도나도 차례를 기다렸다. 처음에는 그게 무슨 능력을 발휘하겠느냐고 헛웃음 치던 사람들이 탈곡기의 위력을 보고 놀랐다. 지금까지 홀태로 보리목을 따고, 땡볕 아래서 도리깨로 두들겨 보리알갱이를 털어냈는데, 그런 수고로움을 한몫에 덜었다. 무엇보다 시간 절약과 노동력 절감이었다.

"아따, 그녀러 것이 밀어 넣기만 하면 그만이구랴. 보리까시락은 둘러써도 열흘 몫을 한나절에 해치우니 좋기만 하네."

"김공개가 지집질만 잘하는 줄 알았던마는 시상 물정에도 일가견이 있네. 그냥 오입질한 게 아니여."

"시상을 널리 떠돌아 댕긴 부산물 아니겠는가."

"그보다는 오입 밑천이 딸린게제."

"어쨌거나 남보다 안목이 일찍 트인거여. 그나저나 인자 그놈의 지집질에 완전히 손을 떼야 할 것인디."

"그 버릇 어디 갈라든가. 지금은 저래도 돈푼이나 들어오면 슬슬 본병이 발동할 것이네."

"모르긴 몰라도 가는디마다 하나씩은 지집을 두었을 걸세."

"어디 하나뿐이겠는가. 눈 흘김, 반짝 놀음, 도둑지집, 수도 헤아릴 수 없을 것이여."

"그라고보면 정력도 좋제. 부잣집에서 잘 묵고 자랐다지만 그 방면으로는 타고났어."

마을사람들은 당상나무 아래에서 차례를 기다리며 한가하게 잡담들을 나누었다. 다른 때 같으면 홀태 앞에서 보리 대궁이를 따라, 도리깨질을 하랴, 비지땀을 흘릴 것인데 그럴 필요가 없었다. 차례가 돌아오면 탈곡기에 달라붙어 보릿단이나 갈라주고 알갱이나 챙기면 그만이었다.

"옛날에 당상나무 이 자리가 연자방아 자리인디, 시절이 돌고 돈다는 말이 맞는 성싶네. 당상나무 아래 청보네 논에서 동네 보리타작을 할 줄 누가 알았는가."

"우리 어렸을 적만 해도 연자방아를 찧지 않았소."

"그나저나 뜬금없이 현오가 알짜배기 일자리를 물었네, 그랴."

"워낙 눈썰미가 있어논께 금방 기술자가 되었어."

"인자 가난도 가시고 장가 갈 밑천도 생기겠네."

"자숙이한테 장가들것제?"

"집안에서 아무리 반대한다고 해싸도 즈그 둘이 좋다는디 어찌할 것인가. 뽕나무 밭이 바다가 된다고, 사람의 장래는 아무도 모르네."

마을사람들 말마따나 현오는 딴 사람이 된 듯 보리 탈곡에 신바람이 났다. 기름투성이가 된 채 발동기를 분신처럼 다루었다. 새벽부터 밤늦게까지 먼지 둘러쓰고서 피로를 잊었다. 날이라도 궂을라치면 꼬박 밤을 지새우기도 하였다. 보리를 탈곡하는데도 숙련이 필요하여 한손으로 보릿단을 탈곡기에 집어넣고 한손으로는 보릿짚을 밖으로 내보내야만 하였다. 현오는 시간이 흐를수록 손바람을 일으켰다.

"아니, 잡것이 어째서 숨을 멈춘당가?"

후두둑 빗방울이 떨어지는 속에서 힘차게 돌아가던 발동기가 갑자기 숨을 멎자 정신없이 보릿단을 떼어주던 동천네가 애달스러워 하였다.

"요것이 과로를 했는가 보요. 열이 펄펄 끓으요. 그 바람에 요시탕이 제 기능을 잊어 뿌렸소. 쪼깐 열을 식힌 뒤에 일을 합시다이?"

현오는 허옇게 보리 죽정이를 뒤집어 쓴 채 기계에 매달렸다. 너무 무리를 한 것이 틀림없었다.

"비가 올 모양인디 한가한 소리하는구면."

"기계랄 놈이 그러는디 어쩔 것이요."

현오는 전기 연결뭉치를 빼들고 시커멓게 그을린 접선 부위를 사포로 윤이 나도록 닦아냈다.

"아, 어서 좀 탈곡기를 일으켜 보드라고?"

동천네는 빗방울이 굵어지자 안달하였다. 하필이면 동천네 차례가 되어 빗방울이 늘길 게 무어며, 기계가 고장 날게 뭐람. 하늘이 훼방질한 것은 그렇다 치고, 기계가 멈춘 것은 일부러 욕먹일 계산속이 아닌가 오해를 살 소지가 다분하였다. 현오와 자숙이의 연애사건이 본격적으로 터졌을 때 동천네가 앞장서서 현오를 몰아붙였다. 조카딸인 자숙이 현오에게 시집간다는 것은 꿈에도 생각할 수 없는 일이었다.

미쳐도 단단히 미쳤구만. 그 집구석에 시집 가봐야 고생문이 환하제. 논밭 돼지기가 있냐, 그렇다고 현오가 남맨처럼 어느 구석지에 얼굴을 내보일 수가 있냐. 허구헌 날 시국이나 한탄하면서 술방석 차지밖에 더 하냐. 동천네는 혀를 끌끌 찼다. 사리분명한 자숙의 말을 한마디로 내칠 수는 없지만 현오에게 시집간다는 것은 마뜩찮았다. 벌써부터 자숙이네는 문중들로부터 외면을 당하였다. 자숙이네에게 보내지는 시선들이 곱지만은 않았다. 딸자식 하나 단속하지 못하고 가문에 손상을 입혔다는 비난의 눈초리였다.

"어이, 재문이? 발동기 코를 누르면서 방귀 뀌듯 힘차게 시동을 걸어라이. 내가 벨트를 연결할 텐게."

현오는 어느 정도 열이 내리고 부속품을 점검하자 작업을 서둘렀다. 물도 갈아주고, 휘발유며, 정유도 가득 채워 넣었다.

"알았네. 자, 시동 거네."

재문은 힘차게 시동을 걸었다. 식식, 탕탕, 식식, 탕탕, 발동기는 몇 번을 뺄장대다가 성깔 사납게 몸체를 떨며 돌아갔다. 현오가 잽싸게 벨트를 연결하고 벨트가 벗겨나지 않도록 송진을 묻히고 나서, 모자를 깊숙이 눌러쓰고 마스크를 한 다음 노련하게 탈곡을 하기 시작하였다.

"이놈의 빗줄기가 멎지를 않으니 큰일이구만."

"하늘이 좀 쉬라고 그러지 않는가. 보리낟가리나 비 안 들게 단속하세. 봄비가 오면 얼마나 올라든가."

마을사람들은 비가 내리는데도 전에 없이 느긋한 얼굴들이었다. 탈곡기가 어느 때고 비만 그치면 알아서 다 해 줄 것이었다. 그리고 현오야 논이 있나, 밭이 있나, 오로지 보리타작에만 신경을 쓸 것이었다. 비가 오는 속에서 가까스로 보리타작을 끝낸 동천네는 한시름 놓았다. 불어터진 보리 알갱이야 볕갈이 하면 될 것이고, 흠씬 물에 젖은 육신을 마음 편하게 쉴 수 있어 마음 흐뭇하였다.

그나저나 제일로 세상을 만난 것은 조무래기 아이들이었다. 탈곡을 끝낼 때마다 노적가리처럼 쌓이는 보릿대 속에서 술래잡기를 하거나 드잽이를 하기에는 그저 그만이었다. 두더지처럼 보릿대 속으로 파고 들어 숨어 있다가 제풀에 잠이 든 아이들이 있는가 하면, 드잽이를 하다말고 보릿대로 보리피리를 만들어 불기도 하였다.

"엄니, 나 요상한 것을 봤네."

명상은 술래잡기를 하다가 밤늦게 들어와 숨 가쁘게 말하였다.

"어디서 못된 짓하고 와서 너스레냐?"

종부네는 설핏 잠이 들었다가 깨어나며 나무랐다. 뒤늦게 보리를 벤 탓으로 보리타작 차례를 기다리자면 한참이었다. 빗방울이 듣기자 일찌감치 비 단속을 하고 자리에 누웠었다.

"그게 아니란께요."

"말해봐라."

"보릿대 속에서 깊이 숨어 깜박 잠이 들었는디 누가 발뒤꿈치로 내 등을 간지럼 태우듯 차면서요, 요상한 신음소리를 내지르지 않겠어요."

"쓰잘데없는 소리."

"아니라우. 드잽이를 하듯 신음소리를 내는디, 우리들이 하는 드잽이가 아니었당께요. 숨소리도 요상스럽게 거칠고라우."

"젊은 애들이 장난질을 했것지야."

종부네는 시쿠둑하니 웃어 넘겼다. 재눈이 또래들이 밀애라도 하였을 것이었다.

"그게 아니고라우. 나중에 누군가 하고 가만히 빠져나와 본께 여자는 우장을 쓰고 도망치듯 당상나무를 돌아나가 뒷모습만 보였는디, 남자는요, 예분례네 아부지드랑께요."

"너, 그 말 함부로 떠벌리지 말거라이?"

종부네는 다짐을 놓았다. 김공개가 보릿대 속에서 오입질을 하였다면 바다 건너 뭍에서 여자를 데려 오지는 않았을 것이다. 이 마을 아니면 건너 마을 어느 아낙네가 틀림없을 터였다. 누굴까? 그 바람둥이가 인자 동네 뗴과부들에게 눈독을 들이고서 후리는가 본디, 또 자살할 사람이 나오면 어쩌사 쓸끄나. 종부네는 머지않아 마을 공사가 일어나겠다고 염려하였다.

보리타작은 비가 덜 갠 우중충한 새벽부터 다시금 시작되었다. 질척한 논바닥에서 비에 젖은 보릿단을 탈곡하자니 일하기 사납고, 탈곡기가 자꾸만 힘겨워하였다. 발동기가 힘이 부쳐 시근시근 죽는가 하면, 탈곡기에 보릿대가 감겨 애를 먹었다.

"이놈의 기계, 아무래도 보링을 해야 쓰것구만."

"그러게 말이요. 한물간 수소맨치러 영 기운이 시원찮으요."

현오는 잔뜩 기름이 튀긴 볼썽사나운 얼굴로 휘발유를 빨아대며 조급해 하였다. 건너 마을 보리타작까지 하자면 마음 바쁘고 급한데, 탈곡기는 말썽을 부려 신경질이 절로 났다. 김공개도 뒷짐만 지고 있을 수 없어 발동기가 꺼질 때마다 현오를 거들었다.

"수상기를 육상기로 바꿔야 할랑가?"

"그러면 좋지라우. 보리타작은 어쩔 수 없다손 치더라도 가을방아는 새로 기계를 들여와야겠구만요."

"알았응께 살살 달래가면서 하는디까지 해 보거라. 너무 성질 급하게 다루지 말고. 여수 기술자는 한 오년은 너끈히 돌아갈 거라고 하던마는 진단을 잘못 내렸는가 보다."

김공개는 천성이 느긋한지라 세상 바쁜 줄을 몰랐다. 현오는 기름 묻은 손을 작업복에 닦고 나서 시동을 걸었다. 시동소리부터 병든 돼지 앓듯 하더니 원산네 차례가 되어 기어코 자지러졌다. 다음 차례가 종부네였다.

"어따, 씨뱅. 쪼깐만 참을 것이제."

원산네는 빗물이 스며든 보릿단을 탈곡기 앞으로 옮기다말고 원망어리게 눈을 흘겼다.

"곧 고치겠지라우. 담배나 한대 꼬십시다."

품앗이로 일을 거들던 종부네가 담배를 건넸다.

"전기코가 타버려 그걸 새로 갈아 넣어사 한다요."

"아예 일손 놓세."

원산네는 삐죽갈네의 말에 담배연기를 내뱉았다. 삐죽갈네는 종부네 일을 거들어 주기 위해 왔다가 원산네 차례를 모른 척 할 수 없었다.

"그럽시다. 세월이 좀 묵을랍디요."

종부네는 속으로 애가 달았다. 날씨를 보아하니 상큼하게 갤 날씨는 아니었다. 언제 심통을 부릴지 몰랐다.

"그런디 말이네. 자네 소문 들어봤는가?"

"무슨 소문이요?"

"있잖은가. 김공개가 드디어 사추리를 동네 과부에게 장대처럼 세웠다잖은가."

원산네는 김공개를 흘끔 돌아보고 나서 귓속말을 하였다.

"그게 정말인가라우?"

종부네는 얼마 전 명상이 하던 밀을 떠올렸다.

"소문이 솔바람처럼 불고 있네. 허기사, 요즘은 보리타작이야, 모내기 준비야, 밭작물 파종이야, 모두들 바쁜께 자네 집 안방이 텅 비어 깜깜절벽이겠구랴. 나도 자네 집 간지가 오래 됐구만. 오입질을 하더래도 나가서 하면 누가 뭐라 하겠는가마는 일이 심상치가 않네."

"상대가 누구라요?"

"뱁새눈이 말그만이라고 하는구만."

"조동이 조카딸 아니요?"

뱁새눈이 말그만이라면 재작년에 남편이 쌀 한 섬씩을 걸고 소싸움을 시키려다 성난 황소 뿔에 받쳐 심장이 터져 죽은 젊은 과수였다. 남편이 죽자 친정에 돌아와 조동의 집에서 식모살이 아닌 식모 노릇을 하고 지냈다.

"금메말시. 보잘 것 없는 년의 어디가 좋아서 김공개가 눈독을 들였는지. 알다가도 모르겠네."

"붕어가 없으면 미꾸라지탕 아니요?"

"그 점도 있네만, 오입질로 이골이 난 김공개고보면 뭔가가 있을 걸세."

"조동도 제수씨를 자살까지 하게 만든 불난봉꾼이라 두 사람이 아주 짝짜꿍이요."

"그래도 내 얼굴에 티눈 백인 줄은 모르고 남의 얼굴 험상한 것은 보인다고, 그 족속들이 가만있겠는가?"

"똥 묻은 개 재 묻은 개 나무란다고 했지만, 낯짝들이 있으면 잘잘못을 따지기는 어렵지요."

삐죽갈네가 귀를 잔뜩 세우고 있다가 참견을 하였다.

"하여간 김공개 정미소를 차리고 정신 제대로 차린 줄 알았더니 하는 수 없는 개차반이네."

원산네는 담배꽁초가 다 타들어가자 발로 심기 사납게 비벼 껐다. 김공개의 오입질로 부정을 타서 고장이 잦을 것이라는 생각이 들자 김공개가 주는 것 없이 미웠다. 다행스럽게도 빗방울이 오락가락하는 가운데 원산네의 보리 탈곡은 밤늦게 시작하여 새벽녘에 끝났다. 그리고 아침을 들기가 바쁘게 종부네의 보리타작이었다.

김공개와 말그만이와의 관계는 보리타작이 끝날 즈음에는 기정사실로 소문이 확대되었다. 술래잡기하는 아이들뿐만 아니라 노인네들에게도 그 현장을 들켰다. 보릿대 속에서, 충조네 외양간 구석진 곳에서, 당목네 헛간채에서, 배포 좋게도 조동이네 부엌 나뭇단 속에서 비릿한 정사를 나누었다. 사람들은 어이없어 혀를 차기도 하였고, 조동의 권속들은 그렇잖아도 조준의 마누라 자살사건으로 심기가 불편하였는데, 말그만이까지 푼새없이 엉덩이를 내돌리자 김공개를 잡아먹을 듯하였다. 김공개는 사태의 심각성을 알아차리고 보리타작으로 벌어들인 돈을 손에 쥐고 아무도 몰래 마을을 떠났다.

"현오야, 이걸로 가을방아를 찧겠끔 정미소를 손 보거라. 새로 육상기는 사서 보낼 테니께 그리 알고."

김공개는 현오에게 정미소 일을 전적으로 떠맡겼다. 그리고 떠나기 전날 밤, 그냥 떠나기에는 아쉬워 뱁새눈이 말그만이를 만났다. 낮에는 영 밉상이어서 혐오감마저 드는데, 어둠속에서 안아보는 그녀의 몸매는 기가 막혔다. 수많은 여자들을 안아 보았지만 그렇듯 탄력 있고 감칠맛 나는 명기는 드물었다. 깊은 수렁에 빠져 헤어 나오지 못할 것 같은 진득함과 쫄깃쫄깃함과 질퍽함과 구릿한 냄새까지 사람을 황홀경으로 취하게 하였다.

"어디로 떠날 거라는 소문이던디 참말 가실 거요?"

말그만이는 만나사마자 김공개의 품에 안겨 들었다. 보리타작 마당에 갔다가 강제로 보릿대 속으로 끌려가 몸을 빼앗기듯 내주었는데, 한번 맛을 본 그녀 쪽에서 더 안달이 났다. 세상이 알아주는 오입쟁이라고 하더니만 사람을 미치게 하였다. 폭풍우로 몰아넣었다가 작열하는 태양열로 태웠다가 비에 흠뻑 젖은 채 진흙탕 속에 처넣기도 하였다.

"잠시 떠나야겠어. 눈초리들이 고약해."

"지도 따라가면 안돼요? 인자 난 혼자 못살아요."

"쫌만 기다리고 있어. 내 곧 연락할 테니께."

김공개는 그녀의 치마폭을 떠들렸다. 말그만이는 김공개의 손길이 연못가에 이르자마자 엉덩이를 들어 올리며 뱀장어처럼 안겨들었다. 김공개는 다른 날보다 훨씬 공격적으로 뜨거운 풀무처럼 그녀를 다루었다. 이제가면 언제 또다시 맛보랴. 십자군의 마누라처럼 정조대도 없을 테고, 춘향이 같은 기다림도 없을 것이니, 오늘의 사랑으로 서로를 잊자구나. 김공개의 등허리에 땀방울이 솟고, 그녀는 뜨거운 풀무질에 미친 듯 비명을 내지르며 녹아 내렸다. 모래밭이 온통 땀에 젖고, 하늘의 별들이 한꺼번에 쏟아졌을 때, 그녀는 튕기듯 하늘로 오르려다 까무라쳤고, 김공개는 그녀의 배위에서 진저리를 치며 모래 속으로 찾아들었다. 발치에서 모래를 아우르는 파도가 수소처럼 밤꽃 냄새를 맡았다.

"꼭 연락해야 돼요."

말그만이는 아스라이 눈을 뜨며 나른하게 다짐을 놓았다.

"자네를 어이 잊을 것인가? 꽉 믿고 기다리게."

김공개는 그녀의 귓가에 달콤하게 속삭이고서 섬을 떠났다. 그리고 여름이 지날 즈음 현오에게 육상기를 사 보냈으나, 뱁새눈이 말그만이에게는 소식을 주지 않았다. 그녀는 매일같이 하마 소식이 올까 눈이 빠지게 기다렸다.

"썩을 놈의 인사, 찰떡같이 약속을 해놓고서 함흥차사네. 밤마다 열병을 앓고 있는 이내 심사를 알까 모를까?"

말그만이는 무심한 달을 쳐다보며 가슴을 쥐어뜯었다. 이 가슴의 열병을 언제쯤 씻어줄까. 정말이지, 어쩔 때는 꼬리치는 검정개가 김공개만 같아 야릇하였다.

2

제대를 하고 가족들에게 잠깐 얼굴을 보였던 학재가 집을 나선지 두
해만에 돌아왔다. 군대에서 사람이 좀 됐다 싶었는데, 객지바람에 찌든
몰골로 집에 돌아오자마자 술독에 빠져 지냈다.

"어이구, 저런 꼴 보이려고 집에 돌아왔는감. 저 꼴 안 봐서 시상 뱃
속 편하던마는 내 애간장을 얼마나 녹일꼬?"

도암네는 새삼스레 신세 한탄을 하였다. 그 나이에 정신을 다잡고 가
대를 온전히 휘어잡아야 할 것인데 영 씨알머리가 없었다. 도시에 나가
무슨 생활을 하였는지, 얼굴 한편에는 잔뜩 고민스러움을 드리우고 있
었다.

"새 장가를 보내야 쓸 모양이요."

"지놈이 무슨 염치로?"

도암네는 말도 못하게 하였다.

"장가요? 한번 가봤으면 됐제, 또 무슨 업보를 지으라고요."

학재 또한 화들짝 놀라며 게슴츠레한 눈으로 밀어냈다. 그렇던 학재
가 채종과 재문, 현오와 술을 나누는 자리에서 느닷없이 자신의 괴로운
심정을 토해냈다.

"아니, 시방 뭣이라고 했냐?"

채종은 믿기지 않는다는 얼굴로 눈꼬리를 치켜 올렸다.

"다시 말해사 쓰것소? 예분례를 극적으로 만났단 말이요. 이것이 무
슨 지랄 같은 운명인지 모르것소."

"어디서 만났는가?"

이번에는 현오가 물었다. 예분례는 섬을 떠난 뒤 소식이 없었다.

"서울에서 내려오면서 나주에 사는 군대 친구를 찾아갔구만. 군대친구는 개 친구라고들 하지만 그 녀석과는 남다르게 절친한 사이여서 서로가 반가웠네. 만나자마자 단골집으로 직행하였지. 아, 그런디 거기에 예분례가 있지 않겠는가."

"손님으로야?"

"손님이었으면 좋게? 주방에서 요리사로 일하고 있드구만. 나는 예분례가 있는 줄도 모르고 권커니 자커니 술잔을 들이키고 나서려는디 불러 세우지 않는가. 나, 참. 너무나 기가 막혀서……."

눈물을 글썽이며 다가선 예분례는 한눈에 보기에도 고생이 말이 아닌 듯싶었다. 설거지물에 젖은 손끝은 호미자루 한번 잡아보지 않고 곱게만 자란 처녀시절의 모습이 아니었다. 주방에서 일한 때문인지 얼굴에 기름기는 흘렀으나, 일에 찌들린 피로감이 역력히 배어났다. 어떻게 사느냐고 묻자 달세 방에서 혼자 지샌다고 하였다. 미래는 물론, 삶 자체를 몽땅 포기해 버린 안쓰러운 모습이었다.

"헤어졌던 임을 다시 만나 가슴이 뛰었겠구만."

"사람의 마음이 요상하드구만. 흐르는 물에 낙엽 한 잎 떠내려 보내듯 잊고 있었는디, 그 모습을 본께로 차마 발길이 떨어지지 않지 뭔가. 그렇게 된 팔자소관이 다 내 탓이 아니겠는가."

"만남도 운명이라면 헤어지는 것 또한 운명이라고 했네. 헤어졌다 만나기란 그만큼 어려운 법이고……."

"나도 생각이 거기에 이르렀네."

학재는 재문에게 술잔을 건넸다. 군대친구와 헤어진 학재는 그녀의 달세 방을 찾아들었다. 그냥 눈 질끈 감고 돌아서려고 시외버스 정류소까지 나와 버스를 기다리던 학재는 그렇게 떠나는 것이 사나이 도리가 아닌듯하여 이참에 정식으로 작별이나 하자고 발길을 돌려세웠다. 예분례는 일도 나가지 않고 이불을 둘러쓰고 있었다. 눈두덩은 퉁퉁 부어 있었다. 학재가 들어서자마자 품속에 안겨들며 울음을 터뜨렸다.

"내가 죽일 년이요, 집을 나간 건 내 잘못이요."

예분례는 학재의 가슴에 얼굴을 묻은 채 눈물을 쏟았다. 학재는 그녀의 눈물을 감당할 수 없어 어찌할 바를 몰랐다. 말없이 내버려 두었다. 예분례의 눈물은 점차 창문을 적시는 빗줄기가 되어 학재의 마음을 후줄근 적셨다.

"타관객지에서 고생이 많았구만."

어느 정도 눈물이 잦아들자 학재는 냉정을 되찾았다. 객지에 나가 고생한 보람을 찾았다면 이리 눈물을 보였을까. 학재에 대한 원망과 복수심으로 보다 싸늘한 모습이었을 것이다.

"언젠가는 만나 용서를 빌려고 했어라우. 분별없이 집을 뛰쳐나갔을 때는 정말 제정신이 아니었구만요. 죽으나 사나 참고 기다려야 했는디, 인자 와서 후회하면 뭣하겠소만……."

"솔직히 말해서 난 잊었어. 오히려 스스로 행복을 찾아 나섰다고 속으로 박수를 보냈응께. 그런디 겨우 이런 꼴이라니. 이곳 밖에 못 오다니."

"아니라우. 서울서도 살았고, 광주에서도 살았어요."

"하필이면 그 너른 곳을 놔두고 여기가 종착지가 된 거여?"

"그만한 사연이 있었구만요."

예분례는 거두었던 눈물을 또다시 훔쳤다. 그녀가 첫발을 내딛은 곳은 서울이었다. 영등포역에서 내렸는데, 막상 갈 곳이 없었다. 어느 모로 보나 촌뜨기 신세였는지라 기웃거리는 곳마다 야릇한 시선으로 바라보았다. 그 같은 시선을 느낄 때마다 오싹 소름이 돋았다. 마음먹은 구직처는 아무리 찾아봐도 없었고, 가정부 아니면 공장이었다. 식모살이라니. 이래봬도 부잣집에서 손끝에 물 한번 묻히지 않고 자랐는디 말이나 되는가? 공순이는 또 뭐여? 그것도 깨끗하고 좋은 자리는 얄상한 애들이 차지하고 먼지 뒤집어쓰는 막노동이나 다름없는 자리라니. 그녀는 몇 날을 발이 부르트도록 서울바닥을 누비다가 대전으로 내려왔다. 계룡산에 들어가 머리를 깎자고 작정한 것이다.

"그런데 왜 머리를 못 깎았지?"

"머릴 깎더라도 한 번 만나보고 깎자고 하였어라우."

"열녀 한번 났구랴."

학재는 담배꽁초를 심기 사납게 비벼 끄고 나서 단숨에 술잔을 들이켰다. 이 무슨 지랄 같은 만남인가?

"사정이 그렇다면 지금이라도 다시 데려 오거라. 느그 집 귀신이 되겠다고 하는디 매정하게 외면할 수야 있냐. 죽어서도 원귀가 된다."

현오는 학재의 마음을 은근히 부추기었다. 객지에 나가 그 고생을 하면서도 자신을 지키는 그 마음씨가 가상하였다.

"내 생각도 그렇다."

재문도 현오의 말에 공감하였다.

"그럴 것 없이 느그 둘이 예분례를 데리고 오너라. 중이 제 머리 못 깎는다고, 그러면 일이 간단하게 풀리제."

"그것 참 좋은 대안이오."

채종의 말에 현오가 무릎을 쳤다.

"집에서 순순히 받아들이겠냐. 그렇잖아도 달갑잖은 며느리였는디."

"여러 사람이 숙모님 마음을 돌리면 될 것이다."

"나는 자신이 없구만이라우."

학재는 밀어 던지듯 말하며 기둥모서리에 몸을 기댔다. 예분례를 매정하게 뿌리치듯 하고 돌아섰지만 마음은 그게 아니었다. 제대와 동시에 서울 등지를 돌아다니며 그녀의 존재를 까맣게 잊었는데 숨죽였던 잿불이 바람에 되살아 날 줄이야.

학재는 군에 자원입대한 그날로 자신을 철저히 내던졌다. 아무도 원치 않는 비상훈련에도 스스로 지원하여 육체의 한계를 실감하였다. 이 새끼, 어디서 배운 악발이야? 아무도 갚을 수 없는 학재의 저돌성에 누구나 손을 들었다.

서울 등지에서의 생활은 어떠하였는가? 공사판에서, 외판사원으로, 공원으로 생활하면서 세상의 밑바닥을 전전하였다. 나는 누구인가? 내가 살아가는 이유는 무엇인가? 반문하고 곱씹으며 자신을 학대하였다. 아무리 무더운 여름날일지라도 학재는 추위를 탔고, 그 추위를 잊기 위해 육신을 혹사시켰고, 한잔 술로 풀어 던졌다.

정말이지, 서울 등지에서의 생활은 파김치 꼴로 지쳐버린 가운데 술과 땀내음으로 뒤범벅이었다. 자넨 공사판을 전전하지 않아도 되는데, 이해가 잘 안 돼. 삼척 탄광을 갈 텐가? 함께 숙식하며 지내던 친구가 어느 날 짐을 꾸리며 물었다. 인생의 가장 밑바닥, 땅속 깊은 곳으로 떨어지자고 하였다. 아니야. 난 집으로 내려갈 거야. 탄광은 곧 죽음이야. 난 이놈의 세상이 억울해서도 신선한 공기를 마시고 싶어. 그곳은 바로 고향이야. 학재는 친구와 헤어져 고향으로 내려왔다. 미몽에서 깨어난 사람처럼 비로소 바다냄새와 유자향기가 코 끝에 묻어났다.

"이따, 저게 누구요?"

삐죽갈네가 울타리 너머로 원뚝을 바라보며 눈을 반짝 빛냈다.

"반가운 사람이라도 오냐?"

이천네 어멈이 담뱃대를 빠끔거리며 물었다.

"낯익은 모습이요만. 가만있자, 누군가 했던마는 예분례요. 신색이 보름달 모양 훤하요."

"어디서 살다가 온 다냐?"

이천네 어멈은 담뱃대를 기둥 모서리에다 탕탕 털고 나서 목을 길게 뺐다. 현오와 재문이가 예분례의 뒤를 따르고 있었다.

"학재가 돌아오고, 뭔가 즈그들끼리 내통이 있었던가 보요."

"금메다. 도암네가 순순히 며느리로 받아들일지 모르겠다."

"또 모르제요. 새로운 길을 찾았는지. 그래서 인사차 친정에 오는지. 재문이와 현오야 마량장에서 만났는지 모르겠고……."

삐죽갈네는 어쨌거나 흥미거리였다. 요즘들어 화젯거리가 도통 없었는데, 예분례의 출현은 분명 화젯거리였다. 수문께를 돌아 나온 예분례는 삐죽갈네와 이천네 어멈을 발견하고 반가움으로 그렁그렁 눈시울을 적셨다.

"어디서 살다 오는가?"

"다들 건강하구만이라우."

"팔자를 고친 듯 싶으네."

"팔자를 고쳤으면 고향을 올랍디요."

"그럼, 다시 학재와 살기로 하였는가?"

"그러자고 온 것 아니겠소."

재문이 대신 퉁명스레 대답하였다.

"열녀 같은 마음이다만, 또 새롭게 마음 고생하기 위해 오다니, 여자 마음은 그래서 알다가도 모를러라."

이천네 어멈은 예분례 얼굴을 찬찬히 뜯어보았다. 얼굴은 뽀얗다만 마음 고생한 게 역력하였다.

"어서 가보게."

삐죽갈네는 울타리를 돌아 종부네 대문을 들어서는 예분례의 뒷모습을 지켜보았다.

"첫정은 저래서 지우기 어려운가 보다……."

이천네 어멈은 쌈지를 끌어 당겼다. 예분례는 종부네 집을 그냥 돌아나왔다. 아무도 없었다. 곧바로 친정집으로 향하였다. 현오와 재문은 학재 집에 들어섰다. 학재는 낮잠을 자다가 두 사람이 깨우는 바람에 눈을 부비고 일어났다.

"데리고 왔다."

"나는 안 왔으면 했는디……."

학재는 미간을 찌푸리며 주전자 물로 갈증을 다스렸다. 그녀를 데려와서 어쩌자는 건가? 그로인한 고부간의 갈등하며, 마음이 복잡하게 뒤엉켰다.

"인자, 니 맘에 달렸다."

"술이나 들자."

학재는 마시다 남은 술병을 꺼내왔다.

"우리 떠난 뒤로 술깨나 마셨구나. 예분례, 앞으로 술안주는 제대로 장만하지 싶으다."

현오는 비그시 웃음을 베어 물며 술잔을 들이켰다.

"처갓집에 가서 예분례를 모셔 와야제."

"절차가 있는 법, 서두를 것 없다."

학재는 재문의 말을 술잔 속에 묻어 버렸다. 예분례는 어쩌자고 스스로의 운명을 옭아맨 걸까? 잘못 저지른 인생행로를 과감히 벌쪄버리고 넓은 곳으로 나갔으면 새로운 길을 갈 것이지 무슨 미련이 남아 코뚜레를 지른 소처럼 다시금 끌려온 것인가? 그녀를 만났을 때만해도 오늘의 결과를 예상하지 못하였다. 만남은 상처로운 감정과 회한과 일말의 동정이 어우러져 사람의 마음을 눈물로 얼룩지게 하였고, 따라서 냉정한 판단력과 분별력을 흐리게 하였다.

"우리는 그만 갈란다."

재문과 현오는 술잔을 마저 비우고 자리에서 일어났다. 피로하였다. 천정 높이로 터덜거리는 완행버스에 시달렸고, 예분례를 일으켜 세우는데 다소간 애를 먹었다.

"학재가 많이 변한 것 같제?"

"그만큼 성숙한 것이겠제."

현오는 재문의 말에 자신의 나이를 돌아보았다. 상놈은 나이가 벼슬이라고 하였던가? 철부지 나이가 지난 것이다.

"우리가 잘한 일인지 모르겠다. 마음이 식어지면 살던 정도 싫다는디."

"사그라진 잿불도 불씨를 안고 있다고 하지 않던?"

"하여간 학재는 심심찮게 화젯거리를 제공한다."

재문은 현오와 헤어졌다. 학재는 자원입대하여 벌써 제대를 하였는데 재문은 이제 입영을 하게 되니 마음이 영 심난하였다.

예분례가 돌아와 학재와 다시 결합한다는 소문이 돌자 마을사람들은 찬반으로 나뉘어 말들이 많았다. 한여름 불볕더위 아래에서 짚동만한 배를 안고 올린 결혼식보다 흥미로운 얼굴들이었다.

"자네는 며느리로 받아들일 것인가?"

"씨알도 먹히지 않는 소리는 하지 마소. 아무리 육이오로 풍비박산이 되었다지만 그래도 뼈대 있는 집안 아닌가? 그런 며느리에게 그 많은 기제사를 맡길 수 없느니."

도암네는 진지하게 묻는 원산네의 말을 삭둑 자르듯 하였다. 살기 싫다고 집 나간 며느리를 찬물 들이키듯 맞이할 수는 없었다.

"그래도 즈그 둘이 좋다면 할 수 없는 노릇 아닌가?"

"무슨 염치로 조상 앞에 나서?"

"예분례 마음도 이해 해야제."

"나는 싫네."

도암네는 예분례를 입에 올리는 것조차 수치로 알았다. 종부네 또한 탐탁찮은 표정을 지었다.

"암만해도 예분례가 자네 집안 귀신이 될랑갑네."

"다들 그렇게 생각하네만 나는 찬성하고 싶지 않으이. 큰집 성님도 이번 일만은 거두절미 싫다하고……."

"어쩌겠는가. 이렇게 된 이상 관대하게 받아들이소. 예분례 신세가 어찌 되겠는가."

"그렇긴 하네만……."

종부네는 아낙네들의 말을 들을 때마다 난감하였다. 더구나 이쪽을 곱지 않은 눈으로 바라보는 사람들은 입가에 비죽이 웃음을 흘리며 마치 시궁창에 빠진 송아지를 바라보듯 하였다. 어쨌거나 마을의 여론은 두 사람의 재결합을 당연하게 몰아갔다.

"사람의 정분은 뭐니 뭐니 해도 첫정이여. 학재가 잘 생각한 거여. 조강지처나 다름없는디 예분례를 제쳐두고 새 장가 간다고 해서 잘 산다는 보장도 없을 것이고……."

마을의 여론은 나뭇가지 위에 달라붙은 분봉처럼 도암네의 머리위에 머물렀다.

"동숭애, 어쩌면 좋겠는가?"

"성님은 어떻소?"

종부네는 도암네의 무릎맞춤에 심중을 되물었다.

"예분례 상판대기도 보기 싫으이."

"그러면 더 이상 머뭇거릴게 뭐가 있것소."

"동숭도 내 맘하고 같제?"

"백번 합당하다해도 종손며느리로서는 합당치 않으요만……."

"누가 아닌가. 헌디, 학재가 마음 돌려 묵고 다시 살겠다는디, 매정하게 머리를 내저을 수도 없고. 그러다 엉뚱한 일이라도 벌어지면 어쩌나 싶고……."

"성님은 매사가 그 모양이요."

"내 성질이 워낙 모질지 못해서 그렇네. 상정네 동숭은 어떻게 생각할지……."

도암네는 깊은 한숨을 쉬었다. 제대를 하고 밖에 나가 떠돌다 집에 돌아와 술독에 빠져 지내는 것은 마음 아프게 이해할 수 있었다. 제 놈 잘못을 탓하기 이전에 시국이 그렇게 만들지 않았는가.

"학재 말은 들어봤소?"

"하도 토심스러워 말도 한마디 안 건넸네."

"지놈이 무슨 맘으로 결단을 내렸는지 말이라도 한번 들어 봅시다."

"그게 좋겠네."

도암네는 학재를 불렀다. 학재는 술이 덜 깬 얼굴로 안방에 건너왔다. 방안 공기를 재빨리 짐작하고 말없이 자리에 앉았다. 도암네는 세째 동서인 상정네도 불러 올렸다.

"무슨 가족회의라요?"

상정네는 방안에 들어서자마자 학재를 곱지 않은 눈으로 바라보았다.

"맞네. 가족회의네."

"그럼, 며느리를 맞아들일 작정이요?"

"자네, 의견은 어떤가?"

"나라고 기분이 썩 좋으란 법이 있것소? 나는 조카가 좀 더 신중하게 일을 추진했더라면 좋았을 거라고 생각했소. 이렇게 일을 저질러 놓고 심각하게 마주 앉을게 아니라 사전에 충분히 의논을 했어야 했소."

"작은 어무니 말씀이 옳구만이라우. 그랬어야 했는디 현오와 재문이가 한발 앞서 데려왔구만요."

학재는 상정네의 말에 새삼 집안에서 예분례의 존재를 얼마나 달갑지 않게 여기는지 알았다. 짚동만한 배를 안고 염천 칠월 불볕 아래서 결혼식을 올린 것이며, 학재가 자원입대를 하자 집을 뛰쳐나간 행동거지를 용서할 수 없었다 하더라도 그럴 수밖에 없었던 상황을 조금은 이해하고 받아들일 줄 알았다. 전쟁의 상흔을 안고 삶의 질곡을 헤쳐 나온 어머니네들의 눈물겨운 그 과정을 며느리로서 조금이라도 우러러보았더라면 어찌 오늘 이 같은 일이 있었겠는가.

"무엇보다 네 일이고, 가문의 중대사인디 어찌 현오와 재문에게 책임을 전가시킬 수 있냐. 니가 그렇게 우유부단하냐?"

이번에는 종부네가 고삐를 잡아채듯 다잡았다.

"……정말 면목 없구만이라우."

"느그 아부지네들이 살아있다고 해 봐라. 이런 해괴한 일이 있을 수 있겠는가. 조상님들께 머리를 조아릴 수 없다."

도암네는 속으로 가슴을 뜯었다. 학재를 피멍울이 들도록 회초리를 안기고 싶었다. 아까운 자식이라고 볼기짝 한번 때리지 않고 키웠는데, 돌아온 게 고작 이건가?

"아버지네들이 살아계셨더라면 제가 이런 불량스러움을 저질렀겠습니까."

순간, 학재는 가슴속에서 무언가가 불끈 솟구쳤다. 내가 이 지경에 이른 것도 따지고 보면 누구 때문인가? 그 알량한 이데올로기를 선비의 지조처럼 안고 죽어간 당신네들 때문 아닌가.

"너, 지금 뭐라고 했냐? 그게 너 하나만의 고통이냐?"

종부네도 맞받아치며 회초리로 후려치듯 하였다.

"동숭애, 참게. 그래, 니 의견은 어떠냐?"

마음 약한 도암네가 한발 물러앉았다.

"저야, 집안에서 저저이 싫다면 평생 홀애비로 살 수밖에요. 예분례를 다시 만나기전에는 혼자 살라고 했어요. 솔직히 자식을 낳아봤자 저처럼 울분이나 삼킬 것이고, 전들 마누라 호강을 시켜줄 위인도 아니고……."

"너는 절망과 회의가 전 재산인 줄 아느냐? 너보다 더 못한 운명에 떨어진 사람도 지혜롭게만 살더라. 손발이 문드러진 문둥병자를 봐라."

"문둥병자와 다를 게 뭐요? 그쪽은 육신이 망가졌다면 저는 영혼이 헌누더기 꼴이 되지 않았소."

"아무리 그래도 따뜻이 가정을 꾸릴 수 있다."

"그래서 예분례를 데려온 것 아니요. 저는요. 이 섬을 한발작도 벗어나지 않을 것이요. 술에 절어 살더라도 나대로 이 섬을 부둥켜 안고 살 것이요."

"술도깨비를 반겨줄 곳이 어디 있는디."

상정네는 눈을 흘겼다. 핑계 좋아 무덤 판다고, 잘난 애비들 덕분에 술독을 지고 살지 않는가.

"미치광이 무공이가 고향에 돌아와 왜 저렇게 사는지 알기나 해요?"

"오냐. 알겠다. 니는 우리 집안의 대들보니께 중심을 잃어서는 안 될 것이다. 동생들도 자라고, 술독에 빠져 지내더라도 장차 동생들이나 자식들에게 할 말이 있어야 할 것이다."

도암네는 결론을 내렸다. 주름지고 땀 배인 옷을 걸치고 사는 게 우리네 인생이 아니냐.

"명심할라요. 아무려면 자포자기야 하겠소."

"그러면 날 따로 잡을 것 없이 내일이라도 데려오도록 해라. 예분례도 객지에 나가 고생께나 했다니께 마음 달리 묵것지야."

상정네는 자리에서 일어났다. 종부네도 함께 방문을 나섰다.

"예분례가 과연 종손 며느리 구실을 온전히 할 수 있을께?"

"나는 별로 기대하지 않으요. 그렇다고 다른 며느리라고 별수 있을랍디요. 대감할무니처럼 봉창문을 열어제치고 장죽을 두드리며 호령하는 종손 며느리는 기대 밖이요."

"가세가 기울라니께……. 말하지 말세나. 우리에게도 책임이 있응께 잘 이끌어 보세."

"그래야겠지라우."

"암튼, 마음이 밝지만은 않네."

종부네는 상정네와 헤어져 집으로 향하였다. 발걸음이 무거웠다. 당상나무께를 지나치는데 장 목수가 연장통을 내려놓고 담배를 피우고 있었다.

"형수님, 담배 한대 피우시요."

장 목수는 걸걸한 목소리로 반색을 하며 자리를 내주었다.

"아녀자가 당상나무 앞에서 무슨 담배라요. 어디서 일하다 오시요?"

"형수님 친정동네 진작기미에서 배 두어 척 묻었소. 형수님은 배 안 묻을 것이요?"

"학재도 돌아왔고, 배를 묻어 세 집이서 편리하게 사용할까 하요만……."

"왜, 무슨 일이 있으시요?"

"학재가 예분례를 데려왔소. 그 가닥을 좀 짓고나서요."

"저런. 그것이 잘한 일인지, 아니면 더 큰 후회를 몰고 올 것인지 모르것소."

"남녀의 정은 흐르는 물이랬다고, 어찌 우리들 손으로 막을 수 있것소."

"허허, 그렇긴 하요."

장 목수는 연장통을 짊어졌다. 발걸음이 가벼운 것이 기분 좋게 배를 묻었는가 보았다.

3

오랜만에 어둠을 둘러쓰고 종부네가 친정집에 들어섰을 때, 마당 가운데 마을사람들이 장사진을 치고 있었다. 그리고 무엇보다 놀란 것은 서커스단이나 들어왔을 때 들어보았음직한 간드러진 노랫소리가 심금을 울렸다. 어디서 저렇듯 가냘프고도 애소어린 노랫소리가 들리는 걸까? 아무도 노래 부르는 사람이 없었다. 종부네는 주위를 둘러보았다. 다른 때 같으면 오시느냐고 반갑게 인사를 할 낯익은 사람들이 노랫소리에 넋들이 나가 종부네의 존재를 미처 못 알아보았다.

– 비너스 동산을 얼싸안고
  꿈을 꾸는 꽃 그림자

노랫소리는 돌아가는 판위에서 조그마한 쇠뭉치가 고개를 끄덕거리는 속에서 흘러나왔다. 종부네도 그 신기함에 매료되었다.

"누님, 오셨어요?"

노래가 끝나자 박수혁을 비롯하여 모여 앉은 사람들이 비로소 종부네에게 인사를 하였다. 박수혁은 판을 뒤집어 놓은 다음 잔뜩 태엽을 감고 나서 치켜든 머리에 바늘을 갈아 끼우고 돌아가는 판위에 올려놓았다. 이번에는 다른 목소리가 주위를 울렸다.

"그것이 무엇이라냐?"

"유성기라는 것이요. 아버님이 어디서 이걸 보고 어떻게나 사 달라 하는지 오늘 사왔습니다. 좋지요?"

박수혁은 자못 자랑스러운 얼굴이었다.

"술집여자 보다는 낫겠다."

종부네는 친정아버지가 선창가 술집 여자와 가까이 정분을 튼다는 이유로 친정어머니께서 질투심을 내는 것보다야 낫지 싶었다. 그러고 보니 처음 일제 라디오를 사왔을 때가 생각났다. 그때도 오늘만큼이나 마을사람들이 모여들어 신기해하였는데, 나이 든 노인네들은 그 조그마한 상자 속에 사람이 들어있는 줄 알았다.

"누님도 온 김에 한 곡조 배우시요."

"나야 그럴 재주가 있겠느냐만, 영판 사람이 부르는 것 같다."

"허허, 누님도. 가수 목소리를 그대로 판위에 새긴 겁니다."

"시상이 날로날로 무섭게 변해 간다."

"라디오도 그렇고, 앞으로는 돈만 있으면 가만히 앉아서 세상 돌아가는 것을 듣고 보고 즐길 수 있을 것이요."

"너 같은 한량들은 즐겁기만 하겠다."

"누님도 신기하고 즐겁지 않은가요? 한곡 더 들어 볼라요?"

박수혁은 레코드판이 다 돌아가자 재빨리 다른 판으로 갈아 끼우고 태엽을 감았다. 종부네는 사람들을 헤치고 건넛방으로 들어섰다. 마을 사람들은 마당이고 안방을 차지하고서 일어날 줄 몰랐다. 친정어머니도 사람들 속에 묻혀 종부네를 곁에 앉힐 수 없어 어안이 없어 하였다.

박수혁이 뜸을 들일 때마다 사람들은 젖을 보채는 아이처럼 들었던 노래를 또 듣고 싶어 하였다. 나중에는 아예 청년 하나가 태엽을 전담하여 감았다.

"고모 오는가?"

"오냐. 많이 컸구나."

종부네는 눈물을 글썽이며 품안에 안겨드는 조카딸의 머리를 쓰다듬었다. 클수록 박해수를 너무나 쏙 빼닮았다. 이왕지사 생길 바에야 고추를 달고 나왔으면 얼마나 좋았을까. 종부네는 마음이 아팠다. 박해수의 일 점 혈육이 친정집에 나타난 것은 육이오전쟁이 끝나고도 한참 지난 뒤였다.

박해수는 부모가 정해준 정혼녀가 있었다. 그러나 박해수는 그때 당시의 젊은 지식층들이 그러하였듯이 그녀와의 결혼을 바라지 않았다. 더구나 약방을 경영하면서 야학과 항일노동운동에 관여하면서 결혼을 멀리 밀어 던졌다. 사회주의 사상에 남다른 이론을 지닌 박해수는 해방공간과 육이오전쟁 때 좌익의 선두에 서서 활약하다 처형되었다.

그러한 가운데 한 여자를 만나게 된 것은 당연한 결과였는지 몰랐다. 전쟁이 일어나기 직전 박해수가 친구의 도움으로 숨어 지낼 때, 박해수를 극진히 보살펴 준 여자였다.

박해수와 그녀와의 만남은 그보다 훨씬 이전으로 거슬러 올라가 박해수가 약방을 경영하고 있을 때 그녀의 병마를 낫게 해 주었다. 그때 그녀는 일방적으로 박해수를 사모하게 되었다. 깊이 모를 해박한 지식과 장부다운 풍모에 흠뻑 빠져버린 것이다.

여자의 존재에 대해 무관심하였던 박해수였는데도 꿉꿉한 처지에서 봄날의 땅기운처럼 지극한 정성으로 보살펴 주는 그녀가 한 여성으로 다가선 것이다. 그렇게 그녀를 사랑하였던 것인데, 전쟁이 일어나자 박해수는 그녀를 떨치고 최일선에 나서서 자신의 이상과 신념을 실현하려다 죽음을 당하였다. 그동안 그녀는 전쟁의 상흔 속에서 박해수의 생명을 낳았다.

종부네의 친정에서는 그러한 사실을 전혀 모르고 있었다. 전쟁이 끝나고 나서도 한참 뒤에, 그러니까 박해수가 죽음을 당한지 팔 년 되던 제삿날 한 젊은 여인이 계집아이를 데리고 찾아들었다. 제사 준비를 하던 친정식구들은 생면부지의 그녀를 도무지 낯설어 하였다. 그녀는 말없이 딸아이를 친정아버지께 내보였다.

"해수를 꼭 빼닮았구나!"

친정아버지는 손녀딸을 한눈에 알아보고 드넓은 가슴으로 쓸어 안았다. 아들이 처형을 당하였을 때도 겉으로 눈물 한 방울 보이지 않던 친정아버지의 두 눈에 눈물이 고였다. 그리고 굳이 눈물을 감추려하지 않았다. 친정식구들은 일손을 놓고서 한동안 말을 잊었다.

"해수와는 어떻게……."

이번에는 친정어머니가 목이 매인 목소리로 물었다. 해수의 혈육이 있었다니, 믿어지지가 않았다.

"전쟁이 일어나기 직전에……."

그녀는 손수건으로 눈물을 훔쳤다. 곱상하고 야리야리한 모습에서 병약함을 느껴볼 수 있었다.

"하면, 왜 여태까지 비밀로 세월을 보냈는가?"

"여러모로 폐해가 될 것 같아서요. 제 힘 닿는 데까지 키운 다음 뵈올까 했더랬습니다."

"아무래도 혼자 몸으로는 감당하기 어려웠을 텐디……."

"지금까지는 괜찮았어요. 좀 더 철이 들 때까지 제 손으로 키울까 했는데 제 건강이 따라주지 않아서요……."

"장하고 고맙구먼. 무엇하면 이제부터 우리와 함께 살지. 내 따로 집을 마련해 줄 테니까."

"말씀은 고맙습니다만, 보시다시피 저는 요양이 필요해요."

그녀는 친정아버지의 제안을 단호하게 사양하였다. 그리고 다음날 그녀는 딸아이를 남겨놓고 떠났다. 그 길로 요양원에 들어갔는데, 친정아버지는 매달 한 번씩 손녀딸을 데리고 면회를 다녀왔다. 친정아버지의 말로는 그녀의 건강은 점점 나빠져 오래 버티지 못할 것 같다고 한숨을 내쉬었다.

"이번에는 꼭 고모 집을 갈라네."

"그래라. 할무니가 머리도 잘 빗겨주는가 보구나."

"난 할아부지가 더 좋아요. 망여섬에서 파도소리를 들으며 옛날이야기를 들을 때면 하늘의 별이 마구 쏟아져 내려요."

"핏줄은 속일 수 없구나."

종부네는 가슴이 찌르르 하였다. 늘상 가슴에 시심(詩心)을 일구고 다녔던 박해수였다. 종부네로서는 박해수의 깊은 감정의 흐름을 이해할 수 없었으나, 그 열정어린 싯귀가 아직도 가슴에 남아 있었다.

"할아부지는 예쁜 고기도 산 채로 잡아다 줘요. 내일 고모랑 망여섬에 가고 싶어요."

"그러자."

종부네는 조카딸의 등을 토닥거렸다. 장차 이 아이는 어떤 가시밭길을 걸어갈까? 어쩌면 사내아이가 아니어서 고통을 덜 받을지도 모른다. 하지만 천애고아나 다름없는 고독한 위치가 아닌가.

친정집은 밤마다 유성기 소리를 들으려는 마을사람들로 북적거렸다. 술추렴을 하며 그 사이 가사를 외웠는지 노래를 따라 부르기도 하였는데, 종부네도 이틀을 낮이고 밤이고 노랫소리에 젖어 지냈다.

"누님, 아버님께 가십시다."

박수혁은 유성기를 망여섬에서 돌아온 거북더러 짊어지게 하였다. 종부네는 조카딸을 앞세우고 배에 올랐다.

"바닷물이 투명하군. 이제 멸치를 말리려면 망여섬이 적합하지 않을 것인디, 다른 계획은 없다고 하던가?"

"왜, 없겠소. 지금까지야 생멸치를 배때기로 넘겼지만 점점 마른멸치로 돌아서는 추세고보면 대책을 세워야지요. 곧 배지기 너머 조기나루 끝 모래밭에 멸치막을 짓는다 합디다."

"거기 같으면 거리도 가깝고 모래밭도 넓어 마음대로 멸치를 말리겠구만. 역시 아버님은 안목이 있으셔."

"그리고 큰 형님에게 물려주고 한가하게 지낼 생각이드만요."

"그럴 때가 되었겠제."

박수혁은 손으로 뱃전을 때리는 바닷물을 움켜쥐었다. 어장 그물은 공중 높이 매달려 볏가름을 하고 있었고, 친정아버지는 망여섬 바위 꼭대기 소나무 아래에서 남해의 진인처럼 앉아 이쪽을 바라보고 있었다. 그 아래로 햇볕에 내널은 멸치가 허옇게 뒤덮혀 있었다.

"고모, 물속의 고기들 좀 보소. 이쁘다!"

조카딸은 날렵하게 무리를 지어 노니는 강성돔을 가리켰다. 복어가 입질하며 헤엄치는가 하면 꽁치 떼들이 놀라 달아났다.

"나중에 할아부지하고 낚아 올리거라."

"그물에 걸린 고기도 지천인디 불쌍하게 뭐할라고 낚어?"

"물속에 노니는 고기들이 불쌍해 뵈냐?"

"물속에서야 행복하지만 물 밖으로 나와 보소."

"그거야, 죽은 목숨이제."

거북은 살포시 망여섬에다 배를 댔다. 썰물진 바위는 해초들로 뒤엉켜 있었다.

"우리 귀여운 것이 오는구나."

친정아버지는 손녀딸을 덥석 가슴에 안았다. 거북은 조심스럽게 유성기를 옮겼다. 박수혁은 움막 안에다 유성기를 고정시켜 놓았다.

"아버님, 지금 틀어 볼까요?"

"파도가 철썩이는 속에서 유성기 소리를 들으며 세상만사를 잊을 것이다."

"아버님이 진짜 바다 같은 시심을 담고 있습니다."

박수혁은 유성기를 틀었다. 거북이 삐득삐득하게 마른 꼴뚜기며 갑오징어를 술안주로 추려왔다. 친정아버지는 술잔을 들며 지긋이 노래를 감상하였다.

"참, 좋구나! 인자 어장도 느그 큰 형에게 물려주고 한가하게 세상을 즐기면서 살아야겠다."

"망여섬이 쓸쓸하겠어요."

"아니다. 나는 이곳이 좋다. 어장을 지키면서 바다와 벗하며 살 것이다. 그러다 횡허니 세상 구경도 하고 말이다."

"기생이라도 하나 데려오지 그러시요?"

"허허, 뼈아픈 소리를 하는구나. 황진이 같은 기생이 있다면 모를까, 누가 이 적막한 섬을 좋아 하겠느냐."

친정아버지는 종부네의 말을 웃음으로 받아 넘겼다. 이 나이에 무슨 욕심을 부릴 것인가. 돌이켜 생각하면 지나간 세월만큼 허망한 것도 없으리라. 가진 자나 가지지 않은 자나 무심한 세월이 그저 허접스럽지 않은가.

"아버님도 세월은 어쩔 수 없는가 봅니다."

"자연의 이치 아니겠느냐. 백상이는 공부 잘 하느냐?"

"그놈이사 공부밖에 몰라 탈이요만……."

종부네는 지난번 담임선생님의 불합리한 처사로 빚어진 백상의 상처로움을 떠올리자 마음이 울적하였다.

"방학이 되거들랑 여기 와서 마음껏 쉬라고 하여라. 그녀석도 보아하니 조용하고 아늑한 곳을 좋아 하더구나."

"지 애비 그대로요."

종부네는 순간 불끈 미움이 솟구쳤다. 아들의 존재가 뚜렷이 다가올수록 미움을 베어 무는 까닭은 무엇일까? 남편에 대한 원망과 정한 때문이 아닐까?

"그녀석이 앞으로 네 가슴에 맺힌 한을 풀어 줄 것이다."

"가망 없는 소리요. 제깐놈이 무슨 재주로요."

"그런 게 아니다. 세상은 여러 갈래의 길이 있다. 그 한 길을 잘 잡아 나가면 나름대로 앞길이 열린다."

"지놈 머리위에 먹장구름이 잔뜩 또아리를 틀고 있는디, 그 치막하고 음습한 길을 무슨 힘으로 헤쳐 나간단 말이요."

"인생은 새옹지마라고 했다. 그 같은 현실을 몸서리치게 겪었으면서 그러느냐?"

"그 애들 앞날은 없어라우."

"그렇지 않다. 세상은 주기적으로 변화를 가져온다. 오늘의 적이 내일에는 더없는 우군이 되지 않더냐."

"지금 보고서도 그라시요? 반공을 제일로 내세우지 않는가요."

"그럴수록 그 너머의 미래를 내다보아야 한다. 저기, 수평선을 보거라. 망망대해가 가로놓여 있지만 수평선 너머에는 또 다른 열린 세계가 있지 않느냐. 나는 매일 수평선 너머를 바라본다."

"잠수함이나 군함을 타고가면 모를까, 채취선을 타고 갈 수는 없소."

"그렇긴 하다만, 너무 절망하지 말거라. 알 수 없는 게 세상일이다. 일제 때 우리가 해방될 줄 생각이나 했느냐. 그리고 남북으로 땅덩이가 갈라질 줄 짐작이나 했더냐. 또 모른다. 어느 날 갑자기 남북이 하나가 되어 어울려 살지……."

친정아버지는 술잔을 든 채 수평선을 바라보았다. 그 사이 박수혁은 노래에 심취해 있다가 얼른 판을 뒤집은 다음 유성기 태엽을 감았다.

"내 생애에 통일이 될 것도 아니겠고, 더군다나 죽었는지, 살았는지 생사도 모르고……."

종부네로서는 도대체가 어느 것 하나 가닥이 잡히지 않았다. 그저 앞길이 아득하고 험난할 뿐이었다. 백상이 어떠한 꿈을 지니고 나아간다 할지라도 험난한 가시밭길임에랴. 헤쳐 나가도 헤쳐 나가도 가시밭길은 가없이 널려있어 온몸은 찔리고 찢기고, 결국에는 피를 흘리며 가시밭길 위에 쓰러질 것이다. 장차 제놈이 어느 곳, 어느 이정표 앞에서 우뚝 설 수 있단 말인가? 아무리 둘러보아도 희망이 없다. 그런데도 백상은 피를 흘리며 앞으로 나아가려고 한다. 그게 못마땅하였다. 고집이랄 수도 있고, 무모한 도전이랄 수도 있고, 울분과 절망으로 가득 찬 육신을 내던지려는 처절한 몸부림 같기도 하였다. 종부네로서는 그 모습이 보기 싫은 것이다.

"이건 백상이 학비다."

친정아버지는 품속에서 봉투를 꺼내어 종부네 손에 쥐어 주었다. 매번 이런 도움을 음으로 양으로 받지만, 오늘따라 그 무게와 마음 깊이가 달랐다.

"이제부터 학자금을 주시려거든 백상에게 직접 주시요."

"그건, 왜?"

"아버님의 한숨이 묻어나서요."

그랬다. 종부네는 친정아버지로부터 봉투를 받을 때마다 사위에 대한 간절하고 애틋한 정한이 묻어나 마음을 쓸쓸하게 하였다.

"네 마음을 알겠다."

친정아버지는 술잔을 들이켰다. 거북은 바위틈에 숨어있던 문어와 해삼을 잡아와 새로 안주를 들여왔다.

"누님도 해삼에다 한잔 드시지요."

"나는 볼일도 있고, 저쪽에서 한잔 하겠네."

박수혁의 말에 종부네는 조카딸을 일으켜 세우고 파래와 돌미역이 어우러진 곳으로 내려갔다. 무엇보다 담배가 피우고 싶었던 것이다.

"고모, 오늘은 여기서 잘 거제?"

"내일 우리 집에 가자. 거북이 아저씨가 실어다 줄 것이다."

종부네는 담배를 맛있게 피웠다. 조카딸은 돌미역 귀다리를 뜯어 맛보았다.

"나도 여기서 한잔 들어야겠소."

거북이 술병을 들고 종부네 곁에 앉았다. 한손에는 해삼 안주를 들고 있었다. 유성기 소리가 따라왔다.

"자네 살판났네."

"정말 간드러진 노랫소리가 사람 환장하게 하구만요."

"자네가 노총각이라서 더욱 그러네. 장가는 안 갈 텐가?"

"마음에 없는 장가는요."

거북은 무넘스레 바다를 내려다보았다. 거북은 장가 말만 나오면 저런 표정을 지었다.

"자네, 여자에게 단단히 덴 것 같으이."

종부네는 담배꽁초를 눌러끄고 조카딸이 물장난질하는 곳으로 내려갔다. 너울거리는 해초더미를 더듬자 해삼이 뭉클 잡혔다.

"사리 때라서 고동도 굵고 여물 것이요."

거북이도 소매를 걷어붙이고 합세하였다. 물웅덩이마다 해삼은 물론, 소라, 멍석고동, 뿔고동, 따개비, 전복이 잡혔다. 금방 한 바구니였다.

"됐네. 너무 욕심을 부려도 안 되느니."

종부네는 묵직한 바구니를 들고 어장막 안으로 돌아와 해삼을 술안주로 하고, 고동을 삶았다.

"니가 온께 저녁놀이 한층 더 예쁘다."

친정아버지는 재빠른 솜씨로 고동을 까서 손녀딸의 입에 넣어 주었다. 그 모습을 저녁노을이 붉게 물들였다.

"옛날 어느 임금님은 바다 가운데 바위섬에 묻혔다고 합디다마는 아버님은 살아생전 바다 가운데서 숨 쉬고 계십니다."

"그것도 복이다. 누가 이런 행복을 맛보겠느냐. 사방을 둘러 보거라. 파도소리하며, 놀빛하며, 더 이상 부러울 게 없다."

친정아버지는 박수혁의 말에 웃음을 사려 물었다.

"그건 아버님 세계관이지요. 누가 이 보잘 것 없고 황량한 바다 가운데에서 행복을 느끼겠습니까."

"너도 오늘밤 쏟아져 내리는 별들을 바라보며 드넓은 우주를 안아 보거라. 마음이 가득찰 것이다."

"이왕지사 우주뿐이겠습니까."

박수혁은 등 돌려 술잔을 비우고서 친정아버지께 술잔을 쳐올렸다. 거북이 저녁을 솥단지 채 들여왔으나 조카딸만 몇 숟갈 뜨다 말았다. 박수혁은 유성기를 다시금 틀고, 종부네는 고동을 한 움큼 치마폭에 싸 들고 조카딸과 밖으로 나와 바위 모퉁이에서 담배를 피웠다.

"여기서 본께 담뱃불이 바다에 떨어지는 별똥별 같네."

"나에게는 상사초고 심심초다만, 소원을 태우기도 한다. 하늘에 올리는 소지(燒紙)처럼. 고동 까묵어라. 요렇고롬 까묵는 법이다."

종부네는 조카딸에게 고동 까먹는 방법을 가르쳐 주었다. 조카딸은 고동 까먹는 재미에 정신이 팔렸다. 종부네도 담배 한대를 맛좋게 피우고 나서 고동을 까먹었다. 씁쓰레하면서도 달짝지근한 맛이 그저 고소하였다.

어둠이 내리고 파도소리가 발치께를 때렸다. 남폿불 아래에서 친정 아버지는 어느 사이 코를 드르렁 드르렁 골았다. 참으로 태평하고 무심한 양반이었다. 조카딸도 몇 마디 쫑알거리더니 종부네 치마폭에 싸여 새근새근 잠이 들었다.

"인자 마음 놓고 우리끼리 한잔 합시다."

박수혁은 해방 만났다는 듯 종부네 곁으로 다가왔다. 거북이 두 사람에게 술잔을 돌렸다.

"아버님 말마따나 정말 처량하고도 좋은 밤이요."

"누구나 이곳에서 한 달만 살면 도인이 될 것이요."

"맞네. 마음이 넉넉해지겠네."

세 사람은 밤이 이슥하도록 술잔을 나누었다. 도무지 술이 취하지 않았다. 술잔을 안고 먼저 잠이 든 것은 거북이었다. 그리고 뒤이어 박수혁도 하품을 머리 밑에 깔았다.

종부네는 수평선 너머로 길게 꼬리를 감추는 별똥별을 바라보며 뜻 없는 생각에 잠겼다. 발치께를 때리는 파도소리는 자꾸만 바다로 내려오라고 유혹하였다. 자신도 모르게 가슴에 쌓인 회한과 고통을 바다 깊이로 내맡기며 산산이 풀어 내리고 싶었다. 무당의 진혼굿보다 더 처절하게 넋을 앗아가는 파도소리…….

4

숨 가쁘게 한해가 넘어갔다 생각하였는데, 한일회담굴욕외교 반대
시위가 일어나고, 급기야는 계엄령이 선포되었다. 라디오와 바람결로
뉴스를 얻어들은 사람들은 일본과의 외교 자체를 망국적이라고 비판하
였다. 그도 그럴 것이, 아직도 일제 36년간의 압박과 설움을 가슴에 피
멍울로 지니고 있었기 때문이었다.

"아, 그깐놈의 회담은 해서 뭘 하겠다는 거여? 구걸하다시피해서 돈
몇 푼 받아쓰겠다고 바다까지 내줘? 국민 정서도 생각해야제. 간도 쓸
개도 없는 짓거리들 아닌감".

"쿠데타를 일으킨 대통령부터 일본군사학교를 나온 사람이지 않는
가. 솔직히 말해서 일제 때 소학교만 나온 사람들도 은근히 일제문화를
동경하지 않는가비여."

"나라의 장래를 위해 국민 정서를 접어두고 그만한 실익을 따지고
저울질 했겠제."

"무슨놈의 저울질? 자네는 저울추의 생리도 모르는 거여? 쌀 한 톨
의 무게가 저울추를 기울게 한다고 하였어. 그런데 이건 뭔가? 도대체
말이 되어야 말이제."

사람들은 앉으면 핏대를 올렸다. 아슴하게 파도소리처럼 귀동냥으로
뉴스를 들을 때는 그저 그런 일이 있었는갑다, 시들하게 짚고 넘어가기
마련이었는데, 하나 둘 라디오가 보급되고부터는 일자무식꾼도 정치에
관한 뉴스라면 한마디씩 하였다.

"학생 데모가 일어났다는디, 백상은 괜찮을랑가 모르것다."

종부네는 뉴스를 귀동냥해 듣는 순간 백상이 염려되었다.

"아따, 엄니도. 백상이 그런디 휩쓸릴 나이요?"

"사일구 때는 중학생들도 참가했다고 하지 않더냐."

"염려 놓으시오. 찰닥서니없이 함부로 휩쓸릴 백상이 아닌께요."

상순은 종부네를 안심시켰다. 그리고 종부네의 성화에 못 이겨 걱정어린 편지를 보냈다. 헌데 답신이 없었다. 두 번 세 번 편지를 띄웠으나 소식이 없기는 마찬가지였다. 야가, 무슨 일인고? 상순도 더럭 염려가 되었다.

"암만해도 뭔 일이 있는갑다."

종부네는 학재를 시켜 백상의 자취집을 찾아보도록 하였다. 학재는 닷새만에 돌아왔다.

"백상이 없드만요. 학교도 어수선하고, 결석하는 아이들이 태반입디다. 자진 휴학하는 학교도 있다 하고요."

"그럼, 붙들려 갔을끄나? 아니면 시위대에 휩쓸렸을끄나?"

"그것도 아니고, 하여간 없어졌어요."

"어디를 갔다냐?"

"자취집과 학교에 일러두었으니까 소식이 올 것이요."

학재는 퍽 자신 없는 투로 말하였다. 학재는 군대 가기 전 백상에게 신랄하게 비판을 받은 뒤로부터 백상을 어리다고 여기지 않았다. 성숙의 도가 지나쳤으면 쳤지 그 연령이 지니고 있는 한계치는 아니었다. 벌써 자신의 존재를 쓸어 쥐고서 회의하고 방황하는 지적인 일면을 드리우고 있다면 이번의 행동은 보다 심각하다 할 수 있을 터였다. 시위대에 휩쓸리지 않았다 하더라도 심정적으로 이미 그쪽에 서있을 것이었다. 그래서 디욱 염려가 되었나.

백상은 소식이 없었다. 종부네는 애가 닳았다. 위수령까지 내려진 살벌한 시국인지라 쥐도 새도 모르게 잡혀간 것은 아닐까, 입안이 바삭바삭 탔다.

"어디를 가면 간다 말 한마디하고 가면 누가 잡아묵기라도 한다든? 도대체 이놈아가 어디를 갔을꼬이?"

"조금만 더 기다려 봅시다."

학재는 종부네가 애가 닳을수록 그 말밖에는 할 수 없었다. 겨우 백상의 친구로부터 백상이 시위대에 가담하지 않았다는 것을 알았다.

"지깐놈이 산에를 들어갔다고야?"

종부네는 학재로부터 백상의 소식을 듣고 한편으로는 적이 안심을 하면서도 실눈을 감추었다. 도대체가 하는 짓거리란.

"잠시 세상을 잊겠다고 하더랍니다. 산에 들어갔다면 혹시 머리라도 깎고 절문에 들지 않았는가 모르겠소."

"중이 되야? 말도 안 되는 소리다."

종부네는 펄쩍 뛰었다. 세상에 할 짓이 없어 부모형제를 버리고 세상을 등진단 말인가.

"백상이에게는 맞을런지도 모르지요."

"너도 똑같으다. 머리 깎고 절에 들어가는 것만은 안 되야. 누구 가슴에 못질을 할라고."

"안 그러면 구름처럼 산천을 넘나들 것이요."

"그런다고 지 애비 넋을 온전히 찾는다 하디야?"

학재의 말을 듣는 순간 종부네는 또 한 번 미움이 솟구쳤다. 죄인의 멍에를 둘러쓰고서 행방불명이 된 애비의 행적을 찾아서 무엇 하며, 그 간 곳을 또한 알아서 무엇하랴. 공허한 발길만 돌부리에 채일 뿐, 그 어디에도 메아리는 없을 것이다.

"그러다 지치면 돌아오겠지라우."

학재는 백상의 행방을 두 갈래 방향으로 정립하였다. 그 나이에 젊어진 멍에의 무게를 이기지 못하여 머리를 깎고 속세를 버렸거나, 아니면 아버지의 실체를 찾아 어딘가를 헤매고 있을 터였다.

"내 무슨 팔자로 태어났길래 가장네 땜새 가슴에 멍이 들고 자식으로 인하여 가슴 졸이는지 모르겠다."

종부네는 한숨을 내쉬며 담배를 피워 물었다. 만만한 게 담배였다. 이천네 어멈은 무담 없이 잠이 오지 않아 심심초라 하였는데, 종부네는 끓는 속을 태워 상사초였다.

"너무 맘 상해하지 마시요."

학재는 종부네가 보기 딱하여 자리에서 일어났다. 수문께로 발길을 옮겼다. 무공이 갯가에 앉아 초라니 게 한 마리를 가지고 놀고 있었다. 갯벌로 성벽을 쌓아놓고 손가락으로 게를 놀라게 하면 게랄 놈은 겁에 질려 탈출을 시도하였다. 싱겁기 짝이 없는 놀이였다. 무공의 발치 아래에서는 짱뚱어가 팔짝거리며 뛰놀고 있었고, 선창가 너머 뻘밭에서 재문이와 현오가 갯벌을 뒤집고 있었다. 밀물 때 낚시를 하기 위해 갯지렁이를 잡을 것이었다. 학재도 바짓가랑이를 걷어붙였다.

백상은 배낭을 메고 산길을 휘돌았다. 흐르는 시냇물은 맑은 소리로 자갈 위를 구르고, 한 무더기 바람이 불 때마다 가로수 잎이 비비적거렸다. 먼지 풀썩이는 신작로 길은 가도 가도 아득하고 막연하였다. 고장난 완행버스에서 내려 송광사 가는 길을 물었을 때, 햇볕에 검게 그을린 노인네는 손을 들어 가리키며 저기 산모퉁이만 돌아가면 된다고 하였다. 노인이 가리키던 산모퉁이를 한 구비 돌고 또 한 모퉁이를 휘돌아 들지 않는가. 백상은 흐르는 시냇가에서 잠시 쉬어가기로 하였다. 배낭을 내려놓고 땀 배인 신발을 풀어 헤쳤다. 발가락에 물집이 생겼다. 시냇물에 발을 담갔다. 시원하다 못해 시렸다.

왜, 나는 지금 그곳을 가고자 하는가? 불현듯 생각이 거기에 이르자 백상은 풀썩 웃음을 지었다. 백상이 가고자 하는 곳은 시냇물의 근원지도 아니요, 바다에 이르는 끝 간 데도 아니었다. 어찌 생각하면 백상과는 아주 무관한 곳이었다. 갓 대학에 들어간 김정허 선배가 한일회담 반대 집회 현장에서 붙들려 가면서 편지 한통을 건네주었다. 이 편지를 우리 집에 들러 내 여동생에게 전해 주라. 부모님 모르게 말이야. 그리고 너는 아직 세상 물정을 모르니까 더 이상 우리와 함께 행동하지 말거라. 문서작성이야, 심부름이야, 네 힘이 컸다만 일선에 나서기에는 아직 이르다. 내 말 명심하고 웬만하면 우리 집에서 쉬고 있거라. 머리를 식히는 데는 더없이 좋은 곳이다. 김정허는 새까만 후배의 등을 떠밀었다. 지금 곱씹어보니 순전히 백상의 안전과 미래를 위한 뜻 깊은 배려였다.

백상은 발로 물장난을 치다말고 인기척소리에 고개를 들었다. 청년 두 사람이 천렵을 하기 위해 그물을 어깨에 둘러매고 다가왔다. 백상은 느긋지게 신발을 신고 배낭을 짊어졌다. 다시금 산모퉁이를 휘돌았다. 인가도 없고 지나치는 사람은 더욱 없었다.

산자락을 하나 더 휘돌자 저만큼 저녁연기가 피어올랐다. 백상은 반가웠다. 피로한 발걸음을 재촉하였다. 마을은 조용하였다. 마을 앞을 흐르는 시냇물 소리만 저녁연기에 휩싸였다. 똥개랄 놈이 낯선 이방인을 발견하고 사납게 짖어댔다. 시냇물을 사이에 두고 다리가 놓여 있고, 다리 곁에 구멍가게가 있었다. 백상은 흙탕물이 튀긴 구멍가게 문을 열고 들어섰다. 파리똥이 은하수처럼 내려앉은 잡동사니들이 진열되어 있었다.

"실례지만 어느 방향에 큰절이 있습니까?"

백상은 창문 쪽유리로 바깥을 내다보고 있는 주인 아낙네에게 물었다. 목을 축일 음료수를 생각하였으나 파리똥이 내려앉은 잡동사니를 보는 순간 정나미가 떨어졌다. 음료수를 사 마시느니 샘물 한 바가지를 떠먹는 게 나을 성싶었다.

"다리를 건너 한참 올라가야 하는디, 가자면 날이 저물겠구만."

"계속 산길을 올라가면 된단 말이지요?"

백상은 주인 아낙네의 염려를 접어두고 서둘러 구멍가게를 나섰다. 백상이 발목을 적시며 쉬었던 시냇물은 여기에 이르러 제법 깊게 흘러 내렸다. 백상은 피곤한 걸음을 빨리 하였다. 산길 저 앞쪽은 벌써 땅거미가 지기 시작하였다. 등허리에 흥건히 땀을 비쏟으며 산길을 한참 오르는데, 누군가 등 뒤에서 인기척을 하였다. 놀라 돌아보니 스님이었다. 자신도 모르게 안도의 숨을 내쉬며 합장을 하였다.

"학생은 이 시각 무슨 일로 가는가?"

스님도 말벗이 생겨 심심치가 않다는 표정이었다.

"심부름 가는 길입니다."

"어느 스님 심부름인가?"

"스님 심부름이 아니고, 거기서 매점하는……."

"절 앞에 매점이 두서너 집 있지."

"스님은 어디 다녀오시는지요?"

"아냐. 지리산에서 한철 정진하다가 볼일이 있어 가는 길이야. 한 열흘 남짓 있을까……?"

"구름처럼 떠도는 그 무소유가 참 좋겠어요."

"허허, 학생도 이참에 산문에 들지 그러나. 내 머리를 기꺼이 깎아주지."

"그게 어디 쉬운 일입니까."

"한순간 마음먹기에 달렸지. 사나이로 태어나서 한번 해볼 만한 세계야."

"글쎄요……."

"어차피 인생은 빈손으로 왔다가 욕심 없고 걸림 없는 세계로 나아가는 거야. 사람들은 어찌 보면 사소한 욕심에 끄달려 그 넓은 세계로 나가기를 두려워하지."

스님의 툭툭 내뱉듯 하는 말에서 백상은 묘한 전율을 느꼈다. 지금까지 느껴볼 수 없었던 미묘한 울림이었다.

"스님께서는 무슨 연유로 머리를 깎으셨습니까?"

"이미 속세의 인연을 끊은 사람에게 그런 말을 묻는 게 아니다. 너는 어떻게 태어났느냐? 그 물음과도 같은 것이다."

"사람들은 대체로 태어남, 그 자체를 잘 모르지요."

"그 미혹함을 깨치는 게 부처님의 경지다."

"알 것도 같고……."

"사람은 말이다. 몇 천만겁을 떠돌다 인간 세상에 태어나는 수도 있다. 그런데 정작 태어남, 그 자체를 전혀 모르거든. 어디서 왔는지, 어디로 가는지, 우리가 기르는 돼지나 소처럼 자신의 미혹함을 알지 못한다. 참 나를 깨닫고 보면 내가 어디서 왔는지, 어디로 가는지, 내가 왜 이 세상에 태어났는지 그 존재 의미를 알게 된다."

"어렵게 다가옵니다."

"어려운 정도가 아니다. 밤길을 함께 걷는 이것도 인연이니 내 절에 있는 동안 의심나는 게 있거든 찾아오너라."

"마음 같아서는 스님처럼 세상을 훨훨 떠돌고 싶습니다만……"

"네 한숨 속에 방황의 그림자가 드리워져 있구나."

"그걸 어떻게……?"

"우리는 함께 숨결을 공유하고 있지 않느냐. 앞으로 많은 것을 네 스스로 해결해야 할 과제를 안고 있나보다."

"운명으로 받아들인지 오래예요."

"체념의 성질은 아닌 것 같다."

스님은 염주알을 굴리듯 머리를 끄덕였다. 일주문이 저만큼 보였다.

"다 왔는가 봐요."

아침과 저녁에 들어오는 버스 주차장을 매점이 아우르고 있었다.

"잘 찾아 들거라."

스님은 백상을 매점 앞에 남겨놓고 휘적휘적 멀어져 갔다. 백상은 그 뒷모습을 한동안 바라보다가 일주문을 바라보고 있는 매점 안으로 들어섰다. 인기척 소리를 내며 잠시 머뭇거리는데 백상이 또래의 소녀가 안에서 나왔다.

"김정허 선배님 집을 찾아 왔는데요."

"우리 오빠예요."

"저는 후배인데, 동생 되십니까?"

"맞아요."

"선배님께서 편지를 주더군요. 부모님 몰래 보라면서요."

백상은 배낭 속에서 편지를 꺼냈다. 그녀는 흘깃 방안을 살핀 뒤 조심스럽게 편지를 펼쳤다. 읽어 나가는 동안 자못 얼굴 표정이 심각하였다.

"오빠가 뭔 데모라니? 부모님이 아시면 큰일 날 것인데. 그리고 학생을 우리 집에서 쉬게 하라고 했는데, 우리 집보다 절에 있는 것이 더 좋겠어요."

"저에 대해서는 신경 쓰지 마세요. 내일이라도 고향에 내려가면 되니까요."

"싫으나 좋으나 한동안 여기 있어야겠어요. 오빠가 연락할 일이 생기면 이곳으로 편지 연락을 한다고요. 어디까지나 부모님 모르게 할 모양이에요."

"이건 좀 난처하군요."

백상은 잘근 입술을 깨물었다. 김정허는 다른 친구들의 은신처까지 염두에 둔 배려였다. 그러니까 백상을 연락책으로 생각한 것이리라. 그리고 누이동생이 자기 집보다 절에서 기거하는 것이 좋겠다고 말한 것도 거기에 맥이 닿은 것이리라.

"하여간 들어오세요. 부모님께 인사드리고 거처를 정하게요. 스님들을 잘 아니까 어떻게 될 거예요."

그녀는 백상을 부모님께 인사시켰다. 아버지 되는 사람은 산사람답게 구레나룻이 시커멓고, 어머니는 피부 빛깔이 고왔다.

"우리 정허하고 가까운 후배라고? 시국도 시끄럽고, 조용히 쉬면서 공부를 하겠다니 반가운 일이다. 오늘은 우리 집에서 쉬고 내일 절 방을 알아봐 주마."

선배의 어머니는 인자한 얼굴로 백상을 편하게 대하였다. 백상은 고마웠다. 누이동생은 백상이 묵을 방을 청소하고 저녁상을 들여왔다. 어머니를 닮아서인지 얼굴이 뽀얗고 귀염성이 있었다.

"천천히 드세요. 우리 오빠 말인데요. 이제 갓 대학에 들어간 사람이 하란 공부는 하지 않고 무슨 데모예요. 나도 굴욕적인 한일회담은 반대지만 부모님이 알면 무어라 하겠어요."

"부모님들도 이해하지 않겠어요."

백상은 김정허가 붙들려 갔다는 말은 하지 않았다. 어쩌면 곧 풀려날 것이었다.

"혹시 조금은 관계된 것 아니에요?"

"동생도 마음속으로 한일회담을 반대한다면서요?"

"하여간 우리 오빠가 대학에 들어가고부터 많이 변하였어요. 공부밖에 몰랐는데……."

"학생운동은 곧 이 나라의 구국 혼 아니겠어요?"

"그런데 여기 있으면서 무슨 공부를 할 생각이죠?"

"모르겠어요. 그냥 가만히 앉아있는 것도 공부겠고……."

"스님 같은 소리를 하네요."

그녀는 말갛게 웃었다. 순간 백상의 마음 한구석에 안개빛 잔물결이 출렁하였다. 백상은 말없이 밥숟갈을 우겨 넣었다. 그녀는 숭늉을 떠들고 왔다.

"정말 맛있게 들었어요."

그녀는 저녁상을 내갔다. 백상은 양치질을 하고 집 주위를 잠시 서성거렸다. 뒤늦게 막차가 저 아래에서 헤드라이트를 번쩍거리며 올라오고 있었다. 버스는 숨 가쁘게 올라와 스님 두어 분을 내려놓았다. 버스는 두억시니처럼 공지 한쪽에 주차하고, 사위가 고요를 머금었다. 흐르는 계곡물 소리만 주위를 잠재웠다. 아까 스님께서 무어라 하였더라? 태어난 근본을 깨닫게 되면 세상이 열린다고? 그래, 내가 어찌하여 여기에 서있는 걸까?

"밤하늘이 참 좋죠?"

그녀가 어느 틈에 곁에 서 있었다.

"이곳에서 태어난 것도 복이겠어요."

"늘 감사해요. 고향이 어딘가요?"

"섬에서 태어났어요."

"바다에 떠있는 섬에서요?"

"아름다운 곳이기에 아무나 대어닐 수도 없고, 그곳에 함부로 뿌리를 내리고 살 수도 없지요."

"나는 바다가 한없이 좋더군요. 지난여름 친구 따라 여수 오동도를 갔었는데 거기서 살고 싶더라구요."

"바다의 깊이를 알면 도망치고 싶을지도 모르죠."

백상은 그녀를 뿌리치듯 돌아서 방으로 들어갔다. 처음 만난 그녀와 너무 많은 대화를 나누었다. 지금까지 없었던 일이었다. 그리고 이상하게도 발밑을 때리는 파도를 내려다보노라면 자신도 모르게 그 속으로 빨려들듯, 그녀와의 대화 속으로 젖어드는 게 싫었다. 백상은 언제부터인가 처음 대하는 사람에게는 경계심을 품었다. 자기방어적인.

다음날, 백상은 뒤늦게 일어났다. 아침에 출발하는 버스소리를 아스라이 꿈결처럼 들었다. 모두들 아침을 들고난 뒤에 혼자 아침상을 받자니 송구스러웠다.

"내가 말해 놓았응께 저 위 암자에 가서 부담 갖지 말고 묵게나. 성숙이 니가 안내해 주거라. 알것냐?"

김정허의 아버지는 백상이 아침을 들고나자 큰절에서 한참 떨어진 암자를 가리켰다. 백상은 배낭을 짊어졌다. 그녀가 앞장을 섰다. 암자로 오르는 길은 이팝나무로 우거져 산새소리가 더없이 정겨웠다.

"그냥 가도 되는지요?"

"염려 놓으세요. 우리 아부지가 알아서 다 할 거예요. 암자에 계시는 노장스님과는 잘 아는 정도가 아니에요."

그녀는 비석과 부도탑이 즐비한 곳에 이르자 바위자락에 엉덩이를 내려놓으며 가쁜 숨을 쉬었다.

"이름난 절답게 고승들이 많이 살았군요."

"승보사찰(僧寶寺刹) 아니에요. 저는 이곳에 오르면 이상하리만큼 묘한 기운을 맛보아요. 도라지꽃 내음 같은."

"저는 숙연한 분위기를 느끼는데요."

"어려서 오빠와 여기서 숨바꼭질을 자주 하였어요. 오빠를 찾으러 다닐 때면 오빠가 저 부도탑 속에 숨어 버리지나 않았는지, 마음이 졸였어요. 그래서 저는 언제나 비석 뒤에 숨곤 했어요."

"어제 절을 함께 올랐던 스님께서는 사내대장부라면 한번쯤 머리를 깎을만하다고 하던데, 저 부도탑은 그 해답인가……?"

백상은 혼잣말처럼 말끝을 흐렸다. 높직이 솟은 비석 위를 다람쥐 한 마리가 잽싸게 타고 올랐다.

"설마 머리를 깎자고 온 것은 아니겠지요?"

그녀의 눈길이 순간 깊숙하였다.

"자연과 더불어 숨은 듯 사는 것도 좋겠는데요."

"저는 반대예요. 제가 제일로 안됐다 싶은 것은 동자승들이예요. 세상물정을 어느 정도 알고 나서 절에 귀의하면 모를까, 참 안 돼 보여요.

"저는 그런 나이가 아니잖아요."

백상은 자리에서 일어났다. 그녀가 절 주위에서 보아온 판단이 옳을지도 몰랐다. 비전(碑殿)은 부도탑 바로 위에 있었다. 채전밭이 딸려있었고, 그 위에 담장을 둘러친 비전은 암자라기보다는 비바람에 씻긴 한옥을 연상케 하였다. 토방마루에 토종 벌통들이 즐비하게 늘어서 있는데서 더욱 그러한 정감을 안겨 주었다. 그녀는 기역자로 꺾인 토방 모서리에서 이제 방금 분봉한 벌통을 진흙으로 이겨 바르고 있는 노스님에게 다가갔다. 백상은 그녀를 따라 두 손을 모아 합장하였다.

"이 학생이야? 어린 학생이구만."

노스님은 돋보기안경 너머로 백상을 차갑게 매슬러 보았다. 그 눈빛만 아니라면 여느 시골 할아버지 모습이었다.

"오빠가 특별히 부탁해시요……."

"고시공부는 아닌 것 같고, 휴양이라도 할 참인가?"

"학교가 휴교령이 내려 그점 저점……."

"일반 공부야 어딘들 못 하것나. 이쪽으로 오게."

노스님은 허리를 펴고 나서 맨 끝 방으로 안내하였다. 방문을 열자 물씬 곰팡내가 났다.

"학생에게는 이 방이 좋겠어. 장기간 머물 것도 아니겠고. 다른 두 방에서는 고시공부를 하고 있으니께 항상 정숙해야 하네. 늦잠을 잔다거나 해서 매끼 공양을 빠뜨리지 않도록 하고. 지켜야 할 사항은 공양하는 방에 붙어 있으니께 주의 깊게 읽도록 하고, 여자 친구들이 찾아오는 것은 신경 안 써도 되겠구만. 여자를 알만한 나이가 아니니께."

"잘 숙지하겠습니다."

백상은 배낭을 방안에 들여놓았다. 그녀는 창문을 활짝 열어젖히고 방을 청소하였다. 백상이 거처할 옆방에는 하얀 운동화가 놓여 있었고, 또 그 옆방 앞에는 뒤축을 잘라낸 흰 고무신이 바람을 들이쉬고 있었다. 밖에서 사람소리가 나는데도 옆방은 그저 고요가 떠돌았다.

"사람이 너무 오래 살지 않아서 불을 좀 때야겠어요."

그녀의 말에 백상은 뒤울안으로 돌아나가 마른 장작을 한 아름 안아들고 아궁이에 불을 지폈다. 불을 지피고 뒤울안 담장에 걸려있는 사립문을 밀치고 나섰다. 오솔길을 조금 걷자 조그마한 공터가 나타났다. 철봉과 평행봉, 녹이 슬은 역도가 있었고, 통나무 의자가 두어 개 놓여 있었다. 통나무 의자에 청년 하나가 보던 책을 얼굴에 뒤집어쓰고서 누워 있었다. 백상은 방해가 되지 않기 위해 주춤 돌아섰다.

"어이, 나 좀 보자고."

통나무 의자에 누워있던 청년이 일어나 앉으며 백상을 불러 세웠다. 덥수룩한 머리칼하며 아무렇게나 자란 턱수염하며, 산사에 묻혀 지내며 오직 한 가지를 이루려는 고시생다운 모습이었다. 백상은 가까이 다가갔다.

"저는 주무시는 줄 알고……."

"절 구경 온 거야?"

"아니요. 잠깐 쉬고자 왔어요."

"노스님께서 방을 주던가?"

"맨 끝 방요."

"굉장한 배경이네. 고시생 외에는 들이지 않는데."

청년은 고개를 갸웃하였다. 다람쥐가 날쌘 동작으로 철봉을 타고 올랐다.

"여기서 공부하신지 오래 되었어요?"

백상은 청년의 말을 그냥 흘려들었다. 매점 집 아들의 연고로 왔다는 말을 하고 싶지 않았다.

"한 이년 됐을까? 맨 끝 방이라면 다들 꺼리는 방인데 왜 그 방을 주었을까……?"

고시생은 알 수 없다는 얼굴로 담배를 피워 물었다.

"꺼리다니요?"

"어차피 알 것, 미리 알아두는 게 좋겠어. 그 방에서 몇 년 전 자살한 사건이 있었지."

"고시에 실패한 자학이었나요?"

"아니야. 시인이었다는데, 상당히 처절하게 목숨을 끊었다는 거야. 그 뒤로 고시생 이외에는 받아들이지 않았지. 그 방을 폐쇄하다시피 한 거야. 듣고 보니 언짢지?"

"하룻밤 자봐야겠어요."

"지네에게 그 방을 준 것은 빨리 쫓아내려는 계산속인 것 같아. 노스님 아주 영악한 구석이 있거든."

"제가 한번 버티어 보지요."

"그렇다면 다행이지만 곧바로 시련이 닥칠 거야."

고시생은 의외라는 표정을 지으며 악수를 청하였다. 자신을 곽시생이라 하였다. 성(姓)이 곽씨여서 그렇게 부른다고 하였다.

"시련이라니요?"

"공양시간을 비롯하여 무척이나 까다롭거든. 어쩌다 벌 한마리라도 밟히게 되면 암자 분위기가 영 싸늘해지고 말이야."

"노나라에 가면 노나라 법칙을 따르랬다고, 그 정도는 각오해야지요. 또 한분 계신다고 들었는데요."

"그 분은 나보다 훨씬 선배야. 사법고시에 다섯 번이나 실패하였는데, 심심찮게 실사구시 정신으로 저 아래 읍내 사람들의 민원을 봉사차원에서 해결해 주지. 오늘도 읍내에 내려갔는데 내일 아침에나 올 모양이야. 인기가 아주 좋거든."

곽시생은 휴식이 끝났다는 듯 앞장서 뒷문을 넘어들었다. 방을 청소하고 있는 그녀를 발견하고 의외의 표정을 지었다.

"넌 매점 집 딸 아니야?"

"누가 아니래요."

"어떻게 되는 사이지?"

"친척은 아니지만 불량스러운 관계는 아니니까 색안경을 쓰고 보지 말아요."

"지레 양심이 찔리는가 보구나. 이제 알았다. 노스님께서 금기사항을 깨뜨리고 고시생 아닌 사람을 선선히 받아준 이유를. 순전히 니 배경 아니야?"

"좋을 대로 생각하세요. 저는 이만 내려갈게요. 불편한 게 있으면 부담 갖지 말고 내려오세요."

그녀는 곽시생의 눈빛이 징글맞다는 듯 백상에게 눈인사를 하고 쌀쌀맞게 돌아섰다.

"어지간히 깜찍하고 귀엽단 말이야. 넌 행운아다. 쬐그만게."

"애인 없으세요?"

"왜, 없겠냐. 하지만 이놈의 출세가 뭔지 늘 푸른 날 독수공방이잖냐."

"면회도 안 와요?"

"여기가 어디 감옥이냐? 면회를 오게. 한 달 걸러 한 번씩 온다만, 그때마다 부담스럽고, 그리움만 더한다."

곽시생은 뜻 없는 한숨을 내쉬며 토방마루 앞에 놓여진 벌통 앞에 쭈그리고 앉았다. 일벌들이 분주하게 드나들고 있었고, 집을 잘못 찾아든 일벌들이 경계병 벌들에게 봉변을 당하여 문 앞에 나딩굴고 있었다.

"벌들이 쏘지 않나요?"

"우리들에게는 관대하다."

"정말 부지런하네요."

"보통 1킬로그램의 꿀을 얻기 위해서는 560만여 종의 꽃을 찾는다고 하더구나. 활동범위도 십리 거리라고 하던가? 그뿐만 아니다. 꿀벌은 섬세하고 철저하여 늙고 병든 자를 가차 없이 대열에서 제외시킨다. 꽃가루의 방향과 거리를 가리킬 때는 날개 짓으로 태양을 중심으로 왼쪽에서 오른쪽으로 정확하게 각도와 거리를 가리킨다. 그런가 하면, 헤르몬의 화학적 언어로 길의 방향을 제시하고, 물리적 언어라 할 수 있는 벌 춤으로 꽃가루의 방향을 제시하기도 한다."

"고등동물의 모둠생활과 비교될 만하군요."

"정신적으로나 신체적으로 우위라 해서 함부로 얕잡아 볼 수는 없지. 그리고 재미있는 것은 토종벌은 수분을 증발시킬 때 양봉과는 달리 집을 등지고 날개를 부친다는 것이다."

"양봉은 앞을 보고 부치나요?"

"그런다는구나. 여왕벌을 만들 때도 일벌들의 수고로움으로 우리네의 왕위 세습제처럼 키워낸다는 것이다."

"복잡하면서도 일사불란한 사회질서를 확립하고 있다고 해야겠네요."

"그런데 말이야. 노스님께서 우리들이 몰래 꿀을 훔쳐 먹지나 않는지, 감시의 눈초리가 여간 삼엄한 게 아니야."

"그런 일이 있었는가 보지요?"

"그전에 어중이떠중이들을 하숙시키면서 더러 도둑을 맞았는가봐."

곽시생은 손목시계를 흘깃 훔쳐보더니 자기 방으로 들어갔다. 백상에게 방 구경이라도 하라는 말 한마디 없이 차가운 바람을 일으키며 방문을 닫았다. 순간, 정적이 떠돌면서 혼자 남았다. 산사가 이래서 적요한 것이구나. 백상은 아궁이 앞에 쭈그리고 앉아 사위어 가는 불꽃을 바라보며 뜻 없는 생각에 젖었다. 아무도 모르는 낯선 곳에 버려지듯 혼자 사는 것도 좋을 듯하였다.

방안은 어지간히 환기를 시켰는데도 퀴퀴한 곰팡내가 났다. 백상은 법당 앞에 나아가 삼배를 올린 뒤 향을 가져와 피웠다. 파르스름하게 피어오르는 향불을 바라보며 자살한 시인의 영상을 내몰았다. 그는 무슨 사연을 안고 자살하였을까?

5

막 잠자리에 들려는데 고시에 다섯 번이나 실패하였다는 민시생이 돌아왔다. 곽시생이 예견한 날보다 훨씬 뒤늦게 나타난 것이다. 그러니까 백상이 오고 나서 닷새 만에 온 것이다. 곽시생과는 달리 면도도 정성스레 하였고, 머리 손질하며 넥타이까지 맨 정장 차림이었다.

"늦었군요. 좋은 일이라도 있었는가 보지요?"

"한건 해결해 주었지. 그 기분으로 집에 좀 다녀왔어. 그런데 이 친구는 누구야?"

"새로 든 식구입니다. 라이벌 의식은 느낄 필요 없구요."

"그래? 반갑구만."

민시생은 백상에게 손을 내밀었다.

"앞으로 방해가 되지 않도록 노력하겠습니다."

"다들 자기 울타리를 둘러치고 게고둥처럼 숨 쉬고 있으니까 신경과민을 일으킬 필요는 없겠지. 자, 어때? 한잔 할 건가?"

민시생은 묵직한 가방 속에서 술병을 꺼냈다.

"부라보지요."

"이 친구, 환영도 겸해서 한잔씩 하지."

민시생은 소고기 장조림과 새우튀김을 안주로 내놓았다. 산사에서 맛보기 힘든 기름진 안주거리였다.

"자넨 이거라도 뱃속 든든하게 먹으라구."

민시생은 과일을 꺼냈다. 백상이 과일을 깎는 동안 두 사람은 술잔을 부딪쳤다. 외로움을 이고 있는 자들의 서글픈 잔치였다. 이들도 이러다가 어느 날 법복을 입게 되면 오늘을 아릿한 추억으로 새김질 하리라.

"자네는 건강이 안 좋은 건가?"

"아니요. 마음을 쉬고 싶어서요."

"철학적인 요소가 있군."

민시생은 술잔을 들며 입가에 웃음을 매달았다.

"세상은 좀 어떻습디까?"

곽시생은 아무래도 세상 돌아가는 상황이 궁금한가 보았다.

"재미가 없더군. 이 땅은 바람 잘 날이 없으니…….

"죽은 송장이 어디 바람소리, 빗소리, 햇살 따가움을 압디까. 살아 있으니까 그렇지."

"허긴, 그래. 아픈 만큼 성숙한다고 했으니까. 난 이번에 실패하면 그만 둘까봐. 재미가 없는 세상인 만큼 이 길로 나간다 해도 유쾌하지가 않을 것 같아. 솔직히 말해서 회의가 들어. 더 이상 욕심 부리지 않고 아버지 사업을 도울까 해."

"그 때문에 집에 다녀왔군요?"

"결혼도 해야겠고. 하여간 이게 인생의 전부가 아니잖아?"

"힘을 내셔야죠."

"자학적이라고는 생각하지 말게나. 나름대로 깨우친 바가 있으니까."

민시생의 얼굴에는 속절없이 흘러버린 세월의 그늘이, 둥근 달을 가리운 구름장처럼 드리워져 있었다. 그렇다고 절망을 깨무는 처절한 그 무엇은 아니었다. 백상은 두 사람의 대화를 듣다말고 먼저 자리에서 일어났다. 두 사람은 술병이 바닥 날 때까지 대화를 나눌 셈이었다.

백상은 고시생들과는 달리 머리를 싸맬 필요가 없는지라 행동에 자유가 있었다. 시간이 지나면서 산사의 분위기에 익숙하였고, 주위를 마음 놓고 활보할 수 있었다. 산길을 따라 산 정상까지 올라가 보았고, 다람쥐를 쫓기도 하였다.

"자네는 다람쥐 잡는 법을 모르는군."

공터에서 다람쥐를 쫓는 백상을 발견한 곽시생이 말하였다.

"저 날쌘 다람쥐를 어떻게 잡아요?"

"잡는 방법이 있지. 그리고 읍내에 내다 팔면 쏠쏠한 재미도 붙고 말이야. 우리는 그 같은 매매행위를 자연 보호 차원에서 엄격히 금지하고 있지만, 저 아래 마을 사람들은 용돈이 궁하다 싶으면 그런 상행위를 자행하지."

곽시생은 뒤울안에서 끝이 낭창한 대나무를 가져오더니 그 끝에 낚싯줄을 매달고 낚싯줄 끝에 올가미를 만들었다. 그리고 낚싯줄을 다람쥐가 잘 다니는 담장 길목에 늘어뜨린 다음 강태공처럼 통나무 의자에 앉아 기다렸다.

"그러면 올가미에 다람쥐가 걸려요?"

"다람쥐랄 놈은 뒤로 물러 설 줄을 몰라. 어찌 보면 석양의 건맨 같기도 하고, 미련하기도 하거든."

곽시생은 인내심 깊게 낚싯대를 응시하였다. 얼마를 기다리자 다람쥐 한마리가 담장을 타고 재빠르게 움직였다. 올가미 앞에서 잠시 멈칫하더니 그대로 지나쳤다. 곽시생은 그 순간을 놓치지 않았다. 잽싸게 낚싯대를 잡아챘다. 다람쥐가 포물선을 그리며 허공중을 갈랐다.

"야, 강태공이 따로 없네요."

백상은 자신도 모르게 탄성을 질렀다. 곽시생은 다람쥐를 한손으로 움켜잡고 목에 걸린 올가미를 벗겨냈다.

"아무리 날쌘 다람쥐라도 별 수 없지?"

"털이 그지없이 매끄럽고 부드러워요."

"그래서 귀여움을 받지. 이놈, 다람쥐야? 다시는 올가미에 걸리지 않도록 조심 하거라."

곽시생은 엉덩이를 두드리듯 말하고 다람쥐를 놓아 주었다.

"토끼랄 놈이 용궁에 갔다 온 만큼 놀랐겠어요."

"그랬겠지. 어쩌면 우리에게 한두 번 잡혔을 거야. 그런데도 곧장 그 같은 악몽을 잊어 먹는가봐."

곽시생은 낚싯대를 백상에게 넘겨주고 방으로 들어갔다. 백상은 낚싯대를 뒤울안에 세워두고 부도탑을 돌아보았다. 풍상에 닳아진 부도 탑들은 영겁 속에서 고즈넉이 정좌하고 있는 수행승, 바로 그 모습이었다. 발걸음이 자신도 모르게 아래로 내달았다. 이팝나무가 싱그럽기만 하였다. 흐르는 계곡물소리가 그래서 더욱 청아하게 들리는 것일까? 매점에 들어섰다. 공휴일이 아니어서 한적하였다.

"어때, 지낼 만한가?"

그녀의 어머니가 반가이 맞았다.

"산에 묻혀 사는 그 마음을 알 것 같아요."

"그러다 머리 깎을라."

그녀의 어머니는 웃음을 머금었다. 백상의 목소리를 듣고 그녀가 매점으로 나왔다.

"여기는 잊은 줄 알았어요. 편지 왔더군요."

그녀는 한눈을 찔끔해 보이며 편지를 건네주었다. 김정허였다.

"큰절 구경 좀 시켜 주시죠. 저와 함께 올랐던 스님도 만나보고요."

"스님 법명이 뭐랬지요?"

"여산스님이라고 하던가……?"

"스님네들에게 물어보면 알겠죠."

그녀는 앞장을 섰다. 백상은 그녀의 뒤를 따르며 김정허가 보낸 편지를 뜯어보았다. 간단한 안부와 자신의 근황과 사태의 진전을 간략하게 전하였고, 그녀에게 보내는 편지를 동봉하였다. 김정허는 훈방으로 풀려나 외출을 삼가고 있다고 하였다. 그녀는 백상이 건네주는 편지를 읽으려다말고 젊은 수좌가 다가오자 합장을 하였다.

"이 나무는 아주 특이하게 생겼네요."

"이 절을 창건하신 조사스님이 다시 이 땅에 오면 잎이 피어난다나요."

"전설의 바람을 안고 있군요."

백상은 그녀를 따라 대웅전 앞마당으로 들어섰다. 적요로움이 묵직하게 내려앉아 있었다. 댓돌위에 신발들이 천년의 침묵을 드리운 채 가지런히 놓여 있었다.

"그 스님을 찾자면 공양시간이 되어야겠어요. 이쪽 계곡으로 올라가요. 폭포수도 있거든요."

그녀는 후원을 돌아 폭 넓으로 흐르는 계곡을 거슬러 올라갔다. 군데군데 못을 이룬 웅덩이는 그 깊이가 상당하였다. 바닥이 비치는 맑은 물속에서 피라미 떼들이 노닐었다. 그녀가 말한 폭포수는 한참 위에 있었다. 장난스레 물줄기가 떨어졌다.

폭포수를 이루는 못 널찍한 바위위에 스님 한분이 뭉툭한 지팡이를 세워 쥐고서 좌선삼매에 들어 있었다. 뜻밖에도 여산스님이었다. 두 사람은 방해가 될까봐 그 아래 계곡으로 내려가 정진에서 놓여나기를 기다렸다. 그녀는 비로소 오빠가 보낸 편지를 펼쳐 들었다. 백상은 신발을 벗고 계곡물에 발을 담갔다.

"야, 이 녀석들아. 올라왔으면 인사를 할 것이지 거기서 뭣들 하는 거야?"

갑자기 스님이 뭉툭한 지팡이로 바위를 치며 소리쳤다. 백상은 얼떨결에 신발을 꿰신고 스님 곁으로 다가갔다.

"그렇잖아도 스님을 찾아 나섰어요."

"앉거라. 나는 간줄 알았다."

스님은 지팡이를 내려놓으며 뒤따라오는 그녀를 눈여겨보았다.

"정다운 오누이만 같구나."

"스님께서는 지리산에서 오셨다면서요?"

"그런 셈이지. 지리산을 가봤어?"

스님은 그녀의 물음에 장난스레 웃음을 머금었다.

"한 번도 안 가봤지만 말은 많이 들었어요."

"가보지 않은 산은 그저 그림이야."

"또 지리산에 들어갈 건가요?

"글쎄다. 워낙 뜬구름 같은 운수납자라서. 지리산은 정말 은거하기 좋은 산이다. 무엇보다 넉넉하거든. 다만 전쟁의 처절한 핏자국이 골 깊은 곳마다 새겨져 있어 마음이 아릿하다만. 나는 그들의 영혼들을 위하고자 초막을 짓고 그들이 부르면 간다."

"이곳도 육이오 때 굉장했대요."

"도처에 전쟁의 비극이 배어나지 않은 곳이 있더냐? 그래, 넌 여기서 무얼 생각하였느냐?"

스님은 잔잔한 시선으로 백상을 돌아보았다. 그 눈빛 속에 한 가닥 연민이 배어 있었다.

"주위의 경관과 자연의 숨결소리에 취하고 매료되어 생각을 접어 두었어요."

"허허, 도통이 따로 없구나."

스님은 소탈하게 웃으며 자리에서 일어났다.

"가시려고요?"

"너희들이 노는데 방해가 되지 않겠느냐. 가만, 내 따라가지 않으련? 큰스님을 뵈러 가는데 너도 한번 친견해 보거라."

"무지하게 높은 스님인데 우리를 반겨줄까요?"

그녀가 백상 대신 눈을 반짝였다.

"반겨주는가, 문전박대를 하는가 가보자."

스님은 지팡이로 땅을 울리며 앞서 걸었다. 절 경내는 아까와는 달리 한 떼의 관광객들이 이곳저곳을 기웃거렸고, 스님네들도 선정에서 놓여났는지 한가한 걸음으로 활보하였다. 여산스님은 선방을 지나 댓돌이 높직한 대청마루 앞에 이르렀다. 젊은 시자가 맞이하였다.

"큰스님께서 기다리고 계십니다. 안으로 드시지요."

"너희들도 올라오너라."

여산스님은 마루로 올라서며 뒤따라온 두 사람을 돌아보았다. 백상은 조심스레 스님을 따라 방안에 들어섰다. 큰스님과 비쩍 마른 스님이 차를 마시고 있었다. 여산스님은 큰절을 올렸다. 백상과 그녀도 큰절을 올렸다.

"스님께서 유발 상좌를 거느리고 오다니요?"

자리를 좌정하고 앉자 큰스님은 입가에 잔잔한 미소를 머금으며 백상과 그녀를 지긋한 눈으로 뜯어보았다.

"이 아이는 절 입구 매점 집 딸이고, 이 학생은 요양을 왔는가 봅니다."

"총명한 구석이 있는데, 스스로 고뇌를 짊어지고 방황하겠어."

큰스님은 백상을 뜯어보며 입가에 여전히 미소를 거두지 않았다. 그 모습이 우람한 소나무의 짙푸른 가지가 미풍에 흔들리는 것만 같았다. 불현듯 그 아래에 다가서면 서늘한 기운으로 땀을 식혀줄 듯하였다.

"그런 운명을 타고 났지 싶습니다."

"그래. 차가운 밤하늘의 반짝이는 별이지. 차 들어요."

큰스님 곁에 있던 비쩍 마른 스님이 차를 내려 주었다.

"여기 와서 얻은 게 무엇인고?"

큰스님은 자를 늘며 백상에게 물었다.

"다른 세상을 보았습니다."

"대답이 제법 명료하구나."

"큰스님 상좌감이 되지 싶습니다만……?"

"좋은 재목인데, 나와는 인연이 닿지 않는 것 같아."

"큰스님께서 잘 거두어 보시지요."

"아니야. 제 스스로 느낄 때가 있을 거야. 세상에 더 나아가 부대끼고 고뇌해야 할 거야."

"난파직전의 배처럼요?"

"그때는 이미 난 이 세상 사람이 아닐지도 모르고……."

"이제 너희들은 나가 보거라. 큰스님을 뵙고 싶을 때면 언제든지 사전에 허락을 받고 친견하고."

비쩍 마른 스님이 조용한 목소리로 말하였다. 백상과 그녀는 조심스럽게 물러났다. 백상은 삼층석탑 앞에 나올 때까지 큰스님의 바람결 같은 미소가 따라오는 것을 느꼈다.

"나는 큰스님이 커다란 고목일거라고 생각했는데……."

"고목은 분명한데 잎이 무성한 고목이었어요."

"맞아요. 사람을 꿰뚫어 보는 그 눈빛은 호랑이 눈빛이었어요. 입언 저리의 미소는 솔바람만 같았고."

"정말 잘 보았어요."

백상은 그녀의 말에 머리를 끄덕였다.

"그런데, 어째서 스스로 고뇌와 방황을 짊어졌다고 하였죠?"

"그렇게 보였겠지요. 한 가지 묻고 싶은 것이 있어요."

"뭐죠?"

"내가 거처하는 방에서 자살한 사람 말이요."

"그 말을 들었는개비요."

"첫날 들었어요. 잘 알아요?"

"우리 집에 내려와 맨 날 깡소주를 마셨어요."

"시인이었다면서요?"

"시를 꽤나 많이 낭독해 주었어요. 우리 사촌 언니를 좋아 하였는데, 아마 지금도 그 언니에게 한두 편 있을 거예요."

"죽음의 동기는 뭐였어요?"

"잘은 모르지만 술이 취하면 세상에 대해 폭발직전처럼 분노하였어요. 사회적으로 잘 풀리지 않았나 봐요."

"난 실연을 당했나 생각했었는데, 그게 아니었군요."

"지금 곰곰이 생각해 보건데 광기가 다분하였어요."

"보통 사회에서 밀려났거나 실패한 지식인들은 그런 식으로 감정을 폭발시키더군요. 오늘은 이만 올라갈게요."

백상은 순간 무공을 떠올렸다. 미치광이로 전락한 무공의 광기는 무엇을 말하는가? 자신의 울분을 말보다 행동으로 드러낸 처절함 아니던가. 백상은 그녀의 눈빛을 피부로 느끼는 순간 그녀로부터 멀어지고 싶었다.

"언제 저녁초대한다 하대요. 어머니가 그러셨어요."

그녀는 백상의 뒷모습을 오래도록 지켜보았다. 무언가를 지니고 있어. 흐르는 물살에 자신을 내던지고 싶은 절망과 분노가 배어있거든. 그렇게 생각하자 이상하게도 백상에게 향하는 연민이 싸하게 가슴에 지펴났다.

백상은 그녀를 만나고부터 되도록 그녀의 시선을 피하였다. 뜻 모를 비밀스러움을 들켜버린 듯 한 묘한 기분이 들었던 것이다. 책을 보아도 마음이 산란하였다. 다람쥐처럼 혼자 산을 싸돌아 다녔다. 산이 그렇게도 넉넉한 줄 몰랐다. 말없는 바위에 앉아 쉴 때도, 우거진 숲속을 헤쳐 나갈 때도 산은 그저 한량없는 넉넉함을 베풀었다.

"자넨 그러다 타잔이 되겠어. 아니면 유인원이 되든지."

민시생은 산을 헤매다 돌아오는 백상을 보고 장난스레 말하였다. 민시생은 집에 다녀온 뒤로 담배도 끊고 읍내 출입도 삼간 채 마지막 사법고시를 위해 맹렬하게 공부하였다. 그 모습을 보노라면 처절함마저 들었다.

그날은 산을 헤매다 함초롬히 비를 맞고 돌아왔다. 아궁이에 불을 지피고 방안에 들어 궁상을 떨다 설핏 잠이 들었다. 어둠이 소리 없이 내리고, 저녁공양을 지나쳤다. 도리 없이 공양주보살에게 한마디 들을 것이었다. 누군가 조용히 문을 두드렸다. 그녀가 우산을 받쳐들고 서 있었다.

"요즘 통 얼굴을 볼 수 없어 궁금했어요."

그녀는 통닭 한 마리를 백상 앞에 내려놓았다.

"이런 것을……."

"어머니가 주셨어요. 오빠 편지도 가져왔고요."

백상은 편지를 받아들었다. 특별한 사연은 없었다. 좀 더 이곳에 있으라고 하였다. 내가 내려갈 때까지 있게나. 김정허는 어른스럽게 어깨를 툭 치듯 말하였다. 백상은 닭다리를 혼자 뜯을 수 없어 민시생과 곽시생을 불렀다.

"야, 느네집에서 물심양면으로 보살피는 것을 보니 보통사이 이상의 무엇이 개제되어 있지 싶다."

곽시생은 비장해 두었던 술병을 터뜨리며 농담조로 말하였다.

"닭다리에 무게가 실려 있어."

민시생이 맞장구를 쳤다.

"그렇게 놀리면 갈래요……."

"그런다고 뽀르르 화를 내면 어쩌냐. 닭고기가 목에 걸린다. 아무튼 비도 내리고, 기분 맞추어 왔다."

"그래요. 이런 날은 그리운 임이라도 찾아주면 얼마나 좋아요. 아까운 청춘을 이렇게 산속에 묻혀 지내다니. 어찌 생각하면 억울하기도 하고요. 안 그런가요?"

곽시생은 술잔을 단숨에 들이켰다. 목마름이 있었는가 싶었다.

"연락만 하면 천리 길도 멀다하지 않고 그리운 임이 달려올 것인데 궁상은 왜 떨어요?"

그녀가 톡 쏘아부쳤다. 그녀는 곽시생의 어딘가가 마음에 들지 않는가 보았다.

"니를 보니 천리에 나앉은 임이 보고 싶은 거겠지. 곽형? 방문할 날이 언제지?"

"모르겠어요. 요즘은 정확하지가 않아요. 우리는 그만 일어납시다. 한잔 술로 만족해야지요."

곽시생은 민시생을 일으켜 세웠다. 민시생은 술잔을 마저 비우고 뒤따라 방문을 나섰다.

"출세가 뭐라고, 안됐어요. 인생은 일종의 도박이라고 하더니만, 그 말을 실감나게 해요."

"도전이지요."

백상은 그녀와의 자리가 갑자기 어색하였다. 빗방울이 창문을 두드리는 호젓한 산방에서 여자와 단둘이 마주할 줄이야.

"장차 어느 길로 나가 승부를 던질 거예요?"

"나는 도전할 곳도, 승부를 낼 곳도 없어요."

"제가 알기로는 누구나 목표물이 있고, 상대가 있다고 들었어요. 그래야만 자신의 존재를 확인할 수 있다고요. 그런데 목표물도 없고, 상대 또한 없다면 부얼로 자신의 존재를 확인하죠?"

그녀는 매섭게 백상을 몰아붙였다. 백상은 무방비 상태로 내몰렸다.

"목표물이라든가, 상대가 없어도 얼마든지……."

"오빠가 말한 만큼 당차지 못해요. 가슴에 불씨는 타오르는지 몰라도 영 나약해요. 혼자 산속을 헤맨다 해서 자신을 붙들어 맬 수 있나요? 화살을 허공중에 아무렇게나 쏴요?"

"그쪽은 목표물이 있어요?"

백상은 궁색하게 되물었다. 이렇게 난처해 보기는 처음이었다.

"저는 이미 활시위를 당겼어요."

그녀는 자리를 박차고 일어났다. 백상은 플래시를 찾아 들었다. 빗줄기가 제법 사나왔다. 부도탑을 지나는데 빗물에 젖은 바위길이 미끄러웠다. 앞장선 그녀가 위태로워 보였다. 이팝나무께에 이르렀을 때는 질척한 내리막길에 자꾸만 중심을 잃었다. 백상은 손을 잡아 주었다. 순간, 그녀가 백상을 밀치고 후다닥 뛰쳐 내려갔다. 나는 이미 활시위를 당겼어요. 백상은 그 자리에 서서 어둠속으로 사라지는 그녀의 뒷모습에서 그 소리를 들었다.

방으로 돌아온 백상은 비에 젖은 옷을 벗어던지고 자리에 쓰러졌다. 신열이 올랐다. 가늠할 수 없는 그 어떤 열기가 가슴에 차오르면서 오한이 들었다. 한밤을 오한으로 뒤채었다. 새벽녘에야 겨우 잠이 들었다. 오전 열시가 지나서야 곽시생이 염려스러운 얼굴로 방문을 열어 보았다. 빗줄기는 더욱 사납게 내리쳤다.

"닭다리 뜯고 너무 감격한 나머지 동티난 것 아니야?"

곽시생은 대답이 없자 백상의 이마를 짚어 보았다.

"이마가 쩔쩔 끓네."

곽시생은 사태의 심각함을 알고 자기 방으로 가더니 비상약을 가져왔다. 민시생도 건너왔다.

"빈속이니까 미숫가루를 좀 들고 약을 들거라. 곧 열이 내릴 것이다."

곽시생은 백상을 일으켜 세우고서 묽게 탄 미숫가루를 마시게 한 뒤

알약을 먹였다. 백상은 약을 들고 하루종일 누워 지냈다.

백상은 이틀을 꼼짝없이 누워 지냈다. 비는 그치고 햇살은 물기 머금은 나뭇잎에 반짝이며 미끄러졌다. 바람이 일 때마다 나뭇잎들은 후두둑 물방울을 떨구었다. 다람쥐는 새파랗게 물기 머금은 돌이끼 위를 잽싸게 타고 넘었다.

"어서 나와라. 방구석에 처박혀 있어봤자 건강에 해롭다."

곽시생은 백상을 공터로 불러냈다. 바람이 그지없이 신선하고 상큼하였다.

"통닭 한 마리에 상사병이 걸릴 줄 누가 알았냐."

민시생은 핼쑥한 백상을 바라보며 측은해 하였다. 백상은 두 사람이 휴식을 끝내고 방으로 들어간 뒤에도 신선한 바람을 들이마셨다. 무심한 눈길로 다람쥐를 쫓다가 담장을 따라 부도탑에 이르렀다. 그리고 자신도 모르게 이팝나무 아래 섰다. 두 눈을 감은 채 그녀의 숨결소리를 들었다.

"여기서 무슨 명상에 잠겨있는 게야?"

화들짝 놀라 눈을 떠보니 여산스님이었다.

"스님께선 아직 계셨군요?"

"내일쯤 갈까하고 부도탑에 가는 길이야."

"어디로 가실 건데요?"

"그야, 지리산이지. 그곳에서 또 정처 없이 어디론가 가겠지만."

"저도 따라가면 안 되겠어요?"

"머리를 깎겠다는 거냐?"

"지리산을 가고 싶어요."

"그럼, 그러자구나."

스님은 선선히 응낙하고 부도탑으로 향하였다. 백상은 스님의 뒷모

습을 바라보며 순간적으로 그런 결정을 내린 것을 후회하였다. 그녀의
얼굴이 눈앞에 마주쳐 온 것이다.

여산스님이 행자를 시켜 하루 더 있다 떠난다고 알려왔을 때, 백상은
용기를 내어 매점에 내려갔다. 그녀는 보이지 않았다. 그녀의 어머니에
게 모레 아침 떠날 것이라고 말하였다.

"갑자기 왜?"

"많이 쉬었어요."

"우리 정허하고 또 와."

"자주 들르도록 노력할게요."

백상은 허정한 걸음으로 산을 올랐다. 이팝나무께에 이르러 잠시 쉬
었다. 백상은 나무둥치에 머리를 기댔다. 아무 것도 소유할 수 없는 존
재라고 스스로 다져넣지 않았던가. 하늘에 떠가는 구름 한 자락이 가슴
을 무겁게 내리덮었다.

6

"앞산에 뭔 촛불이당가?"

"누가 또 아들 하나 점지해 달라고 기도하는 갑네."

"아니여. 저기는 큰 굴 아닌가."

"맞네. 아들 점지해 달라고 기도하는 곳은 작은 굴인디."

"큰 굴에서는 기도 못하란 법이 있다던가?"

종부네 대청마루에서 담배를 피우며 모여 앉은 아낙네들이 깜박이
는 불빛을 보고 한마디씩 하였다. 종부네는 육이오전쟁 때 시숙과 시동
생이 큰 굴에서 숨어 지내다 총살을 당하였는지라 불빛을 보는 순간 오

싹 한기가 들었다. 큰 굴에서의 불빛은 그날 이후로 밤만 되면 깜박거렸다.

"누가 마음 묵고 기도하는가 보네."

"그려이. 작은 굴을 놔두고 큰 굴을 택한 것을 보면 큰 맘 묵은 모양이시."

마을 아낙네들은 밤마다 종부네 집에 모여 앉아 누굴까, 손을 짚어가며 앞 동네, 재 너머 마을을 뒤져 보았으나 마땅히 집히는 사람이 없었다. 또딸네는 이미 아들 낳기를 체념한지 오래였고, 토심네는 남정네가 도둑 씨앗을 심어 아들을 보았고, 막딸네는 울며 겨자 먹기로 뭍에다 작은 마누라를 앉혀 주었다.

"관산이나 당목에서 누가 치성을 드리는가 보요."

"말이라고 하는가? 관산은 가까운 만봉이 있고, 당목은 당숲이 있는디, 귀꿈스럽게 큰 굴인가."

삐죽갈네가 단정 짓듯 말하자 수굿네가 당치 않다는 듯 머리를 가로저었다. 아낙네들도 그 말에 머리를 끄덕였다. 날이 갈수록 호기심에서 벗어나고 있었다. 그런데 누군가의 입에서 큰 굴에서 촛불을 켜고 기도하는 사람이 다른 사람 아닌 백상이라는 것이었다. 누구보다도 놀란 것은 종부네였다.

"엄니요, 성이 저 앞산에서 촛불 켜고 산다 안하요."

명상이 어디서 듣고 왔는지 눈을 커다랗게 뜨고 숨 가쁘게 말하였다.

"아니, 시방 뭐라고 했냐?"

"어동 펑조기 철나무 각단을 집으러 갔다가 성이 큰 굴에 사는 걸 봤다요."

"뭐, 엉뚱한 소리를 한다냐."

종부네는 믿어지지가 않았다. 저놈이 집을 놔두고 산에서 어떻게 혼

자 지낼 수 있단 말인가. 귀신에 씌운 정신 나간 행동거지가 아니고서
는 상상도 할 수 없는 일이었다. 하지만 소문은 금방 마을을 건너뛰었
다. 하는 수없이 평조를 찾아갔다.

"어짠 일로 우리 집을 다 찾아 오시요?"

평조는 낫을 숫돌에 갈고 있다가 엉거주춤 허리를 폈다.

"살다본께 그라네."

"마루에 좀 앉읍시다."

"근실하게 산다는 말은 들었네만……."

종부네는 토방마루에 앉았다. 시아버지 때부터 앞산 너머에 있는 산
을 지키도록 하였다. 마당 좁은 집이었지만 구석구석 오밀조밀 훈기가
있어 보였다.

"주복어장도 하고, 산골 다랭이 논도 부치고, 아부지적 대진 어르신
께서 베푸신 은혜도 고스란히 지니고 열심히 사요만 워낙 뿌리가 없어
서요. 배는 굶주리지 않고 살지만."

"다들 옛일을 잊고 사는디, 생각만이라도 고맙구만."

종부네는 평조의 선량한 마음씨가 고마웠다. 시아버지께서 좋은 일
을 많이도 하였건만, 누구 하나 거기에 대해 감사하는 마음을 지니고
있는 사람이 없었다.

"제자식들은 모를까, 대진어르신께서 많은 사람들에게 베풀어 준 그
음덕을 잊겠는가라우. 근디 어짠 일로……?"

"내 아들을 상가마니 큰 굴에서 보았다는디, 그게 참말인가 해서 왔
네."

"아, 그거요? 맞어라우. 철나무 각단을 한참 잡아 나가는디 누가 큰
굴 바위에 앉아 있습디다. 무릎에 책을 펼쳐 놓고라우. 다가가 본께 백
상이 아니겠어라우. 여기는 어짠 일이냐고 물은께로 그저 잔잔히 웃기

만 하더만요.”

“그러면 정말인갑네. 혼자던가?”

“글쎄라우. 굴속은 들여다보지 않아 잘 모르겠소만, 혼자인성 싶습
디다. 모르고 있었소?”

“그렇게 물어보러 온 것 아닌가. 혼자 무슨 간덩이로 밤을 지샐까?
아무리 생각해도 믿어지지가 않는구랴.”

“나도 그게 의문이요. 백상을 보았을 때는 하루쯤 큰 굴에 오른줄만
알았지라우. 집에 내려와서야 밤마다 큰 굴에서 불빛이 깜박인다 해서
그 장본인이 백상이 아닐까 했고, 그러면서도 아직 어린 나이에 하루
이틀도 아니고 그 높고 험상한 바위굴에서 지샐 수 있을까, 고개를 갸
우뚱하고 있소.”

“백상이 틀림 없었제?”

“아, 지가 그 녀석을 모를 리 있소.”

“어쨌거나 고맙네.”

종부네는 서둘러 돌아섰다. 제깟 놈이 무슨 수도승이라고 이번에는
그 높은 곳에서 청승을 떨어? 종부네는 울큰불큰 부아가 치밀었다.

“너무 나무라지 마시요. 저도 뭔가 뜻이 있것지라우. 살펴 가시고
요.”

평조는 사립문 밖까지 따라 나왔다. 종부네는 그길로 앞산 큰 굴을
치어 오를까 하다가 해를 가늠하고 참았다. 내일이라도 학재를 보내 사
실여부를 확인하고 데려오도록 해야겠다고 다짐하였다. 그 밤에도 큰
굴에서 촛불이 깜박기렸다.

“자네, 아들이 기도를 드린다며?”

“모르겠네.”

“별났네. 어찌 큰 굴을 생각했을게?”

"에미 간장을 못 녹여서 그러겠제."

종부네는 아낙네들이 돌아간 뒤에도 자정이 넘도록 큰 굴을 지켜보았다. 무얼 묵고 청승을 떨까? 아니, 지놈이 저기서 무슨 공부를 한다는 걸까? 세상의 웃음거리라니. 종부네는 담배를 연달아 말아 피우며 자작으로 술잔을 들이켰다.

다음날, 종부네는 학재를 불러 내렸다. 학재는 간밤에 마신 술이 아직 덜 깬 얼굴로 나타났다.

"급한 일이라도 있으시오?"

"우선 속이나 풀어라."

종부네는 미리 준비한 조개국물과 해장술을 내왔다.

"아따, 속이 시원하다. 한 그릇 더 주시요."

학재는 조개국물을 단숨에 들이마셨다.

"인자 술을 좀 절주해야겠다."

"그래사 쓰것는디, 한잔 술이 들어가면 어디 마음대로 돼야 말이지요."

"학순이는 시집가기로 결정을 내렸다냐?"

"나는 별로 마음에 안드요만, 학순이가 그보다 더 좋은 곳을 찾으면 대수냐고 해서요."

"자포자기에 가까운 심사로 들리는구나."

"누가 아니요. 그 땜새 술을 마셨소."

학재는 누이동생 학순이 혼사 말이 나오고부터 신랑감이 눈에 차지 않았다. 성실하기 이를 데 없다지만 학순에게 비교하자면 영 밑돌았다. 누이동생이라서가 아니라 입 달린 사람들은 학순의 신랑감으로는 부족하다고 하였다. 그런데 당사자인 학순은 그게 아니었다. 잘나고, 잘사는 집안에 시집을 가봤자 아버지네들의 전력을 들먹이며 업신여김을 받을 것이고, 그 시집살이를 눈물과 한숨으로 감내하느니 차라리 자신보다는 못났다지만 착실하고 욕심 없는 사람이면 바랄게 없다는 것이었다.

"너무 영리해도 탈이다."

"금메 말이요. 학순이와 상순이만은 제대로 된 집안에 시집보내고 싶은 욕심이요만……."

"아직 결정 난 것은 아니지 않느냐. 상순이는 일이년 더 있다 결혼할 것이고. 그건 그렇고, 수고스럽겠지만 앞산 큰 굴을 좀 다녀와야겠다."

"뭐시라우?"

학재는 해장술을 들다말고 가래 끓는 소리로 눈을 디룩하게 홉떴다. 큰 굴이라면 평소 올려다보기도 싫었다. 아버지와 둘째 작은아버지의 핏자국이 얼룩진 곳이 아닌가. 토끼몰이나 다름없었던 처참한 죽음이었다.

"백상이 그곳에 있다는구나."

"그게 정말이요?"

"밤마다 불빛을 보고도 모른단 말이냐?"

"술독에 빠져 지내는 내가 언제 큰 굴 쳐다 보겠소. 평소에도 쳐다 보기 싫은 곳인디."

"여동 평조가 봤다는구나. 니가 가서 데리고 오너라. 엉뚱한 짓거리로 사람 애간장을 녹인다."

"허허, 참. 알다가도 모를 놈이요. 가보기는 가볼라요만, 도저히 이해가 안가요."

"지금은 그렇다치고, 앞으로 어쩌사 쓸거나? 김삿갓 마냥 시상을 속절없이 비관하며 산천을 떠돌면."

"어쩔 것이요. 젊은 한때의 방황이거니 여겨야지요."

학재는 술잔 속에 한숨을 죽였다. 벌써부터 백상의 방랑벽은 시작되

었다. 아무리 높은 장벽으로 막을지라도 바람을 피할 수 없듯이 백상의
가슴에 들이친 바람을 어이 진정 시킬 것인가.

"평생 내 애간장을 녹이지 싶으다."

종부네는 담배를 말아 피웠다. 역마살과는 근본적으로 다른 방황의
시초가 아닌가.

"다녀 올라요."

"가기 싫겠다만 하는 수 있냐."

종부네는 술병과 함께 안주거리를 넉넉하게 싸주었다. 학재는 대문
을 나서는 길로 혼자 오르기는 그렇고 하여 재문과 현오를 찾았다. 현
오는 정미소 기계 부품을 구하러 뭍에 나갔고, 재문은 선창가에서 문절
이 낚시를 하고 있었다.

"많이 낚은 거여?"

"그렇잖아도 속풀이 하자고 부를까 했는디."

재문은 낚아 올린 고기를 쳐들어 보였다.

"잘됐구먼. 가자고."

"어디를?"

"앞산 큰 굴."

"아닌 밤중에 홍두깨 내밀듯 거기는 왜?"

"할일 없이 산보하자는 것은 아니여. 이거 보여?"

학재는 술병을 쳐들었다.

"이해가 안 가네."

"하여간 따라와. 놀랄 일이 기다리고 있을테니께."

학재는 재문을 우격다짐 식으로 잡아끌었다. 재문은 영문을 몰라 하
면서도 도리 없이 따라 나섰다. 두 사람은 앞산을 오르기 시작하였다.

"얼마 만에 오르제? 숨 가쁘네."

두 사람은 두어 번 쉬어가며 작은 굴에 도착하였다. 뭍으로 이어지는 산들이 아스라이 펼쳐져 있고, 바다위에 떠있는 작은 섬들이 수평선까지 점점이 이어져 있었다.

"가슴이 활짝 열리는구랴."

재문은 우람하게 버티고 있는 바위 아래로 다가갔다. 커다란 굴이 뚫려있고, 그 옆에서 석간수가 마치 거친 숨결을 뿜어내듯 샘솟고 있었다. 두 사람은 차례로 목을 축였다.

"완전히 살아있는 물이야."

학재는 굴을 둘러보았다. 축축하게 물기만 배어있지 않다면 대여섯 사람은 누워 지낼 만 하였다. 전설에 의할 것 같으면 삼신할미가 큰 굴과 작은 굴을 오가며 섬과 바다를 다스렸다고 하였다. 지금도 작은 굴에서 불을 피우면 큰 굴에서 연기가 나온다고 하였다.

"큰 굴을 오르자고."

"여기서 술잔을 비우세나. 꼭 큰 굴에 가야할 이유가 없잖은가."

"백상이 거기에 있다는구만."

"뭐여?"

"백상을 데려오라는 엄명을 받고 올라왔네."

"그 녀석, 간도 크다. 언제부터?"

"며칠 됐나봐."

"문제아가 따로 없군. 신선이라도 될 모양인가?"

"모르지."

학재는 앞장서 작은 굴을 돌아 올랐다. 산길은 더욱 가파르고 험상하였다. 네발로 기듯 바위를 타고 오르기도 하였다. 학재는 숨이 차오를 때마다 바다를 내려다보며 숨을 돌렸다. 넘실거리는 바다가 그저 한 폭의 그림이었다. 큰 굴은 작은 굴과는 달리 바위와 바위들이 뒤엉켜 탑처럼 쌓여져 있었다. 그 형상이 기묘하였다. 마치 항아리처럼 형성되어 있었다. 백상은 그 꼭대기 바위 위에 앉아 멀리 수평선과 아슴하게 펼쳐진 뭍의 산들을 바라보며 명상에 잠겨 있었다. 두 사람이 다가가도 움직이지 않았다. 학재는 그 모습을 바라보며 말문을 잃었다. 한마디로 어처구니가 없었다.

"여기서 뭣하고 있는 거냐?"

재문이 백상을 흔들어 깨우듯 소리쳤다. 백상은 그때서야 명상에서 깨어났다.

"형님들께서 여기는 어쩐 일이세요?"

백상은 실풋이 웃으며 자리에서 일어났다. 몰골이 영 말이 아니었다.

"너를 모시러 왔다."

학재는 순간 왈칵 미움이 솟구쳤다.

"어찌 아시고……."

"밤마다 불빛을 내보이는디 모를 것 같냐?"

"거, 술병이나 내놔. 이곳에 오르고 보니 나도 살고 싶네. 금방 도인의 경지에 이르겠어."

학재는 재문의 말에 들고 온 술병과 안주를 펼쳤다. 학재와 재문은 술잔을 나누고, 백상은 곁에 앉아서 안주거리를 맛보았다.

"이곳에 오른다고 나한테라도 말을 했어야지."

"어머님 성질에 가만 놔두겠어요."

"가족들 몰래 산상생활을 하겠다면 여기보다 더 좋은 산들이 얼마든지 있을 것인디 하필이면 왜 여기냐?"

재문은 그게 궁금하였다. 뭍으로 아스라이 이어진 산들이 얼마나 많이 널려 있는가.

"스님을 따라 지리산을 갔었는데, 문득 이곳이 눈앞에 다가왔어요.

무한한 열림이 바다위에 펼쳐져 있잖아요."

"열림이라……?"

"이곳에서 나고 자랐으면서도 이만큼 바다와 하늘이 열려있다는 것을 몰랐어요."

"듣고 보니 딴은 그렇다만, 어떻게 끼니는 때우고 있냐?"

학재는 속으로 웃음을 흘렸다. 같잖았다. 무엇을 안다고 무한하게 열린 공간을 이야기 한단 말인가?

"생식을 해요."

"허허, 진짜 도인 하나 나올 모양이다."

재문은 새삼스레 백상을 바라보며 도리 없이 웃음을 터뜨렸다.

"형님도 생식을 한번 해 보세요. 바위 속에서 솟는 석간수하며, 정신이 그렇게 맑아질 수 없어요."

"인자 치기어린 행동은 그만하고 내려가자."

"좀 더 있을 겁니다."

"고집을 부릴 때가 있다."

학재는 재문이 건네는 술잔을 받으며 점잖게 나무랐다.

"제가 가는 방향을 묻고 있어요. 시야가 드넓게 열릴수록 눈앞이 안개로 가로막혀 있어요."

"여기있다해서 안개가 저절로 걷히지는 않을 것이다."

"안개구름 위에서 내려다보면 방향을 가늠할 것이오."

"고집불통이구나."

재문은 항아리 속만 같은 바위굴을 둘러보았다. 백상은 굴 한가운데 널찍한 바위 위에다 풀을 푹신하게 깔아 놓았다. 의외로 아늑하고 훈기가 감돌았다. 그리고 그 아래 바위틈새에서 석간수가 솟으나 바위 웅덩이에 고여 흘렀다. 거기에 비누, 수건, 찌그러진 냄비에 쌀이 한줌 물 불어 있었다. 완전히 수도승의 흉내를 내고 있었다.

"나는 네가 어떤 길로 나가든 상관하지 않겠다. 나보다 올바른 정신을 지니고 있으니께. 하지만 이건 자신을 시험하는 자학의 일종이다. 자꾸만 세상사와는 멀어지려는 도피행위가 아니고 무엇이냐."

학재는 마음이 쓰거웠다. 군대에 자원입대하여 혹독한 훈련 속에 자신을 내던진 자학행위와는 다른 성질이었다. 사춘기 시절의 도전적이고 회의적인 갈등에서 빚어진 행동반경이라고 이해하고 받아들인다 할지라도 종부네만은 백상의 행동을 이해할 수 없을 것이다.

"저는 깨달은 바가 있어요. 세상과 정면으로 부딪치기 위해서는 멀리 서서 세상을 가늠할 수 있는 지혜가 필요하다구요."

"울분만 가지고는 안 된단 말이지?"

"어무니께 잘 말씀드려 주세요. 쬐끔만 더 있다가 내려갈게요."

"내가 여기서 오늘밤 너와 지낼 테니까 그동안 잘 생각해 보거라. 어이, 재문이? 우리 이왕지사 이곳에서 하룻밤 자고 가세나."

"그러세. 술 있고 안주 있겠다, 도인의 경지가 따로 있겠는가."

재문은 군소리 없이 찬성하였다. 백상은 난처한 표정을 지었다. 이 양반들이 아예 포대쌈이라도 해갈 작정인가? 학재와 재문은 백상의 마음 따위는 아랑곳하지 않고 큰 굴 주위를 돌아다니며 더덕이며, 삼지구엽초며, 새박죽 따위를 캐며 즐거워하였다.

"어이, 저것 보게나. 정말 아름다움을 빗질하였네."

재문은 약초를 캐다말고 바다를 가리켰다. 저녁노을로 물든 바다는 말로 표현할 수 없었다. 학재는 백상을 이해하였다. 그 어느 곳에서 이런 아름다움을 맛보랴. 노을이 서서히 어둠속으로 묻히고 서녁에 비낀 초승달이 바다를 처연하게 쓸어 내렸다. 초승달이 숨어들고, 별빛이 바다에 쏟아져 내리는 가운데 두 사람은 술잔을 주고받으며 백상의 존재를 잊었다.

다음날, 으스스한 한기를 느끼며 눈을 떴을 때 먼동이 터오고 있었다. 이렇게 일찍 일어나보기는 군대에서 훈련을 받을 때였다. 학재는 선하품을 하며 점점이 바다에 잠겨있는 섬들을 어루만지며 떠오르는 아침 해를 바라보았다. 저녁 노을빛과는 또 다른 빛살에 온통 가슴이 붉게 타올랐다. 육이오전쟁 때 이곳에 숨어 지내던 아버지는 이 신선하고 황홀한 아침을 어떤 마음으로 바라보았을까? 학재는 잠시 기이하고도 슬픈 상념에 젖었다. 재문이도 눈을 부비고 일어나 앉으며 출렁이는 바다에 뿌려지는 아침 해를 바라보며 새삼 세상을 아름답게 채색하였다. 학재는 눈으로 백상을 찾았다. 백상은 이미 자리에서 일어나 가장 높은 바위 위에 앉아 바위와 하나가 되어 떠오르는 붉은 해를 바라보고 있었다. 그 모습이 비바람에 씻기운 탑신처럼 보였다.

"여기서 태어나 이처럼 아름다운 광경을 처음 보다니……."

"그러게 말이네. 산위에서 내려다보는 세상사가 미묘하기만 하네."

학재와 재문은 누가 먼저랄 것 없이 탑신처럼 앉아있는 백상을 남겨두고 산을 내려왔다.

"풀 더미 속에서 참 포근하게 잠을 잤네."

작은 굴에서 석간수로 목을 축이고 나서야 학재가 입을 열었다.

"백상이 저런 행동을 하다니. 섬뜩한 기운마저 느꼈네."

"다른 애들 같으면 여학생 꽁무니나 따라다닐 것인디, 나 역시 무서운 기분이 들었네. 염려도 되고."

"하여간 바다의 깊이를 제대로 알려면 산을 자주 올라야겠더군. 백상을 나무라지 말게나."

"나무랄 건덕지가 있어야지."

마을에 이르러 재문과 헤어진 학재는 종부네 집을 들어섰다. 종부네는 뜬눈으로 학재를 기다리고 있었다.

"왜, 너만 오는 게냐?"

"한 이틀 더 있다 내려온다고 하더군요."

"그걸 말이라고 하는 거냐?"

종부네는 파르르 화를 냈다.

"강제로 끌고 내려올 수가 없었어요."

"해서 얼씨구, 하룻밤 술판을 벌린 거냐?"

"너무 나무라지 마시요. 백상이 그런다고 산짐승에게 물려갈 것도 아니고, 정신이 빗나간 것도 아니고요. 저 또한 하룻밤 지내면서 깨달은 점이 있더구만요."

"초록은 동색이라고, 아예 같이 지내다 오지 그랬냐? 내 이놈을 당장 올라가서 끌고 내려와야제. 어이구, 내 가슴이야."

종부네는 앞산을 올려다보며 가슴을 쳤다.

백상은 여산스님을 따라 지리산으로 갈 때는 그곳에서 한동안 묻혀 살며 아버지의 영혼을 찾기로 마음먹었다. 그래서 김정허의 누이동생이 붙잡는데도 소맷자락을 뿌리치고 돌아섰다. 어쩌면 그녀로부터 멀리 벗어나고 싶었는지 몰랐다. 곽시생과 민시생도 섭섭해 하기는 마찬가지였는데, 다시 찾아오겠다고 인사를 하고 비전을 내려왔다. 사람의 정이란 적적하고 외로울 때 진하게 배어나는가, 그간 두 사람에게 정이 들었다.

여산스님은 자상하게 마음을 써주었다. 스님이 한때 정진을 하였던 토굴을 백상에게 물려주고 칠불사 선방에 들어갔다. 험준한 바위등성이 바위굴에 까대기를 내달고 구들장을 놓아 한사람 겨우 기거할 공간이었는데도 아늑한 기운이 돌았다.

백상은 처음 얼마 동안은 얼떨떨한 기분으로 웅장하고 신비한 산세에 취해 지냈다. 스님이 일러준 대로 생식을 하며 지내는 것도 괜찮았다. 날이 밝으면 온산을 헤매며 아버지의 혼백을 찾아보았으나 그 어디에도 없었다. 밤에는 촛불 아래서 책을 읽다가 쓰러져 잠이 들고는 하였다. 비로소 혼자의 외로움이 얼마나 처절한가를 쓰겁게 깨물었다.

그러던 어느 날, 백상의 눈앞에 바다가 펼쳐졌다. 파도가 일렁이는 드넓은 바다는 백상을 자꾸만 손짓해 불렀다. 그럴 때마다 백상은 산상에 올라 손짓해 부르는 이유가 무엇인가, 묻고는 하였다. 바다는 그저 손짓해 부를 뿐, 대답이 없었다. 여산스님이 두 번째 쌀 한말을 짊어지고 오던 날 그 말을 하였다.

"바다는 하늘의 거울이지."

"하늘은 이곳에서 더 맑고 푸르게 보이는데요."

"여기서는 빨갛게 익은 감나무의 감만을 바라보는 격이야. 잘 익은 감을 따 담는 광주리가 있어야 하는 법, 바다는 바로 그런 것이지. 어부가 바다에서 그물로 고기를 잡아 올리듯 말이야. 세상의 지혜를 바다는 온전히 지니고 있거든. 그래서 남해의 깊은 바다에서 진인(眞人)이 난다고 하지 않던가?"

"바다에서 태어났는데도 바다가 하늘의 거울인지 몰랐어요."

"바다는 또 백가지 물을 받아들이는 지구의 정화수지. 노자가 말한 도의 경지도 물의 유연함과 낮은 곳이 아닌가 말이야. 바다가 손짓해 부르면 거기에 응하는 게야. 이제 정말 바다의 깊이를 알 때이다."

"스님께서는 언제 바다의 깊이를 아셨으며, 하늘의 거울임을 깨달았는지요?"

"상당히 오래전이다. 하지만 아직도 그 깊이를 제대로 가늠할 수 없고, 내 얼굴을 제대로 비쳐볼 수 없었다. 어쩌면 불가항력인지도 모르지."

"제가 그 깊이를 가늠해 봐도 될까요?"

"당돌하다만 손해는 없을 것이다."

스님은 웃음을 지으며 머리를 끄덕였다. 백상은 그 길로 지리산을 내려왔다. 그리고 아무도 모르게 앞산 큰 굴로 향하였다. 자신도 모르게 발길이 그곳으로 인도하였다.

큰 굴을 택한 이유는 무엇이었을까? 바다 가운데 섬이라면 굳이 고향이 아니어도 많지 않은가. 모르긴 몰라도 낯설지 않다는 고향의 정취가 마음을 이끌었을 것이고, 몇 해 전 큰 굴을 답사한 때문일 것이다. 어머니로부터 어느 날 큰아버지와 작은아버지가 전쟁의 피비린내를 피하여 큰 굴에서 숨어 지내다 토끼몰이 식으로 총살을 당하였다는 말을 듣는 순간 그곳을 한번 구경하고 싶은 충동에 사로잡혔었다.

백상은 큰 굴에서 불편 없이 지새웠다. 이상하리만큼 바위굴이 안온하였다. 작은 굴은 습기가 배어나는데 비해 큰 굴은 그렇지가 않았다. 풀을 베어다 푹신하게 깔고 누워 바위 아래 깊숙한 곳에서 흐르는 물소리를 듣노라면 바위 틈새로 보이는 밤하늘의 별들이 무수하게 쏟아져 내렸다.

본격적으로 명상에 잠기기 시작한 것은 닷새째 이슬 맺힌 풀 속을 커다란 구렁이가 헤쳐 나갈 때부터였다. 구렁이는 굉장히 컸는데, 백상은 굴을 지키는 수호신으로 생각하였다. 동트는 아침햇살을 받아서인지 그 몸뚱이에서 황금빛을 뿌렸다.

명상에 잠길 때는 오직 한가지만을 움켜쥐고 그것을 깨부숴야 한다. 백상은 여산스님이 일러준 대로 하늘의 거울이라는 화두를 붙들고 하루를 보냈다. 정말이지, 바다는 새벽과 한낮, 그리고 해질녘과 밤이 달랐다. 그 빛깔뿐만 아니라 그 깊이와 넓이까지 미묘하였다. 하지만 막상 한 가지 화두만을 붙들고 있기란 참으로 어려웠다. 무엇보다 눈 아래 내려다보이는 집과 어머니의 얼굴이 다가와 마음이 좌불안석이었다. 이왕이면 모든 것을 정면으로 부딪쳐 이겨나가야 참 나를 찾을 수 있다는 스님의 말을 올곧이 받아들였지만 그게 그렇게 쉽지가 않았다. 그리고 무수하게 떠오르는 잡념들……. 내가 정말 이렇게 많은 생각들 속에 얽매여 있었던가? 백상은 스스로 놀랐다.

모든 망상을 한꺼번에 제거하려하지 말고 차근차근 하나씩 그 밑뿌리까지 완전히 뽑아내어 바다 속에 수장시켜야 한다. 스님의 그 말을 좇아 실타래를 감아쥐듯 가닥을 정리하기로 하였다. 우선 빤히 내려다보이는 집을 바다 속에 밀어던지기로 하였다. 어머니, 누나, 동생, 그리고 마을사람들의 모습을 지워나가면서 자신이 앉아있는 위치를 잊었다. 그런 가운데 또 다른 망상이 허깨비처럼 불쑥불쑥 뛰쳐나올 때면 그것을 무르팍으로 누지르느라 무척이나 애를 먹었다. 지풍골 도깨비와 밤새워 씨름을 하였던 장 목수의 안간힘이 그러하였지 싶었다.

백상은 하루하루를 점검하기 위해 일기를 썼다. 그게 가장 알기 쉬운 자기반성이자 성찰이었다. 매일 다른 빛깔로 다가오는 바다의 깊이를 그냥 지나칠 수 없었다.

풀이 눕는다. 그리고 이슬을 털고 다시 일어선다. 가벼운 바람소리에도 저렇듯 민감한 반응을 보이다니. 바위는 천년세월 미동도 하지 않는데, 하늘의 구름과 입맞춤하려 하다니. 아침 바다는 안개빛이다. 섬들이, 안개에 젖은 섬들이, 움직이기 시작한다. 알에서 부화된 바다거북처럼 파도위에 물갈퀴를 남기며 일어서서 수평선으로 나아간다. 그것은 성숙하고도 장엄한 군무였다. 하나로 어우러져 춤을 추는 모습은 물오리 떼들이 깜죽거리며 파도를 타는 모습이다.

섬들이 살아 숨 쉬는 것을 어찌하여 오늘에야 알게 되었는가? 산은 항상 숨을 쉬며 움직인다는 스님의 말을 이해하게 되었다. 섬들은 밀물과 썰물을 따라 청둥오리 떼처럼 노닐며 먼 바다로 나아가기를 꿈꾸고 있다. 그러면서도 섬은 하나하나가 독립된 개체이자, 우주라는 것이다. 밤하늘의 별처럼 제각기 생명의 빛살을 안개빛 바다위에 뿌리고 있다.

안개빛 바다가 서서히 걷힌다. 아침햇살이 너무나 신선하고 눈부시다. 동굴 속까지 어루만지는 햇살은 모든 생명들을 찬양한다. 축복받은 생명들. 고통으로 진물이 흐르는 생명일지라도 햇살은 고마운 빛의 자양분이자 충만한 에너지다. 누군가의 신음소리, 날카로운 분노의 목소리, 겁먹은 듯한 두려움과 소외감으로 가득 찬 우울증세도 신선한 햇살 아래에서 눈 녹듯 사라져 버린다. 그래서 동트는 아침햇살은 새 생명이 태어나듯 세상을 찬미한다.

풀잎도 아침햇살에 이슬을 털고 일어선다. 새들도 하늘을 난다. 우수수 깨어나는 생명들은 제각기 배고픔과 밤새워 꾼 악몽과, 세상을 갈구하는 목마름을 해소하기 위해 기지개를 켠다. 바위등성이에 내린 이슬이 마르고, 햇살은 무릎위로 기어오른다. 간지럽다. 행복한 간지럼이다. 사랑과 생명으로 충만하기에 아직도 민감한 반응을 보이고 있다. –

– 바위를 달군 정오의 햇살은 따갑다. 조금만 심통을 부려도 화상을 입을 것만 같다. 바위굴 속은 그지없이 서늘하다. 시원한 나무 그늘보다 더 마음을 식혀 내린 것은 발밑으로 흐르는 나즈막한 물소리 때문이다. 아늑한 울림으로 심장의 맥동을 자극하는 물소리. 이 물은 어디에서 시작되어 어디로 흐르는 걸까? 엄연히 바다위에 떠있는 섬이 아닌가. 그렇다면 물의 근원지는 바다의 깊은 곳이고, 다시 그 심해로 흘러가는 게 아닌가? 귀소본능. 흐르는 물소리에서 내 목소리를 인식하고, 나의 존재를 확인하는 것도 그 때문일러라. 나 또한 태어난 근원이 있을 것이고, 잠시 방

황하다가 길을 찾아 다시금 그곳으로 돌아가리라.

자리에서 일어나 석간수를 한 그릇 떠마셨다. 심장이 서늘하다. 순간, 생선의 비릿함이 가슴을 저몄다. 소금기로 가득한 바다에서 숨 쉬고 사는 바다고기는 순백한 신선함을 지니고 있다. 마치 석간수처럼 너무나 맑고 투명하여 그 맛을 제대로 볼라치면 바다의 염분인 소금이나 간장을 찍어 먹어야 한다.

석간수와 바다고기. 그것은 동일한 영생체다. 하나는 바다의 깊이에서 우러나 그 근원으로 흐르는 생명체이고, 또 하나는 생명의 형상으로 나투어 바다 속에서 유영하며 바다의 본성을 지니고 있다. 오, 이것을 어떻게 설명해야 할까?

석간수 한 그릇을 떠 마신다
생선 한 마리를 뱃속에 집어 삼킨다
바닷물이 온통 뱃속에 들어차 출렁인다
파도가 인다
섬들이 춤을 춘다
미역이며, 톳이며, 김이며, 우무가사리며,
그 많은 해초와 산호초들이 내 뱃속에서
뿌리를 내리고서 파도에 일렁이며 숨을 쉰다.

나는 어느 사이에 우주가 되었고, 내 뱃속은 깊고 넓은 바다가 되어 무수한 생명들이 삶을 노래하였다.

–뱃속의 바다를 안고 하루해를 보냈다. 대지는 온통 태양열로 달구어져 뒤채었으나, 출렁이는 뱃속의 파도는 매번 바람을 시원하게 어루어 하

늘을 품 안게 하였다. 바람과 파도는 가야금과 그 음율의 관계였다.

수평선 너머에서부터 노을이 물들기 시작하였다. 가만히 보건대, 동트는 아침바다나 노을로 물드는 수평선이나 다를 게 없었다. 굳이 구별하자면 뜨는 해와 지는 해로 구분할 수 있겠지만.

노을은 정말 장관이었다. 바다가 하늘의 거울이라는 말을 제대로 실감할 수 있었다. 정말이지, 바다가 아니라면 하늘의 조화로움, 빛의 색상을 어떻게 담을 수 있으며, 어떻게 채색할 수 있을 것인가? 그러기에 하늘은 조금도 거짓을 내보이거나 술수를 부리지 않으며, 탐욕까지도 멀리 한다. 바다가 없다면 하늘은 우주의 지배자로서 전제성을 드러낼지도 모르며, 광폭한 폭군으로 변신할는지도 모른다.

자신을 비추어본다는 것, 그것은 자신의 본래면목을 일깨워 주고, 반성과 성찰을 메시지처럼 부여한다. 그러니까 생각난다. 무공이 왜 반쪽거울을 들여다보며 지악스럽게 턱수염을 뽑는지. 반쪽거울이나마 자신을 비추어 볼 수 있어 자아 완성을 꿈꾸는지 모른다. 왜냐하면 턱수염이야말로 남성본위의 우월성을 나타내고, 가부장적인 전제성과 권력의 무소불위를 상징하기에.

노을은 수평선을 물들이고, 오밀조밀 숨 쉬고 있는 섬들을 감싸안고, 투명한 생명체로 헤엄쳐 다니는 고기떼들에게 어둠의 그 짙은 세계를 예시해 주었다. 물고기들은 어둠이 바다를 내리덮어도 눈을 뜨고서 한밤을 지새운다. 붉은 기운이 도는 눈가에는 저녁 노을빛이 물들어 있다.

노을빛이 나의 집 처마 끝에 이르렀을 때, 나도 모르게 어머니의 한숨 소리를 들었다. 삶의 과정, 그 진한 목매임에 후두둑 진저리를 쳤다. 어머니는 이미 삶을 통해서, 바다와 함께 살아오면서, 바다야말로 하늘을 온전히 품안을 수 있다는 것을 알기에 한숨을 내쉬는지 모른다.

－노을이 바위굴을 붉게 물들이고, 무릎위에 하루의 긴 그림자가 혜성의 꼬리처럼 다가왔다. 하늘의 별빛이 하나 둘 바다에 떨어지기 시작하였다. 어디선가 부엉이가 울고, 마을의 불빛들이 깜박인다. 어머니는 툇마루에서 저녁을 들 것이다. 그러고 보니 배가 고프다. 아침에 생식을 하고 아무 것도 먹지 않았으니 그럴 수밖에. 아직은 생식에 익숙하지 않아 마을에서 지펴 오르는 된장국 냄새가 코끝을 자극한다.

생쌀은 물에 잘 불려져 있었다. 한 숟갈 입안에 떠 넣자 사르르 눈 녹듯 씹힌다. 생식을 끝내고 촛불을 켠다. 바위벽에 부딪치는 불빛이 메아리만 같다. 한낮에 마저 읽지 못하였던 책을 촛불 가까이 펼쳐들고 활자를 쪼아간다. 눈이 쉬이 피로해진다.

바위에 앉아 바다로 떨어지는 별빛을 헤아린다. 선녀는 저렇게 하늘나라에서 내려와 목욕을 하고 새벽이면 하늘로 올라갔다. 바다에 떨어지는 별빛은 선녀의 영혼이다. 바다는 선녀들로 가득하여 신선하고 아름다운 향기를 나툰다.

바다에 떠있는 망여섬의 불빛이 하늘에서 내려앉은 별빛의 무리 속에 섞여 깜박인다. 외할아버지의 모습이 눈앞에 다가온다. 파도소리를 들으며 술잔을 기울이고 있을 외할아버지야말로 세상을 놓아버린 진정한 풍류인이다. 이 세상의 아름다움과 밤바다의 침묵을 제대로 알고 있다. 나이 들어 풍류를 안다는 것은 더없는 행복이리라.

어머니의 불빛이 꺼진다. 담배연기 속에서 술잔을 기울이며 세상사를 이야기하던 마을 아낙네들이 돌아간 모양이다. 마을의 집들이 자정 속에 잠긴다. 어머니는 만일 이곳 아들의 불빛을 안다면 가슴을 쥐어뜯을 것이다. 나는 그런 의미에서 불효자인가? 자식은 부모의 마음을 편안하게 해드려야 도리인데, 어쩌자고 엉뚱한 행동으로 어머니의 가슴에 한숨을 채우는 걸까?

자정이 넘어 잠자리에 든다. 푹신하게 감싸 안는 풀내음이 하루를 잠재운다. 잠든 사이 시간은 새벽으로 흐르고, 바다에 잠긴 별들은 하늘로 오르리라.

　─학재와 재문이 형님이 데리러왔다. 예기치 못한 방문객이었다. 잠시 당황하였다. 어머니의 분노가 두 분의 말끝에 실려 있었다. 아직은 내려갈 시기가 아닌데 난감하다. 그 순간, 뭍의 산들이 우쭐우쭐 눈앞으로 다가왔다. 이내 산들은 병풍처럼 나의 주위를 둘러치며 시야를 가렸다. 술잔을 나누는 두 사람은 물론, 어머니도, 집도 보이지가 않았다.

　병풍에 그려진 새가 천릿길을 난다고 하더니 바다 건너 산들이 걸어와 병풍이 될 줄이야. 보이지 않는 것이 보이는 것이고, 소리가 나지 않는 것이 가장 무거운 소리를 내느니라. 여산스님의 그 말이 새롭게 다가서는 것은 어째서인가? 아무리 세 겹 네 겹 병풍을 두른들 그 너머의 불빛과 어머니의 목소리를 왜 보고 듣지 못할까마는 아직은 이곳에 머물라고 하지 않는가.

　"언제 내려올 것이냐?"

　학재 형님의 그 다짐은 내 마음을 환히 꿰뚫어 아는 소리였다. 두 사람이 산을 내려가고, 다시 천년 바람결과 침묵을 둘러썼다. 삶에 있어 고통도 선택받은 것이요, 행복도 선택받은 것이라고 하였다. 하루하루로 엮어지는 삶의 여정은 늘 그 같은 운명의 굴레 속에서 다람쥐 쳇바퀴 굴리듯 살아가는 게 아닐까?

　어쨌거나 마음이 무겁다. 병풍으로 둘러쳤던 산들이 다시금 제자리로 돌아가고, 자정에 이르도록 밝혀진 어머니의 불빛을 바라보노라니 죄스럽기도 하고, 청승맞은 기분마저 든다. 어머니는 왜 나를 짐승이 젖을 떼면 새끼를 놓아 보내듯 버리지 못하는 걸까? 어머니의 한스러운 욕심인지도 모른다. 이제는 내친다 하더라도 어련히 알아서 길을 걸어 갈 것이다. 방황은 끝없이 계속될 것이고, 회의와 갈등, 그리고 시련은 파리 떼처럼 달라붙을지라도 쓰러져 의식을 잃거나 주저앉지는 않을 것인데……

  —종교와 예술은 마음의 거울이다. 자신의 영혼을 깨끗이 닦고 비추어 보는 가운데 진리가 열리고 순백한 메시지가 메아리로 울린다. 그래서 불교는 마음을 닦으라 하였고, 하늘의 거울인 바다를 삶의 여정으로 표현하였다. 삶 자체를 파도가 일렁이는 고해(苦海)라 하지 않았는가.

  오늘은 섬들이 숨을 쉬는 소리가 마치 우리안의 돼지 울음소리처럼 들린다. 무언가 심상치 않다. 하늘을 쳐다 보니 분노의 구름장이 수평선 위에서 갈기를 세우고 있다. 이런 날은 무공의 날궂이가 어김없이 재현된다. 무공의 존재는 여기에서 내려다보아도 수수께끼이다.

  잔잔하던 바다가 허옇게 뒤채며 가슴을 열어 놓는다. 먹장구름이 머리 위에서 용트림하고, 바람이 비명을 지른다. 나뭇가지가 부러지고, 구르는 물줄기가 세차다. 꼼짝없이 비바람에 젖는다. 바위를 타고 흘러드는 빗줄기는 굴속을 온통 적신다. 날개 부러진 매 한마리가 굴속으로 날아든다. 아직 어리다. 겁을 잔뜩 집어먹은 나머지 움켜잡는데도 파드득 떨뿐 반항하지 않는다. 심장이 무섭게 뛴다. 따뜻하게 품안아 준다. 가만히 숨죽이고 있다.

  날아든 한 마리 매는 폭풍우 속에서 더없는 위안을 주었다. 한 생명이, 하나의 존재가 외로움을 덜어준다는 것은 무엇을 말하는가? 대화를 나눌 수 없는데도 대화 이상의 그 무엇을 말하였다. 매를 품안에 안은 채 순간 잠이 들었다. 선명치 못한 꿈을 꾸었다.

  폭풍우가 그치고, 상한 날개에 약초를 발라주고, 제 보금자리로 날려 보내는데도 매는 굴속을 떠나려고 하지 않았다. 한쪽에 보금자리를 만들어 주자 기꺼운 듯 거기에 웅크리고 둥지를 틀었다. 먹이를 구하기 위해 푸드득 날아올라 하늘을 비상하였다가도 어김없이 굴속으로 돌아왔다. 말없는 정겨운 벗이었다.

– 계절의 변화는 정말 빠르다. 아침저녁으로 한기가 스며든다. 교교하게 달빛이 뿌려지고 가까이서 귀뚜라미 울음소리가 들린다. 그런데 참으로 기이한 광경을 보았다. 귀뚜라미 울음소리로만 알았는데 그게 아니었다. 뱀의 울음소리였다.

귀뚜라미 울음소리보다 더 연약하고 가냘픈 그 울음소리는 명주실을 생각케 하였는데, 가까이 다가가보니 뜻밖에도 처음 이곳에 왔을 때 보았던 큰 구렁이가 내는 소리였다. 바위 위에 똬리를 틀고서 싸늘한 달빛 아래서 머리를 쳐들고 내는 그 소리는 묘하게 심금을 울렸다. 그러자 사방에서 크고 작은 뱀들이 몰려와 그 큰구렁이를 둘러쌌다.

어쩌자는 것인가? 흥미롭게 지켜보았다. 뱀들은 자꾸만 모여들고, 이윽고 새벽이 되자 한 덩어리가 된 뱀의 무리들은 큰구렁이의 인도를 받아 어디론가 향하였다. 아하, 동면하기 위해 하나가 되어 땅속으로 숨어드는구나. 나는 속으로 감탄하였다.

모든 생명체들은 무리를 지어 살아간다. 식물이건 동물이건. 힘이 약한 생명체일수록 많은 숫자가 하나로 뭉쳐 행동한다. 멸치 떼들이 그렇고, 벌이나 개미들이 그렇다. 인간도 따지고 보면 그지없이 나약한 동물이다. 그 나약함을 메꾸기 위해 공동체를 이루고, 손을 사용하는 유일한 선택받은 동물로 발전하였다. 그리고 손의 사용으로 가장 잔인하고 영리한 동물이 되었다.

곳곳에서 인간의 잔학상은 뿌리를 내리고 있다. 세계사적으로 볼 때 인간은 투쟁의 역사로 점철되었고, 그 투쟁은 끊임없는 전쟁과 지배욕으로 더럽혀져 있다.

　모든 걸 부정적으로 매김하지 말자. 불현듯 달빛으로 출렁거리는 밤바다에서 누군가의 모습이 불쑥 솟구쳐 올랐다. 마음이 산란해진다. 나도 동면으로 돌아가야지. 춥고 긴 겨울을 나기 위하여.

움직이는 섬

1

학재가 두 번째 큰 굴에 찾아갔을 때는 무서리가 허옇게 내린 날이었다. 추위는 돌아오고, 더 이상 내버려둘 수 없다고 판단한 종부네는 학재로 하여금 강제로 백상을 데려오도록 하였다. 학재는 머리칼이 더 부룩한 백상의 모습을 보고 놀랐다. 산사람이 되어 있었다.

"내려가자!"

학재는 칼로 무 자르듯 퉁명스레 말하였다.

"형님, 바다위에 걸쳐있는 무지개를 보세요."

백상은 엉뚱하게 바다를 가리켰다.

"무지개가 뭐 별거라냐?"

학재는 백상이 가리키는 바다를 내려다보았다. 무지개가 너무도 아름답고 선명하였다.

"무지개는 하늘의 가교예요. 저는 저 무지개를 타고 우화등천하고 싶어요."

"쓰잘데 없는 소리. 오늘 너를 두고 나 혼자 내려가면 어머님이 목을 매달지 모른다. 상순이도 몸이 아프고."

"상순이 누나가요?"

백상은 상순이 아프다는 말에 마음이 흔들렸다. 진리는 노력하는 자에게 주어지는데 어쩌자고 누나가 나를 내려오라 하는가.

"내가 생각할 때도 그만하면 마음을 어지간히 닦았지 싶으다. 무리하면 몸을 해친다."

"형님, 예수가 황야에서 돌아와 자신을 낳아준 어머니와 누이동생을 왜 여인이라고 불렀을까요?"

"내가 예수의 심정을 어찌 알겠느냐?"

학재는 질그릇 깨지는 소리로 내부쳤다. 말씨름이나 하자고 숨 가쁘게 산을 올라온 것은 아니었다.

"내려갑시다."

백상은 하산을 결행하였다. 저녁노을이 바다를 물들이고 있었다. 집에서는 백상을 기다리고 있었다.

"어따, 꼴좋다."

종부네는 잔뜩 미움이 들긴 목소리로 눈을 흘겼다.

"데리고 오라할 때는 언제고 그러시요? 큰 굴에서 떠온 물이나 한 그릇 맛 보시요. 백상이 이 물 묵고 신선이 다 되었소."

학재 역시 미움서린 얼굴로 석간수를 찰랑 따라 종부네게 건넸다.

"물 묵고 신선이 된다면 나라도 그러하겠다."

종부네는 여전히 노여움을 드리운 채 저녁상을 차렸다. 백상은 누워 있는 상순의 머리맡에 앉았다. 부석히게 부어 있었다.

"어디가 아픈 거요?"

"그냥 몸이 안 좋다. 곧 낫겠제."

"가을걷이 하느라 너무 무리한 것 아니요?"

"나보다 니가 더 몸이 축 났다."

상순은 저녁상이 들어오자 백상을 저녁상 앞으로 나앉게 하였다. 학재는 반주로 나온 술병을 보자 입이 쩍 벌어졌다. 백상은 오랜만에 구수한 된장국과 조개반찬을 들었다. 그동안 생식에 젖어서인지 금방 물렸다. 슬그머니 밥숟갈을 놓았다.

"왜, 밥을 묵다 마냐? 천천히 많이 들제."

상순은 자리에 누운 채 밥상에서 물러나는 백상을 안쓰러운 눈으로 바라보았다.

"내비둬라. 생식한 배창자가 오죽할라디야."

종부네는 투깔스럽게 숭늉그릇을 내밀었다. 삐죽갈네가 탈래탈래 대문을 들어섰다.

"이 집에서 기름기 도는 냄새가 난다 했던마는 백상이 왔구랴. 빤히 내려다 보이는디서 어떻고롬 그렇게 모질게 버틸 수 있었다냐."

"어디를 다녀오시오?"

학재가 자리를 내주었다.

"누구맨치러 눈 맞추고 배 맞추고 오지는 않았응께 그런 눈으로 보지 말더라고."

"아따, 도둑이 제 발 저린다고, 묻지도 않은 말을 하시요이."

"그렇다는 것이제. 아들 학교 땜새 갔다 오구만."

"인자, 공부는 제대로 하요?"

"근께 마음 상하제. 즈그 외삼촌 있는 서울로 올려 보내사 쓰것는디, 그것도 걱정이라……."

"맹모삼천지교라고, 지극정성이요. 하기사, 말은 제주로 보내고, 사람은 서울로 보내랬다고, 늦공부가 터질지 누가 아요."

"어따, 씨뱅. 그거사 정한수 떠놓고 비는 희망사항이제. 백상이 너는 무슨녀러 공부가 그렇게 넘쳐나서 산상기도였냐? 너무 영리해도 탈인갑다."

삐죽갈네는 백상에게 조금은 시샘어린 눈길을 보냈다.

"바보천치와 천재는 같다고 하데."

종부네는 밥상머리에서 물러나 담배를 피워 물었다. 저놈의 방랑기벽을 어떻고롬 누지를끄나?

"성님 고민과 내 고민은 근본적으로 다르지 않소?"

"아들 때문에 너무 마음 상해하지 마시요. 사람은 제각기 타고난 재주가 있는 법이요."

"그런께 학재는 술복을 타고났는거구만."

"술복을 아무나 지니겠소. 그건 그렇고, 아들놈이 무얼 제일로 잘 하시요? 하다못해 달리기 하나라도 잘만하면 되는 세상이요."

"아직도 제대로 읽고 쓸 줄을 모르니께 하는 짓거리가 맨날 천날 그림 그리는 거여. 공책마다 온통 그림 낙서랑께."

"그럼 됐네요. 그림 쪽으로 방향을 정하시요. 하다못해 극장 간판이라도 제대로 그리면 제 밥벌이는 하니께요."

"그림쟁이가 어디 쉬운 길이간디?"

삐죽갈네는 순간 상큼 눈이 열렸다.

"아니요. 예술은 학문과 무관하니께 타고난 바탕을 토대로 노력껏 그리다보면 제 앞길을 열 것이요. 그 수련기간이 어렵고 고통스럽겠지만. 내 말 알겠소?"

"조카 말에 일리가 있네."

종부네가 거들었다. 삐죽갈네는 입 꼬리를 추켜올리며 잠시 생각에 잠겼다.

"서울 외삼촌과 의논해서 그림 쪽으로 길을 열어 주시요."

"의논은 해볼랑구만."

삐죽갈네는 새로운 길을 발견하였다는 듯 마음이 밝아졌다. 공수네와 동천네가 아장바장 들어섰다. 그 뒤를 이어 마을 아낙네들이 하나둘 모습을 나타낼 것이었다.

"백상아, 앞산 큰 굴에서 무슨 천기를 보았냐?"

"아짐 얼굴을 보았어요."

"내 얼굴을? 거기서 제대로 보이디야?"

공수네는 백상의 말뜻을 얼른 헤아리지 못하였다.

"아짐 얼굴이 우주고, 세상 아닌가요? 쌀 한 톨이 우주니까요."

"아따메, 도인이 다 된 성싶으다."

동천네는 백상을 바라보며 쌀 한 알이 우주라는 말을 나름대로 해석하고 받아들이는 모습이었다.

"내 얼굴이 우주고 세상이라? 워따, 그 나이에 시상의 이치를 다 꿰뚫은 성싶으다. 학재 자네는 어떻게 생각하는가?"

"쌀 한 알이 양식이 되고, 정신을 열리게 하고, 영혼 그 자체요, 생명이라는 점에서 상당한 뜻이 깃들어 있다 하겠구만이라우."

"그렇제? 천도교를 연 최 뭐라고 하더라? 그리고 부처님이나 예수처럼 진인이 될랑가 모르겠다."

"씨알도 묵히지 않는 소리 작작하소. 어쩌다 밥숟갈에 돌멩이 씹히는 소리를 한 걸 가지고 뭘 그리 호들갑인가?"

종부네는 생뚱하게 눈을 흘겼다. 예수쟁이며, 천도교며, 스님들이며, 사람의 어지러운 마음을 제대로 다스려 주던가? 백상은 슬그머니 자리에서 일어났다. 자신에 대한 이러저러한 말들이 듣기 거북하였다.

"허기사, 종교를 크게 열려면 얼마나 심한 박해를 받던가. 사람은 그저 쌀 한 알로 배를 채우며 편안하게 살다 가면 그만이제."

"거기에 진짜 도인의 기운이 있소."

학재는 싱긋 웃으며 동천네에게 술잔을 처올렸다.

"진짜 도인은 무공이 아닐께라우?"

"무공이야 엄연히 미친 사람 축에 들제."

삐죽갈네의 말에 공수네가 한마디로 일축하였다.

"도인은 도인만이 그 마음을 알아보는 법이요. 뱁새가 어찌 하늘 높이 나는 기러기의 뜻을 알것소. 저는 이만 갈라요."

학재는 자리를 털고 일어섰다. 술이 조금 부족하였지만 조를 수도 없는 일이었다.

"우리도 오늘은 원산네 집으로 가세. 그 어린 것이 원양어선을 타러 간다고 하지 않는가."

"원산이가요?"

학재는 방문을 나서려다말고 반문하였다.

"그런다는구만. 어린 것이 얼마나 가난에 한이 맺혔으면 그럴까……."

공수네와 동천네가 대청마루를 내려서자 종부네도 상순의 약을 챙겨주고 삐죽갈네와 함께 뒤를 따라 나섰다. 학재는 아낙네들과 헤어져 수문께로 나갔다. 바람이 제법 쌀쌀맞았다. 백상이 모래밭에 올려놓은 채취선 고물에 엉덩이를 내려놓은 채 생각에 잠겨 있었다. 학재는 지침지침 다가갔다.

"무공이 아픈가 봅디다."

백상은 착 기라앉은 목소리로 말하였다.

"니가 어떻게 아냐?"

"움막에 방금 가봤어요. 열이 나고 헛소리를 하지 않겠어요."

"독감인갑다."

"많이 늙고 쇠잔하더군요."

"연민이 가냐?"

"육이오전쟁의 살아있는 증인이자 희생양 아닌가요?"

"허긴, 가슴에 쌓인 그 많은 말들을 침묵으로 간직하고 있으니 얼마나 한이 많겠느냐. 죽은 자와는 다르제."

"한 세대가 흐르면 무공의 존재도 잊혀지겠지요?"

"사람은 어차피 망각의 동물이다. 난 네가 걱정스럽다. 언제까지고 망각을 내칠 테니께."

"형님 자신은 걱정이 안 되고요?"

"나야, 무공과는 또 다른 업보를 짊어지고 고향에서 묻히것제. 나는 이제서야 무공이 왜 고향에 돌아와 미치광이로 사는지 알게 되었다. 무언의 역사의 산 증인이다. 나 또한 술로 세월을 보낼지라도 두 눈 부릅뜨고 고향을 한발자국도 벗어나지 않을란다. 그것만이 내가 살아있음을 확인할 수 있다."

"저는 진즉부터 그 점을 알았어요."

"너는 어쩔 것이냐?"

"좀 더 제 자신을 확인해야겠어요."

"당분간은 집에 있거라. 상순이도 아프고, 너라도 집에 있어야 어무니가 마음을 놓지야."

"그렇게 하지요."

백상은 마음이 우울하였다. 이제 한참 시집갈 나이의 상순이 갑자기 몸겨눕다니, 손발이 부어있는 걸로 보아 농사일에 매달려 과로한 것 같았다.

"시집갈 나이에 빨리 병석에서 일어나야 할 것인디 큰일이다. 내가 보기에는 점점 상태가 악화되는 것 같으다."

"병원에 입원시켜야겠어요. 학순이 누나는 결혼 날짜를 잡았는가 요?"

"이왕 시집보낼 것 올해 안에 보내야지야."

학재는 학순의 결혼에 대해 아직도 흔연해 하지 않았다. 학순이는 전쟁이 안겨준 피해의식과 자격지심에서 보다 낮은 곳으로의 선택을 자청하였지만 일종의 자포자기만 같아 서늘한 기분이 들었다.

상순의 병세는 예사롭지가 않았다. 백상은 종부네를 설득하여 도시의 큰 병원에 입원시키고자 하였다.

"그러면 천상 여수 느그 외삼촌과 상의를 해야겠다. 니가 외갓집에 좀 다녀오너라."

"외갓집에 계시는가요?"

"아직도 유성기에 푹 빠져있을 것이다."

백상은 조금도 지체할 수 없어 외갓집으로 달려갔다. 박수혁은 유성기를 틀어놓고 친구 두셋과 거나하게 술잔을 나누고 있었다.

"니가 어쩐 일이냐?"

박수혁은 그 사이 조카가 몰라보게 자랐다고 생각하였다.

"상순이 누나가 많이 아파 입원을 해야겠기에……."

"건강하던 애가 어디가 아픈 거야?"

"병명을 모르니까 더 마음 조급하지요."

"알았다. 가자."

박수혁은 술좌석을 떨치고 백상을 앞세웠다. 마침 망여섬에서 양식을 가지러 오는 거북에게 유성기를 고쳐왔으니까 외할아버지께 조심해서 가져다주라고 하였다.

"외할아버지께서 즐거워하신가 보지요?"

"노인께서 요즈음은 그 낙으로 망여섬에서 지샌다."

박수혁은 지풍골을 들어서기 전에 삼거리 주막집에서 술 한 잔을 더 들고 해가 기웃해서야 집에 도착하였다.

"어쩔끄나? 동생이 한번 살펴봐라."

종부네는 혼수상태에 빠진 상순을 부여안고 있었다. 백상이 집을 나설 때보다 병세가 더하였다.

"갑자기 이게 무슨 일이지요? 내일 아침 당장 병원에 입원시켜야겠습니다."

박수혁은 깜짝 놀라며 종부네더러 옷가지 등속을 챙기라고 하였다.

"섬에서 실려나간 병자는 걸어서 돌아오지 못한다고 혔는디 이 일을 어찌 감당할끄나."

"옛날에야 환자를 싣고 뭍에 나가기가 쉽지 않을 뿐만 아니라 뭍에 나가봤자 변변한 병원이 없어 제대로 치료를 할 수 없어 그러한 사례가 흔하였지만 지금은 어디 그럽디까? 병원 시설 좋제, 여객선 왕래하제, 괜히 얄궂은 생각은 하지 말고 누님도 함께 가셔야겠습니다."

"그래야겠지야."

종부네는 눈물 그렁한 얼굴로 짐을 챙겼다. 그 혹독한 시련 속에서도 눈물을 보이지 않던 종부네였다. 백상은 상순이 곁에서 뜬눈으로 밤을 지새웠다. 다음날, 상순은 여수로 가는 여객선에 실려갔다. 백상이 고개를 떨구며 선창머리에서 돌아 나오자 삐죽갈네가 울타리 너머로 여객선을 바라보다말고 말문을 열었다.

"며칠 새 걷지도 못할 만큼 병세가 악화되다니, 시상에 무슨 병마라냐?"

"큰 병원에 입원하면 낫겠지요."

"나는 쬐끔 불길한 생각이 든다."

"염려해줘서 고맙습니다."

백상은 풀죽은 목소리로 대답하고 집으로 들어섰다. 뻐죽갈네 말이 아니더라도 자꾸만 불길한 그림자가 눈앞에 너울거렸다. 상순을 따라간 종부네로부터는 이렇다 할 소식이 없었다. 상순의 병세는 어찌되어 가는지, 궁금하기만 하였다.

보름이 지나서야 백상은 전보를 받아들었다. 수술을 할지도 모르니 외갓집에서 필요한 만큼 돈을 구해 보내라는 것이었다. 수술이라니? 박수혁이 감당할 수 없는 수술비용이라면 작은 수술은 아닌 듯싶었다. 백상은 외갓집으로 달려갔다. 외할아버지께서 출타를 하고 없어 이틀을 꼬박 기다리다 돈을 마련하여 집으로 향하였다. 외할아버지의 걱정도 대단하였다. 숨을 헐떡이며 무덤재에 올라서는데 명상이 어느 틈에 백상을 발견하고 내달려왔다.

"성아, 큰일 났다! 상순이 누나가 죽었단다."

"뭐, 뭐라고?"

백상은 그 자리에 까무라치듯 주질러 앉았다.

"방금 전보가 왔는디, 여수에서 출발하는 여객선으로 시신이 온다고 했다. 학재 형님이 전보를 가지고 있다."

"안 돼!"

백상은 처절하게 내지르며 눈물을 내쏟았다. 그렇게 죽을 수는 없었다. 꽃다운 나이에, 그것도 가슴에 한스러움을 안은 채 서럽게 갈 수는 없었다.

"성아, 일어나라. 뱃머리에 가서 기다려야제."

명상도 눈물을 머금고서 백상을 일으켜 세웠다. 백상은 뱃머리로 바람처럼 내달았다. 여객선이 서녘 햇살을 받으며 회진머리를 돌아 나오고 있었다. 학재가 채종이, 재문이, 현오를 앞세우고 나타났다. 서로가 말이 없었다. 학재의 눈에도 눈물이 고여 있었다. 여객선이 가까이 다가오자 종선을 앞질러 따로 배를 몰아갔다. 뱃고동이 울리고, 학재와 채종이, 재문이, 현오가 관을 채취선에 옮겨 실었다. 뒤늦게 박수혁은 종부네를 조심스레 부축해 배에서 내렸다. 허탈한 얼굴이었다.

"도대체 이것이 무슨 변고요?

학재는 박수혁에게 따지듯 물었다.

"급성 심장판막증이라는구만. 수술을 할려고 시간까지 정해 놨는데 숨을 거둔 거야. 그전에도 그런 증상이 있었던가 본데 워낙 말이 없는 애라서 혼자 앓았던가 봐. 조금만 빨랐어도 어떻게 해보았을 텐데……."

박수혁은 여전히 허탈한 모습으로 말하였다. 종부네는 눈물도 메말라버린 듯 넋을 잃고 있었다. 노 젓는 소리만 파도를 헤쳐 나갔다. 수문께에 배가 닿자 어느새 소식을 들었는지 마을사람들이 모여들었다. 도암네와 상정네가 조카를 잃은 슬픔으로 관을 붙들고 목 놓아 울었다. 아낙네들도 눈시울을 적시며 혀를 찼다.

"말없이 참한 애가 아까운 청춘을 저버리다니……."

"어느 사내가 저런 복덩이를 데려갈까 했는디 염라대왕이 시샘을 했는가 보네."

"그나저나, 종부네가 걱정이네. 자식을 앞세우고 제대로 정신이 돌아올랑가 모르겠네. 완전히 허깨비가 되었네, 그랴."

"더한 전쟁도 이겨나왔는디, 그러기야 할라든가."

아낙네들은 종부네를 측은한 눈길로 위로하였다. 학재는 장례 준비로 동분서주하였다. 백상은 상순의 시신 곁을 잠시도 떠나지 않았다. 밤이 깊어갈수록 정신은 맑아지는데 몸이 움직여지지 않았다. 할 말은 많은데 그저 눈물이 대신하였다.

날이 밝고, 상여가 운구 되기 전에 백상은 마지막으로 상순의 시신을 보았다. 창백한 대리석으로 다듬은 조각상만 같았다. 순결하다 못해 눈이 시리도록 차가웠다. 아, 저 눈은 영원히 감겼고, 저 입술은 영원히 열리지 않는단 말인가! 심화병으로 눈을 감은 할머니의 죽음과는 또 다른 영면이었다. 이해할 수 없다. 무슨 연고로 저 순결한 영혼을 무자비하게 앗아 갔는지!

해가 떠오르자 상여는 마을을 돌아 공동묘지로 향하였다. 마을사람들은 전혀 생각지도 않은 혼백을 공동묘지로 보내며 눈물을 찍어냈다. 아직도 전쟁의 상처, 그 진한 반목의 응어리가 삭이지 않은 사람들도 상순의 죽음 앞에서는 가슴을 적셨다.

"오냐. 너는 일찍 죽어 이꼴저꼴 보지 않아 좋겠다. 다시는 눈뜨지 말고 깊이깊이 잠들어라."

학재는 뗏장을 꾹꾹 누질러 다지며 반미치광이처럼 넋두리를 하였다. 동갑내기 학순은 시집을 가는데 너는 어쩌자고 불귀의 혼이 되었느냐? 땅을 치고 통곡할 일이었다.

"참말로 이런 공동묘지에 묻히기에는 아까운 애네."

밤생이 당숙도 묘지 머리위에 쭈그리고 앉아 일을 지휘하며 애통해 하였다. 밤생이 당숙은 상순의 중매를 두어 번 섰었다. 타지로 일을 나갔다가 참하다 싶은 총각이 눈에 띄어 중매를 선 것인데, 상순은 그때마다 수줍게 머리를 내저었다.

"수혁이가 제일로 마음 아파하겠소. 마도로스에게 시집보내겠다고 입버릇처럼 말하였는디."

장 목수가 걸걸한 목을 한잔 술로 축였다.

"자고로 죽어야 할 사람은 진절머리 나게 아등바등 살고 아까운 사람은 염라대왕이 일찍 데려가요."

채종이 산꼭대기에서 염소를 먹이며 이쪽을 내려다보고 있는 판봉이네 아범을 흘깃 쳐다보았다. 저 영감은 지금 무슨 생각을 하고 있을까?

"그래서 지랄 같은 세상이제."

장 목수는 삽자루로 뗏장을 다독였다. 요 근래로 새로 조성된 봉분은 상순이 무덤뿐이었다. 산역이 끝나자 마을사람들은 허탈한 마음으로 돌아섰다. 판봉이네 아범만이 산위에서 염소를 먹였다.

"백상이 니가 어무니 마음을 잘 위해 드려라."

밤생이 당숙은 백상의 어깨를 쓸어안았다. 어린 것이 일찍부터 너무 세상을 알아버려 장차 염려스러운 바가 적잖은데, 상순이 느닷없이 슬픔을 안겨주어 마음을 가눌 수 없을 터였다.

딸의 장례를 치르고 난 종부네는 자리에서 일어나지 못하였다. 총 개머리판으로 어깻죽지를 맞았을 때도, 심장을 얼어붙게 하는 고문을 당하였을 때도 몸을 추슬렀는데, 그보다 더한 아픔이었다. 조문객들이 뒤늦게 위로 차 다녀가고, 그 가운데 임 서기와 이상석의 왕래는 종부네에게 특별한 의미를 주었다.

"제수씨, 인자 마음 다져먹고 산다 싶었더니 충격이 크겠소. 어쩔 것이요. 지가 타고난 운명이 그것뿐인 것을. 일어나야지요."

"차차 일어나겠지라우. 어떻게 알고……."

"우연히 임 서기를 만나 소식을 들었어요."

이상석은 백상과 명상의 머리를 쓰다듬고 나서 자리에서 일어났다. 종부네는 이레 만에 자리에서 일어났다. 일어나던 길로 상순이 잠들어 있는 공동묘지로 달려갔다. 그리고 그 같은 행보는 시도 때도 없이 신들린 사람처럼 계속되었다. 묘지를 쓰다듬으며 언제까지고 딸과 대화를 나누다 지치면 돌아오고는 하였다.

2

　밤사이에 내린 눈은 세상을 하얗게 덮었다. 백상은 자리에서 일어난 길로 간단하게 여장을 꾸렸다. 집에는 아무도 없었다. 명상은 새벽같이 앞벌 얼어붙은 빙판위에서 썰매를 지치느라 정신이 없었고, 종부네는 보나마나 상순이 잠든 공동묘지로 내달음질쳤을 것이다. 매일같이 실성한 사람처럼 공동묘지를 찾는데서 백상은 더 이상 곁에서 지켜볼 기력을 잃었다. 백상이 먼저 지쳐버린 것이다. 오늘 집을 나서는 것도 종부네의 넋 나간 행동이 보기 싫어서였다.

　"성아, 무공이 죽었다!"

　막 대문을 나서려는데 명상이 허겁지겁 달려오며 소리쳤다.

　"그게 무슨 말이야?"

　"눈더미에 깔려 죽었당께. 우리가 무공에게 눈뭉치를 안겨줄려고 갔더니 움막이 눈더미에 내려앉아 그 속에 잠들어 있지 뭐여. 꼭 미라 같았어."

　명상은 가쁜 숨을 내쉬었다. 무공이 눈더미에 깔려 죽다니! 백상은 바닷가 수협 창고 터로 달려갔다. 명상이 또래들이 잔뜩 겁에 질린 채 멀찍이 서 있었다. 백상은 눈더미에 깔린 움막을 떠들렸다. 아, 거기에 무공이 누더기를 둘러쓰고 누워 있었다. 이미 숨이 멎어 눈처럼 싸늘하였다. 머리맡에는 반쪽거울과 족집게, 그리고 누렇게 변색된, 표지가 달아나고 손때 묻은 책 한권이 놓여 있었다. 인생이 이렇게 살다가다니! 백상은 때에 절은 남루한 누더기 속에 파묻히듯 잠들어 있는 무공을 넋을 잃은 채 한동안 내려다보았다. 자신도 모르게 눈물이 맺혔다.

　"얘들아, 마을에 올라가서 무공이 숨을 거두었다고 알리거라. 명상이 너는 학재 형님께 일러라."

백상은 배낭에서 수건을 꺼내 무공의 얼굴을 덮어주고 나서 무공의 곁을 떠났다. 무공이 자꾸만 발목을 잡는 것 같아 애써 뿌리쳤다. 무덤 재를 올랐다. 발자국 하나가 선명하게 공동묘지로 향하고 있었다. 어머니일 터였다. 백상은 발자국을 따라 밟아갔다. 공동묘지에 가까이 다가 갈수록 발목은 더 깊이 빠졌다. 공동묘지는 하얗게 눈이 내리덮혀 봉분 들이 눈 속에 묻혀 있었다. 상순이 묘지만 깨끗하게 눈을 쓸어내려 동백꽃봉오리 마냥 오똑하였다.

종부네는 묘지에 없었다. 눈을 쓸어내린 소나무가지가 한쪽에 버려져 있을 뿐, 종부네는 그 어디에도 보이지 않았다. 어디로 갔을까? 백상은 잠시 묘지에 기대어 눈을 감았다. 상순이 눈앞에 다가왔다.

이 추운 날씨에 어디를 가려고 집을 나섰냐? 누나, 집에서 겨울을 나자면 질식할 것 같아요. 나를 이해하지요? 안다. 가고 싶은 대로 가거라. 어디를 가더라도 너는 변하지 않을텐께. 상순은 백상을 얼싸안았다. 누나, 어느 곳을 가더라도 나를 지켜 주는 거죠? 우리들 가슴에 누나는 영원히 살아있어요. 나도 너를 지켜볼 것이다. 내 생각 말고 어서 가봐라. 어무니도 인자 못 오게 할란다. 어무니는 어디로 갔지요? 휭허니 외 갓집에 갔지 싶으다. 누나, 그럼 다시 올게요. 따뜻한 봄날이 곧 돌아올 거요.

백상은 배낭을 짊어졌다. 상순은 차가운 땅속에서 무슨 꿈을 꾸고 있을까? 약낭골을 돌아 나와 뱃머리로 향하였다. 눈 속에 빠진 발목이 시렸다. 선창머리에서 수협 창고 터를 바라보니 사람들이 무공의 움막에 모여 있었다. 한 시대, 그것도 가장 피비린내 나는 비극의 현장에서 처절하게 내몰렸던 역사의 산증인이 숨지다니. 무공은 저렇듯 허망하게, 그리고 비극적으로 생을 마감하기 위해 미치광이가 되어 고향에 돌아오지는 않았을 것이다. 살아있는 산증인으로서 먼 미래에 역사의 진실을 온몸으로 기록되기를 목마르게 기다리고 있었을 것이다.

백상은 주머니 속에서 무공이 남긴 낡은 책을 꺼냈다. 표지가 달아난 머리글부터 일본어판이었는데, 괄호 안의 영문 표기를 보니 푸르동의 저서였다. 그리고 책장마다 깨알 같은 글씨가 수놓아져 있었다. 무공이 생각을 단편으로 적어놓았다.

푸르동이라? 무정부주의자. 강제를 배척하고 자유사회에 이르고자 하는 정신. 그렇다. 무공은 바로 아나키즘을 신봉하였다. 스스로 모든 소유를 자연으로 돌리고 존재 자체를 자연과 하나로 환원시키고자 하였다. 무소유는 신비가 아니다. 처절한 실천행위이다. 무공은 역사의 부조리, 그 황당한 상황에서 광기를 발산하면서 자유사회에 이르고자 하였다. 그럼으로써 역사의 산증인이 되고자 하였다. 욕망이 지배하는 왕성한 소유욕은 부정과 부패가 따르기 마련이고, 타협과 굴신이 조성된다. 오직 직접행동에 의한 사회혁명을 꿈꾸는 창백한 마음가짐이야말로 역사의 오류를 바로잡을 수 있다는 것이다.

이건 무슨 말인가? 모든 사유개념은 자기 자신으로부터 나오고, 모든 주장은 주위의 이익분배에 의해 조성된다. 지금 내가 생각하고 행동하는 것 또한 그러한 뜻에 귀속되는 것은 아닐까? 무공이 말한 그 의문부호? 백상은 섬을 돌아 나오는 뱃고동소리를 듣고 허겁지겁 종선에 올라탔다.

"이 추운 날 어디 가는 거냐?"

한우균은 종선 고물에 앉아 있다가 백상을 돌아보았다.

"갈 곳이 있어서요. 어디 가시는가요?"

"부산 간다."

한우균은 턱으로 김 상자를 가리켰다.

"김 장사 하세요?"

"아니다. 동생들 것하고 내 것 조금 가지고 간다. 그물도 살 겸."

"고기잡이 할 거예요?"

"아무래도 개막이 그물을 다시 해야겠다. 노느니 염불이라고. 느그 어무니는 좀 어떠냐?"

"아직도 제자리로 돌아오지 않는구만요."

"자식 잃은 아픔은 무덤까지 가지고 간다고 했다. 살아가면서 그런 불행이 없어야 하는디, 세상사가 어디 그러냐."

한우균은 담배를 피워 물었다. 남편의 행방불명으로 고통의 멍에를 벗어나지 못하는데 꽃다운 딸마저 잃었으니 그 마음이 오죽하랴.

"무공의 죽음을 아신가요?"

"뱃머리에서 들었다. 안 그랬으면 내가 발 벗고 나서서 장례를 치룰 것인디. 무공의 죽음이 많은 것을 여미게 하는구나……."

"무공과 항일농민운동을 하셨지요?"

"나는 그때 나이 어려서 느그 아부지 밑에서 심부름이나 하는 연락책을 맡았다. 무공은 마을 책임자였고. 그때를 생각하면 무공의 죽음이 너무나 헛된 것 같아 목이 메인다."

"그분들이 왜 하나같이 좌익분자 아니면 불순분자로 분류되었지요?"

"항일운동 그 자체가 기득권자와 침략자들을 부정하거나 몰아내자는 성질이고 보면 일제로서는 반정부운동이었고 불온한 집단이었다. 해방이 되고나서 일제에 빌붙어 행세한 기득권자들은 이승만정권과 일체감을 이루면서 일제에 항거한 그러한 사람들을 무산계급으로 분류하였다. 더구나 남북분단이 고착되면서 반공이념은 모든 잣대를 귀에 걸면 귀걸이, 코에 걸면 코걸이 식으로 재단하였다. 육이오전쟁은 그 모든 것을 합법화내지 합리화 시킨 셈이었다. 느그 아부지도 깊이 따지고 보면 민족주의자지 공산주의자는 아니었다."

"무공이 미치광이로 돌아온 뒤 대화를 나눈 적이 있었어요?"

"없었다. 굳이 말하지 않아도 마음으로 통하였다."

한우균은 몇 해 전 여름 무공이 바닷물에 잠겨 지낼 때, 더위를 식히기 위해 무공과 헤엄을 친 적이 있었다.

"내가 누군지 알것소?"

그러자 무공은 손에 쥐고 있던 산낙지로 한우균의 입을 틀어막았다. 한우균은 낙지발을 한입 베어 물고 무공에게 건네주었다. 무공은 무슨 의식을 치르듯 낙지를 머리부터 씹어 삼키기 시작하였다.

"살아있다는 것은 중요한 것이요. 그렇지 않는가요?"

한우균은 그 모습을 바라보며 말하였다. 무공은 비그시 웃음을 삼켰다. 무공과의 대화는 그것뿐이었지만 한우균은 무공의 저 깊은 속을 헤아렸다. 무공은 세상을 미친 세상으로 바라본 것이다.

백상과 한우균은 여객선에 올라 함께 난로 하나를 차지하였다. 바다는 살을 에는 듯한 찬바람으로 출렁거렸으나 돌아앉은 섬들은 지그시 추위를 이겨내고 있었다.

"앞산 큰 굴에서 무슨 공부를 했더냐?"

"바다의 깊이를 낚아 올렸어요. 하늘이 그 속에 깃들어 있어 무한대를 실측할 수 있었어요."

"허허, 듣기에 따라서는 황량하게 들린다."

"우리는 하늘이나 바다를 너무 가까이서 친숙하게 바라보기에 정작 그 깊이와 넓이를 잊고 지내요."

"하긴, 그렇다. 바다에서 생업을 하면서도 바다의 깊이를 제대로 모르고 있으니 말이다."

한우균은 불현듯 한민서가 자기 앞에 앉아 이야기를 나누는 착각에 사로잡혔다. 어쩌면 행동 하나, 생각하는 면이 이렇게 닮을 수 있을까…….

"따지고 보면 하늘의 별빛과 인간이 어둠을 밝히는 불빛은 전혀 다른 성질이 아니라고 봐요. 바다가 하늘의 거울이듯이 불빛은 하늘의 별빛, 그것이에요."

"마음속에서 밝히는 불빛은 신의 밝음이지야."

한우균은 백상의 말속에서 무수한 입자로 떠도는 별들을 생각하였다. 저 녀석은 장차 끝없는 방랑으로 자신의 존재를 확인할 것이다. 안주할 수 없는 그 무엇이 저 녀석의 머리위에 떠돌고 있다. 은하수를 징검다리로 건너고자 하는 마음. 백상은 스스로 감지할 수 없는 그 길을 가고 있지 않는가?

여객선은 녹동을 지나 나라도로 향하였다. 여기저기서 뱃멀미를 하기 시작하였다. 나들이옷으로 차려입은 승객들의 자세가 흐트러지면서 선실에서 나뒹굴었다. 여수항으로 향할 때쯤에는 백상도 머리가 어지러웠다. 선실을 나와 갑판위에서 깊이 숨을 들이마셨다. 한우균도 뒤따라 나왔다. 갈매기가 여객선을 배회하였다.

여객선은 노을로 물든 여수항을 들어섰다. 크고 작은 어선들이며 여객선들이 빼곡히 들어찬 항구는 콧김을 내뿜는 뜨거운 입김들이 와 닿았다. 백상은 출항 준비를 하는 원양어선을 보자 원산이 떠올랐다. 가난 때문에 어린 나이에 원양어선을 탄 원산은 남다른 삶의 절망을 안고 있었다. 육이오전쟁 때 그의 아버지가 산사람들의 쌀가마니를 짊어지고 뒤쫓아 가다 총알받이가 되었는데, 원산은 그러한 사회적 냉대와 찢어지게 가난한 서러움을 털어버리기 위해 망망대해로 나간 것이다.

원산네는 늘상 아들에게 필요한 학용품 따위를 제대로 사줄 수 없어 백상이 쓰던 것을 조금씩 얻어가곤 하였다. 심지어는 운동회 때 입을 유니폼까지 빌려갔었다. 찢어지게 가난한 속에서 원산은 설움을 씹어 삼켰고, 급기야 비약을 시도한 것이다.

"너는 여기서 내릴 것이냐?"

"내리긴 내려야겠는데 외삼촌도 안계시고……."

"그럼, 어디 가서 저녁이나 들자. 배는 밤 8시에 부산으로 떠난다니께."

여객선이 부둣가에 닿자 한우균은 백상을 앞세우고 허름한 음식점을 들어섰다. 뱃사람들이며, 승객들이며, 상인들이 추위를 녹이고 있었다. 한 푼을 벌기 위해 산지사방에서 모여든 인간군들. 피곤하고 고달프기만 하여 허탈한 바람이 들이치는 삶의 여정. 저 모습들을 볼 때마다 무엇이 최상의 누림인지 백상으로서는 올바른 해답을 얻을 수 없었다.

"사람 사는 곳 같아요."

"그러게 말이다. 무얼 묵을끄나?"

"간단하게 국밥이나 한 그릇 먹지요."

"객지에서는 무엇보다 배가 든든해야 한다."

한우균은 정식을 시키고 따로 장어구이와 소주 한 병을 주문하였다. 반찬으로 올라온 갓김치가 입맛을 돋우었다.

"느그 외삼촌 집에 안 가봐도 되겠냐? 외숙모님도 계시는디."

"되도록이면 상순이 누나 영상을 떠올리고 싶지 않아서요."

"니 맘 알것다."

한우균은 계산을 치렀다. 백상은 한우균과 헤어졌다. 어디로 갈까? 잠시 망설이다가 먼 기억의 저편에서 표상을 떠올렸다. 그래, 표상을 만나보자. 백상은 순천으로 방향을 정하였다. 열차를 타고 순천에 도착한 백상은 선암사 쪽으로 더듬어 오르면서 표상의 고향을 찾아냈다. 산골이었지만 들판이 제법이어서 넉넉함을 안고 있었다. 표상이 살던 집은 다른 사람이 살고 있었다.

"그 형님하고는 육촌지간인디, 어떻고롬 찾아 오셨당가?"

사십 넘어 보이는 장년이 입꼬리에 선하품을 물고서 백상을 뚜렷하게 훔쳐보았다.

"젊었을 적 우리 집에서 한때 사셨어요."

"가만있자. 조약도 말인감?"

"맞습니다."

"두어 번 이야그를 들었구만. 헌디 여기 안 계시는디."

"어디 살지요?"

"진주에서 사업을 하는구먼. 그쪽이 처가여."

"그렇다면, 혹시 해방되던 해 조약도에서 이곳으로 살러 온 사람을 아시는지요?"

"한참 기억을 더듬어사 쓰것는디……."

사내는 어머니를 불렀다. 봉창문이 열리며 백발을 인 노인네가 내다보았다.

"표상 형님 덕으로 조약도라는 섬에서 이쪽으로 살러온 사람을 엄니는 아는가라우?"

"저 웃골, 아들을 절로 보낸 노친네 아니냐."

"그렇구만요. 바로 저 웃동네여. 헌디, 밤도 늦었고허니께 무엇하면 우리 집에서 묵고 아침에 인사허소. 표상 형님을 찾아온 사람이라면 우리 손님인께."

"먼저 웃골을 올라가보고 싶습니다."

"할 수 없구먼. 정히 불편하면 우리 집으로 내려오게나."

백상은 고맙다고 인사를 드린 뒤 웃동네를 올랐다. 골을 타고 불어치는 바람이 매서웠다. 내가 어쩌자고 이렇게 발길을 헤매는가? 아버지의 넋을 찾고자? 어머니는 딸을 잃은 슬픔으로 간장이 문드러져 있는데, 과연 옳은 행동인가? 아니다. 언젠가는 매듭을 지어야 할 숙명이자 운명의 굴레. 아버지의 실체를 제대로 모르고서 어떻게 내게 주어진 고통의 사슬을 풀어 헤친단 말인가? 백상은 지그시 어금니를 깨물었다. 여동네 집은 마을에서 제일 위쪽에 자리하고 있었다. 이제 막 잠자리에 들려던 여동네는 불쑥 찾아든 백상을 보고 깜짝 놀랐다.

"아니, 니가 한선생 아드님이라고? 정말 아드님이 맞는 거여? 워따메, 자세히 뜯어본께 그 양반을 빼다박았네. 이게 꿈이란가, 뭐란가? 꼭 느그 아부지를 만난 기분이다!"

여동네는 눈물을 베어 물며 백상의 두 손을 감싸 쥐었다.

"표상을 만나러 왔다가 아직도 계신가해서……."

"난 이곳을 못 떠나야. 눈을 감으면 모를까. 표상은 장가를 잘 들어 시골살림을 육촌동생에게 맡기고 진주에서 포목점을 크게 한다. 이 추운 날씨에 무슨 볼일이 있어 불쑥 표상을 만나러 왔냐?"

"지나치다가 문득 표상을 보고 싶어서요."

"얼굴은 기억하냐?"

"어려서 본 군복 입은 모습이 선명해요."

"지금은 몸도 불고, 몰라 볼 것이다. 그건 그렇고, 어무니를 비롯하여 어떻게들 지내고 있느냐?"

"어려운 시절을 용케도 지내왔어요."

"지옥 같은 시상이었제. 총성소리만 생각해도 몸서리쳐진다. 느그 어무니사 말하여 무엇하랴. 느그 아부지네들 때문에 받았을 설움과 고통은 하느님도 다 모를 것이다."

"고향은 이제 다 잊었는가요?"

"생각하면 아찔하니 현기증이 나는 그곳을 내가 왜 떠올리겠느냐.

느그 아부지 은덕이 아니었더라면 내 어찌 오늘까장 목숨을 부지할 수 있었겠느냐."

여동네는 땅속 깊이 묻어 버렸던 지난날의 악몽을 떠올렸다. 일본인 교장과 정분을 나누었다는 단순한 남녀관계, 그 하나만으로 친일분자로 매도하여 단두대에 올려놓았다. 남녀의 사랑은 국경이 없다고 하였는데 너무 가혹하고도 분별없는 형벌이었다. 그러한 그녀를 한민서는 극적으로 구해내어 이곳에서 새로운 삶을 살도록 하였다.

"아드님은 절로 보냈다고 방금 들었는데, 그게 정말인가요?"

"어려서부터 절에서 공부를 했다. 오히려 그 길이 제놈에게는 더 속 편한 바탕인지 모르겠다."

"지금쯤은 큰스님이 되었겠어요."

"잘 모르겠다. 지리산이며, 오대산이며, 전국을 떠돌아다니면서 아직도 안주할 줄 모른다. 다른 스님네들은 그만 못해도 큰절도 차지하고, 신도들도 어지간하다던디 그저 역마살로 떠돈다."

"욕심 없고 걸림 없는 세상을 살자고 속세를 떠났는데 당연한 수행 아닌가요?"

"너도 똑같은 말을 하는구나. 너는 어무니를 편히 모시고 살거라. 느그들 바라보고 그 모진 고초를 이겨나옴시러 살지 않느냐."

여동네는 전쟁이 끝나갈 무렵 한민서가 찾아온 기억을 떠올렸다. 초췌하고 핍박한 모습으로 찾아든 한민서는 절망에 가까운 그늘을 짊어지고 있었다. 가고자 하는 방향도 뚜렷이 말하지 않았다. 막다른 골목에서 쫓기는 사람처럼 이곳도 안전할 수 없으니 어디로 갈 것이냐고 묻자, 그저 막연한 눈길로 충무에 사는 친구를 찾아볼까하나 운명이 그리로 인도할지 모르겠다고 한숨을 깨물며 어둠속으로 사라졌다. 그때 위험을 무릅쓰고서라도 한민서를 숨겨 주었어야 했는데…….

"어무니를 편히 모셔야겠는데 잘 안되는군요."

백상은 자신도 모르게 피로한 기색을 나타냈다. 여동네가 이부자리를 펴 주었다.

3

진주는 조용한 도시였다. 남강이 겨울 추위에 얼어붙어 더욱 그렇게 느끼게 하는지 몰랐다. 표상이 포목점을 경영하고 있는 곳은 가장 번화한 시장 입구였다.

"니가 백상이라고? 몰라보게 컸구나. 정말 반갑다!"

표상은 백상을 꼭 끌어안았다. 자신은 세월을 헤쳐온줄 몰라도 크는 아이들은 하루가 다르다고 하던가? 표상이 군복을 입고 백상을 보았을 때는 피부병으로 형편없는 몰골이었었다. 그런데 이렇듯 건강하게 자라다니. 살집은 엷었지만 눈매며, 콧날하며 한민서의 영상이었다.

"아주 사업가가 되었군요."

백상도 표상의 변화에 세월을 실감하였다. 특무상사로 군복을 입고 집에 왔을 때는 호리호리한 몸매였는데, 불쑥 배가 나오고 앞머리가 벗겨져 올라가 있었다.

"사업에 매달리다보니 소식도 제대로 못 알리고, 너를 대하니 새삼 여러모로 미안하디. 여기는 어쩐 일로 온 게냐?"

"마음 가자는 대로 왔어요. 어렸을 적 저의 악성 피부병을 낫게 해 주셨다는 말씀을 자주 들었습니다. 은인인 셈이지요."

"너의 아버지께서 베풀어준 은혜에 비하면 십 분지 일도 안 된다. 학교는 다니고? 집안은 어떠냐? 느그 어무니 마음씨 고운 분인데."

"겨울방학이잖아요. 집안도 별고 없고요."

"참, 그렇제. 요기나 하면서 이야기 하자구나."

표상은 백상을 데리고 고풍스러운 한식집에 들어섰다. 단골인 듯 안방으로 모셨다.

"저는 여기서 생활하신 줄 몰랐어요. 순천에서 알았어요."

"거기도 지척인데 기본지가 오래다. 한식날과 명절 때 한 번씩 가볼까. 여동네 집에서 잤냐?"

"뜻하지 않게 신세를 졌어요."

"그 아짐이사 느그 아부지가 은인이지."

"아드님이 스님이라면서요?"

"여산스님이라고, 경에도 밝고, 수행승으로도 이름이 나있다. 이곳에 오면 내게 꼭 들린다."

"여산스님이라고요?"

"아는 스님이냐?"

"지리산 토굴에서 생식하는 스님 아닌가요?"

"지리산뿐만 아니라 가는 곳마다 초막 아니면 동굴 속에서 생식으로 일관하며 수행한다."

"지난번 송광사에서 만났어요. 지리산까지 따라간걸요."

"어찌 그리 만났을고? 인연이란 참 묘하재."

"우연히 만났어요. 여동네 아드님인줄은 꿈에도 몰랐구요."

"너한테는 많은 것을 일깨워 줄 것이다."

표상은 처음 한민서를 만났을 때를 떠올렸다. 일본순사에게 쫓기는 몸으로 숨을 곳을 찾아 헤매던 끝에 한민서를 만났고, 그렇게 만나 얼마나 신세를 졌으며, 얼마나 많은 것을 배웠던가. 주문한 음식이 들어왔다. 상다리가 휘어질 지경이었다.

"진주는 풍요의 도시예요."

"인심이 남다른 곳이다. 많이 들어라."

표상은 자작으로 술을 들며 백상에게 세심하게 신경을 썼다.

"결혼을 잘 하셨다면서요?"

"남들이 다들 그리 말하는구나. 느그 이모님은 어떻게 잘 사느냐?"

"해심이 이모요?"

"그래. 처녀 적에는 참 고왔다."

"어무니가 그러시는데, 우리 이모에게 장가보내려고 은근히 떠밀었다면서요?"

"느그 아버지가 곧잘 농담을 하셨다. 사실 느그이모를 좋아했고. 하지만 인연이 어디 좋아한다고 해서 맺어지는 것이냐."

"이모님은 결혼을 잘못했어요. 마음고생이 여간 아니에요."

"대체로 영리하고 마음씨 좋은 사람들이 고생을 한다. 잘 살기를 마음속으로 빌었는데……."

표상은 생콩하게 몸을 사리던 해심의 얼굴이 눈앞에 다가왔다. 추억을 되새기며 한번 만나봤으면 하였는데, 마음고생이 심하다니…….

"이모님이 모진 고생을 한다는 게 정말 이해할 수 없어요."

백상은 차마 기회만 있으면 친정으로, 백상의 집으로 도망쳐 나온다는 사실을 말할 수 없었다. 시아버지의 포악한 성깔과 병마로 골골하는 남편의 틈바구니 속에서 남정네보다 더한 일을 하며 자식들을 키우고 있었다. 그 매차고 연약한 몸매로.

"운명 아니겠느냐. 너는 산에서 우연히 여산스님을 만나고, 겨울방학이라지만 여기까지 온 걸 보니 허랑한 걸음이 아닌 성싶다."

"목적은 없어요. 세상을 그저 발로 밟고 싶어서요."

"솔직히 말거라. 무엇을 얻고자 그러느냐?"

표상의 눈가에 잔잔한 미소가 떠돌고 있었다. 백상의 속내를 꿰뚫고 있다는 표정이었다.

"혹시 충무에 산다는 아버지 친구분 아시는가요?"

"허허, 거기를 가려고 이곳에 들렀구나."

표상은 술잔을 비웠다. 이 녀석을 만만히 보아서는 안 되겠다. 아직 어린 것이 자신을 회의하고, 세상을 타박이는 걸음으로 밟아나가고, 머리위에 떠도는 아버지의 음영을 지우고 싶어 하는구나. 한민서의 친구분을 찾는다는 것은 무엇을 말하는가? 결국 얻을게 없을 테지만 가슴에 담고 있는 의문은 한 점 풀릴지 모른다.

"최후로 아버지께서 순천에 들렀을 때 충무에 사는 친구분을 찾아간 다고 하였다면서요?"

"굳이 확인하고 싶다면 내 그분 있는 곳을 알려 주마. 난 한 번도 찾아뵙지 못했다만."

"제 예상이 맞아떨어졌어요."

백상은 무언가 답답한 가슴이 열리는 기분이었다.

"고성오광대놀이를 복원한다고 들었다. 진주 쪽의 민속놀이를 연구하는 분이 있는데 그분과 친교가 두텁다고 하더구나. 고성가면 쉽게 찾아볼 수 있을 것이다."

"고맙습니다."

백상은 배가 불렀다. 어서 고성으로 향하고 싶었다.

"진주 구경 시켜주랴?"

표상은 백상의 마음을 아는지 모르는지 한가하게 말하였다. 표상은 촉석루로 발길을 옮겼다. 촉석루는 초라하고 쓸쓸하게 찬바람을 맞고 있었다. 강물은 얼어붙고, 논개의 의기는 얼음장 밑으로 청아하게 흘러내렸다.

표상은 촉석루를 돌아보고 나서 중심가로 발길을 돌렸다. 도시는 꽉 찬듯하면서도 정적을 드리웠고, 비어 있음직하면서도 허접스럽지가 않았다. 거리가 깨끗하고 인정이 넘쳐난다는 것은 정겨운 일이리라.

"사람은 도처에 닮은 사람이 많은가 싶다."

표상은 생각난다는 듯 회색빛 눈으로 백상을 돌아보았다.

"같은 동족인데 당연하지요."

"언젠가 한번 말이다. 친구들과 술을 나누고 집으로 돌아가는데 앞에 걸어가는 사람의 뒷모습이 느그 아부지와 너무나 닮았더구나. 얼마나 놀라고 반가웠는지 선생님! 하고 불렀지. 뒤를 돌아본 사람은 느그 아부지가 아니었다. 얼마나 허망하고 낭패스러웠던지. 하지만 지금도 좀 더 자세히 뜯어보지 못 한걸 후회한다."

"저는 아버지란 존재가 하루에도 몇 번씩 낯설고 원망스럽게 다가옵니다. 그게 괴로워요."

"네 마음을 왜 모르겠냐."

"한 번도 불러보지 못한 외로움도 내칠 수 없고요."

백상은 차가운 바람이 가슴을 비질하는 것을 느꼈다. 누군가 아버지라고 부를 때 백상으로서는 얼마나 생소하던가. 생경하기만한 그 음향에 한껏 어깨를 움츠렸다. 아버지를 행복하게 부를 수 있는 아이들이 왜 그렇게 부러운지…….

"자신이 짊어진 고통을 운명으로 받아들이는 일은 쉽지만은 않다."

"체념의 무엇일 수도 있지요."

"체념에도 종류가 있다."

"살아남은 자가 역사를 증명한다고 보십니까, 죽은 자가 역사를 기술한다고 생각합니까?"

"내가 보기에는 살아남은 자가 역사를 증명한다만, 결국은 죽은 영혼이 부활하는 게 역사의 속성이다. 느그 아부지도 나에게 그렇게 말했다. 그러기에 역사의 현장에서 진술한 증인이 되라고. 우리는 대체로 역사 앞에 솔직하지 못하다. 역사를 비하시키는가 하면, 훼절하는 사례가 많다. 역사의 오류가 발생하는 것도 그 때문이다. 진실을 외면하거나 조작한다는 것은 두고두고 부끄러울 수밖에 없다."

"지금까지 제대로 기술한 역사가 있었을까요?"

"동굴 속의 벽화 이후로는 없었다고 봐야겠지."

표상은 자신 또한 역사의 한가운데 서있다고 생각하자 쓰거움이 왈칵 솟구쳤다.

"그럼, 역사 자체가 우리에게 무슨 교훈을 주지요?"

"그러한 회의도 든다만, 그렇다고 역사 자체를 부정할 수는 없다. 어떻게 기술하였건 그 나름대로의 숨결이기 때문이다. 우리들이, 더 나아가 우리의 후손들이 그 오류를 시정하고, 바로잡는 가운데 유사한 오류를 범하고……. 이게 인간사 아니겠느냐."

"가장 이기적인 집단 아닌가요?"

"아주 이기적이지. 어차피 인간이 지배하는 세상이고 보면 인간의 잣대로 기술할 수밖에 없다. 평화를 존중하면서 전쟁을 일으키고, 평등을 추구하면서 자신들의 이익만을 일삼는 게 인간의 속성이다."

"제가 볼 때는 평화라든가, 평등의 개념 따위가 힘의 잣대와 논리에 지배되지 싶어요."

"네가 그 정도까지 헤아려 안다는 것은 당연한 듯 하면서도 한편으로는 염려스럽구나. 곡식도 빨리 영근 놈이 바람에 먼저 쓰러진다."

표상은 백상의 정신적인 성장속도가 같은 또래에 비해 과민할 정도로 빠르다는 데에 염려가 되었다. 정신세계가 빨리 열릴수록 잡다한 세상사와는 어울릴 수 없는 고뇌가 뒤따르기 마련이다. 표상만 하더라도 사춘기에 벌써 세상의 비리와 불합리성을 깨달았다. 일본순사에 쫓겨 다니던 시절과 해방공간을 거쳐 육이오전쟁. 전쟁터에서 같은 동족끼리 총을 겨누고 피를 흘린 대가로 가슴에 단 무공훈장. 그 모든 것을 운명으로 돌리기에는 너무나 처절하게 가슴을 저미어 더 이상 세상 밖으로 나가기를 거부하고 안주하였다. 도시의 네거리에 포목점을 차려놓고 세상을 흔연하게 살아가고 있음에랴.

"저는 이미 한 번도 아니고 여러 번 모진 바람에 쓰러졌어요. 연약한 풀잎처럼요."

"허허, 오뚝이가 되겠구나."

표상은 술을 한잔 더 들고 싶은 아릿한 마음으로 길가의 포장마차를 떠들리고 들어섰다. 안주를 시키고 소주잔을 입안 깊숙이 털어 넣었다. 전쟁터에서 배운 게 술이었다. 피비린내, 죽어가는 동료들의 신음소리, 총격전의 공포감, 그 모든 것을 씻어 내릴 수 있었던 것은 요놈의 술이었다. 상처 난 부위를 소독약처럼 곪아 터지지 않게 하였다.

"사람들은 왜 술로써 자신을 위안하려는지 모르겠어요. 정신력으로 얼마든지 이겨낼 수 있을 텐데……."

"시절이 지나면 너도 알게 될 것이다. 지금의 너에게 술에 대한 찬가를 부를수록 변명에 불과하다."

"학재 형님 아시지요?"

"어떻게 지내냐?"

"매일 술이지요."

"나와는 술 마시는 성질이 다를 것이다. 전쟁을 겪은 바탕이 다르지 않느냐. 하지만 말이다. 상처의 본질은 다를 바 없다."

표상은 술잔을 쭉쭉 비워냈다. 찬바람이 포장마차를 들썩이며 들이칠 때마다 바짓가랑이 속으로 한기가 스며들었다. 어지간히 시간이 흘러 백상은 비치적거리는 표상을 부축하였다. 자정 가까운 거리는 찬바람만 비질하였다.

다음날, 백상은 아침을 들고 나서 배낭을 짊어졌다.

"아버지 친구 분을 만날 것이냐?"

"마음이 그곳으로 가자합니다."

"만나보거라마는……."

"무슨 문제라도 있는가요?"

"아니다. 난 더 쉬었다 갔으면 하는 마음이다."

"앞으로 자주 들리지요. 어쩌면 너무 뻔질나게 찾아올지도 모르고요."

"언제든지 환영이다. 어쨌거나 몸조심하고, 공부 열심히 해라."

표상은 이만큼 따라 나오며 한사코 사양하는 백상에게 노잣돈을 두둑이 쥐어 주었다. 백상은 고성으로 향하였다. 길가에 잔설이 시신처럼 쌓여 있었고, 들판에 버려진 듯 웅숭그리고 있는 초가집들은 추위로 떨고 있었다. 고성에서 내린 백상은 국밥 한 그릇으로 간단히 점심을 해결하고 고성오광대 보존회를 찾았다.

"오광대놀이는 구경했지만도 보존회가 있다는 것은 금시초문이구마. 혹시 군청에 가서 물어보면 알까……."

몇 사람을 붙잡고 물어보았으나 겨우 얻어들은 대답은 그것이었다. 백상은 군청에 들러 알아보는 수밖에 없었다.

"보존회 사무실이 따로 있는기이 아니고, 가만 있거라, 기능보유자를 찾아가는 게 좋겠군. 언젠가는 보존회 사무실도 있어야 할긴데 사람들의 인식이 어디 그래야 말이제."

담당직원은 혼잣소리로 말하며 기능보유자 한사람의 이름을 가르쳐 주었다. 담당직원도 인적구성원이라든가, 향토문화재로서의 중요함을 잘 모르는 듯하였다. 어쨌거나 면전박대를 하지 않고 친절을 베풀어 주어 고마웠다. 백상은 물어물어 기능보유자를 찾아 나섰다. 그는 복작거리는 읍내를 벗어나 한적하고 비탈진 곳에 웅크린 듯 서있는 초가에 살고 있었다. 인기척을 하자 찌그러진 방문이 펄쩍 열렸다.

"허어, 난 또 벙거지 친군 줄 알았네. 학생이 우엔 일이고?"

"사람을 좀 찾자고 왔는데요."

"날 보러온 게 아니고?"

"오강윤씨라는 분을 찾아뵙고 싶어서요."

"오선생을? 날씨가 차다. 그렇게 떨지 말고 들어오니라."

"고맙습니다."

백상은 마루 대신 사용하는 평상을 올라섰다. 방안은 메주 뜨는 냄새와 고구마 냄새로 가득하였다. 벽면에는 탈바가지들이 주렁주렁 매달려 있었다.

"오선생을 찾는 이유는 뭐고?"

인사를 드리고 나자 따지듯 물었다.

"저의 아버지 친구 되십니다."

"그래? 난 오선생이 어디서 살짝 남몰래 흘려놓은 씨알인줄 알았제. 그럴 사람은 아니지만도."

"이 근처에 계시는지요?"

"오늘 잘못 왔어. 마산에서 일주일에 한 번씩 오는데, 오늘은 오는 날이 아니야."

"주소를 가르쳐 주시면 마산으로 찾아 가겠어요."

"급한 사연이라도 있는기가?"

"제 갈 길이 멀어서요."

"난 잘 모르겠네. 주소가 여기 어디 있을건데……."

기능보유자는 꾀죄죄하고 낡은 문갑을 열더니 오강윤의 주소를 찾아내 적어 주었다. 백상은 작별인사를 하고 방문을 나섰다. 무넘스러운 듯 하면서도 한없이 자기세계를 연마하고 달구어온 기능보유자의 눈빛이 이만큼 뒤따라 왔다. 오직 한가지만을 고독하게 일구어낸다는 것, 전통을 고수하여 담아낸다는 것은 더할나위 없는 가난과 냉대 속에서 가꾸어진 것이리라. 그의 모습은 탈바가지 바로 그것이었다. 그는 왜 가난과 소외감으로 들어찬 길을 운명으로 받아 안으며 저 길을 걸어왔을까? 사명의식인가? 아니면 그 자체가 좋아서였을까?

마산으로 나온 백상은 오강윤이 몸담고 있는 학교를 찾았다. 방학이어서 학교에 나왔을까, 고개를 갸웃하였으나 오강윤은 마침 자리에 있었다. 교장실로 안내된 백상은 허연 머리칼을 드리운 채 붓을 일으켜 세우고 있는 오강윤을 발견하였다. 먹물을 찍어 바르는 손놀림이 섬세하면서도 정성스러웠다. 무아의 경지라고나 할까, 백상은 한동안 말없이 그 모습을 지켜보았다.

"손님이 오셨다고?"

화선지 한 폭을 가득 메우고 나서야 오강윤은 안경 너머로 백상을 돌아보았다. 눈매가 날카로웠다.

"이 학생이 꼭 뵙고 싶다는군요."

백상을 안내한 당직교사는 붓끝을 멈추게 한데에 죄스러워 하였다.

"우리학교 출신인가?"

의외로 나이어린 손님이어서 다소 맥이 빠지는가 보았다.

"아닙니다. 이야기를 나누어 보시지요."

당직교사는 황급히 머리를 숙이고 교장실을 나섰다.

"나에게 볼일이 있다고? 거기 앉게나."

오강윤은 소파를 가리켰다. 방금 쓴 글씨를 안경 너머로 죽 훑어보고 나서 마주 앉았다.

"먼저 인사 올리겠습니다. 기억하실는지 모르겠습니다만, 저의 부친은 한 민자 서자, 한민서입니다."

"가만, 지금 뭐라고 했나?"

오강윤은 솟구치듯 놀랐다.

"큰아들입니다."

"정말인가? 오, 이런 세상에! 이런 일이 있다니."

오강윤은 놀란 가슴을 진정시키지 못하였다. 한민서. 그 친구를 어찌 잊으랴. 그리고 그 혈육이 내 앞에 서있다니!

"오래전에 뵙고 싶었습니다."

"그래, 그래. 이래서 살아있다는 게 중요하지. 앉아. 편히 앉으라구. 세월이 무상하지. 한민서를 대신하여 자네를 보다니. 생각지도 못한 일이야."

오강윤은 덥석 잡은 백상의 손을 놓을 줄 몰랐다. 불현듯 학창시절의 한민서를 대한 듯하였다. 백상도 가슴이 울렁거리기는 마찬가지였다. 처음으로 아버지와 가장 가까웠던 친구를 만나게 된 것이다. 표상을 만났을 때와는 또 다른 감회였다.

"고성오광대놀이를 복원한다고 들었습니다만……."

"그쪽에서 나 있는 곳을 알았나?"

"진주에서 알게 되었습니다. 그래서 고성까지 갔습니다. 용케 기능보유자를 만나 뵙게 되었고요."

"그 사람, 젊어서부터 고성오광대에 미쳐났지. 궁기가 흐르는 가난 속에서도 신명을 일으킨 거야. 장차 보존회도 육성해야겠고, 여러 가지 할 일들이 많아."

"난관이 많으시겠습니다."

"어려움이 많지만 일으켜봐야지. 나를 그렇게 만든 사람은 바로 자네 아버지야. 민속학에 남다른 열정을 보였거든. 유학을 꿈꾸었던 것도 세계의 문화인류사를 폭넓게 연구하고, 우리의 잊혀진 민속을 집대성하겠다는 의욕 때문이었지."

"놀이판은 민족의 유산이랄 수도 있겠습니다."

"그렇지. 헌데, 민속에 대한 인식이 너무나 형편없어. 무엇이 중요하고, 무엇이 우리의 자산인지 잘 몰라. 체계적으로 우리의 귀중함을 인식시키자면 앞으로도 한참 걸릴 거야."

오강윤은 백상의 머리 너머의 잿빛 하늘을 바라보았다. 또 한 차례 눈이라도 내릴 모양인가, 하늘이 우중충하였다. 하늘거리는 눈송이는 보기에 좋은데 눈꽃을 담은 먹구름은 왠지 모르게 울적함을 주었다.

"그동안 어떻게 지내셨는지……."

"살아온 여정 말인가? 고생이 많았지. 무엇보다 가까운 지기들을 잃은 슬픔이 오늘까지 마음에 고여 나지. 뒤돌아보면 악몽 그 자체야."

"저의 아버지와는 어떤 관계였습니까?"

"마음이 통한 친구였지. 지금 생각하니 나보다 시대를 앞서간 게 틀림없어. 특히 학문적으로. 한번은 도서관에서 낡은 고서들을 들추게 되었는데, 그게 대부분 우리나라에서 가져간 책들이었어. 모두들 무심하게 목록을 뒤져나갔는데, 자네 아버지는 그게 아니었어. 꼼꼼하게 적는 거야. 답답한 생각이 들어 그게 무어 중요하냐고 한마디 하였더니 아주 정색을 하면서, 이게 우리의 역사의 숨결이고, 우리의 세대에 그 중요성을 인식하지 못하면 후손들은 영영 우리의 숨결을 제대로 느끼지 못한다는 거야. 그런 점에서 자네 아버지는 선견지명이 있었어."

"우리의 역사가 식민지사관에 의해 주도되어 왔다고 합디다만……."

"지금 우리 사학계의 대표적인 선구자들이 대부분 일제식민사관에 물든 사람들이라 해도 과언은 아니지. 진정한 민족사관의 정립이 필요한데, 소장학파들에게나 기대할까……? 아무튼, 구석구석 우리의 얼이 제대로 정립되지 않았어. 가장 단적인 예가 전통의식 쪽이랄까……."

"기호음료까지도 염려되지 않습니까?"

"맞아. 양키들의 커피문화는 차치하고서라도 아주 오랜 차문화 역시 폐허가 된 셈이야."

"절에서 마시는 녹차 말인가요?"

"그게 어디 절에서만 마시는 차인가. 고려청자나 조선백자가 빛을 발할 수 있었던 것도 따지고 보면 우리 고유의 차문화에서 비롯된 것이지. 신라, 고려 때만하더라도 차는 온 백성이 즐기던 기호음료였어. 그러던 것이 조선 말기에 오면서 핍박받고 황폐화된 거야. 그러다보니 백제도공이라든가, 조선조 도예가들이 일본으로 강제로 끌려가 일본고유의 도예문화를 이룩하였고, 차 또한 그곳에서 뿌리를 내린 거야. 그런데 지금 우리는 어떤가? 일반사람들은 녹차가 무엇인지 알지를 못하잖는가. 그뿐만 아니지. 뒤돌아보면 모든 게 한심지경이야."

"……민속이라든가, 민간신앙도 마찬가지인가요?"

"제일로 피해가 큰 쪽은 그곳이야. 민속은 그 나라 고유의 전통의식이자 놀이인데 대부분 말살되거나 훼절되었지. 강제로, 또는 스스로 전통적인 공동체 유산을 짓밟아버린 게야. 민간신앙은 그렇잖아도 유교사상에 의해 바위굴 속으로 숨어들었는데, 일제가 쥐불을 놓듯 더욱 불을 질렀고, 기독교사상이 들어오면서 미신의 대열로 분류시켜 버렸지. 우리민족은 산악 민족이면서 해양성을 띤 독특한 문화를 지니고 있는데, 몽당 빗자루만 남은거야."

오강윤은 어린 제자에게 자신의 학문적 입지와 울분을 쏟아놓듯 하였다. 많은 학생들을 가르치고 길러왔지만 자신의 견해를 마음 놓고 전수시킬 수 없는 현실이 안타까웠다. 학문적 자유가 보장되었다고는 하나 반공이데올로기에 편승한 정치적, 학문적, 사회적 분위기는 그게 아니었다.

"과연 무당이 저 옛날처럼 대접받는 시대가 올까요?"

"유물전시의 한자리, 아니면 박제화 된 구경거리로 대접을 받겠지. 사실 기능보유자라든가, 하는 따위의 명칭은 불필요한 것이다. 모든 사람이 공감하고 함께 추임새를 하는데서 박수를 받는 거야. 시대는 앞으로 나아갈수록 두레의식이라든가, 공동체라는 울타리가 점점 무너지고, 개인주의, 이기주의라는 가치질서가 들어차 혼탁해질 수밖에 없어. 그럴 때 옛것을 새롭게 인식하고 조명해야 할 거야."

"역사와 전통이 없는 나라는 그걸 어떻게든 만들려고 하는데, 있는 것도 쓰레기더미 속에 내버리는 셈이군요."

"정확히 보았다. 이제 너희들이 고철을 줍듯 쓰레기더미 속에서 우리의 역사와 전통의식의 숨결을 찾아내어 새롭게 복원시켜야 한다. 지금 선진국의 새로운 사대주의 문물이 쏟아져 들어와 우리를 배불뚝이로 만들고 있다만, 그럴수록 된장국 냄새가 나는 우리 것이 필요하다."

"서예도 그런 관점에서 하시는지요?"

"정신수양이 우선이다. 사실 붓은 몇 세기 동안 언어를 대신하였다. 펜이 나오기 전까지 모든 사람이 삶의 도구로 사용한 것이다. 그러던 것이 몇 사람의 전유물로 떨어져 그 기능을 예술로 보전하고 전수하는 실정이다."

백상은 오강윤의 말을 들으면서 외로운 존재라고 생각하였다. 주위에 뜻 맞는 친구가 과연 몇이나 될까? 큰 나무는 우뚝하게 서있는 만큼 외로울 수밖에 없다.

"교육이라든가, 사상의 흐름은 계속 서구의 잣대로 나아가고 있지 않는가요?"

"우리 교육은 동서양의 합일 내지는 융화 속에 이루어져야 하는데, 교육일선에 서서 부딪치는 고민은 그 점이다. 어딘지 모르게 사대주의 사상이 유전인자처럼 배어있어 서양의 사고와 가치관, 또는 문물을 무조건 선호하고 맹목적으로 뒤쫓는다. 이렇게 나가다가는 정말 염려스러운 경지에 이를지도 모르겠다. 조선 때의 모화사상, 일제 때의 군국주의 사상, 지금의 서양위주의 문명 예찬, 이러한 시대적 내리물림은 알게 모르게 종속관념까지 파생시켜 우리의 올곧은 사상, 우리의 투박하면서도 정교한 문화가 발밑에 짓밟힌다. 대학만 하더라도 앞으로 점점 해외 유학파들로 채워지고, 싫건 좋건 그들에 의해 이 나라 교육이 탈색될 것이다. 너의 아버지는 그런 점에서도 앞을 내다보았다."

"해외유학의 꿈을 버리지 못 하였는데도요?"

"너의 아버지의 유학의 본질은 시대의 흐름에 편승한 출세주의와는 그 성질이 다르다. 세계의 문화사를 우리 것과 비교 연구하는 가운데 정립하자는 것이었다. 그리스 로마 철학이 어째서 독일로 옮겨 갔는지, 인도의 불교가 중국으로 건너가 어떻게 중국식으로 만개되었는지, 그러한 실례를 알면 이해가 될 것이다."

"저는 아직도 아버지의 실체를 잘 모릅니다."

"모를 수밖에. 부부로 함께 살아온 너의 어머님께서도 모르실 게다. 내가 너를 상대로 너무 흥분하였지?"

"아닙니다. 정말 깊이 들었습니다."

"어쩌면 너의 아버지도 신기루현상을 일으켰는지도 몰라. 시대적 현실을 좀 더 냉철하게 꿰뚫어 보았더라면 이유야 어떻든 희생양은 되지 않았을 텐데 말이다. 그래, 어머님은 아직도 너의 아버지를 가슴에 안고 지내느냐?"

"살아 계시는 걸로 믿고 있다고나 할까요."

백상은 쓸쓸한 목소리로 대답하였다.

"그럴게다. 너는 어떻게 생각하느냐?"

"저로서는 확인이 필요합니다."

"너의 아버지는 살아있는 존재가 아니라고 한다면 그대로 믿겠느냐?"

"과연 저의 아버지는 어찌된 걸까요?"

"……나도 알 수 없다. 너의 아버지가 최후로 나를 찾아왔을 때, 나는 벼랑 끝에 매달린 사람처럼 몸져 누워 있었다. 아무런 도움을 줄 수 없었지. 피난도시 부산으로 가는 방향을 말해 줄 수밖에 없었다. 아직까지 생사가 오리무중이지만."

"결론이 내려지지 않았군요."

"세 가지 지름길을 추출해낼 뿐이다. 하나는 나를 찾아온 그 길로 돌아서 북으로 향하다 죽었거나 삼팔선을 넘어갔을 것이고, 또 하나는 부산으로 잠입, 밀항선을 타고 일본이나 그 밖의 제삼국으로 탈출을 꾀하였을 가능성이 있고, 나머지 하나는 붙잡혀 전향을 거부하고 장기수로 갇혀 지낼 수도 있다."

"장기수라고요? 다른 점은 이해가 가고 추리도 했습니다만, 그건 의외인데요."

"좌익인사들이 붙잡혀 전향서를 쓰고 많이들 풀려났지. 모르긴 몰라도 너의 아버지와 행동을 함께 했던 사람들 가운데 전향한 사람들이 더러 있을 것이다. 그런데 끝까지 전향을 거부한 사람들이 있다."

"갑자기 복잡해집니다. 제삼국으로의 탈출 가능성은 어떤 이유에서인지요?"

"너에게 말한다만, 유학시절 너의 아버지를 무척이나 사랑한 여자가 부산에 살고 있었지. 충무까지 죽음을 무릅쓰고 나를 찾아왔다면 부산의 여자를 찾았을지도 모른다."

"한번이라도 그 여자 분을 보셨는지요?"

"잘 알지. 같은 유학생이었으니까. 그리고 내가 중간에 섰었지. 너의 어머니에게는 미안한 말이다만 강제로 너의 어머니와 결혼을 하지 않았더라면 좋은 인연이 되었을 것이다. 참 순수한 만남이었어. 아마 너의 아버지의 결혼으로 상처를 많이 받았을 거야. 그녀를 만났다면 밀항의 가능성은 그 어느 갈래보다 높다고 해야겠지. 그리고 평소 꿈이 해외유학이었으니까. 하지만 나로서는 자네 아버지에 대한 우정을 생각한 희망사항인지 몰라."

오강윤은 창밖을 바라보며 깊은 한숨을 깨물었다. 설사 제삼국으로 나갔다 하더라도 조국 땅은 영영 밟아볼 수 없을 것이다. 통일이 되면 모를까.

"부산의 그 여자 분은 소식을 알고 계십니까?"

"알 수 없구나. 어디서 무얼 하는지……."

"어쩔 수없이 저는 아버지의 그림자를 머리위에 드리울 수밖에 없겠습니다."

"아니야. 자네 아버지는 살아있어. 자네 어머니와 너의 가슴속에 영원히 살아있는 존재야."

"지극히 원망하는데두요?"

"원망하는 마음은 어디에서 비롯되는가?"

오강윤은 애잔한 눈길로 백상을 쓸어보았다. 백상은 배낭을 짊어지려다말고 무공의 손때가 묻은 책을 꺼냈다.

"육이오전쟁 때 용케 살아나 미치광이 행세를 하며 바닷가 움막에서 살다 눈더미에 깔려 운명한 무공이라는 분의 유품입니다. 한번 보시겠습니까?"

"오, 이 책은 푸르동의 '소유란 무엇인가'의 일어판이야. 우리가 유학시절 한참 열광하며 읽었던 책이지."

오강윤은 깜짝 추억을 붙들기라도 하듯 낡은 책장을 펼쳤다.

"무공도 항일농민운동을 하였던 분입니다."

"이 책은 지금도 그렇지만 그때도 불온시 하였어. 자네 아버지와도 친분이 있었겠군."

"저로서는 집안의 당숙됩니다."

"알만해. 그렇다면 자네 아버지 손에서 그쪽으로 흘러갔을지도 몰라. 보아하니 암기하다시피 정독을 하였군."

"푸르동은 어떤 사람입니까?"

"자신이 이상으로 삼고 있는 사회를 무정부라고 부른 사람이다. 역사상 처음이지. 지적 프로메테우스라고 불려지고, 사실상 아나키즘의 시조라 할 수 있다. 푸르동의 아버지는 술통을 만드는 직공이었다가 나중에 양조장을 하였고, 어머니는 요리사였다. 최초의 직업은 인쇄업이었는데, 당시 사회주의자 프리에의 저서로부터 커다란 영향을 받았다. 재산이라는 것은 훔친 것이다, 라는 명문구로 시작되는 소유란 무엇인가 당시 충격적인 영향을 미쳤다. 파리에 망명해 있던 마르크스도 처음에는 푸르동을 대단히 예찬하였지만 나중에는 비판의 대상으로 삼았다."

"아나키즘과 맑스주의와 무슨 차이가 있지요?"

"종교로 말하자면 불교와 그리스도교와의 차이라 할 수 있다. 푸르동의 소유는 불가능하다는 논증은 불교의 무소유 철학을 학문적으로 뒷받침하였다고나 할까. 다시 말해 그리스도교는 일신교, 즉 성경이라는 하나의 경전이 있고, 아무리 분화하여도 성경을 의심하지 않는다. 항상 성경으로 다시 돌아온다. 그래야만 명료함을 얻는다. 그러나 동양의 불교는 수만 권의 경전이 있고, 하나의 궁극적인 것을 쉽게 찾을 수 없는 다신교라 할 수 있다. 마찬가지로 맑스주의가 일원적이라면 아나키즘은 현실 그 자체의 다원적 구조위에 서 있다. 하지만 자유로의 지향이라는 자유사회의 정신은 분명하다.”

“자유는 식욕과 성욕과 함께 인간의 삼대 본능의 하나라고 들었습니다만…….”

“제법 아는구나. 인간은 들판의 꽃이나 새처럼 자유롭게 살아가기를 원한다. 때문에 아나키즘의 인간관은 성선설을 토대로 하고 있다고 봐야겠다. 인간 신뢰의 입장에 서있다고나 할까. 이점에서도 불교의 인간관과 다를 바 없다. 그와는 반대로 맑스주의 인간관은 당초의 의도와는 달리 성악설이라고 말할 수 있다. 그리스도교에서처럼 인간은 본래 원죄를 짊어지고 있다는 사상적 개념을 담고 있다고 해야겠지.”

“개인주의적인 색채와는 무관한가요?”

“개인주의적인 자유를 강조한다. 개인을 초월한 개인을 말한다고나 할까. 조금 어렵겠지만 무정부주의의 원리는 역사의 동적변천에 기초하는 것이 아니라 역사의 정적 원동력에 기초하는 것이다. 푸르동이 말하는 아나키즘은 각인에 의한 각인의 통치, 즉 자치를 말하는 것이고, 정치적 기능이 모두 경제적 기능으로 환원되는 것을 의미한다. 앞으로 더 나아가면 자주관리경영이라든가, 지역공동체리든가, 상급연합체로 올라간다만, 너에게는 상당히 어려운 이론이다. 철학적으로는 칸트의 이율배반론의 영향을 받아 그것을 사회적 이율배반으로 활용하였다. 세계의 본질은 영원한 모순에 있다고 하였다. 다시 말해 아나키즘은 근원적으로 낭만주의이면서 이성주의이고 사회론임과 동시에 인간론이다. 더 말해 주랴?"

"그 정도만 해도 고맙습니다."

백상은 자리에서 일어났다. 아버지네들의 사상, 그 시대적 배경. 후두둑 눈물이 떨어질 것만 같았다.

"가려고? 하룻밤 자고 가야지."

오강윤은 백상을 붙들었다.

"지리산을 가볼까 합니다. 그곳에 계시는 스님을 찾아 봬야겠기에……."

"머리를 깎을 셈인가?"

"인연이 닿아야 머리를 깎는다고 하더군요."

"눈이 허옇게 쌓였을 것인데, 무리하게 강행군할 것은 없다. 나하고 하룻밤 오붓이 지새자구나."

"앞으로 자주 안부 드리겠습니다. 저로서는 아버지를 대한 듯하여 감회가 남다릅니다."

"나도 마찬가지야. 친구 자식은 내 자식이라 하잖던가. 정 가겠다면 고집을 꺾지 않겠다만."

오강윤은 섭섭함을 감추지 못하였다. 교문 밖까지 따라 나왔다. 백상은 교문 앞에 서서 멀어져 가는 백상을 백발을 이고서 지켜보고 서있는 오강윤을 몇 번이나 뒤돌아보며 마음속으로 눈물을 흘렸다. 산자는 저렇게 고고한 자세로 서 있다.

4

오강윤의 염려대로 지리산 화개동천을 들어섰을 때는 겨울의 짧은

해가 숨어들었다. 하는 수없이 쌍계사 입구 허름한 여관에서 하룻밤을 묵을 수밖에 없었다.

다음날, 백상은 꼬박 하루해를 등에 짊어지고 산을 올랐다. 몇 번이나 돌아서 산을 내려갈까 하다가도 이를 악물고 앞으로 내처 올랐다. 정상에 가까워질수록 눈높이는 더 하였다. 스님이 기거하는 토굴에 도착하였을 때는 하루해가 저물었고, 몸은 녹초가 되었다. 무엇보다 허기가 져 몸을 가눌 수 없었다.

토굴에는 아무도 없었다. 고드름이 창날처럼 매달려 있는 가운데 찬바람만 들이쳤다. 집을 비운지 오래되었는지 눈이 마룻장까지 쌓여 있었다. 백상은 녹초가 된 몸으로 아궁이에 불을 지피고, 먹을 것을 찾았다. 스님은 부재중이더라도 등산객을 위해 양식을 쌀독에 넣어 두고는 하였다. 고맙게도 서너 됫박의 쌀과 추위에 얼어터진 홍시가 대여섯 개 있었다. 백상은 우선 홍시부터 깨물었다. 시리고 달디 단 홍시가 허기를 메워 주었다. 그리고 뜨뜻한 구들장에 몸을 묻으며 추위를 녹였다. 여산 스님이 이곳에 토굴을 지은 것은 육이오전쟁 때 죽어간 수많은 넋들을 위로하기 위해 염원을 세운 것이라고 하였다. 저녁 예불 때나 새벽을 일깨우는 목탁소리에서 산천을 떠도는 그들 영령들이 묻어난다고 하였다.

백상은 뜨뜻한 구들장에 몸을 녹이는 동안 자신도 모르게 깊이 모를 잠속에 빠져들었다. 밤이 가고, 새벽이 오고, 한낮이 되었을 때서야 겨우 눈을 떴다. 그런데 몸을 움직일 수가 없었다. 무리하게 산을 오른 것이다. 꼼짝없이 하루를 누워서 보냈다.

사흘만에야 겨우 자리에서 일어났다. 바위 위에 쌓인 눈으로 얼굴을 씻고, 눈을 녹여 마시며 주위의 눈들을 치웠다. 산은 온통 눈밭이어서 장엄하기 이를 데 없었다. 여산스님은 어디로 갔을까? 어느 선방에서 선정에 든 것은 아닐까? 백상은 토굴에서 혼자 소일하며 무념스레 지냈다. 고향의 큰 굴에서 바다를 내려다 본 것과는 또 달랐다. 바다는 하늘을 담고 있었는데, 산은 하늘을 이고 있었다.

바다는 출렁거리며 생명을 나툰다면 산은 가만히 그 자리에 서서 생명을 움솟게 하였다. 산은 아름드리나무라면 바다는 천년을 숨 쉬는 숨결이었다. 하얗게 부셔지는 파도와 겹겹이 둘러친 산자락은 전혀 다른 별개의 것이 아니라 하나의 생명, 하나의 맥박이었다.

백상은 몇 밤을 지새웠다. 추위가 가슴을 에는 듯한 산상위에서 무중력 상태로 보내는 일상은 아득히 굴러 떨어지는 물소리만 같았다. 산은 왜 하늘로 치솟았으며, 물은 어찌하여 바다로 흘러 내리는가? 단순하기 짝이 없는 화두만이 가슴을 비질하여 세상의 온갖 고뇌와 잡념을 잊을 수 있었다.

보름을 토굴에서 지낸 백상은 눈길을 내려왔다. 칠불사에 들러 여산 스님의 행방을 물었다. 가는 곳을 모른다고 하였다. 쌍계사에서 스님의 간 곳을 알았다. 잊고 있었던 김정허의 누이동생 얼굴이 떠올랐다. 그녀의 영상을 가슴속에서 지웠다고 생각하였는데 막상 그곳을 찾아가노라니 가슴이 설레었다. 해거름에 도착한 백상은 절 입구 매점에 들렀다. 뜻밖에도 김정허가 내려와 있었다.

"이게 누구야? 행색이 영락없는 김삿갓이네. 어디서 온 거야?"

김정허는 반겨 맞았다. 뒤쪽에 서 있던 그녀가 상기된 표정으로 반가움을 머금었다.

"돌아 다녔어요."

"그렇잖아도 자네를 찾았지."

"무슨 일이라도 있는 거예요?"

"겨울방학 동안 뜻 맞는 친구들끼리 조를 짜서 고학을 하기로 하였지. 강원도, 충청도, 경상도 세 팀은 이미 그쪽으로 떠났고, 우리는 이쪽으로 방향을 정하였어."

"선배님뿐이잖아요."

"다른 사람들은 요 아래 마을에서 아이들을 가르쳐. 모레쯤에는 화순 방면으로 갈까해. 와불로 유명한 운주사 알지? 거기서 그 주위 아이들을 가르치며 고학을 하기로 하였거든. 용케 자네를 만났으니 합류해야 하지 않겠어?"

김정허는 백상의 어깨를 툭툭 쳤다. 백상은 거절할 이유가 없었다. 저녁을 들고 김정허와 아랫마을에 내려갔다. 세 사람이 메주가 매달린 퀴퀴한 방에서 아이들을 상대로 공부를 가르치고 있었다. 낯익은 선배들이었다.

"뭔가 엄숙한 그늘을 드리우고 있구먼."

선배 하나가 손을 내밀며 빙긋 웃음을 머금었다.

"이 친구는 나이답지 않게 성숙한 면이 있잖은가."

"좋은 현상은 아니지요."

백상은 선배들의 농담에 머리를 긁적였다. 밤 열시가 넘어 김정허와 매점으로 돌아왔다. 다음날 백상은 비로소 그녀와 마주하였다.

"어디로 증발한 거예요?"

그녀는 원망어린 투로 말하였다.

"잠시 나 혼자만의 공간속에 있었어요."

"무슨 대답이 그래요. 남의 속도 모르고……."

"내가 어떤 사람의 자식인지 알아요?"

"설마 문둥이 자식은 아니겠지요."

"그보다 더한 빨갱이 자식이요."

"어쩌면 그렇게나……."

그녀는 자학적으로 내뱉는 백상의 말에 놀랐다.

"나는 어디에도 설 수 없는 자식이요."

"체념은 아직 일러요."

"저 위 암자에서 고시 공부하던 두 분은 아직도 계신가요?"

백상은 미묘한 분위기에서 벗어나고 싶었다.

"나이 많은 분은 떠나고, 두 사람이 더 왔어요."

"혹시 그때 만났던 여산스님을 보셨어요?"

"지금은 동안거라 스님네들을 잘 볼 수 없어요."

"떠나기 전에 스님을 뵙고 싶은데……."

"내일은 눈 속에서 용트림하고 있는 쌍계수를 보러 가요."

그녀는 일방적으로 말하고 방으로 들어갔다. 상당히 토라진 목소리
였다.

다음날, 백상은 선방으로 향하였다. 점심공양이 끝나기를 기다려 여
산스님을 찾았다. 여산스님은 누더기를 걸쳐 입고서 백상을 맞았다.

"드디어 머리를 깎겠다고 작심한 게로구나."

"그게 아니라 스님이 여동네 아드님이 맞지요?"

"무슨 뚱딴지같은 소리야?"

스님의 얼굴 한편에 한줌 놀라움이 스치고 지나갔다.

"표상을 아시지요?"

"진주에 사는 표상 말이냐?"

"거기 들렀어요. 스님 속가에서 하룻밤 지냈고요."

"어떻게 아는 거냐?"

"해방 무렵 우리 집에 은신해 살았거든요."

"그러면 네가 한민서씨의……?"

"이제야 알아보는군요."

"관세음보살. 난 그런 줄은 모르고……. 너의 아버지는 우리의 은인

이시다. 어려서 몇 번 보았다만. 그러고 보니 세월이 무상하고 인연 또한 명주실 같구나."

스님은 잠시 눈을 지그시 감고 지난날을 돌아보았다. 돌팔매질을 당하던 어머니의 상처 난 모습, 한민서의 극적인 도움으로 표상의 고향에 둥지를 틀었던 그 모든 전경이 눈앞에 다가왔다.

"지리산 토굴에서 지내다 왔는데, 제가 가끔 찾아도 되죠?"

"언제라도 있고 싶으면 가도 된다만, 머리는 깎지 말거라."

"언제는 바랬으면서."

"아니다. 장차 네가 할 일이 있다. 그러고 나서 불문에 귀의해도 늦지 않다."

"제가 할 일은 없어요. 그게 제 운명 아닌가요?"

"그 가운데 할 일이 있다. 무엇보다 역사를 바로 잡아야 한다. 예를 들어 동학을 난으로 규정하는데, 민중혁명으로 다시 조명해야 한다. 그렇듯 우리가 숨 쉬고 있는 이 땅의 역사는 오류투성이다. 너무 많은 진실이 묻혀 있다. 내 말 알겠느냐?"

"방법을 모르겠습니다. 아득한 기분입니다."

"그 방법을 이제부터 찾아 가거라."

여산스님은 백상의 두 손을 따스하게 감싸 쥐고 나서 선방으로 향하였다. 백상은 발길을 돌려 배낭을 짊어지고서 김정허와 매점을 나섰다. 그녀의 일방적인 약속을 뒤로 한 채.

−4권에 계속

남도 3 아궁이 잿불

초판 1쇄 발행 2002년 6월 25일
개정판 1쇄 발행 2016년 11월 25일

지은이 정형남
펴낸이 이범상
펴낸곳 (주)비전비엔피 · 애플북스

기획 편집 이경원 박월 김승희 강찬양 배윤주
디자인 김혜림 이미숙 김희연
마케팅 한상철 이재필 반지현
전자책 김성화 김희정
관리 이성호 이다정

주소 우) 04034 서울시 마포구 잔다리로7길 12 (서교동)
전화 02)338-2411 | **팩스** 02)338-2413
홈페이지 www.visionbp.co.kr
이메일 visioncorea@naver.com
원고투고 editor@visionbp.co.kr

등록번호 제313-2007-000012호

ISBN 979-11-86639-38-2 04810
　　　　979-11-86639-35-1 04810 (세트)

· 값은 뒤표지에 있습니다.
· 잘못된 책은 구입하신 서점에서 바꿔드립니다.

이 도서의 국립중앙도서관 출판예정도서목록(CIP)은 서지정보유통지원시스템 홈페이지(http://seoji.nl.go.kr)와 국가자료공동목록시스템(http://www.nl.go.kr/kolisnet)에서 이용하실 수 있습니다. (CIP제어번호 : CIP2016025456)